반야

3

반야

제2부 ▎조선의 별들

송은일 대하소설

문이당

차례

하늘이 무슨 말을 하고 있더냐
사시四時가 운행하고 만물이 생장하거니와
하늘이 무슨 말을 하고 있더냐

— 『논어論語』

반야봉에 뜬 달

　저 옛날, 나라를 지키고 백성을 살리는 만파식적萬波息笛이라는 피리가 있었다. 그보다 앞서, 아침 같은 빛으로 어두운 세상을 밝힌다는 만파식령萬波息鈴이 존재했다. 항간에 떠도는 이야기책이나 속설들에 따르면 만파식령은 사발 모양의 정주 속에 북두칠성의 상징인 칠성방울이 달렸다고 하였다. 만파식령은 웅녀에게서 호녀의 딸 군아한테로 물려졌던 천부령天符鈴의 다른 이름이었다. 그것이 울리면 소란했던 세상이 잔잔해지고 사람의 근심이 사라진다고 했다.

　그 만파식령에서 세상의 아침을 잇는 사람들, 만단사萬旦嗣가 비롯되었다. 만단사가 주인이라 할 수 있으므로 만파식령은 만단사 안에서 전래하여 현존해야 옳았다. 실상은 그렇지 못했다. 만파식령은 어딘가에 꼭꼭 숨어 그 모습을 드러내지 않았다. 칠성을 섬기는 무격들만 그 존재를 찾을 수 있다는 속설이 떠돌 뿐이다.

　이온李蘊은 무격이 아니므로 만파식령을 찾을 능력도, 자격도 없었다. 그럼에도 만단사 수령의 외동딸인 덕에 만단사 칠성부七星部를 가지게 되었다. 만파식령을 찾아 그 힘을 지녀야 할 책무도 받았다. 그런데 어디서, 어떻게 그걸 찾아야 하는 걸까. 정말 그것이 존재하기는 할까. 존재한다 한들 그게 내 몫의 물건이 아니라면 내게 오기는 할 것인가.

온은 한숨을 내쉬며 저물어가는 지리산의 능선들을 향해 합장한다. 노고단 운해며 섬진의 청류가 붉게 물들었다가 푸르러지는가 싶으면 금세 캄캄해지는 시각. 해와 달이 자리를 바꾸는 저물녘이다. 때로 해 질 녘 반야봉에 서면 지는 해가 가슴으로 들어앉는 듯 조바심이 났다. 팔방을 향하여 합장하노라면 우묵해지기도 했다. 반야봉에서 뿐만 아니라 어느 곳에서건 해 질 녘에 홀로 있노라면 누군가 올 듯하여 기다리다 서러워질 때가 있다.

"아씨, 금세 날이 어두워 질 것입니다. 정히 예서 밤을 지내시렵니까?"

선일이 물었다. 함양 집에서 출발하여 벽소령에 닿은 뒤 명선봉을 지나 반야봉에 오기까지 한나절이 다 걸렸다. 호위 삼은 지 넉 달이 채 못된 선일은 온이 보름밤의 반야봉에 익숙하다는 걸 아직 몰라 염려하는 참이다.

"예서 달맞이하려고 온 거야. 아침에 돌아갈 것이니 그리 알고 준비해."

고개 숙인 선일이 저녁을 차리기 위해 초막 안으로 들어간다. 온은 기도하듯 호흡을 다스린 뒤 쌍검무를 시작한다. 견적출검세見賊出劍勢, 지검대적세持劍對賊勢, 섬검퇴좌세閃劍退坐勢, 향좌방적세向左防賊勢 등 쌍검雙劍 품새를 기본으로 한 안무를 온이 만들었다. 적을 향해 칼날을 겨누고 겨루는 자세들에서 살기를 제어하니 화사한 춤사위가 되었다. 온은 그 춤에다 만단사 칠성부의 춤이라는 뜻으로 만성무萬星舞라는 이름을 붙였다. 개울물처럼 시작되는 만성무가 강물처럼, 여울물처럼, 폭포처럼 변화무쌍하면서 맺힘 없이 만드는 게 이즈음 온의 숙제였다. 춤사위가 미풍인 듯 훈풍인 듯 움직이다 강바람처럼, 폭풍처럼 자유로워야 했다.

다음달 보름밤에 만단사 각부 부령들과 제일사자第一嗣子들을 아우른 대회합이 예정되어 있었다. 만단사령萬旦嗣領 이록李麓은 그 회합에서 외동딸 온이 부사령副嗣領이며 칠성부령에 올랐음을 공표할 것이다. 온은 그 자리에서 칠성사자七星嗣子 서른여섯 명과 더불어 만성무를 추기로 했다.

세 바탕의 만성무를 추고 나서 온은 선일이 차려 놓은 저녁을 먹는다. 가벼운 식사 뒤 선일에게 범접치 말라 이르고 다시 초저녁 달빛 아래 선다. 온은 춤에 몰두함으로써 달을 향해, 반야봉의 신령들을 향해 이제 이끌게 될 만단사 칠성부가 번창하게 해달라는 기도를 바친다. 반야봉은 이름 스스로 지혜의 봉우리임을 밝혔다. 반야봉에서의 춤이 곧 지혜에 닿기를 간원하는 기도다. 서늘한 달빛 아래 세 바탕의 만성무를 추고 나니 온몸이 땀에 흠뻑 젖었다.

온은 달빛으로 시각을 계량하며 계곡을 찾아 나선다. 달거리 시작한 이후부터, 한양에 가 있을 때를 제외하고는 매 보름마다 반야봉에 오곤 했다. 네 스스로 지혜로운 존재가 되어라. 부친의 권유로 시작했으나 온 스스로도 반야봉에서 맞는 밤이 그럴싸했다. 이월 보름 달빛 속에서 계곡에 이른 온은 옷을 벗어 나무 밑에 두고 깊은 물속으로 들어선다. 깊다고 해야 물이 가슴께 정도까지 찰 뿐인 소沼다.

나뭇가지 사이로 스며든 달빛이 소 가득 들이비추며 찰랑거린다. 온은 『옥추경玉樞經』의 「정심신주淨心神呪」를 읊조리며 물에 잠긴 몸을 어루만진다.

'태상태성太上台星 응변무정應變無停 구사박매驅邪縛魅 보명호신保命護身 지혜명정智慧明淨 심신안녕心神安寧 삼혼영구三魂永久 백무상경魄無喪傾.'

호흡을 다스리며 같은 경문을 거듭하여 왼다.

'태상태성께서는 한곳에 머물지 아니 하시고 기도하는 자에게 응하여 나타나시니, 삿된 귀신을 물리치고 도깨비를 결박하여, 목숨을 보호하고 몸을 두호해 주시며, 밝고 깨끗한 지혜를 내리시며, 심신을 편안케 하시고 삼혼과 넋을 오래도록 보전케 하소서.'

마음을 깨끗하게 하는 경문을 외다 보면 그 어떤 손이 온몸을 어루만지던 감촉이 떠올랐다. 갈퀴처럼 왁살스러운가 하면 보슬비처럼 보드랍던 손길로 온몸을 샅샅이 짓쳐대던 그 사내. 왜 그의 얼굴이 생각나지 않는지를 알 수 없는 채 온은 물속에서 색정에 빠져든다. 홀로 절정에 오른 찰나 으어억, 비명과 더불어 누군가 구르는 소리가 났다.

"윤선일?"

대답이 들리지 않는다. 온은 잘못 들었는가 하면서도 물속에서 몸을 일으켜 소 밖으로 나선다. 밤공기가 살을 저밀 듯 차가울지라도 무섭지는 않다. 작금 칠성부령이라는 높은 자리가 떳떳하지는 못할망정 평생 무예를 익혔다. 어둠 속에서 형체를 분간하는 눈이 예사 사람보다 밝다. 온이 옷을 벗어 둔 참나무 밑에 사람이 쓰러져 있다. 노인이다. 약초꾼인 성싶다. 발을 잘못 디디며 굴렀는지 정신을 거의 놓았고 머리에서는 피가 흐르는 것 같다. 온은 서둘러 몸을 닦고 옷을 꿰며 외친다.

"선일, 어딨어?"

상황을 주시하고 있었던지 선일이 즉시 나타났다. 그에게 노인을 업혀 초막으로 옮기게 한 온은 노인의 커다란 걸망을 지고 따른다. 옅은 불빛에 보이는 노인은 환갑쯤 됐음 직하다. 오른 발목을 접질렸고 왼쪽 관자놀이 위쪽에서 피가 조금 흘렀다. 다행히 급소는 피한 것 같다. 선일이 지혈을 해주고 접질린 발목을 맞춰 주는 사이 노인은 신음소리와 함께 정신을 차린다. 청심환과 함께 물을 마시게 하니 일어나 두리번거리더니 머리를 조아린다.

"소인은 화개 사는 한돌이라 합니다. 아씨께 은혜를 입었나이다."

"이만 일에 은혜랄 것 없느니. 어찌하여 날 저물 때까지 내려가지 않고 있다가 봉변을 겪는가?"

"보름 달빛 밝은 밤이면 지리산 삼신령이 현신하신다는 속설을 따라 헤매고 다녔습지요."

"삼신령이라니, 산삼? 이 산의 산사람들한테 그런 속설이 있나? 보름밤에 산삼이 잘 보인다고?"

"예, 아씨. 하온데 아씨께서는 어찌 이 밤에 이 초막에 계시옵는지요? 아직 날도 차구면요."

"이 초막을 아는가?"

"산사람들이 묵어가는 곳이라 소인도 가끔 예서 하룻밤씩 납지요."

"나도 만월 즈음이면 더러 올라와 기도를 한다네."

"귀하신 아씨께서 기도하러 이 험지까지 올라오시다니요. 이 지리산 나지막한 자락에 일이천 년씩 된 큰절들이 몇 곳이나 있는 것을요."

"자네와 마찬가지로 나도 달의 정기를 받고 싶어 밤을 헤매는 것이지. 오늘 밤은 이 초막에서 우리와 함께 자며 몸을 다스린 연후에 내려가시게."

"아씨 덕에 걸을 만해 졌나이다. 달빛이 밝고, 익숙한 길이니 살살 내려가 보렵니다. 쇤네 주인께오서 하마 걱정하며 기다리고 계실 터입니다."

한돌이 자신의 걸망을 끌어당기더니 단단히 여며진 주둥이를 열어 안을 뒤적인다. 그의 손에 길이가 한 자쯤 될, 얇은 대 조각을 촘촘히 엮어 만든 죽간竹竿 두루마리가 이끌려 나온다.

"사실 해 질 녘 얼음골에서 귀한 뿌리 몇 점을 만났습니다. 한 바위 밑에 여러 분이 함께 계시더이다. 그중 한 점입니다. 귀한 분들을 만나 너무 벅찬 탓에 한동안 움직이지도 못하고 있다가 넘어왔사온데, 서두르다 발을 헛디뎠습니다. 욕심 부리지 말라는 신령님의 뜻이겠지요. 한 점을 아씨께 드리고 가겠나이다."

"산삼을 캤단 말인가? 그것도 두둑시라를 만나서? 미처 잎도 안 났을 터인데?"

그가 내민 두루마리를 펼쳐 보니 과연 산삼이 들어 있다. 이제 갓 새싹이 돋기 시작한 산삼의 뿌리가 몇 년쯤 된 것인지는 알 수 없어도 족히 반근 무게는 됨직하고 향도 제법 진하다. 얼마나 정성스레 캤는지 잔뿌리들에 묻은 흙까지 고스란하다. 온이 산삼에 대해 잘 안다 할 수 없으나 어린 날부터 보제원普濟院 거리를 드나든 덕에 여러 차례 구경하고 몇 뿌리 먹어 보기도 했다. 온은 두루마리를 덮어도로 건넨다.

"이 귀한 것을 내게 주겠다니 얼토당토않아. 주인이 기다리고 계시다면 자네를 기다리시겠어? 자네가 가져갈 물건을 기다리실 터이지. 고이 품고 가 주인께 올리시게. 내려가는 길에 누굴 만나도 삼 캤노라 자랑치 말고! 심봤다고 외치는 건 아무도 없는 산속에서나 할 짓이지 까딱하다간 목숨 달아날 노릇 아니겠어?"

연만하신 임금께서 수년 전부터 하루 한두 냥씩 즐겨 드신다는 나삼羅參 값이 어지간한 기와집 대여섯 채 값이라 했다. 임금께서 불로영생을 꿈꾸며 하루 몇 채씩의 집값을 드시고 계실지언정 쉽게 산삼을 구할 수 있다면 나삼을 잡수시는 않을 터이다. 늙은이는 그만큼 귀한 것을 캐고도 산삼이 도라지나 되는 양 군다.

"주인은 쇤네가 산에 들어와 있는 것도 모르실 터입니다. 워낙 병약하시어 이 지리산 아래로 요양 차 와 계시는바, 종된 자로서 안타까워 소인이 홀로 나선 것입니다."

"그 충정이 갸륵하구먼. 그러니 더욱 이걸 가져가서 주인을 보하여 드리게."

"아닙니다. 주인이 무녀이시라 욕심을 몹시 경계하십니다. 반야봉에서 은혜를 입은 아씨께 한 점 드리고 왔다 하면 오히려 치하하실 텝니다."

기어이 주고 가야겠다는 듯 죽간 두루마리가 다시 건너와 온의 무릎 앞에 놓인다.

"자네 주인이 무녀야?"

"예, 아씨. 화개에 자리하신 지 몇 달 아니 되신 데다 몸이 약하시어, 아직 오색 깃대를 걸지는 않았습니다."

높고 넓고 깊은 지리산 안팎에 깃든 무격들이 흔했다. 온은 유명 짜하다는 무녀 이름을 듣는 대로 찾아다녀 보았다. 한양 홍지문 밖 가마골의 삼덕 무녀보다 나을 게 없는 인종들뿐이었다. 더구나 천것들 주제에 신령을 모신다는 자부심과 자존감은 세기도 하여 하나같이 방자했다.

"주인을 수발하는 사람이 자네뿐인가?"

"아닙니다. 주인의 제자며 일꾼들이 수발합지요. 쇤네는 강에서 조개를 잡거나 산에서 나물거리나 뜯어다 드리고 마당이나 쓸어드릴 뿐이지요. 쇤네 이만 내려가 볼랍니다, 아씨. 평안합시오."

"정히 그러하면 내 받아 두겠네. 허나 산삼을 공으로 받다가는 산신령께서 나한테 노하실 터. 나중에라도 신세를 갚자면 화개 가서 어느 댁을 찾으면 된다고?"

"화개장터 옆 반반골의 가운뎃집이 쇤네 주인댁입니다. 쇤네 주인의 이름이 중석이라 중석네라고 불리기도 합지요. 혹여 나중에라도 무녀 찾을 일이 계시거든 반반골의 중석을 생각해 주시이다."

제 주인의 돈벌이까지 챙긴 노인이 걸망을 메고는 절룩이는 걸음새로 기어이 나선다. 온은 노인에게 조심해 가라 인사하다 말고 고개를 젓는다. 산삼을 도라지처럼 내민, 한돌과 같은 하속을 거느린 무녀가 가까이 있다지 않은가. 선일에게 당장 행장을 꾸리게 하고는 노인을 따라 나선다.

부친의 첩실인 화씨는 나름 신기 높은 무녀인 듯하나 기가 사특했다. 이태 가까이 의탁했던 한양 가마골의 삼덕 무녀는 자애로웠으되 신기가 약했다. 달궁달궁, 노래를 잘했던 무녀 삼덕은 점사보다 굿을 더 잘 했던 것 같았다. 그뿐 일말의 신기도 없는 이온이 화씨나 삼덕 등에게서 신기를 끼쳐 받을 수는 없었다. 신기란 배워서 솟구치는 게 아니라는 것만 배웠을 따름이다.

달빛이 밝다 해도 산길인지라 걸음이 더뎠다. 밤눈과 길눈이 다 밝은 노인을 뒤따랐어도 꽤 먼 길이다. 낮에 연이어진 밤길에 걸음마다 신음이 절로 나고 숨결이 폭폭했다. 괜히 따라나섰다는 후회와 하룻밤 길도 걷지 못해 엄살 부릴까 보냐는 오기를 피우며 걷다 보니 어느덧 달이 졌다. 청회색 여명이 스며들 때에 화개장터에 도착했다. 장터와 나루터 사이에 다다른 한돌이 또 산길을 올랐다. 산의 경사가 심하지 않음에도 반반골의 길은 몹시 구불거리게 났다. 굽이가 많은 대신 제법 깔끔하게 닦여 걷기 힘들지는 않다. 두어 마장 될 법한 산길을 오르자 산이 푹 꺼져 앉은 듯 우묵한 골짜기가 나타난다. 산등성이 가운데 들어앉은 골짜기 마을 반반골. 강에 드리운 새벽안개가 내려다보인다.

골짜기 마을에는 몇 채의 집이 자리했는데 가운데 집에만 불이 켜졌다. 위아래채로 이루어진 집의 마당으로 들어서자 불 켜진 방의 문이 열려 있다. 두 여인이 뒷모습으로 앉아 갓난아기 크기의 불상한 기를 모셔 두고 경문을 외는 중이다. 방문 위쪽에 걸린 편액에 유수화려留水華廬라고 쓰였다. 물과 꽃이 머무는 동네의 오두막인 셈이랄까. 화개골과 섬진강을 끌어안은 골짜기의 집이므로 그럴 법한 당호이다.

한돌이 방 밖에서 걸망을 끌러 댓가지로 짜인 두루마리를 꺼낸다. 두루마리가 자그마치 여섯 개다. 온에게 건넨 것까지 합치면 일곱 뿌리나 되는 산삼을 캔 늙은이는 의당 그래야 하는 것처럼 그것들을 방안에다 들여 놓고 합장 칠배하고 물러난다. 물러나며 온에게 주인의 예불이 끝나면 뵈시라고 속삭인다. 선일에게는 건너 채로 들어와 한숨 붙이라 한다. 온이 선일에게 잠깐이라도 눈을 붙이라 이르자 그가 어처구니없는 듯 웃는다. 상전이 한잠도 아니 자는데 호위가 자겠느냐는 뜻이다.

"맘대로 해."

선일에게 뇌까린 온은 신당으로 들어선다. 뒷모습으로 움직이는 여인들은 여염 아낙들처럼 소박하고 예사스런 차림새이다. 오른쪽 여인이 중석이겠거니 짐작해 보며 온은 한돌에게서 받았던 두루마리를 불단 앞에 놓고 물러서서 삼배를 한다. 절하며 살핀 오른쪽 흰 저고리의 여인은 서른 살 남짓할 듯하고 왼쪽의 회색 저고리 여인도 비슷한 나이로 보인다. 반야심경을 끝으로 새벽 예불이 끝나자 여인들이 비로소 온을 쳐다보며 편히 앉으라 손짓한다. 새벽손님을 향한 여인들의 미소가 잔잔한데 불상을 등지고 앉은 흰 저고리의 여인은 보기 드문 미색이다. 그가 중석인지 온을 잔잔히 건너보다 입을 연다.

"귀하신 아가씨께서 이 시각에 이런 험지까지 어찌 납시셨습니까?"

"반야봉 초막에서 노인을 만나 몇 마디를 나누는데 그가 제 주인이 무녀라 하기에 무작정 따라왔네. 나는 함양 땅에 사는 이가 온이라 하네."

"이온 아가씨! 저는 중석입니다."

"노인이 하는 말을 듣자니 주인의 신기가 꽤 높으신 것 같더군."

"신기 높은 무녀가 이 골짜기까지 들어와 지내게 되었겠습니까?

괜히 유념하셨습니다. 하여도 이리 오셨으니, 더욱이 귀한 복채까지 내리셨으니 소인의 손님이시긴 합니다. 점을 보시고자 하십니까?"

부러 눈을 맞추지는 않은 것 같아도 눈 속에 담긴 미소가 잔잔하다.

"아니, 나는 스승을 찾고 있네. 두루마리 속에 든 것은 자네의 하속이 내게 건넸으나 환약 한 알 값으로는 심히 과한 것이라 되돌려드린 것이고."

"귀한 아가씨께서 무격을 스승으로 삼으려 하신단 말씀입니까?"

육 년 전의 이록이 딸 온에게 고행苦行을 명했다. 만단사에 칠성부를 만들기 위한 계획의 일환이었다. 칠성부령은 무녀여야 한다는 게 부친의 생각이었으나 온에게는 무녀로서의 기본 자질인 뭇기巫氣가 없었다. 하여 이록은 온에게 배운 무녀 노릇이라도 하라고 딸자식을 바보로 만들었다. 바보가 된 온을 가마골 웃실의 무녀 집 아래에다 내쳤다. 문제는 그때 온이 정말 바보가 되어 버렸던 탓에 그곳에 머무는 동안 고행의 목적을 모르고 지낸 것이었다. 홍지문 바깥쪽 북악산 자락에 있는 가마골의 무녀 삼덕네. 그로부터 배웠던 굿거리 과정들이며 그로 하여 읽었던 책『동매무가』며『만령전』이며『군아전』등의 여러 이야기책들. 삼덕은 온이 알지 못하는 어머니 같았다.

"아가, 밥 먹어야지. 아가, 이 옷을 입으렴. 아가, 심심하면 이야기책을 보려무나."

삼덕과 함께 사는 동안 온은 고행은커녕 꽃수 놓인 산천에서 유유자적 놀기만 했다. 그 이웃에 있던 두 늙은 옹기장이 내외들과 가마골 웃실에서 내려와 놀던 아이들. 그 아이들이 큰언니라고 부르던 사내. 온도 그를 큰언니라 불렀다. 아이들이 큰언니한테 엉겨붙을 때마다 온도 몸이 작아져 그에게 엉겨붙고 싶었던 듯했다. 그리 못한 탓에, 또 바보였던 탓에 그 아이들의 큰언니가 생각나지 않는 성싶었다. 가마골에서의 세월이, 태반이 잘려나간 편지 같았다.

"스승이 될 만한 분이면 그가 누구이든 엎드려 청하고자 하네."

바보로 살던 당시 가마골 안쪽 숲 웃실에 조선 팔도에서 가장 높은 복채를 받으며 점사를 보는 소경 무녀가 있다고 했다. 곤전이며 빈궁전을 무시로 드나들며 총애를 받는 덕에 어떤 고관대작도 건드리지 못한다고 알려진 무녀였다. 부친께서도 점사 손님을 가장해 소경 무녀를 만났던 듯했다. 온은 그 무녀의 제자가 되기 위해 그곳에 갔다. 그런데 웃실의 소경 무녀는 한 번 본 적도 없이 가마골의 삼덕 무녀를 어미인 양 섬기고 따르며 지냈다. 삼덕네로 들어간 지 일 년 반가량 된 정월 어느 아침에 불쑥 자신이 누군지, 왜 그곳에 있는지를 깨쳤다. 긴 꿈에서 깨어난 듯했다. 자신의 본색을 깨닫고 나니 거기 머무를 수 없었다. 실체를 들킬 듯했고 그건 몹시 두려웠다. 달아나듯 가마골을 벗어나왔다. 부친께서는 고행하라 보냈던 곳에서 딸자식이 고행도 수행도 하지 않은 채, 아무것도 얻지 못하고 나와 버린 것을 몹시 애석해했다.

"아가씨의 스승될 만한 무녀의 자질이 무엇이기에요?"

"신력이겠지?"

"신력의 높낮음을 아가씨가 가늠하실 수 있습니까?"

"신력을 가늠할 수 없으나 느낄 수는 있으리라 생각하네."

하하 웃는 목소리의 울림이 낭랑하기보다 깊다. 내공이 만만치 않은 것 같다. 중석이, 산삼이 든 두루마리를 옆의 여인에게 건네며 말했다.

"혜원, 찻물을 들여오세요. 이걸 어멈한테 주고 아침상에 올리라 하시고. 아가씨가 칠성이 숨기 전에 가셔야 할 분이니, 보름달이 지기 전에 아침을 준비하라 이르세요. 아가씨가 드시고 강물처럼 떠나실 수 있게요.”

시를 읊는 듯한 주인의 명에 혜원이 반절하고 두루마리를 들고 물러나간다. 인삼도 아닌 산삼을 아침상에 올리라 말하고, 그 말을 태연히 받드는 주종이라니! 더욱 놀라운 것은 웃전이 아랫사람한테 존대하는 것이며 윗사람을 섬기는 아랫사람의 사품이다. 사뭇 조요하며 격이 높지 않은가. 아랫사람의 격이 윗사람의 격이라면 중석의 격이 어느 만큼인지, 온은 불현듯 부끄럽다. 중석이 팔천八賤의 한 종자인 무녀인바 빼어난 용모까지 아울러 어지간히 고단하게 살았겠다고 지레 짐작했다. 그래 봐야 천것인데 소박함을 가장한 격조가 지나치지 않은가, 내심 아니꼬웠다.

만단사 네 부에도 드문드문 여사자女嗣子들이 끼어 있었다. 여인 사자들은 같은 품계의 남사자들에게도 희롱당하기 일쑤였다. 자색이 약간이라도 도드라지는 경우에는 말할 것도 없었다. 그들이 모두 새로 설립된 만단사 칠성부의 사자들로 배속되면서 온은 그들의 수장이 되었다. 이제 그들은 어엿한 만단사자로서 다른 네 부의 사자들과 다름없이 자신들의 위상을 높이면서 살게 될 터. 온이 새 칠성부를 맡으면서 세운 첫 번째 목표가 그것이었다. 그리하기 위해 인재가 필요했다. 신기 높은 무녀라면 더할 나위 없었다. 반야봉에서 중석이라는 이름을 들었을 때 대번에, 그이를 살펴 어지간하다면 만단사 칠성부의 사자로 삼으려니 했다. 턱없는 교만이었다.

“내가 물과 꽃이 머무르는 집에 들렀는데, 강물처럼 바삐 가야 할 사람으로 보이시는가?”

중석이 또 미소 짓는다.

"함양 땅까지 가시자면 꽤 험하고 먼 길 아닙니까. 산을 오르시느라 가마도 말도 아니 타고 오시었을 테고 뱃길이 닿지 않는 곳이니 걸어가셔야 할 테고요. 중한 일을 준비하고 계신 듯합니다. 막중한 책임을 맡으신 것 같고 그로 하여 한 달여 뒤에는 먼 길을 떠나시게 될 성싶고요. 갓 태어나 영당令堂을 잃으시고도 속 깊고 품 넓은 여장부로 자라셨소이다. 장하십니다."

삼월 보름밤 함화루 마당에서 벌어질 회합은 겉으로는 향리에서 책이나 읽으며 유유자적 사는 상림常琳 이록의 생일잔치일 뿐이다. 상림 주변 마을 사람들도 회합의 내용에 대해서 알지 못한다. 그 행사를 치른 뒤 온이 한양으로 향하게 될 거라는 사실을 아직은 부녀만 안다. 중석은 그 모든 걸 대번에 읽었다. 온은 쾌자에 바지를 받쳐 입은 남복 차림새인지라 가부좌로 앉았던 다리를 접어 꿇는다. 꿇은 자세로 일배한다.

"저를 중석님의 제자로 들여 주십시오."

중석의 은은하고도 공순한 몸짓에 강력한 권위가 깃들었다. 그런 그를 스승으로 모시고자 하므로 자연스레 공대가 이뤄진다.

"아가씨는 무녀로서의 자질을 타고 나지 않으셨습니다. 하므로 저한테 아가씨의 스승될 자격이 없지요. 말씀 거두십시오."

"스승과 제자의 연을 맺는다고 꼭 무업을 배워야만 하는 건 아니지 않습니까. 저의 식견과 안목을 키워 주시는 스승이 되어 주사이다."

"제가 아가씨에게 글을 가르치겠습니까. 무술을 가르치겠습니까. 미천한 신분으로 고귀한 아가씨께 사람살이를 가르치겠습니까. 또한 아가씨께서 보고 계시다시피 제가 허약하여 제자를 더 들일 처지가 못 됩니다. 말씀 거두시고 아침 자시고 길을 나서십시오."

혜원이 찻상을 들여와 차를 베푼다. 먼저 한 잔을 불상 앞에 놓고 한 잔을 중석에게 주고 마지막 잔을 온 앞에 놓아 준다. 날이 거의 밝은 참이다. 내 처지가 급하다 해도 대번에 이루어질 관계가 아니다. 스승과 제자의 연은 군신과 부자관계에 버금간다. 한 번 맺으면 평생 도리와 의리를 지켜야 한다. 중석이 그리 쉽게 제자를 받아들일 리 없었다. 그리 만만한 여인이었더라면 스승으로 모시고 싶을 리도 만무다. 온은 내심 다른 날을 기약하고는 찻잔을 받쳐 입을 축인다. 부친께 중석을 만나 보시라 말씀드려도 재미날 것 같다. 부친께서 중석을 마음에 들어 하신다면 여인으로서든 무격으로서든 혹은 스승으로서든 크게 쓸 수 있을 것이다.

그대 원하는 그곳

단기檀紀 사천팔십팔년 삼월 십오일. 만단사 을해년乙亥年 대회가 시작되었다. 상림 숲 가운데 위치한 함화루咸化樓 양쪽으로 만단사 강령이 적힌 기다란 깃발이 늘어져 팔락거렸다.

'인자유기원人自有其願 수활여기상須活如其相 유권획기생有權獲其生. 모든 인간은 스스로 간절히 원하는바 그 모습으로 살아야 하며 그런 삶을 얻을 권리가 있다.'

'원호유여재거지願乎有汝在去之. 그대 원하는가? 거기 그대가 있느니, 그곳으로 가라.'

만단사 다섯 부의 부령들이 모두 참석했다. 현직을 겸하고 있어 참석지 못한 사람들을 제외한 일품 급의 사자嗣子 이백오십여 명과 그들의 수하 한 둘씩 참석해 오백여 명이다. 이층으로 이루어진 함화루 누정 위에는 만단사령을 위시한 부령들이 자리하고 사자들은 누정 앞마당에 도열했다.

유시 말에 이르러 해가 지기 시작하자 만단사령의 보위부保衛部가

북을 치는 것으로 의식을 진행했다. 만단사령이 새 용부령과 칠성부령의 탄생을 축하했다. 각 부령들이 이번 회합에 대해 치사한 뒤 흰 너울로 얼굴을 가린 온이 나서서 새 칠성부 수장에 임하는 결의와 각부 사자들의 협조를 부탁했다. 연후 다시 사령 보위대장인 정효맹이 나섰다. 평범한 생김새와 달리 효맹의 목소리는 특별하리 만큼 우렁찼다. 목소리의 여운은 깊고도 길다.

"이로써 사령嗣領과 오부령五部令들께서 인사를 마치셨습니다. 더불어 우리 만단사의 부사령위副嗣領位가 유고되었으매 칠성부령께서 부사령위를 겸하게 되시었음을 공표합니다. 이는 사령의 명과 각부 부령들의 승인으로 이루어진 바 칠성부 이온 부령은 만단사령 앞으로 나서시어 서원하시게 됩니다. 이온 칠성부령은 나오시어 서원하십시오."

만단사 칠성부 설립 준비는 구 년 전 이록이 만단사령에 임했을 때부터 시작되었다. 작금에 이르러 각부에 속해 있던 여사자 삼백여 명이 칠성부로 배속되었다. 그중 일성사자一星嗣者로 올릴 수 있는 이성사자가 고작 열한 명이었다. 이제 출발이므로 온은 섭섭지 않았다. 십 년 안에 다른 부에 버금가는 칠성부를 만들어 낼 자신이 있었다. 그리하여 만단사의 중심에서 다른 부를 관장하게 될 것이고 칠성부를 안정시켜 놓고 난 먼 훗날에는 아버지의 뒤를 이어 만단사령에 오를 것이다.

만단사 입사入嗣와 승품 과정은 판이하되 의식儀式의 서원어誓願語는 같았다.

'불문여하경우不問如何境愚 당절대침묵어만단사當絶對沈默於萬旦嗣, 불문여하경우不問如何境遇 당절대순종어當絶對順從於 만단사령령萬旦

嗣領令.'

어떠한 경우에도 만단사에 대해 침묵하고, 어떠한 경우에도 만단사령의 명을 따른다는 맹세다. 온은 만단사령 앞에서 부사령으로서 서원한다. 입사해 열두 해 만에 사령을 제외한 최고위까지 올랐다. 사령의 딸인 덕인 게 분명하나 지난 십여 년간 치러온 수행이며 수련이 여느 사자들보다 혹독했으므로 온의 감회가 크다. 만단사령의 딸로서 언젠가 만단사령이 될 것이라는 꿈이 아니었더라면 여느 여인들보다 수십 배 고단한 삶을 살았으랴. 온의 서원이 끝난 뒤 부사령이자 칠성부령으로서 자리에 앉자 효맹이 북을 울려 장내를 환기시킨다.

"이번 차례는 각부 본원이 운영하는 우리 세상 재산현황에 대한 보고입니다. 각 본원의 부령 보좌들께서는 나오시어 각부 자금의 운영현황을 보고해 주십시오. 먼저 기린부 본원의 나정순 일기께서 나오시겠습니다."

사령이 주최하는 대회합 때는 각부 본원이 운영하는 만단사 재산현황을 공개하고 늘어난 이유와 줄어든 까닭을 설명한다. 재산이 늘든 줄든 각부에 속한 사자들을 위해 쓰인 것이므로 늘었다고 박수치거나 줄었다고 질타하지는 않는다. 그렇지만 심하게 줄었을 때는 그 원인이 분명해야 사자들이 수긍하기 마련이다. 사자들이 수긍치 못한 큰 손실은 부령의 개인재산으로 메워야 한다.

기린부령 민손택의 부관 나정순이 큰 변동이 없는 기린부의 재산현황을 보고했다. 봉황부에서는 부령 홍낙춘의 서장자 홍남수가 나와 설명했다. 갓 용부령에 오른 김현로 측에서는 큰사위 박천이 나서서 전임부령 측에서 이임 받은 서류를 읽었다. 거북부에서는 황환

부령의 큰아들 황동재가 나와 내용을 펼쳤다. 네 부의 재산 현황 보고가 끝난 뒤 박수소리와 함께 둥둥 북이 울리며 행사의 한 마디가 끝났다.

날빛이 채 어두워지기 전에 보름달이 둥실하게 떠올랐다. 오령 회합과 제일사자들의 각개 모임은 밤이 깊어 다시 시작하기로 하고 일단 산회散會가 선언된다. 북소리와 더불어 곳곳에 세워진 화롯불들이 불꽃을 피우며 타오르기 시작하자 연희패가 타악기를 울리며 마당으로 들어왔다. 한 달 전부터 준비한 술과 음식이 줄줄이 들어왔다. 먹고 마시는 와중에 곳곳에서 동아리를 지어 목검대련이며 팔씨름을 벌였다. 이긴 자들끼리 계속 맞붙어 최후의 일 인을 가려 포상도 하는 사내들의 놀이였다. 이태에 한번 서로 얼굴을 익히며 어우러지는 자리이되 이 자리를 떠나면 서로를 잊고 각기의 소임을 다하며 자신의 삶을 살게 될 이들이었다.

단상을 내려온 온도 너울을 벗고 다음 차례를 준비했다. 호위 박사비가 온의 옷을 품고 있다가 갈아입혀 준다. 칠성부가 새로 세워졌으므로 모양을 내기로 했다. 위엄을 보이기로 한다는 둥 거창할 필요는 없었다. 이쪽의 위엄은 저쪽에서 보는 자가 느끼는 것. 각부에 속해 있다가 칠성부로 옮겨진 여인 사자 삼백여 명 중 무예를 익힌 사자가 칠십여 명이었다. 그중 팔팔하게 젊은 서른여섯 명을 뽑아 만성무를 준비해 왔다. 서른여섯 명 중에 온도 끼었다. 한바탕 놀고 난 연희패가 앉음새로 검무 장단을 준비했다. 춤은 중중모리 장단으로 시작되어 굿거리에서 흥을 내고 자진모리에서 정점에 이르러 끝나게 되어 있었다.

사령 보위대장 정효맹의 신호로 북재비가 북을 쳤다. 북소리와 함께 마당이 비워졌다. 동시에 쉬고 있던 놀이패가 음율 섞인 장단 소리를 내기 시작했다. 준비하고 있던 칠성부 검무단이 악기 소리에 맞춰 마당에 입장했다. 보름 달빛 아래서 한껏 빛이 나도록 나비날개처럼 하늘거리는 흰 비단 무복을 입었다. 절도와 유연함의 조화. 그 조화 속에서 솟구치는 날카로움이 온이 의도한 만성무였다. 무엇보다 아름다워야 했다. 서른여섯 명의 여인이 양손에 검을 쥐고 춤을 추고 있는 이 순간만은 주변을 둘러싼 사람들을 모조리 홀려야 했다. 만단사의 사내들을 홀리는 것이자 세상을 홀리는 것. 온은 세상을 홀려 품고 싶었다.

덩덕쿵덕 쿵덕쿵덕. 중중모리 장단으로 시작된 춤은 흥겨운 굿거리 장단으로 이어진다. 덩 기덕 쿵 더러러러 궁 기덕 쿵 따. 만성무는 자진모리에서 절정에 오른다. 덩덩 쿵 따쿵 덩덩 쿵따쿵. 숨 가쁘게 펼쳐지는 자진모리 장단의 춤사위에 주변의 모두가 홀린 순간 춤은 변조 없이 덩덩 쿵따꿍에서 뚝 끝난다. 서른여섯 칠성사자가 든 일흔두 기의 검 끝이 달을 향해 있었다. 온의 시선도 보름달을 향한 채다. 잠깐 달을 쳐다보고 있노라니 불현듯 한 달 전 새벽에 화개 반반골 유수화려에서 무녀 중석이 한 말이 생각난다.

'아가씨가 칠성이 숨기 전에 가셔야 할 분이니 보름달이 지기 전에 강물처럼 떠날 수 있게 하시오.'

칠성은 보름달빛에 가려져 흐려 보이나 동북쪽 하늘 높은 곳에 새겨져 있다. 국자 모양으로 생긴 일곱 별. 생명수 바가지. 국자로 물 위에 뜬 너겁을 걷어낸 듯 불현듯이 강수라는 이름이 떠오른다. 그리고 경이와 본이. 어느 상단 집의 자식들이었던 같은 그 아이들과 강수는 가마골 웃실에 살았다. 강수는 그 아이들의 언니였다. 가마골에 살 때 온의 이름이 보리아기였다. 쩌릿한 환희와 함께 누군가 속삭이던 소리가 되살아난다.

'보리아기 너는 칠성이다. 하여 너는 칠성을 낳으리라.'

몽현夢顯하신 칠성님이셨다. 이온은 이미 칠성이자 일곱 별의 딸이었다. 호녀와 웅녀의 딸 군아君峨이기도 했다. 이태 가까이 바보로 지냈던 가마골에서 아무것도 배워오지 못한 게 아니라 칠성을 담아왔던 것이다.

강수, 그는 어디 있을까. 온은 마지막 장단에 맞춰 달을 향해 있던 쌍검을 마당에 내리꽂으며 주변을 살핀다. 수백의 만단사자들이 박수치며 와와 함성을 낸다. 가마골에 있을 그가 이곳에서 보일 턱이 없다. 폭설이 내리던 어느 밤 가마골 옹기장이 집 앞의 징검다리에서 그에게 안겼다. 그의 손을 잡고 삼덕 무녀네로 가서 그를 안았다.

그 시절이 온통 꿈같지만 분명 꿈은 아니었다. 깨고 나면 잊어버리는 꿈이라면 노상 그를 그리워하며 살지 않았을 터. 그를 떠올릴 때마다 이토록 마음이 설렐 까닭도 없다. 그의 얼굴이 가물가물 하여도 그를 보면 단박 알아보게 될 것이다. 마음이 지금처럼 설렐 터이니. 그를 원하고 그에게 가면 되는 것이다. 그대 원하는가? 그곳에 그대가 있으니, 그곳으로 가라! 깃발에 쓰인 글귀가 펄럭이고 있지 않은가. 한양 집으로 돌아가야 할 날이 다가오고 있었다. 온에게는 할 일 많은 앞날이 펼쳐졌다.

만성무는 보름달빛 아래서 나비 떼가 날듯 아스라하다. 하늘로 뻗친 칼날의 예리함은 보름달과 만나 폭죽인 양 허공에서 반짝인다. 보는 자들의 가슴이 베이도록, 누구도 이 광경을 잊을 수 없도록 공교하고 치밀하게 의도된 춤사위다. 이온과 박사비의 주도로 만성무를 마친 칠성사자들이 너른 마당에서 나와 함화루 뒤쪽의 숲으로 사라진다. 여인들의 칼춤에 홀려 고요하던 만단사자들이 목검 시합에 참여할 각부의 대표를 뽑느라 수선스럽다. 와중에 온이 옷을 갈아입고 너울복면을 하고 함화루로 올라온다. 제 부친이며 사령들에게 사뿐히 인사하고 부사령이며 칠성부령의 자리로 마련된 좌대에 앉는다.

"근정, 고생하셨습니다. 황홀합디다. 새 칠성부에 거는 기대가 큽니다."

온의 호를 다정히 부르며 먼저 인사 건네는 사람은 거북부령 황환이다. 전라도를 주름잡고 있는 강경상단의 주인이자 사령보위부에 있는 동보의 부친이다. 각부 부령은 휘하의 수백 사자들과 그들에 달린 식구들까지 고루 책임져야 하는바 그 책임은 재물이 뒷받침한다. 그렇기 때문에 부령들은 대개 재력 기반이나 현실 기반이 탄탄한 자들에게서 나올 수밖에 없다. 기린부령 민손택, 봉황부령 홍낙춘, 칠성부령 이온, 거북부령 황환, 용부령 김현로까지. 사령을 아울러 다섯 명의 부령들이 모두 그랬다. 당대에 쌓인 재물이나 벼슬이 아니라 대대로 물려받은 자리에서 다시 힘을 키운 사람들.

"고맙습니다. 제가 경험이 일천하오니 많이 도와주시어요, 황 도방님. 다른 어른들께서도요."

온의 어엿한 인사에 부령들이 유쾌하게 웃는다. 이온 대신 부사령에 오르는 게 당연함에도 태생이 천하여 그리 못한 사람이 사령 이록의 첩실인 화씨다. 작년 섣달 중순에 사령의 세 번째 부인이었던 김씨가 급사한 주검으로 발견되었다. 부사령이기도 했던 김씨 부인은 조요하고 영민했다. 자식을 낳지 못했으나 병색 같은 건 없었다. 만단사의 안살림을 거뜬히 꾸리며 사령이 세우고자 하는 칠성부의 기틀을 만들어 왔다. 그러다 돌연히 죽었다. 왜? 효맹에게 의혹이 생겼다. 의문을 갖기 시작하니 김씨를 죽인 사람이 화씨가 아닐까 싶었다.

화씨는 무녀다. 오색 깃발 내걸고 무녀 노릇을 하지는 않아도 자신의 처소인 증심당 뒤채에 버젓이 신당을 차려놓았다. 무녀이면서 만단사령의 첩실 노릇을 하고는 있으나 그는 천민이므로 정실이 될 수 없고 부사령 노릇도 못한다. 따지고 보면 김씨 부인 이전 강씨 부인을 겪는 동안에도 내내 그러했다. 김씨 부인의 급사에 화씨가 작용했다면 이전 강씨 부인의 죽음에도 관여했을지 몰랐다. 어쨌든 현재 사령에게 정실부인이 없음에도 화씨는 태생의 한계 때문에 이 자리에 나오지도 못했다.

사령의 보위대장인 정효맹도 팔천의 한 족속인 광대 종자였다. 타고난 피가 너무 천하여 현실에서는 어느 곳에도 부접할 수 없으나 사령의 심복으로 사는 덕에 일찌감치 봉황부 일봉사자一鳳嗣子에 올랐다. 그 사이에 이록은 봉황부령에서 사령이 되었고 그 과정에 그가 행사한 일들은 모두 효맹의 손을 거쳤다. 언젠가 효맹도 봉황부령에 올라야 할 것이되 스스로 지닌 게 없었다. 태생적으로 지닌 건 없을지라도 야심조차 없지는 않다. 포부라 해야 할지.

당장 부령이 될 수는 없어도 사령보위부를 떠맡았고 일만여 석의 소출이 가능한 토지를 기반으로 한 사령 본원의 살림을 한다. 만단사의 비밀 인재들을 키우는 은밀한 일도 효맹이 했다. 무엇보다 효맹은 사령이 어떤 야망을 가졌는지 알고 있는 유일한 사람이다. 사령 이록의 야심은 대궐의 주인이 되는 것이다. 사령이 수백 년 전래해 온 만단사를 사실상 전유한 까닭도 대궐의 주인이 되기 위함이다. 사령은 그래서 임금을 몹시 조심한다. 관직에서 물러나 있는 것이나 대궐 쪽에는 아예 관심 없는 양 하는 것이나. 처처의 눈길이 뻗쳐 있을 오늘 밤 이 행사만 해도 아무도 의식하지 않는다는 과시라 할 수 있다. 바깥의 시선은 물론 만단사 내부의 시선을 차단하여 사령 스스로 거리낄 것이 없다는 것을 표명하고 있는 것이다.

정효맹에게 만단사령 이록이 조선의 임금이 될 수 있을지는 차후의 일이다. 사령이 만단사를 세습체제로 만들어 놓은 뒤 언젠가, 효맹은 스스로 만단사령에 오를 야심이 있었다. 이온과 혼인만 하면 될 일. 효맹이 서른세 살에 이르도록 혼인하지 않고 버티는 이유였다. 계집들이야 생각나는 대로 품되 자식이 생기지 않도록 미연에 방지했다. 아무 사내에게나 안길 수밖에 없는 광대 무리의 힘없는 여인이 정효맹의 어미였다. 태생은 그러하나 이 함화루 앞에서 아비를 비롯한 광대 패거리를 따라가지 않고 남기로 한 아홉 살 때부터 정효맹은 만단사의 주인이 되기로 예정되었다. 효맹은 그리 여겼다. 사령 이록의 살수殺手이자 사냥개로서 사는 이유였다.

문제는 이온이 정효맹을 제 집안의 노복 이상으로는 취급하지 않는다는 점이다. 지금도 너른 마당에서 벌어지는 씨름판을 내려다보며 부령들과 소곤소곤 하면서도 오늘 밤 대회를 총괄하는 효맹에게는 눈길 한 번 주지 않는다. 온은 제 열다섯 살에 정혼자를 잃은 미혼과부다. 미혼이라 해도 허투루 혼인할 수 있는 지체가 아니므로 쉽게 혼인할 수 없다. 이미 스물이 넘었으므로 혼인하기 더 힘들어졌다. 효맹은 온이 아예 더 나이 들기를 기다려 왔다. 그게 실책이었다. 나이는 세월 따라 먹는 것이나 존재는 단숨에 커져 버릴 수 있다는 사실을 간과했다. 그 실책을 어떻게 만회할 것인가. 그걸 당장 생각해 내야 한다는 걸 효맹은 오늘 밤 대회를 통해 깨달았다.

와하하. 너른 마당에서 웃음소리가 나고 오령들이 일어나 박수를 친다. 목검 대결의 우승자가 결정된 참이다. 우승자가 사령보위부의 대표로 출전한 거북부령의 아들 동보. 준우승자는 봉황부령을 따라온 이봉사자 김제교다. 효맹이 김제교를 처음 본 게 제 열 살 때인데 어느새 열아홉 살이 되었을 뿐만 아니라 겨우 열아홉 살에 이봉사자가 되어 봉황부령의 호위 자격으로 이 자리에 왔다. 사령이 명한다.

"우승자와 준우승자를 누정으로 올라오게 하라."

효맹은 북을 쳐서 마당의 주의를 환기시킨 뒤 황동보와 김제교에게 누정 위로 올라오라 소리친다. 동보와 제교가 수백 사람의 박수를 받으며 누정으로 뛰어온다. 스물두 살인 동보는 아직 미장가다. 그의 집안이 전라도를 주름잡는 부자라 할지라도 중인 집안이라 사령 이록이 사돈 맺으려 하지는 않을 것이다. 지금까지 그리 여겨왔지만 이제 그도 안심할 수 없게 되었다. 사령이 아직 장악하지 못한 곳이 거북부였다. 동보의 부친 황환. 사령이 거북부를 장악하기 위한 방편으로 동보를 사위로 맞겠다 작정하면 정효맹의 모든 것이 수포로 돌아간다. 그렇게 둘 수는 없었다. 되어가는 대로 지켜보기에는 그동안 정효맹이 들인 공이 너무 크고 살아온 세월이 길었다.

백지에 점찍기

화산과 강수는 해거름 녘에 상림 숲 속으로 숨어들었다. 유시 말
에 시작되어 술시 말에 일차로 끝난 만단사 대회합을 똑똑히 목격했
다. 만단사 칠성부의 군무와 사자들의 목검 시합까지 보고 각자의
소회를 품은 채 유수화려로 향했다.

한 조직의 수장이 되는 사람들은 기세가 높기 마련이다. 그런 사
람들 몇 명이 모일 때는 여울 같은 기의 파장이 생긴다. 사신계四神
界 다섯 부령들이 그러했다. 그들이 회동할 때는 그들의 기가 모여
솟구칠 것을 저어하여 주변에 결계를 쳤다. 그들이 모인 장소가 세
상에 존재하지 않는 듯 대중들의 시선에서 사라졌다. 사신계 오부령
의 회합은 그만큼 은밀했다.

지금까지 만단사 부령 회합도 그런 양상이었을 것이다. 그랬기에
그토록 오랜 세월 세상에 드러나지 않았을 터인데 오늘 밤 그들은
대놓고, 아무나 보란 듯이 판을 벌였다. 만단사 각부의 일급 사자들
은 사신계의 무진武辰들과 같으므로 오늘 밤 만단사는 태반의 세력

을 노출했다. 만단사령과 부사령과 다섯 부령과 제일사자들까지. 그들은 왜, 무엇 때문에 그리하는가.

사 년 전 정월, 보리아기라 불렸던 이온이 가마골을 떠날 때 사신계 칠성부 오품 복분과 칠요의 호위 해돌이 뒤를 밟았다. 한 달여 만에 돌아온 복분과 해돌에 의해 만단사 본원이며 만단사령이 누군지를 알게 된 사신계에서는 만단사령 이록에 대해 파악했다.

이록의 집안은 백삼십이 년 전에 폐위된 광해군의 손자 이린李燐으로부터 시작됐다. 광해군과 세자가 폐위된 뒤 그 일가가 강화도로 유배를 갔다. 폐세자가 섬에서의 탈출을 꾀하다 사사되었다. 폐세자빈은 자결했다. 그 내외에게 남은 아들이 린이었다. 이린이 자라 효종 임금 등극에 큰 공을 세워 공신록에 이름을 올림으로써 집안이 다시 부흥했다. 흥하려면 외양간에서 쌍둥이 암송아지가 태어난다고 이린 말년에 그 집안 영토에서 광맥이 터졌다. 현재 이록 집안의 거대한 부는 그 광맥에서 비롯되었다.

이록은 폐조廢祖 광해군의 오대손이다. 이록의 선조들은 한양에 집을 둔 채 공신전功臣田이 있던 함양에다 향리를 마련했다. 이록의 조부 이호李鎬 시절이었다. 약방거리에다 약방을 내어 돈을 벌기 시작한 것이나 팔도 곳곳에 있는 보원약방을 통해 남령초 장사를 시작한 것도 그 즈음부터다. 입으로 연기를 피우는 사람치고 보원약방의 남령초를 모르는 자들이 없었다. 이후 이록 집안사람들은 한양과 함양을 오르내리며 살아왔다. 그러면서 만단사를 차지할 수 있을 만한 힘을 키워 왔다.

"예상보다 빨리 오셨습니다."

혜원이 함양에서 돌아온 두 사람과 안도, 해돌, 천우 등을 자신의 처소로 이끌었다. 여섯이 좌정한 뒤 혜원이 중석께서는 잠시 침수에 드셨노라 한다. 새벽 불공을 올려야 할 시각에 중석이 잠들었다는 말에 강수가 놀라 묻는다.

"아씨께서 어디 편찮으신 겁니까?"

"간밤 기도가 깊으시어 새벽잠에 드신 것이니 염려치 않아도 된다."

혜원이 제자인 강수의 불안을 다스리며 화산을 돌아보았다. 화산이 중석의 침소를 건너다보듯 문밖 동정을 살피고 나서, 보고 온 함화루 광경에 대해 설명했다. 기린부령 민손택, 봉황부령 홍낙춘, 용부령 김현로, 거북부령 황환 등의 이름까지 다 나왔다. 한참 듣고 난 혜원이 화산에게 물었다.

"이온의 주도로 군무를 추더란 말이지요? 수백여 명이 모인 자리에서?"

"부드러움 속에서 피어나는 예리함이 자못 선연하더이다. 헌데, 아씨께서는 이온에 대해 어찌 말씀하셨습니까?"

"따로 하신 말씀은 없으십니다."

"하면 이온을 저대로 만단사 칠성부령으로 살게 할 요량이신가요?"

"아니면 어찌하시겠어요?"

"보리아기 시절의 이온을 우리 사람으로 만들어 놓지 않으셨나 싶어, 여쭙는 것입니다."

"누군가를 억지로 우리 사람으로 만드는 건 아씨께서도 불가하시지요. 그리하실 수 있다 해도 하지 않으실 분이시고요. 우리 세상 사람들은 모두 스스로의 의지로 입계하고 살아가지 않습니까. 다들 아시다시피 당시 보리아기는 의지를 가진 사람이 아니었습니다. 보리가 만단사령의 딸로 자라면서 만단사밖에 알지 못하므로 아씨께서는 보리로 하여금 다른 세상도 있음을 알게 하여 의지의 가능성, 선택의 가능성을 심어 놓으셨다는 게 맞을 겁니다. 그 측면에서 간밤의 이온은 어떠하더이까?"

"먼빛으로 보았으나 그 모든 상황에 지극히 자연스럽고 당당했습니다. 그를 보면서 저는 작금의 우리가 경계해야 할 인물은 만단사를 세습체제로 바꾸어가는 사령 이록이 아니라 부사령이자 칠성부령이 된 이온이 아닐까 여겼습니다. 다른 부령들이 이록의 무모한 야심을 수용한 원인이 이록의 강압만으로 된 일일지 의문이 생기더라는 것이죠."

혜원이 강수를 돌아본다.

"너는 어찌 보았니?"

가마골에서의 보리아기와 상림의 이온은 동일 인물이라 하기 어려웠다. 보리와 온을 도저히 합치시킬 수 없되 한 사람인 것도 사실이라 간밤의 강수는 새삼 지난날 자신의 행동을 자책했다. 당시 보리아기는 제가 하는 짓의 의미도 모르는 무구한 상태였다. 그런 사람을 연모는커녕 연민조차 없이 일시적인 욕구를 이기지 못해 범했다. 내가 범했음에도 올무에 걸린 듯 고통스런 희열을 느꼈던 그때로부터 사 년여. 자책은 있되 그립지는 않은 보리가 사신계가 주목하는 만단사의 중심인물이 되어가는 걸 마주할 때마다 강수는 할 말이 없었다.

"이온에게서 보리를 연상할 수 없듯 그는 만단사 부사령이자 칠성부령으로서의 스스로를 몸에 익힌 듯 느꼈습니다. 그 부친 이록이 더 이상 자식을 생산할 수 없을지도 모른다는 것으로 우리가 분석했 듯, 이온도 그걸 아는바 자신만만, 이록의 유일한 자식으로서 만단 사를 전유하고자 하는 뜻을 품은 게 아닌가, 생각했습니다. 또한 이 온의 그 생각이 어제오늘에 시작된 게 아니라 가마골에 들기 한참 전에 생성되어 있었던 게 아닐까 싶고요. 더불어 정효맹이라는 자에 대해 우리가 너무 모르고 있는 게 아닐까 싶습니다. 그가 서른 중반 쯤 되었을 것이라는 사실 이외에 우리가 그에 대해 파악한 것이 없 지 않습니까."

정효맹이 워낙 조심스런 자라 뒤를 밟기 어려웠다. 그의 움직임 에서 무공의 높낮이를 가늠하기도 힘들었다. 그만큼 고수라는 의미 였다.

"우리가 정효맹에 대해 아는 게 너무 없기는 하지. 그에 대하여서 도 숙고가 필요하긴 할 거야."

강수의 말을 수긍한 혜원이 다시금 방 밖을 주의하는 시늉을 하고 는 새삼 마주한 다섯 사람을 둘러본다.

"여기 앉은 우리 여섯이 우리 세상의 중심을 둘러싸고 있는 사람 들이므로 말씀드립니다. 안도님, 화산, 해돌, 천우, 네 분은 아씨께 서 장님이 아니셨던 때의 모습을 알지 못하지요. 저도 아씨가 장님 아니신 모습을 단 이틀 뵈었을 뿐이라 그때 뵌 모습이 오히려 비현 실 같을 때가 있습니다. 그런데 아씨께 현실의 눈, 우리와 같은 사실 의 눈이 돌아오고 계신 듯합니다."

모두 그게 무슨 말이냐고 반문도 하지 못한 채 혜원을 쳐다본다. 장님이 개안하고 있다는 말을 믿지 못해서다. 마흔 살로 여섯 중의 좌장인 의원 안도가 입을 연다.

"저도 얼핏 아씨께서 심안이 아닌 실제의 눈으로 제 형체를 보시지 않나, 생각한 적은 있습니다만 그런 일이 가능한가 싶어 연덕에게도 말해 보지 않았습니다. 헌데 정말이라는 말씀이십니까? 진맥하는 것으로는 전혀 가늠할 수가 없는지라."

숙수 외순과 더불어 유수화려의 식생을 책임지고 있는 안도는 내의원 취재에 입격하여 의원 자격을 가지고 있지만 의원 노릇보다 떠도는 삶을 택해 현재 이곳에 있었다. 칠요가 이곳에 자리하면서 그와 연덕에게 약방 차리기를 명하여 장터가 내려다보이는 곳에 집을 짓게 되었고 현재 마무리 중이다. 미구에 날을 받아 약방을 열면 의녀인 연덕과 더불어 근동의 병자들을 맞이하게 될 것이다. 화개장터에 처음으로 생기는 약방이다.

"그런 일이 어찌 가능한지는 우리가 알 수 없겠지요. 어쨌든 까맣기만 하던 눈앞에 틈이 생기면서 빛을 느끼시는 것 같던 아씨께서 지난겨울 이곳에 도착하신 즈음부터는 색깔과 형체를 어느 정도 구분하시는 것 같습니다."

다른 사람들은 무슨 말인지 실감하지 못해 어리둥절해 하는데 강수는 가슴이 마구 설레며 떨린다. 칠요에 오르기 전 큰언니라 불렀던 반야는 소리 내어 잘 웃고 잘 걸었다. 반야와 동마로를 따라 걸어다닐 때 강수의 세상은 무지개 속인 양 아름다웠다. 꽃각시 보살로 불리던 반야한테 보랏빛 각시취꽃을 꺾어다 안기며「헌화가」를 읊었던 게 강수의 일곱 살 초가을이었다. 어찌 이리 어여쁘니, 우리 강수. 큰언니 반야가 그리 말하며 안아줄 때 강수는 슬픔이나 아픔 등을 알지 못했다. 하다못해 손가락 한번 찧어 보지 않고 무릎 한번 깨지지 않은 채 그 시절을 살았다.

꽃각시 보살이자 별님으로 불릴 때의 반야는 걷기를 좋아했다. 온양에서 태백산 검룡소까지 열흘씩, 백두산까지 두 달씩 걸어갔다 오기도 했다. 이곳에서도 반야는 날이 몹시 궂지 않으면 하루 한 시진씩은 걷는다. 장님이라 빛과 상관없는 데다 장님 걸음이 이목을 끌 것을 저어하여 저녁 예불을 올리고 저녁을 먹은 후에 움직였다. 마을을 내려가 강변길을 따라 구례 쪽으로 걷거나 장터를 지나 쌍계사 길을 걷다가 돌아오기까지 한 시진가량이 걸렸다. 호위들이 유수화려에서 산 아래로 내려가는 길에 돌부리 하나 남겨 놓지 않고 닦아놓았다. 반야도 길에 익숙해지면서 부축 받지 않고 걷기도 했다. 하지만 잠깐만 딴 생각을 해도 넘어지기 일쑤였다. 넘어졌다 일어나며 놀란 호위들에게 미안해하는 반야를 볼 때마다 강수는 서러웠다. 이제금 반야가 눈을 되찾는다 해도 강수의 세상이 무지갯빛이 될 수는 없을 것이나 매양 안쓰러워하지는 않아도 될 터이다.

"어쩌면 머지않은 날에 아씨께서 시력을 회복하실지도 모르지만, 아니실 수도 있습니다. 아씨께서 저한테도 아직 말씀을 아니 하시는 걸 보면 제가 성급한 것인지도 모르죠. 그럼에도 제가 감히, 아씨께서 하시지 않는 말씀을 하고 있는 까닭은 우리가 미리 살펴야 할 일들을 의논하기 위해섭니다. 어제 해 질 녘부터 조금 전 파루 즈음까지 아씨께서는 한마디 말씀도 아니 하시고, 신당 밖으로 한걸음도 나오시지 않은 채 명상에 들어 계셨습니다. 늘 명상에 드시는 분이시나 문밖에서 수직하던 제게는 걱정이 찾아들었어요. 아씨께서 시력을 되찾으실 경우 보폭을 늘리려 하실지도 모른다는 생각 때문에요."

혜원의 말에 해돌이 묻는다.

"지난 삼 년여 동안 팔도를, 이만오천여 리를 거동하셨는데 보폭을 더 늘리려 하신다 함은 어떤 의미입니까?"

이만오천여 리 북쪽 끝 회령에서 남쪽 끝 흥양까지 다니는 동안 칠성부 육십여 선원과 사신계에 속한 사찰들을 모두 돌았다. 열한 명의 칠성부 광품 계원을 무진으로 세워 새 선원을 열게 했다. 사신계 선원을 거쳐 다니는 행보였으되 폭설엄동과 폭풍폭우에 길이 막히지 않는 한 한 곳에서 닷새 이상 머문 적이 없었다. 이곳에 자리한 지난 초겨울까지 열다섯이나 되는 대식구가 내내 길 위에서 산 셈이었다.

"아직은 저도 잘 모릅니다. 아씨의 보폭이 어떠한 내용이시든 우리는 따르는 것입니다만, 아씨께서 만단사 사령본원이 하룻길도 못 되는 이곳에 거하자 하신 까닭이 뭘까, 우리가 짐작해야 하지 않나 싶은 겁니다."

여섯이 앉아 꽉 차는 조붓한 방안에 정적이 괸다. 칠요가 이곳에 거하자 한 까닭을 이제야 깨친 때문이다. 칠요는 만단사를 해체하거나 사신계로 흡수하려는 뜻을 세운 것이다.

이십칠 년 전인 무신년에 역란逆亂이 있었다. 당시 난을 일으킨 자들은 현 임금의 즉위에 불만을 가진 세력이자, 그 이십팔 년 전에 무고옥사誣告獄事을 일으켜 노론세력을 일시 잠재웠다가 현 임금 즉위와 함께 토평당한 소론 세력과 그 후손들이었다. 그들의 여세가 지난가을 또다시 나주에서 역모를 획책하다 들통났다. 그건 이른바 '나주 괘서의 변'이라 이름되었고 그 역모를 주도했던 세력이 처형된 게 지난달이었다.

사신계에서는 '나주 변'이 난으로 솟기 전에 발각된 과정에 만단사가 개입했을 것이라 판단했다. 나주에서 역모를 획책할 제 그 과정이 얼토당토않게 우매했다. 난을 일으키기 전에 숱한 사람들이 드나드는 객사며 객점에다 역모의 정당성을 적은 벽서를 붙이는 게 어불성설 아닌가. 더구나 주모자 중 한 사람이 나주목사 이하징인데 그는 만단사의 용부령이라 파악된 인물이었다. 목사직을 수행하며 만단사 용부령에 있는 자가 그렇게 어리석은 짓을 벌였을 리 없었다. 그는 현 만단사령 이록이 권력을 강화하는 과정에서 제거당한 것으로 봐야 했다. 이하징을 대신하여 나주목사가 되고 만단사 용부령에도 오른 자가 김현로다. 김현로의 장형 김약로는 좌의정을 지냈고 중형인 김상로는 현재 좌의정이다. 결국 이록의 명을 받은 김현로의 주도로 이하징이 제거된 것으로 볼 수 있는 것이다.

화산이 혜원에게 묻는다.

"그렇다면 아씨께서는, 이제금 만단사가 자신들의 정체를 훤히 드러내는 까닭을 역모를 위한 준비라고 보시는 겁니까?"

"그게 아니라면, 작금 만단사의 행태를 어찌 해석하겠습니까. 임금 되기가 쉬운 일이 아닌바 이록은 그 준비로서 만단사부터 장악하겠다는 것이겠지요. 오늘 밤 만단사 태반의 세력이 얼굴을 드러낸 까닭 또한 이록의 음모일 것이고요. 정작 역란이 시작되었을 때 그 자리에 있던 사람 누구도 빠져나갈 수 없도록 한 것 아니겠어요? 적극 참여하지 않을 수 없도록요. 아무튼 그건 차차 드러날 야욕이고, 당장 우리가 유의해야 할 일은, 이한신 대감이 혹시 모를 곤욕을 당하지 않도록 해야 한다는 것이지요. 아씨께서도 그걸 조심하시는 것이고요."

근래 이록이 벌이는 짓으로 인해 사신계에 파장이 미치기 시작했다. 당장 사신경四神卿인 이한신 어영청御營廳 대장 집안이 소론에 근거를 두고 있다는 것으로 트집을 잡히고 있었다. 이한신이 워낙 파당을 떠나 살아 빌미 잡힐 근거가 없었기에 아직은 조정에 남아 있으나 언제 어떤 것에 끌려들지 장담하기 어려웠다. 정적을 제거할 때 가장 쉬운 게 역모로 모함하는 것이다. 역모에 관한한 육십여 년이 지난 사건의 관련자들까지 들추어 역률逆律을 추시追施하는 게 작금 조정에 들어 있는 인사들이다. 이록이 정작 임금이 되기로 작정하고 나선다면 거대한 피바람이 불 터. 칠요 반야는 그 피바람을 미연에 막겠다고 나서려는 것이고 그 일을 위해 이 화개에 자리잡은 것이다.

혜원이 방안에 무겁게 드리운 침묵을 깬다.

"만약 아씨께서 그리 결정하셨다면 우리는 물론 복종합니다. 그럼에도 제가 염려하는 점은 아씨께서 직접 나서려고 하실지도 모른다는 것입니다."

"그건 안 됩니다."

혜원의 말이 채 끝나기 전에 강수가 비명을 참듯 낮게 읊조린다.

"그리하시게는 못합니다."

강수는 십 년 전 을축년 초봄에 일어난 도고 관아 사건의 전말을 당시에는 몰랐다. 칠요 주변에서 크지 않았다면 평생 알 수 없었을 터이다. 몇 년에 걸쳐 드문드문 알게 된 사실을 조합하면서 그 내용을 짐작했다. 반야가 칠요가 되었기 때문이었다. 칠요인 반야가 사신계를 보호하면서 만단사에 접근하기 위해 범한 실책의 결과였다. 그로 인해 반야는 어머니를 비롯한 식구 다섯을 잃었고, 눈을 잃었다. 그 사건 때 사실상 무고했던 관아 군졸 이십여 명이 칠요 호위대장이자 반야의 형제였던 동마로의 손길에 생목숨을 잃었다. 또다시 반야가 직접 나선다면 그 자신의 목숨은 물론 두 세계의 전면전이 될 것이다.

호위대장 화산이 조심스레 나선다.

"그 결과를 모르시지 않을 터. 설마 아씨께서 몸소 나서기야 하시리까만, 혜원께서 짐작하시기에 어떤 형태이실 것 같습니까?"

"우선 지난달 한돌님을 따라온 이온이, 아씨께 제자 되기를 청하였으므로 아씨께서는, 언젠가 온을 제자로 받아들이시지 않을까 싶습니다. 또 아씨께서는 이록의 상림 안에 무녀가 상주하는 것으로, 그 무녀가 온 부녀를 돕고 있으리라 짐작하고 계십니다. 그 무녀에 대해 궁금해하시는 거지요. 곧바로 만단사 본원으로 진입하여 만단사령과 그 무녀와 직접 소통하시면서 만단사를 흡수하려 드실지도 모른다는 것입니다. 한돌님으로 하여금 얼음골에 숨어 있던 산삼을 찾게 하시고 그걸 미끼로 온을 이끌어 오신 이유가 그 때문인 것이지요."

다들 반야 칠요를 모시면서 그의 예지력을 당연하게 여겼던지도 몰랐다. 그러니 칠성부령이시며 칠요이신 게 아닌가라고. 그 당연함을 불식시키듯 칠요가 스스로는 한번 가 본 적도 없는 지리산 얼음골의 어느 바위 곁 참나무 밑에 숨은 산삼 무더기를 적시했다. 한돌이 그곳에 가서 산삼을 찾고 반야봉에서 온을 이끌어왔다. 그 놀라움은 새삼스런 것이었다. 칠요는 정말 신통력을 지닌 사람이었던 것이다. 한돌 할아범이 캐낸 일곱 뿌리 산삼 중 한 뿌리를 그날 아침 온과 더불어 유수화려 식구들이 나누어 먹었다. 나머지, 이백여 년씩 되었다는 여섯 뿌리는 팔았다. 산삼 여섯 뿌리의 금액이 반반골의 적지 않은 식구들이 두 해쯤 먹고 살 만한 거액이었다.

"만약 실제 그리하실 시 우리가 가불가, 호불호를 말씀드릴 수 없는데, 경卿과 다른 부령들께 취품하는 게 우선 아니리까?"

"아씨께서는 부령들의 명을 받는 분이 아니신 게 우리가 직면한 문제지요."

사신계 다섯 부가 힘을 모아야 할 사안이 생겼을 때 부령들끼리는 논의하되 서로 명령할 수 없다. 그 논의가 결론이 나지 않을 때 칠요인 반야가 결정한다. 그렇게 결정된 사안이 사신경四神卿에게서 승인되지 않으면 다시 방법을 찾기 위한 논의를 반복해야 하되 그런 일은 거의 일어나지 않는다. 다섯 부가 힘을 합쳐야 할 때 그렇거니와 각부에서 독자적으로 움직이는 일들의 경우는 전적으로 해당 부령의 의지였다.

"하면 어찌하오리까?"

"아씨께서 실제 눈이 밝아지신 연후에 움직이시리라 가정하고, 그전에 상황을 달리 만들어 놓아야겠지요."

"달리 어떻게요?"

"백지에 선 하나가 그어지거나 점 하나가 찍히면 그림이 시작되는 것처럼, 이 모든 상황이 아직은 백지라고 가정하지요. 아씨의 백지에다 우리가 먼저 점을 찍는 것입니다. 우리가 이온을 우리 사람으로 만드는 것이지요."

"그게, 아씨 모르시게 우리끼리 가당한 일입니까? 앉은자리에서 팔도를 보시는 분인데요?"

"가당할 방법이 우리에게 있을지도 모릅니다."

혜원의 시선이 강수에게 닿는다. 덩달아 다른 사람들도 강수에게 시선을 돌린다. 천우가 말했다.

"맞아! 가마골에 살 때 보리아기가 자넬 연모했잖아? 그때 본이가, 보리언니는 강수언니를 좋아한다면서 자넬 수시로 놀렸지. 아이들 눈이 정확하잖아. 이온 안에 들어 있는 보리의 연심을 자극해서 자넬 다시 좋아하게 하면 되겠네! 우선은 그게 가장 쉽겠어. 아니 그렇습니까?"

강수가 황황히 나선다.

"현재의 이온은 보리아기가 아닙니다. 사람 마음이 그리 쉽게 움직이는 것이리까. 더구나 사람의 마음을 이용함은 인정의 도리에 어긋나지 않습니까."

혜원이 대꾸했다.

"그 때문에 아씨께서는 다른 누구의 마음도 이용하려 하지 않으시고 당신 몸을 쓰시려는 게지. 그리하시게 할 수 없어 우리가 의논하는 것이고."

강수에게 스승이자 상전인 혜원은 관엄寬嚴하되 그 너그러움과 엄격함은 칠요를 위한 필요에 의해 달리 발생한다. 어떠한 명도 빌지 않은 채 의논을 빙자해 온의 마음을 사로잡으라고 말하는 지금 혜원은 십 년 넘게 함께 살아온 다정한 식구도, 자애로운 스승도 아닌 엄격한 상전일 뿐이다. 곁에 앉은 해돌이 강수의 어깨를 툭 친다.

"어찌 그리 죽을상을 해? 보리아기든 이온이든 스무 살 갓 넘은 낭자 아니야? 내가 자네처럼 총각인 데다 미남자여서 그 낭자가 반해 올 가능성이 있다면 내가 대신하고 싶구만."

농담인 양 시부렁거린 해돌이 방문을 쳐다본다. 화산과 천우가 짓궂게 웃는다. 바깥 어딘가에 이미 일어나 있을 복분이 해돌의 안해다. 해돌은 복분이 한양 혜정원에 배속되어 있을 적부터 정성을 들이다 혼인에 이르렀다. 복분은 현재 팔삭이다. 혜원이 말했다.

"해돌의 말이 맞다. 너로 하여 온의 마음을 잡아 보게 하고 그를 우리 사람으로 만들면 어떨까 하여 떠올린 궁여지책일 뿐 무리할 필요 없다. 이 의논 자체가 아씨의 뜻을 위반하고 있는바, 절대 무리하여서도 아니 된다. 혹시 온이 가마골 시절의 너를 떠올려 찾아온다면, 다시 만난 둘 사이에 연심이 생긴다면, 젊은 정인들이 되어 온을 우리 세상으로 이끌면 좋을 것이나, 그리되지 않는다면 우리는 방법을 달리 찾을 것이다."

"이 남녘에 머물러 있는 이온이 언제 한양으로 가게 될 줄 어찌 압니까?"

"예전에, 보리아기가 가마골을 떠나기 사흘 전, 정월 보름밤이었는데, 아씨께서 보리아기를 상대로 어떤 의식儀式을 치른 적이 있다. 내 짐작이긴 하나 아씨께서는 그 밤에 보리아기에게 모종의 결계를 쳐 두신 듯하다. 그리고 지난달 보름날 아침에 그 결계를 푸신 것 같고. 내가 십여 년간 아씨를 모시면서 알게 된 건, 아씨께서 결계를 짓고 푸실 때, 열쇠가 되는 말이 있다는 것이다. 그날 아침 아씨께서 이온을 향해 하신 말씀을 분석해 봤더니 칠성과, 보름달과 강수라는 이름이 열쇠인 듯했다."

"보리아기한테 결계를 치시면서 제 이름을 열쇠의 하나로 설정하셨단 말씀이세요?"

"나는 그리 짐작했다. 해서 네게 이런 말을 하고 있는 것이고. 어쨌든 물고기들 중에 성어가 된 뒤 모천을 찾아 회귀하는 족속이 있잖니? 그렇듯 간밤 만단사 칠성부령에 오른 이온은 한양으로 갈 것이고 가마골의 너를 찾게 될지도 모른다. 또한 이온은 이제 만단사 칠성부를 키우려 할 터, 그 일을 위해서라도 곧 한양으로 갈 터이지. 하니 너도 가마골로 돌아갈 채비를 해라. 가서, 마냥 온에게 매달리라는 게 아니라 새로이 너의 자리를 만들라는 것이다. 오는 오월 초이튿날에 식년시式年試가 실시된다고 하니 이번 무과에 응하여라."

"제 자리가 여기, 아씨를 호위하는 자리 아닙니까?"

"물론 너는 아씨의 호위이다. 다만 당분간 아씨께서는 이곳에 계실 테고 보폭이 좁아지셨으므로 우리들의 보폭을 넓히자는 의미이다. 더하여 너는 한양에 자리잡아야 할 필요가 생겼으므로 그걸 자연스레 하기 위하여 무과를 치러 보라는 것이다."

"요즘 무과가 조정의 돈벌이 수단으로 전락하여, 수십, 수백 명씩 급제를 시키는 대신 돈을 받고 현직을 면하게 한다는 걸 세상이 다 아는데, 중인 가문의 아들로 되어 있는 제가 무과에 응시한들 등과를 하겠습니까? 혹여 급제한다고 해도 무슨 수로 자리를 잡고요?"

"어허, 무슨 짓인가."

화산이 엄한 목소리로 혜원에게 대서는 강수를 나무랐다. 강수는 뒤늦게 자신이 도를 넘었음을 깨친다. 혜원은 강수의 직속상관인 칠요 호위무진이거니와 스승이다. 온을 포섭하고 반야 곁을 떠나라는 말을 수긍하지 못해 강수는 두 가지 명에 불복하는 불경을 범했다. 강수는 얼른 자세를 고쳐 무릎을 꿇으며 무진과 선진들을 향해 읍하며 용서를 구한다. 혜원이 아무 일도 없었다는 듯 말을 잇는다.

"다시 말하거니와 네가 가마골로 가면 어떤 일도 무리하지 말고 억지로도 하지 않아야 한다. 무과는, 우리 세상이 아닌 대외적인 곳에서 너를 돌아보는 계기로 삼아 봐. 우물 안 개구리라고 하지 않더니? 네가 개구리인지 아닌지 이제쯤 시험해 보는 거라 여겨라. 무과

실기야 너를 따를 자가 없으리니 걱정할 필요 없겠지. 문장이 문제인데, 내가 너의 글 선생으로 십 년을 지냈으므로 너를 향한 나의 선생 노릇이 어떠했는지를 돌아보는 계기도 되겠지? 또한 너를 지금의 너로 만든 무수한 사람들의 정성에 감사하는 의미일 수도 있을 터다. 무슨 말인지 알지?"

"예, 스승님."

"어찌되었든 소임이라 여겨 버티듯 살지는 마라. 늘 하는 말이지만 우리 모두, 훗날을 위하여 오늘은 사는 게 아니다. 더 좋은 날을 위해 인내하며 사는 게 아니라 당면한 나날을 최선을 다해 즐기고 누리면서 사는 것이다. 알아들었어?"

"예, 스승님."

"한양 가서 방산 무진과 의논을 해. 그전에, 연순 객주님을 뵙도록 하고. 객주님을 뵈면 네가 무과에 응시할 방편을 일러주실지도 모른다. 앞으로 다루를 데리고 다니면서 한양과 이곳 사이의 인편으로 삼되, 다루를 수련시키도록 해."

열여덟 살로 현무부 삼급 여품女品인 다루를 선생으로서 맡으라는 것이다. 사신계 품급에서 나이나 현실의 신분은 상관없다. 한 품급이라도 높으면 나이와 상관없이 선진이자 선생이고, 오품 이상의 계원은 제자로 맡은 계원을 곁에 두고 책임지고 가르쳐 품계를 높여주어야 한다. 그때 책임에는 목숨에 대한 책임까지 포함된다.

"예, 스승님."

화개 나루에다 객점을 펴 놓고 있는 연순 객주는 네 해 전까지 한양 혜정교 옆에서 조선 제일 규모의 객관인 혜정원을 운영했던 삼로 무진이다. 반야가 소소원을 떠날 무렵 혜정원을 방산 무진에게 넘기

고 열외列外 무진으로 나앉은 그도 한양을 떠나 이곳으로 왔다. 삼신
산 중 하나인 지리산이 이곳에 있으므로 반야의 행보가 이곳에서 멈
출 것을 예비해 거점을 만들었다. 연순은 삼로 무진의 아명이었다.
여년을 이곳에서 보내다 생을 마감키로 한 삼로 무진이 어릴 적 이
름을 되찾아 쓰기로 하면서 연순 할멈으로 자칭했다. 평생 광대한
객관을 운영했던 연순 할멈은 나룻가에다 객방 다섯 칸짜리 객점을
벌여 놓고 일생 그곳에서 살아온 늙은이인 양 장터를 활보하며 보내
는 중이다.

　혜원의 처소를 나온 강수는 반야의 신당으로 들어선다. 수직하고
있던 다루가 따라 들어와 뒤에 서는 것을 느끼며 갓난 아기만 한 청
동 불상 앞에서 백팔배를 시작한다. 절하며 다짐한다.

　'반야 언니가 무모히 일어서지 않게 하겠나이다, 나무아미타불 관
세음보살.'

　'반야 언니가 보살피는 목숨들이 길이 평안히 살게 돕겠나이다,
나무아미타불 관세음보살.'

　'제가 소임을 다할 수 있도록 정신 차리고 살겠나이다, 나무아미
타불 관세음보살.'

　일배, 일배, 또 일배. 그 세 가지를 다짐하며 강수는 백여덟 번의
절을 해나간다. 반야는 신들을 향해 기도할 때 무언가를 이루게 해
달라고 간구하지 않았다. 모든 일에 감사했고, 스스로 해야 할 바,
나가야 할 바를 다짐했다. 반야의 아들로 자라온 강수의 기도도 같
았다. 신이 사람에게 아무것도 해줄 수 없음을 알므로 신께서 내게
무엇을 해주시기를 바라지 않았다. 다루가 강수와 함께 백팔배를 올
렸다. 그들의 등 뒤로 가지색 빛깔의 여명이 텄다.

늙은 쥐

섬진강에 면하여 큰 나루와 큰 장터가 있는 화개협峽 입구는 하동과 구례와 쌍계사 길이 합쳐지고 갈라지는 지점이다. 지리산의 화전민들과 약초꾼들이 캐 내리는 온갖 약초와 나물들, 전라도 쪽의 물산들, 하동바다와 섬진강 하류의 산물들이 만나고 흩어지는 곳. 나루터와 장터에서 한 모퉁이 비켜난 산자락에 위치한 반반골은 약초를 캐고 차를 만드는 족속들이 모여 사는 마을이라 하였다. 그 가운데 있는 유수화려는 사뭇 소박한 초가다. 아무리 겉모양 보고 속내를 판단해서는 안 된다 하지만 겉모양이 사람의 한 모습인 것도 실상이다. 이록은 온이 이 집에 거한다는 무녀의 무엇에 혹해 살펴 달라했는지 집 모양으로서는 알기 어렵다.

"황공하여이다, 마님."

무녀의 노복이라는 자가 신당 안에서 들리는 예불 소리에 다가드는 이록을 막아서듯 합장하고 나선다.

"왜, 자네 주인이 예불할 때는 손님 왔노라 기별하면 아니 되는가?"

"쇤네 주인이 아직 점사를 재개치 못한지라, 신당 모양이 미처 갖춰져 있지 않나이다. 아직은 그저 갓난아기만 한 부처님 한 분 모셔놓고 예불이나 드리고 계시는 처지라서요."

세상의 사람은 여러 층으로 분별되되 위아래 족속이 분명하다. 그 고하의 족속들 중 노비, 기생, 백정, 광대, 공장, 승려, 상여꾼과 더불어 무격이 가장 천하다. 그런 팔천八賤의 하나인 무격의 아랫것이라면 어찌 하늘을 이고 살까 싶지만 결국 그들도 사람이라 제 주인의 체면부터 챙긴다. 이록 스스로, 무녀이며 첩실인 화씨의 체면을 챙기는 것과 다르지 않다.

"자네가 꺼리는 게 그 점이라면 손이 왔노라고 아뢰어 보게. 혹시 아는가? 내가 자네 주인의 살림에 도움이 될지?"

머뭇거리던 노복이 제 주인에게 도움이 될 수도 있으리란 말에 혹했는지 툇마루에 아래서 합장 삼배를 하고는 방문을 열어 보인다. 아무것도 없어 휜한 방의 정면에 자그만 목재 불단이 있고 그 위에 갓난아이만 한 불상 한 기가 앉아 있다. 불상 아래에 향로와 두 점의 촛대가 놓였을 뿐 그야말로 아무것도 없는 방안에서 세 여인이 불단을 향해 절하며 염불을 외고 있다. 방문이 열려도 돌아보지 않는다. 방안에 장식이 아무것도 없으므로 이록은 그 방의 주인이 제법한 신기를 지닌 것 같다던 온의 말을 수긍한다.

별 치장 없이 무격 노릇을 할 수 있는 무녀를 만난 적이 있다. 한양 홍지문 밖 가마골 옷실에 살던 소경 무녀였다. 새벽에만 손님을 받던 그때의 소경 무녀는 무녀로서는 모든 것을 지닌 여인이었다. 가마골 소경 무녀라거나 신당의 이름을 따 소소 무녀라고만 알려진 그 이름이 몹시도 높았다. 당시 이록은 소경 무녀가 혹시 만파식령萬

波息鈴을 취한 것이 아닐까, 사신계의 칠성부와 연결되어 있지 않을까 하여 찾아갔다. 너울을 쓰고 앉은 그의 신당은 짐짓 소박하였으되 그 안을 채운 물건들은 최상의 솜씨들로 빚어진 것들이었다. 특히나 신당 벽에 걸려 있던 널따란 팔도 지도는 수십만 번의 바늘땀으로 정교히 수놓인 것이었다. 이록이 그때 소경 무녀한테 물었다.

"보이지 않는 사람이 팔도 지도는 무엇 때문에 걸어놨는가?"

소경 무녀가 소리 내어 웃고 나서 대답했다.

"간혹 멀리서 오신 손님들이 계시기에 그분들이 어디서 오셨는지 대강이나마 짐작해 보기 위함이오나 기실은, 손님들께 소인이 색다른 무녀라는 것을 과시하기 위한, 과장된 치장이자 허식이옵니다. 혜량하소서."

그 새벽에 소경 무녀에게 만파식령에 대해서는 묻지 못했다. 치장하지 않는 것조차 허식이라 말하는 그의 기운이 워낙 담담하여 만파식령을 찾는 자신의 의도를 밝히기가 어쩐지 거리꼈다. 대신 이록은 자신이 아들을 낳을 수 있겠느냐 물었고 언젠가 얻으리라는 말을 들었다. 그게 언제냐고 했더니 그것까지는 모르겠다고 했다. 그러면서 딸이 열 자식 값을 해줄 것이니 아들에 연연치 말라고 덧붙였다. 아들을 얻을 수는 있되 낳지는 못한다는 말이었다. 이록 스스로 다시 자식을 낳기 어려우리라 예감하고 있던 참이었으나 몹시 실망하고 분노했다. 무녀에게 분풀이를 할 정도로 우매하지는 않았으므로 고이 물러나왔다. 그 뒤 온을 소경 무녀에게 보냈다. 기가 막히게도 온은 소경 무녀한테는 닿지도 못하고 그 아래 가마골에서 일 년 반이나 되는 세월을 허비하고 돌아왔다. 온이 가마골에서 나온 직후 소경 무녀가 있던 웃실의 소소원이 당시 도성을 소란케 했던 명화당

도적 떼와 연루되어 곤욕을 겪었다고 했다.

이록은 신당 앞에서 몇 걸음 물러나 중석의 예참이 끝나기를 기다리기로 한다. 이록은 자신에게 신기가 있음을 어릴 때부터 느꼈다. 그 신기가 강력하지 못함을 안타까이 여기는 터수이되 무격들을 천시하지 않았다. 되지 못한 행세로 혹세무민하는 무격들을 경멸할지언정 대개의 무격들이 백성들과 더불어 살아가는 보통 사람들임을 인정했다. 무녀 화씨를 첩실로 삼은 것도 그래서였다. 간혹 드러나는 무격들의 비행이라야 탐관오리들의 작태, 임금과 그 주변 위인들의 작태에 비하면 오히려 안쓰러운 정도 아닌가.

아래 채 옆의 느티나무 가지에 좌대 모양의 그네가 드리워져 있다. 강의 한 어귀와 강 저편의 첩첩한 봉우리들, 그 아래 끼어 있는 마을이 건너다보인다. 이록은 강을 등지고 그네에 앉는다. 그네 줄이 칡넝쿨과 화살나무 잔가지로 엮였고 그네 판은 참죽나무 판자임 직하다. 그저 옆으로 뻗은 나뭇가지에 매어 놓은 그네일 뿐이지만 공들인 품이 소담한 집에는 과분할 만큼이다. 그네에 앉아 땅에 발을 댄 채 흔들흔들 하노라니 어디선가 바람 따라 불어온 은은한 불내와 고소한 다향이 느껴진다. 효맹이 주변을 돌아보려는지 불내가 나는 쪽을 향해 콧구멍을 키우며 옮겨간다. 무녀의 노복이 멈칫멈칫 다가와 곁에 섰다.

"자네 주인이 여기 자리잡기 전에는 어디서 지내었다고?"

"운주사라고, 전라도 화순에 있는 절 아랫마을에 있다 왔나이다."

이록도 운주사에 가 본 적이 있다. 운주사에 있다는 천 기의 석불과 천 개의 석탑보다 북두칠성 형상으로 누워 있다는 칠성석이 궁금했다. 운주사 칠성석이 만파식령과 무슨 관련이 있지 않는가 싶기도 했다. 칠성석은 영락없는 북두칠성 형세로 누워 있기는 했다. 만파식령과 칠성석이 어떤 관련이 있는지는 알 수 없었다. 그 절의 중들은 천불 천탑이 언제 만들어진 것인지도 몰랐다. 고려조 초엽에 조성되었을 것이라 짐작할 따름이라 했다.

"내도록 게서 살지는 않았을 테고, 그전에는?"

"소인은 주인을 그곳에서 만나 섬기기로 하고 이 고을로 따라온 터라 세세히 모르옵니다만, 한성에서 나신 것 같나이다."

"자네 주인이 혹시 소경인가?"

"어, 어찌 그걸 아시옵는지요?"

혹시나 하여 물어본 것인데 사실이라 하니 놀랍다. 방안에 있는 여인이 소소원의 그 소경 무녀라는 뜻이 아닌가. 온이 하릴없는 세월을 보내고 돌아온 뒤 전해 들은 바 소경 무녀는 가마골 웃실에서 사라졌다고 했다. 대놓고 궐 출입을 하던 그가 곤전에 들어갔다가 나오던 길에 명화당의 잔적들에게 피습을 당하였다는 은밀한 말이 육조六曹거리에 퍼졌던 것 같았다. 명화당 잔적들이 한 짓인지, 당시 한성판윤 측에서 한 짓인지는 알 수 없으나 만단사나, 이록이 한 일은 아니었다.

"자네가 지난 이월 보름 즈음에 반야봉에서 한 계집아이를 만나 이곳으로 이끌어 왔던가?"

"아, 그 아씨의 아버님이시옵니까?"

"그렇네. 우리 아이가, 자네 주인의 신기가 제법 높은 것 같다 하기로 내 일부러 넘어와 보았어. 이제 보니 내가 예전 한양에서 자네 주인을 본 적이 있는 성싶구먼. 자네 주인을 만나기 위해 부러 왔으니 주인에게 온의 아비가 왔노라고 알리게."

"황송하옵니다, 마님. 부디 잠시만 더 기다려주시옵소서. 「반야심경」 소리가 나는 걸 보니 금세 끝날 것이옵니다. 주인의 몸이 워낙 약한 데다 눈까지 어두워 쉬이 움직이기 어려운바, 무슨 일이건 정해진 일을 마치기 전에는 중단하지 않나이다."

"자네 주인의 신기가 많이 떨어졌는가?"

"소인에게야 주인의 신기가 세상 최고로 보이옵니다만 스스로는 아직 무녀 노릇을 재개할 수도 없다고 여기는 것 같나이다. 그래서 점사를 벌일 생각도 아니 하고 날마다 기도만 하는 게 아닌가 하옵니다."

"이 그네는 주인을 위한 자네 솜씨일 터이지?"

"주인이 홀로 움직이기 임의롭지 못한지라 날 좋을 때 잠시라도 나와 앉으시라고 한번 매어 보았나이다."

"주인이 점사를 못 봐 돈도 못 벌매 자네나 자네 식구를 돌봐 주지도 못할 터인데 어찌하여 저 사람을 이리 지성으로 섬기는 게야?"

"운주사 아랫골에 살 적에 소인이 죽을 수가 들어 넘겨졌사온데 이웃에 계시던 주인께서 이리 늙은 쇤네를 안고 다독이며 경문을 읊어 주셨습니다. 그 덕에 소인이 말짱히 일어난바 그분을 주인으로 섬기며 덤으로 생긴 생을 살기로 하였나이다."

"늙은 자네가 언감, 목숨 구해준 젊은 주인을 사모하는 게로군?"

농으로 한 말에 늙은이가 대답을 바로 못하고 우물쭈물 읍한다. 얼굴이 붉어졌다. 석양빛 때문이 아니라 정곡을 찔려 부끄러워한다. 방 안에 있는 늙은이의 주인, 여러 해 전의 소경 무녀가 떠오른다. 상대의 얼굴을 직접 보지 못하여 모든 인종을 똑같이 은자 닷 냥의 손님으로만 대했을 뿐이지, 제가 맘만 먹는다면 남녀노소 없이 홀릴 수 있을 법한 계집이었다. 솔직히 이록도 그 소경 무녀와 마주앉았을 때 설렜다. 실재의 아무것도 못 보는 눈임에도 너울 위로 드러난 눈매며 눈빛이 사뭇 아름다웠다. 그의 너울을 걷어내고 옷고름을 풀고 비녀를 빼고 치맛말기의 매듭을 풀어 알몸으로 만든 뒤 그 몸 구석구석을 노략하는 상상으로 몸서리를 쳤던 순간이 있었다. 더하여 그가 나로 하여 애달아 사랑해 달라 애원하고 나를 사랑한다면 그야말로 궁극의 쾌락일 것이라고. 정말 잠깐이었다.

무녀를 일순간의 쾌락의 대상으로 삼으면 안 되는 것임을 이록은 잘 알고 있었다. 십여 년 전 도고 현령을 지내던 삼기사자三麒嗣子 김학주란 자가 우매하게도 그런 짓을 하다 변을 당했다. 깊든 얕든 뭇기巫氣가 있는 자들은 상대의 뭇기를 경계하되 존중해야 하는 법이다. 김학주는 힘없는 무녀들의 신기를 탐하며 유린했다. 핑계는 만파식령을 찾아 사령에게 바침으로써 만단사를 강성케 하는 데 공을 세우겠다는 것이었겠으나 스스로 뭇기를 높여 사욕을 채우려 했던 것이다. 그런 자가 제정신으로 살 수 없을 건 뻔한 이치. 결국 놈은 도적 떼에게 변을 당해 죽었다. 그 대목에 의혹이 없지는 않았다. 현령과 심리사가 죽고 수십 명이 죽거나 다친 그 사건을 도적놈들의 소행이라 보기 어려웠다. 뒤처리가 너무 빨랐거니와 그들이 지나간 자리가 지나치게 깨끗했다. 도적 패거리인 명화당이 하필이면 왜 도고 관아를 쳤는지에 대한 의문도 풀리지 않았다.

이록은 당시 봉황부령으로서 만단사령에게 그 내막을 파 보자 취품했다. 사령은 삼기사자 김학주가 이미 죽었으므로 덧들일 필요 없노라 허락지 않았다. 사령 노릇을 삼십여 년째 하던 일흔 넘은 늙은이라 일 벌이길 꺼려하던 즈음이었다. 분명히 어떤 세력이 움직인 것인데, 어떤 세력이 움직였다면 까닭이 있을 터, 내막을 파 봄이 마땅하지 않은가. 사령이 허락지 않으니 다른 부의 부령들도 꿈쩍 하지 않았다. 심지어는 도고 현령이었던 김학주가 기린부 사자일 제 기린부령조차도 그자가 이미 죽어 신경 쓰지 않아도 된 것을 다행이라 여겼다.

당시 사령은 차기 사령 자리를 기린부령에게 물려줄 속셈이었다. 차기 사령 자리는 현직 사령이 결정하는 게 아니라 그가 유고된 뒤 부령들의 추대에 의해 오르는 게 원칙일지라도 당대 사령의 뜻이 작용하기 마련이었다. 이록은 그래서 당시의 기린부령을 먼저 제거했다. 연후 포섭해 두었던 기린부의 일기사자—麒嗣子 민손택을 새 기린부령으로 밀어올렸고 기린부에 들어 있던 김학주의 식구를 거두어 봉황부로 들였다. 이듬해 사령을 유고시키고 이록 스스로 사령위에 올랐다. 자연적으로 모든 일이 이루어지기를 기다리기엔 이록이 하고자 하는 일이 많고 가야 할 길이 심히 멀기 때문이었다.

신당 앞으로 건너갔던 무녀의 노복이 되돌아온다.

"마님, 안으로 드시어 달라 하십니다."

이록은 주위를 살피고 돌아온 효맹에게 마당가에서 수직하라 이른 뒤 신당으로 들어선다. 예전 소소원 신당에서는 새벽에만 손님을 맞이했다. 지금은 새벽이 아니라 해 질 녘이라는 것만 다를 뿐 그때 풍경과 흡사하다. 속이 비칠 듯 말 듯 얇은 너울을 쓰므로 아련한 용모가 오히려 돋보이던 얼굴. 지금은 너울을 쓰지 않아 전모가 드러난 얼굴이 서늘하리만치 곱다. 그 시절 소경 무녀 곁에서 시중들던 무녀의 하속도 소소원의 그 계집이다. 호리한 몸매며 영민해 보이는 눈매가 그때의 계집이 틀림없다. 소경 무녀가 방으로 들어선 손님을 보려는 듯 더듬거리는 눈길을 보내다가 입을 연다.

"혜원, 손님께 자리를 내어 드리세요."

과거 소소원 신당에서는 하속이 손님을 이끌어 무녀 앞에 등을 대고 앉게 하더니 오늘은 멀찍이 마주보게 앉힌다. 하속이 제 주인의 등 뒤로 돌아가 마주앉은 이록에 대해 설명해 준다. 온의 부친이라는 것과 낯빛이 희다는 것과 입은 옷 등에 대한 간략이다. 듣고 난 무녀가 고개를 끄덕였다.

"손님을 모셔 놓고 송구합니다. 소인이 장님이라 이렇습니다. 지난 이월 보름날 새벽에 다녀가신 이온 아가씨의 아버님이시라고요?"

"내가 찾아올 줄 알았는가?"

"따님께서 한 번쯤 더 오시지 않을까 짐작하였습니다."

"아이가 부탁하여 내가 먼저 왔네. 점사는 아니 본다고 하던데?"

"건강을 찾은 뒤 깃발을 내걸려 하옵니다."

"내가 그대를 한양에서, 소소원에서 만난 적이 있느니. 혹 내 목소리를 기억하는가?"

"당시 워낙 많은 분들을 뵙고 살아 손님들의 목소리를 일일이 기억치 못하옵니다. 과거처럼 점을 보러 오시었다면, 그때와 같이 등에 손을 대어 손님을 읽어 보고 과거에 만난 적이 있는 분임을 알아보았을지 모르나, 오늘은 점사 손님으로 오신 게 아닌 까닭에 그리하지 않습니다. 하오니 손님께오서 제게 하시고자 하시는 말씀을 해 주십시오."

"소소원에서도 중석이라는 이름이었던가?"

"그때는 그저 소경 무녀였지요. 난 자리가 천하여 분명한 이름이 없는지라 닿는 곳마다 임의로 지어 쓰옵니다."

"어떤 뜻의 중석인가?"

"부처님 주변에서 살고 있는, 늙은 쥐라 자칭하였습니다."

"몹시 겸손한 이름이로군. 그대 혹 만파식령이라는 방울에 대해 아는가?"

익숙한 물건의 이름이라는 듯 중석이 미소 짓는다.

"만파식령, 혹은 자명령自鳴鈴! 그건 모든 무격들이 꿈꾸는 이상적인 물건이지요. 그 방울을 얻으면 신력神力이 높아지고 깊어지고 넓어지는 것이라고 알려져 있고요. 그렇지만 고구려 요동 땅의 돌 지팡이(遼東釋杖)나 낙랑 땅의 자명고自鳴鼓, 대방과 한성으로 이루어졌던 두 백제의 팔주령八珠鈴, 신라의 만파식적 등이 그러하듯, 만파식령도 이야기 속에나 존재하는 물건임을 모르는 무격도 없을 것입니다. 스스로 수련하여 그런 신이한 물건들이 의미하는 경지에 닿고자 애쓰는 무격들이 없지 않을 것이고요. 손님께서도 만파식령을 찾으시옵니까?"

"요동 석장이니 두 백제의 팔주령이니 하는 물건들도 있어?"

"무격들은 다들 아는 물건일 것입니다. 요동 석장은 고구려 시조 동명왕이 얻은, 닿는 곳마다 꽂기만 하면 그의 영토가 되는 천신의 지팡이라 하고, 팔주령은 천신을 모시던 백제가 대방과 한성을 아우르던 시대에 백제 신궁에서 지녔던 물건이라 들었습니다. 요동석장이나 자명고나 팔주령, 만파식적이 다 만파식령과 같은 힘을 지닌 물건들이되, 부처님을 모시기 전, 천신天神을 섬겼던 시절의 물건들이라는 옛이야기지요."

중석이 천몇백 년 전의 역사를 아우르고 있는데 그 범위가 자못 광대하다.

"그대는 저 대방과 요동 땅에서 신라 땅까지를 다 하나로 보는 것인가? 청국에서 들으면, 청국이 상국이라 운운하는 조정 인사들이 듣기만 해도, 자네를 토벌하러 올 만한 이론인데?"

이록의 농담에 중석이 웃는다.

"미천한 소인이 평생 무격으로 살면서 주위들은 말을 섬기고 있을 뿐 무슨 이론이겠나이까. 혜량하십시오."

"태백혈이라는 동굴에 대해 들어 본 적이 있는가?"

"그 또한 무격들 사이에서는 흔히 전래되는 곳입니다. 그곳에 만파식령이 들어 있을 것이라는 속설 때문이지요. 그 때문에 항간에 떠도는 이야기책들에도 태백혈이 등장하는 것으로 압니다."

"속설이든 정설이든 태백혈이 백두산에 있다는 게 맞나?"

"이야기 속의 태백혈이 있다는 백두산이 현재 조선 땅인 백두산인지 현재 청국 땅인 태산인지 혹은 상징으로서의 큰 산을 의미하는 태백산인지 명확히 아는 이가 있겠나이까. 그걸 모를 제 태백혈이 백두산에 있는지 없는지도 알 수 없겠지요. 소인도 물론 모르나이다."

숱한 사람이 이야기 속의 태백혈을 찾아보았을 터였다. 아무도 찾지 못한 탓에 이야기만 무성한 것이고. 이록도 백두산 천지에 올랐을 때 태백혈이 어디일지 가늠해 보느라 백두산하를 한참 내려다본 적이 있었다. 백두 산하는 너무 거대하고 장엄하여 풍광이라 이름하기도 어려웠다. 그 장엄함 속에서 자신의 힘으로 태백혈을 찾을 수 없을 것을 알았거니와 그 안에 만파식령이 들어있을 리도 만무하므로 산속을 헤매 다니지는 않았다. 자명령이건 만파식령이건 몇천 년 전에 이미 세상에 나와 조선을 여는 데 쓰였다고 하는데 동굴에 남아 있겠는가.

"이론이든 옛날이야기든 자네 말이 사뭇 듣직해, 맘에 드네. 복채를 내겠네."

"아직 점사를 못 본다 말씀드렸나이다. 점사를 보기 전에 관가에 신고해야 하옵는데 소인이 아직 허약해 엄두를 내지 못합니다."

"그래도 자네한테 뭔가를 묻자면 정식으로 해야 할 듯한데? 관에 신고하지 않아도 되도록 내가 벗한테 주머니 하나 선물하는 것으로 하지."

중석은 상위에 엎어 놓은 정주에다 손을 얹은 채 가만하다. 저 정주를 뒤집어 흔들면 어떤 소리가 날까. 이록은 중석의 손안에 있는 정주가 만파식령일 수도 있으리라는 상상을 해본다. 겉은 사발 모양의 정주 같고 안에는 칠성방울이 매달린 것처럼 생겼다는 만파식령. 요동 석장과 자명고와 팔주령과 만파식적을 다 합친 것 같은 그게 실재하는 물건이라면, 그걸 손에 넣게 된다면 과연 무한한 신력神力이 생길까. 상림에 두고 있는 첩실 화씨가 대장간에 명하여 만든 정주가 만파식령 모양을 하고 있기는 했다. 모양은 그러하나 그건 그저 시끄러운 종일 뿐이다. 가만하던 중석이 입을 연다.

"하오시면 그리하소서."

"복채를 얼마 내면 되겠는가?"

"소인에게 묻고자 하시는 사안의 경중에 따라 몸소 내리소서."

이록은 소맷부리 속에 넣어 두었던 주머니를 꺼내어 방바닥에 놓고 중석 쪽을 향해 밀어보낸다. 혜원이 주머니를 가져가 들여다보고 눈이 동그래지더니 제 주인한테 귓속말을 한다. 중석이 또 미소를 짓는다.

"거액의 복채를 내셨나이다. 사주를 말씀해 주시든가, 소인에게 다가오시어 등을 내어 주시지요."

역서에 나와 있는 사주 풀이쯤 이록 스스로도 할 수 있다. 무녀를 끼고 살므로 이따금 가까운 앞날에 대한 예시를 받기도 한다. 이록은 일어나 중석 앞으로 다가든 뒤 점상 앞에 등을 대고 앉는다. 그가 크음 헛기침을 하니 중석이 뒤에서 후, 숨을 다스린다. 이어 두 손이 등에 와 살포시 얹히더니 자그맣게 읊조리는 소리가 났다.

"다니타 옴 아나례 비사제 비라 바아라 다리반다 반다니 바아라 바니반호 훔 다로웅박 사바하."

불경의 한 주문인 「능엄신주楞嚴神呪」다. 무녀가 비구니처럼 불상한 기 차려 놓고 살면서 불경을 제 주문으로 사용하는 것이다. 이록은 『주역』을 즐겨 읽고 『옥추보경』을 자주 독송해도 불경은 가까이하지 않는다. 외경하는 까닭이지만 결국 껄끄럽기 때문이다. 「능엄신주」를 세 번 외고 난 중석의 두 손이 가만히 떨어져 나간다. 뜻밖에도 그 자리가 도려빠진 듯 허전하여 이록은 흠, 헛기침을 하고는 자신의 자리로 돌아와 앉는다.

"나를 읽었는가?"

"여러 해 전 초겨울에 소소원의 소인을 찾아오시어 아들을 낳을 수 있겠느냐 물으셨지요. 그때 소인은 나리께, 따님 한 분이 열 아들을 값하실 거라 말씀드렸던 듯합니다."

"그랬지. 그 딸이 그대가 이미 만난 아이이고."

"예, 나리. 이제 하문하십시오."

"내가 아들을 낳을 수 있는가?"

"오래전 그때와 같은 말씀을 드립니다. 언제가 될지는 알 수 없으나 아드님을 얻으실 수도 있습니다."

낳을 수 있느냐 묻는데 얻을 수도 있다고 한다. 세월이 변했어도 답은 똑같다. 서운할 정도로.

"언젠가 생길 아들이 어찌 이리 더딘 게지?"

소리 없이 웃는다. 그에 대해서는 할 말이 없다는 것이다. 이록이 몸으로는 생기지 않는 아들을 갖고자 한다면 양자를 들이면 되고 그건 이록이 결정할 일이었다. 중석은 소리 없이 그 말을 하고 있다.

"그건 그렇다 치고, 내가 한 큰 뜻을 품고 있네. 그걸 느꼈는가?"

"현재도 나리께서는 더없이 높은 곳에 계시며 많은 사람들을 거느리고 계시온데, 더 높고 더 넓은 곳으로 나아가시고자 함을 느꼈습니다."

"내가 품은 그 큰 뜻을 현실화할 시기가 언제쯤이겠는가?"

"나리의 큰 뜻의 내용에 대하여 말씀해 주시면 소인의 풀이도 더 분명하지 않을까 하옵니다."

"결국 권력, 혹은 자리에 관한 것이겠지?"

조선 왕조의 대통은 대통이랄 것이 없다. 근본적으로 정통성이 결여되었다. 적장자가 대위에 올라 온전히 왕 노릇을 한 경우는 드물다. 힘센 자가 왕이 되었고 제 권력을 유지하기 위한 권신들에 의해 올려진 왕자가 왕 노릇을 했다. 금상이라고 다른가. 제 이복형인 선왕을 암살하고 즉위한 금상은 제정신이 아니었다. 그는 미쳤다. 그를 마주하여 엎드릴 때마다 느꼈다. 세자인 아들이 자신의 자리를 위협하는 것으로 여기며 적대하는 그에게 후위後位는 중요치 않았다. 금상은 자신이 죽을 때 세상도 더불어 소멸하면 좋으리라 여기는 자였다.

그 점에서 금상은 이록 자신과 똑 닮았다. 이록은 그렇게 느꼈다. 때문에 현실의 벼슬 따위는 더 이상 중요치 않았다. 자신이 폐조의 오대손이라는 명분도 필요 없었다. 일조―祖 광해께서 빼앗긴 자리를 되찾자는 것도 아니었다. 이록은, 명분 따위가 소용없도록, 누구의 눈치도 보지 않도록, 대통이니 왕통이니 운운할 자들을 모조리 제거하면서 일시에 갈아엎을 참이었다. 그와 동시에 조선이 아닌 새 나라의 왕이 되는 것이다. 새 나라의 이름은 아침 햇살 같은 나라 만단萬旦으로 삼아도 좋을 터였다.

"만승지존萬乘之尊에 오르고자 하십니까?"

한갓 무녀가 만승지존이라는 말을 태연히 한다. 워낙 천연덕스레 내놓으니 차려 놓은 밥상에 앉으려 하느냐는 듯이 가볍다. 이록이 알기로 가마골 소경 무녀는 소소원에서 무수한 관헌들을 상대했고 궐을 수시로 드나들었다. 지존이라는 말은 단 한 사람, 궐의 주인에게만 사용할 수 있는 것이다. 다른 자를 의미하는 순간 역모가 된다. 그걸 모를 리 없는데 중석은 아무렇지도 않게 이록의 정곡을 찔러왔다. 이록으로서는 웃음으로 무마할 수밖에 없는 상황이다.

"그건 농담으로도 나눌 말이 아니지. 그 말은 주고받지 않은 걸로 치고, 내가 닿고자 하는 곳을 달리 표현할 방법이 없으니 그래, 우선 일인지하 만인지상의 어디쯤이라 하지. 내가 그곳에 닿고자 한다면 그 시기가 언제쯤이겠는가?"

그에 대한 준비가 끝날 때까지는 아무에게도 내색치 않으면서, 금상의 눈에 걸리지 않도록 힘을 키우는 것이 중요했다. 그 첫 번째가 왕실 안에 내분을 일으키는 일이다. 저희들 스스로, 아비가 자식을 잡고 자식이 아비에게 대서게 만들어 골육상쟁으로 무너지도록 하는 것이다. 이미 그렇게 되어가고 있었다. 권력의 속성이라는 게 부모자식 간에도 적이 되기 일쑤라지만 금상은 제 생애 제일의 적을 오직 하나 있는 아들로 간주했다. 제 생전에 필시 아들을 죽일 것이었다. 그 일에 수시로 기름을 붓는 자들도 있었다. 그의 신하라는 자들이 그렇고, 근자에 금상의 총애를 받는 소원 문씨와 그의 오라비 문성국이 그랬다. 이록이 문성국을 궐의 별감으로 심었다. 그가 제 누이를 궁녀로 끌어들인 지 십 년이 됐다. 문녀가 금상의 눈에 띄어 옹주 둘을 낳고 소원 봉작을 받았다. 금상의 총애가 제 누이한테 머물렀다 싶은지 얼마 전부터 문성국은 만단사라는 제 본색을 하시하는 경향이 없지 않았다. 하지만 그는 만단사에 대해, 이록에 대해 충분히 알고 있었다.

"그 시기가 언제쯤이겠느냐 물었네."

"무릇 사람이 육로로 길을 나설 때는 도적과 병사를 만나고, 혹은 뱀이나 호랑이나 악한 여우나 산도깨비들을 만나고, 수로로 갈 때는 이무기나 자라나 악어 등을 만나고, 풍랑이 일어나 물에 죽은 혼백들이 삶을 탐해 사람을 대신 죽이려고 한다지요. 혹은 죽음에 직면하는 위험한 상황에 처하거나, 혹은 표류하여 다른 지방으로 가는 등 숱한 일이 일어날 수도 있다 하고요."

"『옥추보경玉樞寶經』의 「원행장園行章」편에 나오는 구절이던가?"

"어느 길에든 신고辛苦와 간난艱難이 있다는 말씀 아니겠나이까. 더구나 나리께서 수많은 목숨들을 거느리고 계신바 홀로 가실 길이 아니시고요."

"그렇지."

이록이 새 나라를 짓기 위한 준비로서 두 번째 할 일이 만단사 장악이다. 현재 기린부와 봉황부는 수하에 들어왔고 용부는 지난번 용부령인 나주목사 이하징을 제거함으로써 새 부령을 세웠다. 새 용부령인 김현로가 용부의 일룡사자—龍嗣子들을 장악하면 될 것이다. 거북부는 아직 한참 더 공을 들여야 한다. 전라도 강경에 거하면서 남녘의 상권을 거머쥐고 있는 거북부령 황환이 겨우 쉰두 살인 데다 일귀사자—龜嗣子들의 숫자가 육십 명이 넘는다. 보위부의 동보가 황환의 둘째 아들이다. 동보는 제 아비와 상전의 가운데서 묵묵하고 무심한 표정으로 지낸다. 근자의 거북부령은, 네가 만단사를 이끌고 가려는 곳이 어디인지 내가 아직 모르므로 내버려두는 것이라는 듯, 이록을 묵묵히 지켜보고 있었다. 새 나라를 세울 때 만단사가 일시에 움직여야 하는데, 만단사는 사령 홀로 움직일 수 있는 조직이 아니었다. 네 부, 이제 칠성부까지 아울러 다섯 부의 부령이 자발적으로 동조해야 했다. 거북부령이 승복하고 온이 칠성부를 키우는 데에 길게 잡아 십 년을 예상했으므로 중석의 예시가 맞는 것이다.

"쉽지 않은 길을 홀로 가실 수 없으므로 더불어 갈 사람들을 어찌 거느리느냐에 따라 그 시기가 보이겠지요. 자충수를 두지 않으셔야 하고요."

"내가 둘 수 있는 자충수라는 게 무엇일까?"

"나리께서 더 잘 아실 터입니다. 내 사람을 나의 적으로 만드는 것, 그런 상황을 만드는 게 자충수 아니겠나이까. 어쨌든 나리의 큰 기세가 고요하고 평안하시므로 당장 크게 달라지진 않을 듯합니다. 어떤 길이시든 당장 서둘러도 아니 되실 거고요. 현재와 같은 평정을 유지하시면서 거느리신 목숨들을 너그러이 이끌어 나가심이 가장 빠른 길이겠지요."

"그렇지. 잘 보았어. 그럴 제, 대충의 시기는 언제쯤이라고 봐?"

"그 시기를 나리 스스로 결정해야 함을 아실 터, 나리께서는 십 년쯤 보고 계시지 않나이까?"

과연 그랬다. 최소한 십 년은 걸릴 것이되 그때까지 기다릴 게 지루하여 박차를 가하려는 스스로를 시시로 다스리는 참이다. 백 년을 준비해 온 일일 제 십 년을 못 기다리랴.

"과연 내 여식이 반할 만한 스승이로세. 잘 봤네. 내 그쯤은 웅크리며 살아야 하리라고 생각하고 있어. 여하튼 내게 사람이 필요한데, 자네가, 내 여식의 스승으로 내 곁으로 와 나의 제갈공명이 되어 주려는가?"

중석이 직설했듯 이록도 직설로 물었다. 중석이 미소를 짓는다. 맞춰지지 않는 그의 눈에 어린 미소가 문으로 비쳐든 옅은 빛에 온화이 곱다. 온의 스승이 아니라 여인으로 곁에 두어도 좋을 성싶다. 첩실 화씨는 이록 앞에서 몹시 공순했다. 언행은 요조숙녀와 같이 음전하나 방사는 탁월했다. 아직도 화씨를 안으면 강력한 쾌락을 누릴 수 있었다. 어떤 여인으로부터도 그만한 쾌락을 얻기 어려울 만큼 화씨는 첩실로서는 다시없을 계집이었다. 다만 화씨는 지식이나 식견이 천박했다. 듣고 보는 것들을 잊지 않을 만큼 영민하지만 중석과 같이 만승지존에 오르고자 하시느냐, 하는 등의 언사를 사용할 수 없었다. 일인지하 만인지상 등의 말의 저변에 무엇이 깔려 있는지 알아듣지도 못했다. 아는 만큼 보고 보는 만큼 예시한다 할 때 화씨의 예시력은 가을날 나뭇잎이 떨어질 것이라 말하는 정도였다.

"소인, 무녀가 아닌 사람을 제자로 둘 수 없노라, 따님께 이미 말씀드렸나이다. 지금 나리마님께 드릴 수 있는 말씀은, 소인이 섬기는 대상이 부처님과 신령들인 까닭에 특정한 사람을 섬길 수 없다는 것입니다."

"당장 대답을 듣고자 한 것은 아니네. 내가 몇 번을 찾아와 청하면 되겠는가?"

"지금으로서는 나리께서 몇 번을 찾아오시어도 소인은 같은 대답을 드릴 수밖에 없을 듯합니다."

저도 계집이라고 튕기는가. 이록은 자신의 속내에서 이는 웃음이 간지럽다.

"지금은 그렇더라도 상황이 바뀔 수 있는 것 아닌가?"

이쪽의 속웃음을 알아챈 양 중석도 미소 짓는다. 온이 말하길 한두 번으로 성사될 것 같지 않다 하였다. 그럴 것이라 짐작하고 온터. 나를 따르면 부귀와 광영을 누릴 수 있으리라 제안하지 않기를 잘 한 듯하다. 부귀와 광영 따위로는 넘어오지 않을 무녀이므로 비웃음이나 사고 말았을 게 아닌가. 중석 스스로 말했듯 서두를 일은 아니다. 귀한 것은 아껴야 하는 게 이치, 당장은 순순히 물러나야 할 때다.

"알겠네. 오늘은 날이 저물어 가니 내 돌아가겠네. 날 잡아 다시 오기로 하지."

"살펴 가시옵소서."

말 한 필에 해당할 복채의 값은 지존에 오르고자 하냐는 질문을 받은 것으로 충분히 했다. 차 한 잔 얻어 마시며 지체하고 싶으나 물러나는 걸음이 아쉽지는 않다. 사람을 얻기 위한 일이매 이만한 포석은 깔아야 마땅하다. 해거름이 짙어졌다. 그믐날이라 달이 없으므로 금세 깜깜해질 터이다. 어두워져 가는 이웃 어디선가 밥이 끓는

냄새가 감돌고 사람 말소리도 옅게 들린다.

"이대로 내려가시옵니까?"

효맹의 물음에 이록은 고개를 끄덕이고 중석의 집을 벗어난다. 두 필의 말을 반반골로 오르는 입구의 화개객점 바깥에다 매어 놓고 올라왔다.

"객점에서 하룻밤 유숙한 뒤 내일 아침 일찍 산청으로 넘어가자."

산청 사리내 문정헌聞晶軒의 조엄은 대학자로 이름 높은 조상을 둔 사람치고는 몹시 겸손하고 소박하였다. 문정헌의 가풍 자체가 그러했다. 이록이 조엄을 처음 만난 건 그가 성균관 유생으로 지내던 십오 년 전이었다. 알음아리로 만났으나 깊은 교유는 갖지 못했다. 그를 다시 본 건 그가 사간원 정언으로 부친상을 당해 향리로 내려간 사 년 전이었다. 당시 이록은 충훈부의 도사都事였다. 위도 아래도 없이 종오품의 도사都事 둘뿐인 충훈부에서 하는 일이라곤 신료들의 공을 따져 공신록에 올리거나 빼는 것이었다. 이미 죽거나 관직에서 물러나 있는 자들을 아울러 현직에 임해 있는 자들까지. 그들의 공과를 촘촘히 따져 보는 일을 하매 이미 공과가 결정난 경우가 대부분이라 도사가 할 일은 별로 없는 한직이었다. 일을 하자고 들면 이미 공신록에 올라 있는 누군가의 전사를 뒤적여 흠을 잡은 뒤 그를 끌어내리거나 청탁에 의해 누군가를 공신록에 올리는 직책이었다. 사안이 빤하지 않을 경우 대개 척을 질 수밖에 없는 일이라 이록은 새 일을 벌이지 않았고 몸을 사렸다. 조엄을 만난 건 판서를 지낸 뒤 하향하여 살다가 하세한 그 부친의 충훈을 따져서 추훈하기 위함이었다. 그때 그는 제 부친의 공을 높이려 전혀 애쓰지 않았다. 그저 담담히 제가 아는 사실을 말했다.

어쨌든 사리내에 갔을 때 문정헌이 그 이태 전부터 당한 환란을 알게 되었다. 팔도에서 오십만여 명이 죽어나간 것으로 추정되는 돌림병의 대 환란의 겨울에 조엄도 어머니며 아우 내외, 아들 둘과 족질들까지 자그마치 아홉이나 되는 식구를 잃었다던가. 그 참사에 이어 부친상까지 당한 조엄이 사직하고 향리에 틀어박힌 것이었다. 이록은 그때 상림으로 가서 장문의 위로 편지와 양곡 서른 섬을 실어 문정헌으로 보냈다. 그의 가세가 빈한하지는 않으나 우의를 표시한 것이었다. 학풍 깊은 가문에서 자란 조엄은 학문이 깊고 심성은 반듯했다. 그는 영호남의 유림들을 움직일 수 있는 사람이었다. 그 한 사람을 얻음으로써 일천, 일만의 사람을 얻을 수 있었다.

그 이듬해 겨울 다시 찾아갔을 때 조엄의 고명딸 이현을 보았다. 당시 대여섯 살밖에 아니 되어 제 오라비의 손을 잡고 나오던 아이에게서 뜻밖에도 여상치 않은 뭇기巫氣를 느꼈다. 그때 이현이 너무 어려 이록 자신이 느낀 게 사실인지 아닌지 모호했다. 그때 느낀 뭇기가 맞는지, 맞는다면 어떤 양상으로 자라 있을지가 갑자기 몹시 궁금해진 까닭은 온으로부터 중석에 대해 듣고 나서다. 딸아이가 제 스승으로 삼고 싶다 할 만한 무녀가 화개에 나타났는데 그 이백여 리 즈음에서 조엄의 딸도 무녀로 커나가고 있다면 이건 우연이 아니었다. 만단사 칠성부를 공고히 할 수 있도록, 만단사가 더 커나갈 수 있게 하늘이 돕고 있는 것이지 않는가. 바야흐로 이록의 세상이 도래하고 있는 것이었다.

조선의 아들인 너

生爲朝鮮之子 汝來應試檀紀四千八十八乙亥式年試武科, 又述爾爲
當今朝鮮作出何事. 且加 述武藝諸譜

－조선의 아들로 태어난 네가 단기 사천팔십팔년 을해년 식년시 무과
에 응한 바, 너는 누구이며 당금 조선을 위하여 무엇을 할 수 있는지
논하라. 더하여『무예제보』에 대해 서술하라.

을해년 무과 식년시가 열리는 훈련원 마당에 내걸린 문장시험의
시제가 그러하다. 조선의 무과시험에서는 무술보다 문장이 먼저다.
그 문장에는 출신성분이 모두 드러나야 하고 건국 삼백육십사 년에
이른 현재 조선에 대한 아부와 충심이 어우러져야 한다. 강수에게는
조선에 대한 충심 따위는 내재되어 있지 않다. 스스로를 유을해와
반야의 아들이라 여길 뿐 꿈에서라도 조선의 아들이라 여겨 본 적
없다. 하지만 지금은 강수가 아니라 사신계 현무부령 김상정의 셋째

아들 김강하이자 현무부 칠품무절로서의 소임을 맡고 과장科場에 나앉았다. 시제를 마주하였으므로 무언가 쓰긴 써야 했다. 부왕을 대리하여 정무를 보므로 소전小殿이라 불리는 세자가 시제를 냈다는데 단기檀紀는 무엇 때문에 거론했을까.

"시험지는 지금 나누어준 석 장 외에 두 장을 더 쓸 수 있소. 필요하면 조용히 손을 들어 시험지를 청하도록 하시오. 다들 아시다시피 진시 말에 징 소리가 세 번 울릴 때까지는 시험지를 내야 하오. 종이 울린 뒤에는 시험지를 내지 못함을 유념들 하시고 문장을 쓰시기 바라오. 시작하시오."

시관원이 마당에 앉은 수험생들에게 큰소리로 주의를 주고 말을 마치자 시작을 알리는 징 소리가 길게 울린다. 강수는 자신 앞에 둥그렇게 말린 채 놓인 종이의 띠를 풀고 시험지를 펼친다. 종이 위 아래로 붉은 직인이 찍혀 있다. 그뿐 텅 비었다. 텅 빈 석 장의 종이를 한 시진 동안 메워야 하는 것이다. 강수의 생각은 다시금 단기로 향한다. 강수가 알기로 단기는 청국이나 왜국에서 쓰지 않는다.

조선에서만 사용하는 단기는 호녀의 딸 군아와 웅녀의 아들 단군이 나라를 세운 해로부터 비롯한다. 현 조선 사람들은 해년을 셀 때 보통 육십갑자년을 돌이켜 지칭한다. 식자 좀 들었거니 하는 사람들은 대개 청나라 임금의 즉위년을 헤아려 센다. 올해가 건륭乾隆 이십 년이다. 그러매 단기를 거론한 소전이 바라는 답은 무엇인가. 소전이 혹시 『원삼국유사原三國遺事』를 읽었는가? 누구도 공공연히 읽을 수 없어 〈비급유사秘笈遺事〉라는 별명까지 갖게 된 『원삼국유사』. 『원삼국유사』는 일연스님의 원본 『삼국유사』를 그 제자인 무극스님이 목판본으로 남겼다는 책자였다. 당금에 유통되는 『삼국유사』와 내용이 현격히 다른지라 『원삼국유사』로 개칭되어 목판본으로 나왔다. 교서관에서 나온 책은 아니되 십여 년 전부터 부중에 으밀아밀 떠돌고 있다. 고구려 아도스님의 『조선영인록朝鮮鈴印錄』도 마찬가지다. 두 책은 『만령전萬鈴傳』과 『군아전君峨傳』의 저자인 월정 이알영의 주도로 사신계가 내놓은 판각본이다.

팔도로 퍼져 나가던 두 책에 제동을 걸어온 건 청국이었다. 삼 년 전, 원손이 태어난 해였다. 그해 여름 도성과 경기도 일대에는 대홍수가 났고, 가을에는 김포에서 큰 민란이 일어 나라가 시끄러웠다. 와중에 청국이 사신을 보내와 『조선영인록』과 『원삼국유사』에 트집을 잡았다. 사천 년 전 대륙의 절반을 차지했던 조선의 국호를 현재의 조선이 다시 사용하고 있으매 옛조선 땅에 나라를 세운 청국에서는 『조선영인록』과 『원삼국유사』에 나타난 대륙 관련 내용을 전면적으로 불허했다. 내용만 불허한 게 아니라 책 자체의 유통을 막으라고 요구해 왔다. 대륙에 명멸했던 모든 나라들이 사실 같은 뿌리 위에서 뻗은 다른 가지인 걸 용인하기 싫기 때문이다. 용인할 제 조선의 상국으로서의 청국의 위상이 낮아질 것이기 때문에.

청국의 심각한 간섭으로 인하여 『조선영인록』과 『원삼국유사』를 파는 자, 사는 자, 읽는 자, 쓰는 자는 전부 조선의 국체를 위협하는 불순세력으로 간주되어 목이 떨리게 되었다. 부중에서 『조선영인록』과 『원삼국유사』의 꼴을 볼 수 없게 된 지 여러 해째다. 그럼에도 소전은 시제에다 단기를 버젓이 올려놓았다. 의도가 있는 것이다. 또 『무예제보』에 대해 어떻게 말하라는 것일까.

강수는 지난 두 달여에 걸쳐 진장방의 사온재思薀齋를 드나들며 이무영으로부터 무과시 문장시험에 응하는 요령을 익혔다. 이무영은 작금 어영대장 이한신 대감의 아드님이자 월정 이알영의 아우이고 한본인 이극영의 형이다. 세 차례 장원 급제하여 당대 최고의 수재로 이름이 높은 그는 올해 서른한 살로 형조정랑에 임하고 있었다. 이무영은 무과의 고시 과목이 강서講書와 무예실기 등으로 이루어진다는 기본적인 사항으로부터 강수, 김강하를 가르쳤다.

무과의 원시院試 과목은 여섯 가지 무예실기이다. 실기시험에 앞서 문장시험이 이루어지는바 문장시험의 시제는, 이미 과거에 급제하여 입직한 자들을 대상으로 치러지는 무과복시武科複視의 강서들에서 기본이 될 만한 사항이 출제된다. 무과복시 강서시험의 필수 과목은 무경칠서武經七書라 불리는 『육도』, 『삼략』, 『위료자』, 『손자』, 『오자』, 『사마법』, 『이위동』 등이다. 무과복시의 선택과목은 『통감』, 『병요』, 『장감박의』, 『소학』 등이며, 『경국대전』은 시험관이 질문하고 응시자가 답하는 형식으로 치러진다.

그렇게 무과시험의 틀을 설명한 이무영은 강수가 읽은 책들을 점검했고 읽지 않은 책들의 내용을 미리 설명해 주며 읽게 했다. 또 그는 식년시 문장시험에서 반드시 써야 할 문구와 절대 쓰지 않아야 할 단어들에 대해 세세히 가르쳤다. 녹봉을 받는 자가 되기 위해서는 반드시 필요한 것이라며 나라에 대한 아부와 충심이 담긴 기본 예문을 직접 지어 보이기까지 했다.

소전이 출제할 터, 사뭇 엉뚱한 시제가 걸릴 것이다. 엉뚱한 시제만큼 그에 준하는 엉뚱한 글로 눈길을 끌어도 좋다. 스스로 문장이 좋은 소전은 간결한 문장을 좋아하면서도 격식이 모자란 문장을 싫어한다. 간결하되 격에 맞는 문장을 명확하게 쓰라. 모든 시제에 대한 답지에는 나라에 대한 아부와 임금에 대한 충심이 필요한 만큼 드러나야 하며, 공격적이거나 반항적으로 읽힐 수 있는 글자는 사용하면 안 된다. 시관들에게 빌미 잡힐 수 있으므로 반어적이거나 도치적인 문장도 쓰지 말라. 소전은 청국을 대국으로 표현하는 것을 몹시 싫어하므로 만약 그에 대해 쓸 일이 생긴다면 그냥 청국으로만 쓰라. 소전은 열네 살에 청룡도를 휘두를 만큼 힘이 장사이며 어릴 때부터 군사방면에 탁월한 자질을 가졌으므로 무예 이론에 관한 문제가 반드시 나올 것인즉 그에 관해서는 적극 피력하라. 중인 집안 출신의 김강하로 되어 있는 신분을 당당히 드러내되 사대부와 반족들이 누리는 특혜에 반발하는 내용은 일체 쓰지 말라. 중인 신분으로 오만하게 비칠 수 있으므로 훗날이라도 나라를 위하여 큰일을 하고 싶다는 뜻을 비치지 말라. 그저 상업을 해온 중인 집안 아들로서 나라를 위해 할 수 있는 나름의 일도 있다는 식의 겸양을 보여라, 등등.

강수는 스스로 총명하다 여겨본 적 없고 스승들로부터 총명하다는 말을 들은 적도 없다. 자신이 조선 제일의 스승들에 둘러싸여 컸다는 건 잘 안다. 이 문장시험에 응하는 요령조차도 천재로 소문난 스승을 모시고 연습하고 왔다. 두 가지 문제에 관하여 글 몇 장 짓는 일이 어려울 것도 떨릴 것도 없다. 더구나『무예제보』는 사신계 무사들의 필독서 중 한 권이다. 강수는 칠요 반야의 아들로 자란 덕에 일품 시절부터『무예제보』를 접할 수 있었고 삼품에 이르렀을 때는 그 책에 나온 무예를 다 익힌 터다.『무예제보』는 임진란 당시 병사들을 조련하기 위하여 훈련도감의 정랑 한교韓嶠가 편찬한 책으로서 명나라 무사인 척계광의『기효신서紀效新書』를 바탕으로 하고 있다. 한교의『무예제보』는『기효신서』가운데 살수보殺手譜를 중심으로 우리 병사들의 훈련지보로 새로이 만들어졌으므로 조선의 무예가 재정립

되는 한 계기가 된 책이다.

훈련원의 너른 마당에는 무과에 지원한 시과생들이 그득히 앉아 있다. 조선의 아들들로서 조선을 위하여 할 수 있는 일들이 많은가. 육백여 명이나 있음에도 헛기침 소리 한번이 나지 않는다. 고요한 더위 속에 파리들이 날고 그 파리들을 쫓느라 손짓하고 이따금 종이를 옮기는 부스럭거림이 들릴 뿐이다. 강수도 배우고 익혀 생각나는 대로 부지런히 쓴다. 왼손잡이로서 오른손으로 글자쓰기를 배운 터라 서체 좋다는 칭찬은 평생 한 번도 듣지 못했으나 대여섯 살부터 글자를 익혔으므로 쓰는 속도만은 남 못지않다.

단군에서 비롯된 아침 나라 조선이 얼마나 위대한 나라이며 그 나라를 이끄신 선대왕들과 금상께서 백성들을 얼마나 어여삐 여기시며 돌보고 계시는지 감읍한다. 유상柳商 김상정의 아들로서 어릴 때부터 전국 곳곳과 청나라를 구경할 기회가 있었는바 팔도의 문물이며 습속을 제법 안다 할 수 있으며, 평양과 의주가 청국과의 주된 교통로인지라 경계지역에서의 일들을 자주 목격하므로 소소하나마 나라를 위하여 하고 싶은 일들이 있노라.

이무영에 의하면 소전이 즐겨 읽는 여러 무예 책자들은 명나라나 청나라에서 만들어진 것이 아니라 조선에서 지어진 책들이라 했다. 소전이 궁서고宮書庫들을 드나들 때 가장 오래 머무는 데도 무예 책자들이 모여 있는 쪽이라고 했다. 조선에서 지어진 무예 책은 십여 권인데 그중 두 권이 사신계에서 펴낸 『이십사반무예』, 『전통조선무예십팔기』다. 사신계에서 펴낸 『이십사반무예』와 『전통조선무예십팔기』는 편찬자가 명시되어 있지 않았다. 사신계는 은밀히 존재해야 하므로 편찬자는 무명인일 수밖에 없었다. 임진란 즈음에 지어진

『무예제보』는 한교라는 편찬자가 뚜렷했다.

그러므로 소전은 응시생들에게 편찬자가 분명한『무예제보』를 논하라는 과정을 통해 이론으로도 조선 무예를 알고 있는 자를 찾는 것이었다. 그건 소전 스스로 조선 무예의 부흥을 꾀하겠다는 의미이기도 할 터. 김강하로서 과장에 나앉은 강수는 무예에 관해서는 아는 척을 좀 할 필요가 있거니와 열여섯, 열일곱 살에『이십사반무예』의 편찬 작업에 참여했으므로 제법 안다 할 수 있었다.

한 시간이 지나고 다시 한 시간이 지나는 한 시진 사이에 답지 작성을 이르게 마친 시과생들이 조용조용 일어나 시관들 앞에 답지를 내놓고 과장을 빠져나갔다. 강수도 종이 울리기 전에 깔개를 접어들고 일어나 답지를 내놓고 과장을 빠져나온다. 유시酉時 말에 합격자 명단이 방으로 붙는다 했다. 방에 이름이 오른 자들은 내일 아침부터 모화관에서 여섯 종목의 무술 실기시험을 치르게 되어 있었다.

훈련원 바깥에서 응시생들의 식구들 사이에 끼어 있던 다루가 다가와 짐을 받으며 장난스레 묻는다.

"시험지는 잘 그렸어요?"

"큼지막한 글씨로 간신히 종이 석 장은 메워 놓고 나왔어."

"이름도 잘 썼고요? 혹시 강수라고 쓴 건 아니죠?"

"김강하라고 잘 썼어."

열두 살 때부터 김강하라는 이름을 지니고 살아왔을망정 자신이 과장에 나앉게 되리라는 상상 같은 건 해본 적이 없다. 세 살쯤에 홍역에 걸린 채 온양 큰 장터 채전의 쓰레기 더미에 버려져 있었던 강수였다. 동마로한테 발견되어 유을해 품에 안겨 살아난 뒤 반야 품에서 자라나 과장에 들어서기까지 열여덟 해. 강수의 천지는 몇 차레나 개벽했다.

"다행이네요. 여튼, 문장시험에 들 것 같으세요?"

"스승들께는 어떻든 네 앞의 체면치레라도 했으면 싶다만, 그건 내 맘대로 되는 게 아니니 놔두고 집으로 가자."

"유시에 방이 붙는다면서요? 점포로 가 있는 게 낫지 않을까요?"

시전의 유상 포전布廛 행수는 다루의 부친이자 한양 현무부 오품이다. 한양에 주재하는 유상의 제일점포는 평양 비단을 다루는 금강비단포다. 도성 사람들이 청국에서 들어오는 비단을 최상으로 여기긴 해도 국내에서 생산되는 비단으로는 유상이 다루는 평양 비단을 제일로 쳤다.

"점포에서 유시 말까지 뭐해? 종일인 셈인데."

두 사람의 보통 걸음으로 훈련원에서 금강비단포까지는 반각쯤 걸리고 가마골까지는 한식경 정도 걸린다. 날이 찌는 듯이 더우므로 거리는 한산한 편이다. 창덕궁에서 문과가 치러지고 훈련원에서 무과가, 모화관에서 잡과가 치러지는 날이라 도성 사람들 시선이 온통 그 세 곳에 쏠려 있다. 모화관에서는 명일이 역관시험을 치고 있을 터이다. 열일곱 살의 양명일은 벌써 연경을 세 번이나 다녀왔고, 연경에서 머문 나날을 합치면 두 해쯤 되었다. 그는 이번 시험에 들 것이었다.

보제원거리에 있는 금강약방金剛藥房 천 행수에 따르면, 이온은 두 달 전쯤 한양에 입성하여 안국방 집으로 들어갔다. 그리고 보제원普濟院거리의 보원약방普源藥房을 접수하고 드나들었다. 실상은 이번에 접수한 게 아니라 몇 해 전부터 이온이 한양에 머물 때는 약방에 나다니며 차기 약방주로서의 수련을 해왔다. 이록 집안의 한 재원財

源이기도 한 보원약방은 백여 년 전 효종대왕 시절 시작된 약령시藥令市와 기원이 같았다. 보원약방은 남령초로 상시 돈을 벌고 봄가을이면 열리는 춘령시春令市, 추령시秋令市 무렵이면 떼돈을 버는 것으로 유명했다. 더하여 보원약방에서는 앵속과 대마연초를 거래했다. 팔도 곳곳에서 은밀히 생산된 앵속과 대마연초와 연경으로부터 흘러들어온 그 물재들까지 보원약방을 통해 공급되고 있었다. 보원약방이 생산하는 상등 남령초에는 대마 잎이 섞였다고 했다. 그 연초를 한번 입에 댄 자들은 다른 연초는 못 피운다던가. 앵속이나 대마가 중요약재이되 약재로서가 아니라 마약으로 흘러 다니는 건 나라에서도 엄히 금했다. 그럼에도 보원약방은 보제원 턱밑에서 태연히 밀거래를 해왔고 현재도 하고 있었다. 불법과 인지상정을 넘어선 그 혼탁의 물결 한가운데로 보리아기 이온이 쑥 들어가 있는 것이었다.

종각 앞 대로에서 동쪽을 향해 걷다가 배고개梨峴를 넘고 흥인지문을 나가 사오 리를 걸어가면 보제원거리다. 이온이 사는 안국방 허원정은 경복궁과 창덕궁의 한가운데로 도성의 한가운데이기도 하다. 어느 곳이든지 고작 십여 리 거리였다. 강수는 이온 앞에 먼저 나서지 않기로 했다. 언젠가 이온 스스로 가마골을 찾아와 마주치게 된다면 그때 상황 따라 처신하기로. 그리 작정했음에도 가마골과 시전을 오가노라면 이따금 온과 마주치는 상상을 했다. 이온과 마주쳤을 때 자신이 어떻게 처신할지는 상상되지 않았다. 식년시 과거시험에 대한 예습은 가능한데 이온과의 만남은 예습을 할 수 없었다.

가마골 깨금네에 들어서자 깨금네와 함께 사는 얌전네가 장난스레 묻는다.

"서방님, 시험은 잘 보셨소?"

"시험지는 잘 봤는데 답을 잘 썼는지는 모르겠어요. 기대치 마세요."

"잘 쓰셨기 바라오. 그렇잖으면 내년에 그 귀찮은 걸 또 해야 할 테니 말입니다. 난 오래 전에 글자 몇백 개 익히는 데도 지레 늙습디다."

사신계 입계를 위해 글자를 읽힐 때의 소회를 풀어 놓은 듯한 얌전네의 말에 다루가 낄낄 웃어댄다. 지난 두 달여간 강수가 사흘에 한 번 꼴로 사온재에 가서 공부했다. 이번 과거의 문장시험으로 인해 스승이 된 이무영이 다루에게 강수와 함께 공부하라 했다. 그때 다루는 제 목을 잡고 달아나며 저는 큰명이나 내리면 하겠습니다, 했다. 계원에게 큰명이란 사신총령이다. 계원이 일생에 한 번 받을까 말까 한 큰명이 내렸을 때나 할 공부를 다시 해야 한다면 그것도 캄캄할 노릇이긴 했다. 강수도 필요한 책을 읽어 외우기는 하지만 글공부에 큰 재미를 느끼지는 못한다. 이극영이라는 이름으로 온양 용문골에서 자라고 있는 열두 살의 한본은 글공부가 아주 재미있다고 했다. 일 년에 한 번쯤 강수가 용문골로 찾아가 보는데 영락없는 글방 도령으로 커가고 있었다. 한본에게 무술은 여기餘技가 된 셈인데 취미 삼아 연마하는 것치고는 제법 날렵했다. 올겨울에 무술로 삼품 승급시험에 도전하게 될 터이다.

"할머니는요?"

"저녁에 삼덕네서 앉은굿을 하게 돼서 그 준비를 돕고 계시다오."

삼덕은 꽤 자주 굿판을 벌였다. 큰 굿판에 수시로 불려 다녔고 가마골에서 벌이는 굿도 잦았다. 조무인 정덕靜德 무녀 덕이다. 정덕은 제 열다섯 살에 반야에게 발견되어 제자가 되어 입계하고 현재 칠성

부 사품이다. 신기가 꽤 높은 편이거니와 이제 겨우 스물세 살임에
도 열두거리 굿판을 꾸릴 만큼 굿을 잘한다고 했다.

"할아버지와 아저씨는요?"

"오후부터 물레를 돌릴 것이라 옹기막에서 흙 다듬고 계시오. 내
마침 점심 채비를 하던 중이니 당장 옷실로 아니 가도 되면 둘이 냇
가에서 좀 씻고 오구려. 동리 처자들이 두 총각 보면 심란할 테니 길
게 씻지는 마시고들."

예전의 소소원이 지금은 소소암昭疎庵으로 변했다. 칠성부 소속의
비구니 스님 세 분이 법당을 꾸리고 있었다. 소소원 시절에 함께 하
던 사람들이 모조리 떠난 자리에다 방산 무진이 강수의 살림을 다시
차려주었다. 예전에 강원講院으로 썼던 집이다. 강수가 돌아왔을 때
아곱 할배는 강원에 계시지 않았다. 영면에 들어간 것이다. 다루와
함께 들어간 그 집에서 강수는 혜정원에서 보내온 나이든 계원 내외
의 수발을 받으며 살게 되었다.

강수는 냇가가 아니라 옹기막으로 향한다. 깨금네와 얌전네 사이
에 옹기막과 가마가 있었다. 옹기막은 중간 중간 기둥들이 있긴 해
도 넓어서 여름이면 시원했다. 명일과 심경과 한본은 예전에 옹기막
에서 흙 밟는 놀이를 좋아했다. 도토陶土를 짓이길 때 아이들의 맨
발이 만들어내는 자국들이 앙증맞아 보는 일도 재미있었다. 불과 몇
해 전의 일인데도 아득한 옛일 같다. 강수는 깨금아비와 얌전아비에
게 인사하며 소매를 걷어붙인다. 흙덩이라도 마구 짓이기고 싶다.
아이들이 몹시 그립다. 더불어 살던 그 시절이 그리운 것일 터이다.

젊은 임금

　어제 훈련원 무과의 문장시험을 치른 사람이 육백여 명이고 그 중 육십 명이 합격자로 방榜에 이름을 올렸다. 방에 첫 번째로 오른 이름이 김강하고 두 번째가 김제교였다. 열 명의 시관 중에 김강하의 문장에 대통점을 찍은 사람이 가장 많았다는 뜻이다. 오늘 모화관에서 치르는 무과의 실기시험은 여섯 과목이다. 검술, 창술, 기마술, 조총술, 마상궁시, 수박. 날씨는 다행히 흐려 주었다.

　금위영禁衛營, 어영청御營廳, 총융청摠戎廳, 오위五衛 등. 궁성과 도성 안팎을 수위하는 사영四營의 수장들이 앞서거니 뒤서거니 나와 앉은 뒤 소전이 익위翊衛들을 거느리고 나타났다. 소전과 사영 수장들과의 가벼운 인사가 끝나면서 을해년 식년시 무과의 실기시험이 시작되었다. 열여덟 살 때부터 무과의 시제를 직접 내고 있는 소전이 이번 실기시험은 유별나게 치르게 하였다. 조총술과 마상궁시만 개별로 시행케 하고 검술과 창술과 기마술과 수박은 응시생들끼리 짝을 이뤄 겨루게 한 것이다. 귀를 뚫을 듯이 날카로운 조총술과 흙

먼지 부옇게 이는 마상궁시를 치르는 동안 단연 도드라지며 좌중의 이목을 끄는 자가 있었다. 발군의 실력을 나타내는 자가 나타나므로 소전이 차츰 그를 주목하다 나중에는 그만 쳐다보았다. 말을 달리며 활을 쏘는 그의 움직임이 어찌나 날렵하고 화려한지 눈을 떼기도 어려웠다. 말을 달리며 날린 화살 열 개를 모두 관중시킨 응시자의 등에는 십일번 숫자가 달려 있었다.

사영의 수장들이 소전에게 구경 잘 하였노라는 치사를 드리고 떠나간 뒤 점심을 겸한 휴식이 있었다. 점심을 지나고도 소전은 자리를 뜨지 않았다. 오후에는 수박술부터 치러졌다. 수박술과 검술과 창술과 기마술은 비슷한 양상으로 진행됐다. 둘씩 짝지어 겨루면서 지는 쪽이 떨어져 나가고 이기는 쪽들끼리 다시 붙어 나가는 방식이었다. 한 차례의 대련으로 절반씩이 떨어져 나가는지라 금세 우열이 드러났고 시관들의 점수 매기기는 그만큼 쉬웠다.

수박술과 검술과 창술을 치르고 마지막 기마술 시험이 진행되는 와중에 소전이 곁에 시립한 세자익위사 좌익찬 설희평한테 홀로 도드라지는 응시생에 대해 묻는다.

"십일번 숫자를 단 저 자가 누구지요, 스승님?"

설희평은 소전의 무술 스승이다. 소전이 오전부터 십일번을 얼마나 궁금해하는지 눈치채며 속으로 웃곤 했다. 몹시 궁금하면서도 반나절이 지나서야 하문하는 인내심이 대견할 정도다. 설희평은 응시생 명부를 보는 양 하며 대답한다.

"평양 출신의 김강하라는 자라 하나이다, 저하."

"김강하라면 문장 시험에서, 제가 전국을 싸돌아다니며 본바 관헌이 된다면 소소히 할 일이 참 많더라고 쓴 그자 아닙니까? 『무예제보』에 대해서는 조선 무예의 기틀을 세운 무예이론서이거니와 그를 기반으로 장차는 조선 무예의 통서가 나올 만하다고 했던?"

"그런 듯하여이다, 저하."

"평양의주 상단인 유상의 아들이라고 하지 않았습니까?"

"소신도 그리 읽었사옵니다."

"유상 주인은 중인 집안이라면서요?"

"예, 저하. 대대로 장주가 역관시험에 들었으되 벼슬 대신 장사를 계속하는 집안이라 들었나이다."

"중인이 어찌 문무 양반이 치르는 과거에 응한 거지요?"

어제 소전은 문장시의 김강하 글에서 중인이라는 내용을 분명히 읽고서도 대통大通, 십점 만점에 십점을 내렸다. 육백여 응시 글 중에 백이십 편이 소전 앞에 이르렀고 그중에 시관장인 소전이 대통을 준 시험지는 김강하의 것뿐이다. 그래놓고 딴소리다.

"황공하오나 저하, 법률로는, 천민을 제외한 모든 백성이 과거에 응할 수 있다고 돼 있나이다."

"내가 그걸 몰라 묻는 게 아니지 않습니까? 법으로는 그러하더라도 거개 양반만 보는 시험에 중인이 응하여 시험을 통과하겠느냐고 여쭙는 겁니다."

"설마한들 저자가, 스스로 과거를 통과할 수 있으리라 여겨 응시한 것이오리까. 흉내나 내며 즐기던 중에 그저 한번 나와 본 것이겠지요. 심려 거두소서, 저하."

"흉내나 내던 자가 아님은 스승님께서도 이미 알아보셨을 터, 저자가 이번 무과에서 장원이라도 하게 되면 어찌되지요?"

김강하는 물론 흉내나 내는 자가 아니다. 그는 사신계 무절 중에서도 드물게 열일곱 살에 칠품무절이 된 최고수다. 그의 스승이 설희평의 스승이기도 한 강화도 수국사의 무량스님이다. 무량스님에 따르면 김강하는 타고난 자질이 뛰어나거니와 속에 맺힌 게 많아 그걸 푸느라 무술 정진에 치열하다 했다. 당신의 수십 제자 중 강하가 가장 뛰어나다고, 나이든 제자 앞에서 어린 제자를 칭찬하느라 입이 닳으셨다. 물론 강하한테 직접 칭찬해 본 적이 없을 터이다.

"망극하여이다, 저하. 하오나 저하께서도 아실 터입니다. 저자가 설령 이번 시과에서 장원으로 뽑힌다 해도 실제 보직을 받을 수는 없을 것이오니 혹여 옥안에 띄시더라도 유념치 마소서."

서른여덟 살의 설희평은 청룡부 무진이다. 십이 년 전 사신경의 호위로 지내던 중 무과에 급제했다. 정구품의 오위五衛 사용司勇으로 관직을 시작했다. 무과 출신이 열두 해 만에 세자익위사의 정육품 좌익찬까지 올랐으므로 대단히 출세한 셈이나 설희평의 집안이 문반이라 가능했다. 지금 설희평은 중인 출신의 김강하 따위에게 신경 쓰지 말라고 하면서 소전을 자극했다. 법이 어떻든 작금 조정이 중인에게 양반이 차지해야 할 벼슬자릴 내릴 것이 아니거니와 소전 당신께서도 그럴 분이 못 되시지 않느냐고 약올리고, 사실상 당신한테는 힘이 없다고 정곡을 찔렀다. 소전이 대리기무하고 있다고는 하나 군사권, 인사권, 사형死刑에 관한 권한은 대전에 있었다. 소전은 임금이 해야 할 온갖 정무를 다 보고 있으나 정작의 실권은 없는 셈이었다. 아니나 다를까 소전이 부르르 나선다.

"저자가 특출한 인재임이 분명할 시, 중인이므로 내버리라 그 말씀이십니까?"

"저자가 중인인 걸 시관들이 다 아는 바, 턱걸이로라도 급제는 할 수 있을지 모르나 장원은 어림도 없을 것이니 심려치 마오소서, 저하."

조선에서 부자로 다섯 손가락 안에 꼽힐 유상 도방가의 아들이니 집안에 돈은 많을 터, 돈을 받은 뒤 보직은 면하게 할 것이 뻔하지 않느냐. 설희평은 소전의 자존심을 한 번 더 건드렸다. 임진년과 정유년, 정묘년의 대란들을 겪고 난 뒤부터 조선 조정은 두 번 다시 전쟁 같은 게 일어나지 않으리라 믿는 듯 무과를 돈벌이 수단으로 삼았다. 한 번의 과거마다 문반을 열 명 남짓, 많아야 서른 명이나 뽑으면서 무반은 수십 명에서 수백 명까지 뽑아대기 일쑤였다. 이전 언젠가는 한꺼번에 천여 명을 급제시킨 적도 있다고 했다. 단순 군졸이 아니라 양반의 한 축인 무반을 뽑는 무과를 그렇게 치를 때 그게 인재를 뽑아 나랏일을 시키기 위함이겠는가. 무과시험임에도 무예 실력이 중하지 않는 것도 그 때문이다. 대거 뽑아 급제 증서 한 장씩 준 뒤 돈을 받고 현직에서는 제외시키므로 무과가 장사가 된 것이다.

이번이라고 다르랴. 여느 해에 비해 무과 응시자가 적은 편이나 금상의 즉위 이래 알성시, 정시, 식년시, 증광시 등의 과거를 너무 자주 시행했다. 그 탓에 무과에 급제해 보아야 별 볼 일이 없다는 인식이 널리 퍼졌다. 예전에 양반이라는 말은 문반과 무반을 함께 부르는 것이었다. 무과가 장사가 된 뒤부터 양반은 거의 문반을 뜻하는 의미로 축소됐다. 때문에 반족班族 아닌 자가 등과했을 때는 육품 관작을 받은 후에야 반족으로 인정받게 되었다.

오늘 무과시험은 이인일조로 짝을 이루며 과목마다 최종 우승자에게 최고점수를 주는 방식으로 진행됐다. 그 낯선 방식은 소전의 엉뚱함에서 비롯된 것일지나 그 엉뚱함은 인재를 뽑겠다는 뜻보다 소전 자신의 무료를 달래는 놀이일 뿐이다. 여러 군영의 수장들로 하여금 이 자리에 다녀가게 한 것도 마찬가지다. 설희평은 그래서 자꾸 소전을 자극하고 있는 것이다. 당신께서는 힘이 없지 않냐고. 힘을 가지려면 신중하게 당신 곁에 둘 인재를 뽑으라고.

"이보세요, 스승님!"

"예, 저하."

"지금 그 말씀이 스승께서 제자한테 하시기에 무방한 것입니까?"

"망극하여이다, 저하. 하오나 소신이 저하의 스승이므로 현실을 곧 이곧대로 말씀드리는 게 아니겠나이까. 혹여 저자를 의중에 들이셨다가 시관들과 부딪치실까 저어하여 드리는 말씀입니다. 삼가 아뢰오니 저하, 부디 오늘의 과장科場이 흐르는 대로 흘러가게 두소서."

대전께서 총애하시는 문녀가 옹주 둘을 생산하며 내명부 소원昭媛에 봉작됐다. 근자에는 그 위세가 곤전을 능가했다. 문 소원의 오라비가 별감 출신의 문성국으로 현재는 내자시에 있다. 그 남매가 작금에는 대전과 소전 사이를 이간질하는 데 이골이 났다. 그들이 소전이 하는 모든 일을 대전에 고해바치는데 사사건건 나쁜 방향이었다.

근자의 대전께서는 소전의 문안도 한방에서 받지 않으셨다. 소원 문씨가 아들만 낳으면 당장 세자가 바뀔 판이었다. 요즘은, 원손이 네 살이나 되었음에도 세손에 책봉하지 않는 까닭이 세자가 바뀔 수도 있기 때문이라는 낭설까지 떠돌았다. 낭설이 아니라 실제로 그럴 위험이 없지 않았다. 소전은 날마다 벽창호처럼 열리지 않은 대전 문 밖에서 문을 향해 인사하고, 되었다는 부왕의 칼칼한 한마디 말씀을 들은 뒤 돌아서야 했다. 그렇다고 문안을 걸렀다가는 무슨 꼬투리를 잡힐지 모르는 터라 하루 한 번씩 꼬박꼬박 대전 문안을 다니매 소전의 하루하루가 가시밭길이었다. 판이 그러하니 오늘 시관들과 자그만 마찰이라도 생겼다가는 또 무슨 곤욕을 치를지, 설희평으로서는 그것도 걱정이다.

아무래도 대전께서는 망령이 드신 것 같았다. 미치신 게 아닐까 싶기도 했다. 생각만으로도 불충한 것이로되 망령이 들었거나 미친 게 아니라면 대전의 처사들을 납득하기가 도무지 어려웠다. 늙은 부왕을 대신하여 사실상 정무를 거의 다 보고 있는 소전은 문무를 겸비했을 뿐만 아니라 영민하다. 과단성이 있거니와 궐 밖 세상에 대한 시야도 넓다. 백성들의 삶을 직접 보고자 하는 의지도 높다. 딱한 사람, 부왕 앞에서만 번번이 반편이도 아닌 천치가 되고 말았다.

"흘러갈 대로 흘러가게 두기에는 저자가 심히 도드라지지 않습니까? 저 보세요, 또 십일번이 홀로 남았지 않아요?"

기마술이되 홀로 기예를 부리게 하지 않고 말을 탄 채 짝을 이뤄 목봉을 겨루게 하였다. 말에서 떨어지거나 목봉을 놓치면 지는 기마술 과목에서도 김강하가 홀로 남아 우승자가 된 참이다. 준우승은 삼십칠번을 달았다. 문서에 적혀 있는 삼십칠번의 이름은 문장시험에서 이등을 한 김제교다. 김제교는 열아홉 살이며 충주 태생으로 정오품 현령을 지낸 고故 김학주의 아들이라 기록되어 있다. 아까부터 설희평은 김제교가 설마 십여 년 전에 도고 현령을 지냈던 그 김학주의 아들이랴, 했다. 김학주는 칠성부령 반야와 악연 정도가 아니라 한 하늘을 이고 살 수 없는 원수지간이다. 그 아들들이 무과시험장에서 우승과 준우승으로 만나는 게 서로 이로울 게 없다.

"스승님, 십일번을 불러 주세요. 가까이서 얼굴이나 봐야겠습니다."

"그리하오시면 저하, 시관들의 점수 매김에 영향을 미치게 되나이다. 통촉하소서."

"영향 미치라고 부르는 겁니다. 내가 좌지우지할 필요 없이 저 혼자 콩치고 팥치고 다 했잖습니까? 저자에게 장원을 주지 않는다면, 더구나 중인이라고 급제도 아니 시켜 놓는다면 나는 어찌합니까. 그럴 시 내가 이 자리에 앉아 있을 필요가 무엇이며, 신하들이 나를 허수아비인 양 시삐 여기는 것일진대 그런 신하들 얼굴을 어찌 보고 살겠습니까? 천불나 못 삽니다. 당장 부르세요."

천불난다는 속어를 어디서 들으셨을까! 설희평이 속으로 웃고는 북재비에게 북을 치라 손짓한다. 무술시험이 끝났다는 신호가 아니라 소전에게 주목하라는 명이 하달되자 드넓은 모화관 마당 일대가 삽시에 무릎을 꿇고 엎드린다. 오늘 시관들의 주장인 훈련원 지사 박대감이 서둘러 다가와 읍했다. 설희평이 소전께서 방금 제자리로 돌아간 십일번을 보자 하신다고 전했다. 박대감이 소전을 한번 올려다보고는 돌아서서 관속들에게 십일번을 즉시 불러오라 명했다.

하얀 의복에 청색 쾌자를 걸치고 상투 위에 전립을 얹은 십일번이 다가와 기단 아래에 부복했다. 소전이 좌대에서 일어나 기단 끝으로 다가선다.

"고개를 들어 봐. 그대 이름이 무엇이라고? 몇 살이고?"

십일번이 고개를 들고 눈을 맞추지 않은 채 아뢴다.

"소인 김강하라 하옵고 을묘년에 태어나 당년 스물한 살이옵니다, 저하."

김강하의 대답에 소전은 흐흥, 웃는다. 오랜 시간 무더위 속에 나앉아 있었던 탓에 고단하고 지루했다. 그런 참에 동갑내기인 김강하를 가까이 보니 청량한 바람이 부는 것 같다. 헌칠한 몸피에 맑은 가을하늘처럼 서늘하게 생겼다. 옥골선풍이라더니 김강하가 그러하다. 더위 속에서 몇 시진을 날뛰어 벌겋게 익은 데다 땀과 먼지로 범벅인 얼굴인데도 용모로는 지금껏 소전이 만난 수천의 인종 중에 으뜸으로 준수하다.

"평양사람이라고? 말투가 평양 사람 같지 않은데?"

"소인, 도성에 머무는 시간이 많사와 한양 말씨를 쓰나이다, 저하."

"그래. 조선을 위하여, 또 성상전하를 위하여, 소소하나마 네가 하고 싶은 일들도 있는 듯해 이번 무과에 응한다고 했었지?"

"황공하여이다, 저하."

"내가 그대의 문장을 읽었고, 무예도 잘 보았어. 그래서 묻는 건데, 한 가지만 말해 보아. 그대가 우리나라 변방 고을의 원이 되었다고 가정하고, 뭘 하고 싶지?"

"소인, 장사치 집안에서 자라났는지라 곳곳에서 돈을 보옵나이다. 백성들과 더불어 고을마다의 산물을 개발하거나, 고을 특유의 산물을 늘려 생산을 높이면, 변방의 백성들이 좀 더 윤택하게 살며 나라의 세수稅收도 그만치 늘지 않을까 생각한 적이 있사와, 감히 그리 적었나이다, 저하."

"나라를 위하여, 백성들을 위하여 돈을 벌고 싶다고?"

나라를 위해 돈을 벌고 싶다고 시험지에 적은 말이 시험에 통과하기 위한 것임을 저나 나나 안다. 그 말에 대해 묻고 답하는 지금 이 순간에도 그 사실을 양자가 알거니와 상대가 안다는 사실 또한 서로 안다. 그러므로 김강하는 시방 당당하게, 자신을 뽑으라 소전한테 요구하고 있다. 수백 명이 지켜보는 앞에서 나누는 말임에도 귓속말을 나누는 것 같은 은밀한 소통이 이루어지는 상태다. 소전은 이렇게 소통할 수 있는 자가 측근에 있었으면 했다. 태어나 지금까지 단한마디 속말을 나눌 사람이 없었다. 소전의 삶은 옥청에 갇힌 듯이 노상 갑갑하고 쓸쓸했다.

"망극하여이다, 저하."

소전이 이히힛 웃는다. 몹시 재미나고 유쾌할 때의 웃음이다. 이쯤 되니 설희평은 오히려 내가 과했나 싶다. 시관들은 물론 육십 명의 응시자들과 훈련원 관헌들과 관속들까지 수백의 시선들이 소전과 강하에게 몰려 있지 않은가. 내일 조보朝報에는 이 풍경이 고스란히 실릴 터, 도성 사람이 다 알게 될 것인데 김강하를 너무 드러내버린 게 아닌가 싶은 것이다. 설희평은 사신경 이한신의 호위로 지낼 때 무녀 반야를 만났다. 그이가 칠성부령이 되었고, 그런 덕에 강수의 어린 시절도 지켜보았다. 강수가 겪으며 자라온 과정을 살펴온 터였다. 사형제지간이기까지 한 바 그를 향한 설희평의 맘에는 같은 세상에 속해 사는 우정보다 깊은 정이 있었다.

"알겠어. 내가 그대를 다시 볼 수 있기를 바란다만 그건 내 뜻만으로 이루어지는 게 아니므로, 혹여 그대와 내가 다시 보지 못한다고 해도 너무 서운타 여기지는 말아."

"황송하여이다, 저하."

"내가 그대를 더 붙들고 있는 게 그대 신상에 좋을 게 없을 듯하니 이만 물러가라."

김강하가 물러나는 걸 지켜보던 소전이 훈련원 수장인 박 지사를 가까이 불렀다. 박 지사가 다가와 읍한다.

"지사 대감."

"예, 저하."

"내가 오늘 무과시를, 종일토록, 게으름 피우지 않고 똑똑히 지켜 보았습니다."

"망극하여이다, 저하."

"사 군영의 대장들께서도 나와 보셨고요."

"예, 저하."

"내일 조보에도 지금 이 광경이 다 그려질 터입니다."

"예, 저하."

"엿새 후에 등과자들을 고시하지요?"

"예, 저하."

"경을 위시한 시관들께서 공정히 잘 뽑으실 걸로, 입격자 방을 붙이기 전에 명색이 소전인 나한테 새로 입신할 자들의 명단을 보여주실 걸로, 믿어도 되리까?"

"망극, 지당하십니다, 저하."

"그리 말씀하셨으니 그리 해주실 거라 믿고, 나는 이만 돌아가겠습니다."

북소리와 함께 익위사의 위사들과 별감들이 일제히 마당으로 내려서며 도열을 이룬다. 소전이 그 가운데로 들어서서 사열하듯 마당을 걸어나갔다. 연輦이 아니라 말을 타고 거둥한 참이라 모화관 바깥 마당 일대가 출정하려는 기마행렬들처럼 열다섯 필의 말들로 채워져 있었다. 응시자들의 시자들이며 식구들, 구경꾼들이 소전의 거둥에 황황히 엎드려 머리를 조아렸다.

　소전이 말에 올라 목멱으로 가자, 하고는 내닫는다. 소전과 위사들이 말을 달려가므로 별감들은 따라오지 못하고 익위사청이 있는 세자궁으로 가야 한다. 소전이 궐 밖에 나왔다가 일을 보고도 입궐하기 싫을 때면 가는 곳이 목멱산 국사당이 있는 쪽 성곽 위다. 소전은 성곽 위에 올라서서 흐르는 강물 건너다보기를 좋아한다. 한마디도 하지 않은 채 한 시진씩 강을 바라다볼 때도 있다. 오늘도 그리하고 싶은 것이다. 여름날 오후가 저물어가고 있었다.

지지 않음과 이길 필요

　김제교가 아홉 살이 되었던 봄에 부임지를 떠돌던 부친 김학주가 충주 감물현의 집에 들렀다. 부친은 제교를 앉혀 놓고 나라에서 심리사로 명받았다고, 일 년쯤 뒤에는 내직으로 들어가게 될 것이니 그때는 너를 한성으로 데리고 가리라 했다. 집에서 사흘을 묵고 온양군의 도고 현으로 간다며 떠났던 부친은 보름 뒤에 주검으로 돌아왔다. 부친이 나랏일을 하다 도적 떼에게 죽임을 당했는데도 장례기간에 문상오는 사람이 거의 없었다. 나라에서는 물론이고 감물현령조차 아는 척을 하지 않는다고 조부가 통탄했다. 발인하고 삼우제를 치른 밤에 제교는 꿈에서 부친을 만났다. 꿈속의 부친은 목이 꺾인 형상으로 눈을 기이하게 뜬 채 우는 아들을 향해 소리쳤다.

　"만파식령을 찾아 만단사를 가져라."

　당시 만파식령이나 만단사가 무엇인지도 몰랐던 제교였으나 들어 본 적은 있는 듯했다. 하여 꿈속에서 부친으로부터 다시 들은 그 두 가지 명칭을 똑똑히 기억했다. 조부에게 만파식령과 만단사에 대해 물었다. 조부는 만파식령이나 만단사가 뭔지 모른다고 했다. 그런 건 금시초문이라 한 조부는 네 아비가 어찌 죽게 되었는지 내 알아보고 오리라 하며 온양으로 향했다. 한 달 뒤쯤 초췌하여 돌아온 조부는 그간에 무엇을 알아보았는지 말하는 대신 제교한테 딴소리를 했다.

"네가 아비 덕 보기는 아예 글러먹게 되었더구나. 그러니 너는 맹렬히 공부하여 네가 살 길, 집안을 살릴 길을 스스로 찾아라."

그러면서 덧붙였다.

"네가 꿈에서 네 아비한테 들었다는 만파식령이라는 물건! 내가 이번에 온양 가서 알아봤다. 그게 무격들이 사용하는 물건 비슷한 것이나 실재하는 게 아니라 옛날이야기 속에 나오는 것이라 하더구나. 그걸 가지면 신기가 높아져 무소불위의 힘을 발휘할 수 있다는 허황된 소문이 덧붙은 물건이고. 헌데 네 아비가 그 물건을 찾기 위해 무녀들을 가까이 한 모양이더라. 특히 도고 은샘골의 꽃각시 보살이라는 무녀를 자주 불러들인 모양이다. 그리하다 그 무녀의 식구들을 죄 죽이고 네 아비도 죽게 된 모양이고. 이 할애비가 알아낸 건 그 정도뿐이다. 네 아비가 도고현의 현령으로서 좋은 소리는 전혀 듣지 못한 성싶다. 심리사로서의 직권도 심히 남용한 것 같고. 나라에서 네 아비의 죽음에 대해 일언반구가 없는 까닭이 그 때문이었던 것이다. 나라에서 네 아비의 관작을 삭탈하지 않는 것만도 다행인 게지. 앞으로 네가 아비 덕을 보기는 어려울 터이니 네 힘으로 네 자신과 집안을 돌봐야 하리라는 게다. 알겠느냐?"

그 일 년 뒤쯤에 부친과 잘 알고 지냈다는 이록이라는 사람이 왔다. 그가 조부와 어머니에게 말했다.

"소생은 김학주 공께서 이르고자 하셨던 세상의 가운데 있는 사람입니다. 어르신과 부인께서 원하신다면 영식令息과 더불어 부군이 닿기를 원하신 세상으로 들어오시지요. 우리가 영식의 앞길을 열어 드릴 것입니다."

이록이 칭한 영식은 제교였고 그가 말한 세상이 만단사였다. 나중에 알고 보니 당시의 그는 봉황부령이었다. 부친은 기린부에 속해 있었다고 했으나 조부께서는 며느리인 인당헌과 손자 제교한테 봉황부로 입사入嗣하라 했다. 그리고 현재였다.

제교는 문관이 될 것이라 어릴 때부터 글공부를 부지런히 해왔으나, 무예 수련을 겸해 왔다. 내년에 문과 취재에 응할 것이다. 여기餘技로 익혀온 무술 실력을 가늠해 보자는 의도로 이번 무과에 응했다. 자신했었다. 여기였을망정 자신의 적성은 무예가 아닌가 싶을 만큼 무술이 재밌고 실력이 느는 걸 스스로 느꼈다. 상림 함화루에서 벌어진 만단사 회합 때 사령보위부의 황동보한테 진 것은 실수였다. 다시 실수하지 않을 것이며, 이번 무과에서 당연히 일등으로 입격하게 되리라고 생각했다.

제교는 여섯 살에 글을 읽기 시작하고 열한 살에 도선사로 들어가 무술 수련을 시작한 이래 글쓰기나 무술 대련에서 누군가와 비교하여 뒤진 적이 없었다. 그런데 만단사 대회 때 목검 대련에서 황동보에게 져서 준우승을 했다. 성균관에서 매달 시행하는 고강시험을 칠 때마다 대통을 받는데 이번 무과 문장시험에서는 이등을 했다.

'조선의 아들로 태어난 네가 단기 사천팔십팔년 을해년 식년시 무과에 응한 바, 너는 누구이며 당금 조선을 위하여 무엇을 할 수 있는지 논하라. 더하여『무예제보』에 대해 서술하라.'

시제를 봤을 때 자신만만했다. 학식이 필요한 게 아니라 글만 잘 지으면 되는 것이었다. 조선의 아들로서 할 수 있는 일쯤이야 얼마든지 지어낼 수 있지 않은가. 『무예제보』도 읽은 터. 어려울 것 하나 없이 술술 썼다. 그런데 이등을 했다. 설상가상, 어제 무술 실기에서는 종목마다 결승전에 이르러 십일번한테 져서 준우승을 했다. 수박과 검술과 창술과 기마술까지 전부!

급제 여부는 나중 일이었다. 일대일로 겨룬 네 종목에서 십일번을 한 번도 못 이겼다는 사실이 제교는 기가 막혔다. 기마술 결승전에서 십일번과 다시 맞닥뜨렸을 때는 또 질 수도 있으리란 사실에 두려움까지 느꼈다. 그런 스스로에 실망했고 자신을 넘는 자들에 분노를 느꼈다. 소전이 십일번만 단상 앞으로 불러 무슨 말인가 하는 모양을 먼빛으로 바라볼 때는 제교의 눈앞이 아득했다.

그래서일 터이다. 어제 시험장에서 소전이 떠나고 응시생들이 흩어진 뒤 시험장인 모화관에서 가까운 정동골 집으로 가지 않고 십일번의 뒤를 따랐던 까닭은. 대체 어디서 어떻게 사는 자인지 십일번의 실체를 확인하고 싶었다. 놈이 어떤 말을 타는지 보고 싶기도 했다. 그의 민첩한 기마술이 무과에 대비하여 이루어진 게 아니라 어린 날부터 말을 다룬 솜씨임을 느꼈기 때문이었다.

하지만 어제 모화관을 나선 그는 말을 타지 않고 걸었다. 육조거리를 지나 운종가로 들어선 십일번은 시종으로 보이는 놈과 함께 전옥서며 포청 앞거리 등을 지나더니 포목전이 늘어선 거리에서 한 점포로 쑥 들어갔다. 금강비단이라는 편액이 붙은 점포였다. 제교는 한길 건너편 장신구를 파는 점포 앞에서 금강비단 점포를 바라보는 한편으로 모처럼 한가하게 은성한 시전거리를 구경했다.

송악에서 처음 조선이 세워지고 한양으로 천도할 때 궁궐을 지으며 길을 닦았다고 했다. 비슷한 즈음에 시전 행랑들을 조성하기 시작했다. 몇 차에 걸쳐서 조성된 시전 행랑이 사천여 칸이었는데, 그게 몇백 년 전의 일이었다. 지금은 육천여 칸은 될 거라고 했다. 육천여 칸칸에 든 장사치들이 도성 사람들한테 필요한 물자를 대고 있었다. 그 많은 점포들은 동서남북으로 뻗은 대로를 가운데 두고 양쪽으로 포진했다. 대로의 폭이 원래 오십육 척이나 되는 데다 길 양쪽에 두 척 넓이의 수구水溝에 판돌들이 얹혀 있어 길 폭은 육십 척인 셈인데 점포들은 수구 판돌에서 구 척씩 바깥에 세워졌다. 그 구 척 폭이 한길의 갓길인데 점포 주인들은 점포 앞이 자신의 것인 양 가가假家 지붕을 만들고 가판을 내놓은 채 호객을 했다.

십일번이 금강점포로 들어간 지 한 시간은 족히 지났으련만 나오지 않았다. 여름날 물건들이 잔뜩 쌓인 점포 안에서 마냥 시간을 보낼 리 만무. 뒷문을 통해 그쪽 뒷골목으로 빠져나가 수천 점포들이 늘어선 거리로 사라져 버린 것이었다. 미행을 눈치챘던 것이다. 미행을 눈치채이고도 멍청히 서서 거리 구경이나 하고 있었던 자신을 한심해하며 집으로 갔다. 안해가 조심스레 서방의 기색을 살피다가 어멈을 데리고 부엌으로 들어갔다. 집에 와 있던 큰 처남 문주가 어느새 과장의 소식을 들었는지 빙글거리며 말했다.

"매형, 거의 일등할 뻔 했다면서요?"

문주는 열일곱 살로 한창 공부해야 할 때인데 수시로 누이 집이나 찾아와 노닥거렸다. 워낙 뺀질거리는 녀석이라 글공부하기는 글러 먹었다. 무술에 정진할 만한 근기도 없었다. 천생 왈패 짓이나 하며 살 놈이었다.

제교의 안해 김순주와 그 아우들은 이복이다. 충청도 서산 출신인 그 부친 김한구가 열일곱 살에 순주를 낳고 상처한 후에 재취하여 도성에서 살았다. 아들 문주와 구주를 연해 낳고 딸 여주와 선주를 낳았다. 순주의 부친은 급제를 못했으나 조부가 참의 벼슬을 지내고 낙향하신 분이라 집안은 상당했다. 서산에 향리가 있고 도성 관인방에 옥구헌이라는 저택이 있었다. 그럼에도 순주는 서산의 조부모 밑에서 자랐고 양가 조부의 인연으로 제교는 순주와 혼인했다. 제교가 성균관에 입학하게 되면서 내외는 도성 안 정동골에 마련된 집에서 살게 되었다. 아직 자식은 없었다. 문주는 함께 자라지 않아 정든 적도 없는 누이가 상경하여 살림을 차리자마자 뻔질나게 드나들고 있었다. 특히 수유날 제교가 성균관을 나와 집에 올 때는 꼭 들렀다. 제 집에서는 부모 눈치를 봐야 하나 누이 집에는 어른이 없는지라 편하기 때문이다.

"어제 술을 내렸는데, 향이 좋아요. 문주와 더불어 한잔 드시고 오늘은 푹 쉬세요."

안해가 시험이 어땠냐고 묻지 않아 다행이었다. 물어왔더라면 벌컥 화를 내고 말았을 테니 순주 자신한테는 더 다행이었다. 그리 좋아하지 않는 손아래 처남을 안주 삼아 술 세 병을 들이붓듯 마시고 꼬꾸라졌다가 일어났더니 새벽이었다.

제교는 아침 일찍 집을 나와 도봉산으로 왔다. 도선사의 양정스님은 제교의 스승이셨다. 절하고 앉는 제교를 향해 양정스님이 인사를 건넨다.

"오랜만이구나."

열한 살에 들어와 삼 년을 꼬박 지낸 뒤부터는 여름마다 도선사로 들어와 수련하곤 했다. 작년 여름 성균관 방학 때 와서 석 달을 지냈으므로 일 년 만이다.

"예, 스승님. 소제가 어제, 무과 실기시험을 치렀나이다."

"문과가 아니라 무과를 치렀어? 어찌?"

"제 무술을 가늠해 보자는 의도였습니다."

"그랬더냐? 그래서?"

"무과 실기를 조총술과 마상궁시, 수박과 검술과 창술과 기마술 순으로 치렀사온데 조총과 마상궁시만 각자 치르고 나머지는 종목마다 둘 중 하나가 떨어져나가는 일대일 대응방식이더이다."

"그랬더냐."

"종목마다 같은 자와 결승전에서 마주쳤습니다. 소제가, 그자를, 한 번도 이기지 못했습니다. 이게 어찌된 일이오리까, 스승님. 소제의 무공이 그토록 낮고 얕나이까?"

"나라의 무관 벼슬아치를 뽑는 무과가, 무공을 겨루는 것이더냐?"

"결국 그런 게 아니오니까?"

"내 과거를 치러 보지 않아 모른다만, 귀동냥한 것으로 짐작해 보자면, 무과는 무공을 겨루는 게 아니라 기본 무술을 상황에 맞춰 요령껏 구사하는 것이다. 너와 맞닥뜨린 자는 무공이 높은 건 물론이려니와 상황에 맞는 요령을 구사함에 너보다 능했던 것이리라."

"소제가 상황 파악을 제대로 못하였다는 말씀이시오니까?"

"내 그 상황을 보지 못하였으나 네 성정으로 미루어보건대, 처음 수박술에서는 당연히 네가 이기리라 생각하고 방심했을 터이고, 검술에서는 당황하여 실수했을 테지. 창술에서는 조바심을 내다 네 실력을 발휘하기도 전에 졌을 것이고 마지막 기마술 때는 네가 이미 질 것이라 여겼을 것이다. 마음으로 이미 졌는데 몸인들 이기겠느냐?"

"스승님 보시기에 소제의 성정이 원래 그러하옵니까?"

"내 너에게, 수련에 맹렬해야 할지언정 조바심을 내면 아니 된다고, 무예는 術術 아니라 도道라고 누누이 말해 왔느니. 그때마다 너는 명심하겠노라, 대답만 할 뿐이지 한시라도 빨리 천하제일의 고수가 되련다는 욕심, 욕망을 버리지 못했다. 못 버린 게 아니라 버리지 아니 한 게지. 네가 이번에 무과를 치른 것도 그렇다. 네가 무관이 아니라 문관으로 살아갈 사람인데 문과를 치러야지, 어찌 무과를 치러? 그건 성급함을 넘어서 교만한 것이지. 태학에서 너와 같이 문무를 다 하려는 자가 또 있느냐?"

"소제가 어린 날부터 글공부와 무술을 병행하여 자랐사온데 두 가지를 다 하자는 게 욕심이며 교만이옵니까? 또한 그런 목표가 없을제 정진이 가능하옵니까?"

"무예의 목적은 남보다 높아지기 위함이 아니라 자신을 다스리기 위함이라는 말도 내 너에게 숱하게 했다. 어느 누구도 천하제일의 고수가 될 수 없을 뿐더러 그런 욕심으로는 자신을 뛰어넘지도 못한다고. 그 점은 무예만이 아니라 글공부에도 해당하는 것일진대, 너는 그동안 스승이며 사형들이 하는 모든 말들을 등한시해 온 게지. 너는 네 무공이나 문장이 사뭇 높은 줄 아는 우물 안 개구리로 자란 것이다."

"소제가 도반들이나 사형들과의 대련에서 진 적이 없나이다."

"나를 비롯하여 이 절에 있는 이십여 수의 중들은 무예로 심신을 맑히는 자들일 뿐이다. 무예로 뭘 할 생각이 없는 자들이라는 게다.

네 사형들이나 도반들은 너를 이기겠다는 생각으로 너와 대련한 적이 없을 터이다. 헌데 너는 매번 기어이 이기겠다고 작정하고 덤볐지. 그들은, 기어이 이기고 싶어 하는 너를 굳이 이길 필요가 없었던 게고."

"하오면, 도반들과 사형들께서 소제한테 부러 져 주었단 말씀이십니까?"

"부러 지지는 않았을지라도 기어이 너를 이길 필요는 없었다는 게다."

"그 두 가지가 무엇이 다르옵니까?"

"어허, 이런 몽매를 보았나!"

장탄식한 양정스님이 밖을 향해 소성스님 게 계시는가, 소리친다. 소성스님은 제교의 맏사형이자 주지인 양정스님의 상좌승이다. 열린 문 밖에서 다 듣고 있었을 소성스님이 들어와 읍한다.

"예, 스님."

"이 중생을 데리고 나가서 맺힌 것을 좀 풀어 주게."

"대련을 하오리까?"

"지난 팔 년간 이 절집을 드나들면서 배운 게 하나 없다는구먼. 대련을 하매 일부러 지지 않음과 기어이 이길 필요가 없는 것의 차이조차 모른다지 않아? 최소한 그 정도는 알게 해줘야지?"

제교는 양정스님께 절하고는 방을 나와 소성스님을 따른다. 소성스님은 대웅전 뒤편 숲에 있는 무설당無說堂으로 향한다. 가면서 만난 선공스님에게 현재 경내에 있는 젊은 스님들을 무설당으로 모이게 하라 한다. 선공스님도 제교의 사형 중 한 명이다. 무설당은 도선사의 대중방으로서 마당이 넓은 덕에 곧잘 스님들의 무술 수련장으로 쓰인다. 무설당에는 더위를 피해 온 스님 네 분이 홑적삼 차림으로 진을 치고 있다. 양정스님의 사형제분들이시므로 제교한테는 사숙師叔들이다. 제교가 사숙스님들께 절을 올리자 소성스님이 양정스님의 말씀을 전하고는 덧붙인다.

"하여 땀을 좀 흘리려 하옵니다."

책을 읽고, 나무판자에 전각을 하고, 필사를 하고, 미투리를 삼고 있던 네 스님이 구경거리 만난 듯 고개를 끄덕인다. 그쯤에 젊은 스님들이 선공스님한테 이끌려 무설당 마당으로 들어선다. 열두 명이나 된다. 제교는 그 열두 명과 인사를 나누면서 모두와 대련할 작정을 한다. 누구도 천하제일의 고수가 될 수 없다는 스승의 말씀을 넘어서든가, 우물 안 개구리였다는 사실을 온몸으로 느끼던가 해야 하는 것이다. 그래야 어제의 십일번 그자를 다시 보게 됐을 때 어찌 처신할지를 알게 되지 않겠는가. 이름이 김강하라던 그는 제교 자신과 또래이거나 한두 살이나 위일 것 같았다. 그와 처음 맞붙었을 때 대번에 그를 질투했다. 신기하리만치 준수한 그 용모보다 그 자가 풍기는 여유로움에 비위가 상했다. 이기나 지나 상관없고 무과에 드나 안 드나 관계없다는 듯 무심한 그 얼굴이라니. 처음부터 그에게 지고 들어간 까닭이었다.

저마다의 등불

'무명無明을 인연하여 행行이 생기고, 행을 인연하여 식識이 생기고, 식을 인연하여 명색名色이 생기고, 명색을 인연하여 육입六入이 생기고, 육입을 인연하여 촉觸이 생기고, 촉을 인연하여 수受가 생기고, 수를 인연하여 애愛가 생기고, 애를 인연하여 취取가 생기고, 취를 인연하여 유有가 생기고, 유를 인연하여 생生이 생기고, 생으로 인연하여 늙고 죽음과 근심과 슬픔과 고통과 번뇌가 생기니라.'

혜원의 책 읽는 소리는 언제나 여일하다. 한 문장을 느리게 읽고 나서 반야의 반응을 기다리는 것도 늘 비슷하다. 혜원은 책을 읽는 양 하면서 글자는 거의 보지 않고 외어 읊었다. 어떤 책이든 같은 대목을 몇 번 보고 난 뒤로는 외워 버리기 때문이다. 지금도 혜원은 『묘법연화경』의 「화성유품化城喩品」한 구절을 읊은 뒤 반야가 내용에 관해 무슨 말인가 하기를 기다린다. 아무 말이 없으면 다음 소절로 넘어간다.

'무명이 없어지면 행이 없어지고, 행이 없어지면 식이 없어지고,

식이 없어지면 명색이 없어지고, 명색이 없어지면 육입이 없어지고, 육입이 없어지면, 촉이 없어지고, 촉이 없어지면, 수가 없어지고, 수가 없어지면 애가 없어지고, 애가 없어지면 취가 없어지고, 취가 없어지면 유가 없어지고, 유가 없어지면 생이 없어지고, 생이 없어지면 늙고 죽음과 근심과 슬픔과 고통과 번뇌가 없어 지니라.'

"혜원!"

반야의 음색은 마당에 내리는 비만큼 촉촉하다. 단옷날인데 새벽에 시작한 비가 계속 내린다. 각처에서 벌어질 단오놀이가 안타깝게 되었다.

"예, 아씨."

"생각해 보니 우리가 점사를 쉰 지 여러 해가 됐구려. 돈을 번 지도 그만큼이나 되었는데, 요새 우리 살림 꾸리기가 어떻소?"

혜원이 홋, 콧소리를 내며 웃는다.

"근자에 산삼 일곱 뿌리와 말 한 필을 버시더니, 이제 본격적으로 돈을 벌고 싶으십니까?"

반야도 흐흥, 웃는다.

"돈을 벌고 싶기도 하려니와 대식구 살림이 이대로 괜찮은가 싶어 묻는 게요. 당장 또 식구들이 늘어날 터인데 약방에는 아직 손님이 들지 않고. 내가 점사를 해야 약방에도 사람이 들지 않겠소?"

복분의 출산이 임박했고 연덕은 수태하여 다섯 달째다. 어미아비들이 팔도를 떠도는 동안 못내 참았다는 듯이 아이들이 연이어 태어날 태세였다.

"소소원에서 사시는 동안 막대히 버셨던 덕에 그것만으로도 앞으로 일이십 년은 넉넉하게 살 만하옵고, 그 전 미타원의 어마님께오서 동마로님을 통해 유상에 위탁하셨던 자금도 스스로 배를 불려가고 있나이다. 그 또한 아씨께서 벌어 놓으셨던 것이지요. 점사를 보시며 사람들을 만나고 싶으시다면 모를까 살림 걱정하시어 점사를 재개하실 필요는 없으십니다."

반야가 동마로라는 이름을 소리로서 듣기는 참 오랜만이다. 미타원도 그러하다. 더불어 떠오르는 어머니. 가슴이 저릿하다가 그리움이 밀려든다.

"돈이 당장 급하지 않다면 이 여름 지내고 나서, 복채 조금만 받으면서 사람살이 구경이나 해봅시다. 그리하여야 안도님이나 연덕도 의원들로서 구실을 해볼 게 아닙니까."

"삼가 여쭈옵니다, 아씨. 그렇게는 불가하십니다. 아씨께서 점사를 보시기 시작하면 오래지 않아 근동은 물론 삼남에 소문이 날 것이고 이 유수화려가 사람으로 미어질 것입니다. 옛날 미타원은 이곳보다 훨씬 더 깊은 골에 들어 있었음에도 일 년 내 사람 그칠 날이 없었다고 들었습니다. 현재 아씨께서는 미타원 시절의 꽃각시 보살이 아니시거니와 그 손님들을 감당할 체력이 못 되십니다. 하여 점사를 재개하실 양이면 소소원에서처럼 팔도 최고의 복채를 받는 곳으로 소문나 손님이 저절로 걸러져야 합니다. 그리고 안도와 연덕은 아씨를 위해 아씨 곁에 마련된 사람들입니다. 모올 무진께서 친생녀인 연덕을, 문성 무진께서 친생자인 안도님을 아씨 곁으로 보내신 까닭이고요."

"내가 그걸 몰라 하는 말이 아니지 않아요? 그럼에도 나는 지금 한 푼에도 아쉬운, 그러함에도 점쟁이를 찾고 싶은 사람들을 만나고 싶은데 어찌합니까?"

"깃발을 걸려면 관아에 신고하여야 하고, 그러매 고을의 현감은 물론 서리, 관속들과도 수시로 실랑이를 하게 될 텝니다."

"무녀 노릇을 아주 접는다면 모를까 그쯤은 각오해야지요."

"알겠나이다, 아씨. 하오나, 속하屬下 청하오니 부디 숙고하여 주소서."

반야가 하려는 일에 혜원이 반대하는 경우는 드물다. 지금처럼 완강하기는 더 드물다. 혜원이 어린 날부터 익혀 온 게 독술毒術이다. 향료 만드는 사람들이 식물에서 고운 향만 채취하고, 의원들이 약성만 뽑아내는 반면 혜원 같은 독술가들은 식물에서 독성만 추출해 낸다. 모든 식물에는 독성이 있으며 사람이 먹을 때는 독성이 가장 약할 때이다. 독약이 되는 식물은 자체로 독초이기 일반이지만 독초도 독성이 가장 강할 때 독약으로 추출된다. 혜원은 독버섯과 동물의 독도 겸하여 수집하고 그것들을 혼합하여 갖가지 독약을 만들어 낸다. 반야 옆에서 한없이 단아한 모습으로 책 읽고 칠요 본원 살림하는 걸 업으로 삼고 있지만 그건 혜원의 겉모습일 뿐이다. 혜원은 제 본원인 천안 칠성부와 더불어 전국 사신계가 필요로 하는 독을 생산하고 공급하고 있었다. 극소량으로도 치명독이 될 수 있으므로 남용하는 법은 없다. 혜원은 절제와 중용지도中庸之道를 알고 지킨다. 혜원의 뜻을 따르는 게 맞는 것이다.

"알겠소. 그대의 뜻과 나의 뜻을 절충할 수 있는 방법을 찾아보세요. 그리고 내 손님들이 오고 계시는 듯하오. 그중 먼 곳으로부터 오는 한 분은 오늘 늦은 밤에 당도하실 것 같고."

"먼 곳이라 하심은, 우륵께서 오신다는 의미이십니까?"

소처럼 힘써 밭을 간다는 뜻의 우륵牛仂은 이무영의 호다. 그가 오고 있는 듯했다. 그가 아니면 며칠 전부터 반야의 마음이 이리 설렐 까닭이 없었다. 강수가 한양에 갔으므로 무영을 만났을 터이고 유수화려에 대해 알렸을 터였다. 무영은 말미를 만들기 위해 애썼을 것이고 달려오고 있는 것이다. 그가 어디 만큼 왔을지, 그의 애마인 천마가 달리고 있는 곳에도 비가 내릴지. 반야는 빗방울이 듣기 시작한 순간부터 천마를 걱정했다.

"그렇소."

"서방님 맞을 준비를 하겠습니다. 다른 한 손님은, 혹, 또 이록입니까?"

"아니. 산청의 그 아이요."

산청 사리내 문정헌聞靜軒의 고명딸 조이현은 올해 아홉 살이다. 작년 초겨울 이쪽에 당도하여 얼마 지나지 않아 새벽 예불을 올리던 중 그쪽에서 발산되는 강력한 뭇기를 느꼈다. 설레며 산청으로 찾아가 보았다. 몹시 영민한 아이로만 제 주변에 알려지기 시작한 이현은 스스로의 뭇기를 아직 모르는 상태였다. 미구에 봄비 내린 뒤 꽃망울들이 일제히 터지듯 아이의 신기가 뭇기로 터져 나올 것이되 아직은 꽃망울처럼 봉오리 져 있었다. 반야는 아이의 전생을 대번에 알아보았다.

반야가 사신계라는 세상을 몰랐던 시절, 온양 은새미의 꽃각시 보살로 물정 모르고 날뛸 때 만났던 천안 새터말의 방희였다. 양반가의 딸한테 뭇기가 생기니 방희의 집안에서는 딸자식을 꼭꼭 숨기느라 집안 깊은 곳에 가두었다. 반야가 세 번이나 찾아가 댁에서 따님을 죽은 것으로 하고 몰래 내치면 데려다 살리겠노라고 애원했다. 그 집에서는 딸자식을 내놓지 않았고 방희는 결국 굶어 죽었다. 악귀가 된 방희의 혼령은 제 집에 머물렀다. 집안이 어떤 꼴이 되는지 지켜보겠노라며 반야의 천도를 한사코 마다했다. 방희의 혼령은 두어 해 만에 제 집안의 씨를 완전히 말려 버리고 나서 사리내의 문정헌에 환생해 있었다. 제 집에서 멀지 않은 문수암 법당에서 만난 아이도 제 무의식 속에 든 반야가 낯이 익은지 물었다. "스승님, 소녀가 예전에 스승님을 뵌 적이 있나이까?" 그 아이의 천진한 눈망울에 반야의 맘이 아팠다.

"사리내의 조이현이 언제쯤 오오리까?"

"사흘 뒤쯤이나 될 듯해요. 지난겨울 우리가 문수암에 다녀온 뒤 아이의 뭇기가 터진 성싶어요. 이현이 나를 향해 오고 있기는 하나 그 아이는 아직 나를 만날 준비가 아니 되었어요. 좀더 견디다가 오면 좋으련만. 해서 내가 집을 비워야겠소. 나 없는 새에 아이가 오거든, 기도하러 갔다 말하고 어찌 나오는지 두고 봅시다."

반야는 처음 이현의 신기를 느꼈을 때 어쩌면 다음 대 칠요 재목이 나타난 게 아닌가, 몹시 설레었다. 지난 몇 년 팔도를 떠돌며 만난 그 어떤 무녀보다 강한 뭇기를 느꼈기 때문이다. 하여 아이를 찾아갔고 만났더니 예감했던 대로 방희의 환생이었다. 실망하기는 일렀으되 실망했다. 방희의 생애가 짧았던 탓에 그가 품고 떠난 경험이 너무 단순했다. 그렇게 강력한 뭇기를 가지고 제 전생도 깨닫지 못한 채 마감했다. 그리고 다시 태어난 자리가 비단 방석이었다. 그 부모가 겨우 반년가량 무병 앓은 딸아이를 데리고 무녀를 찾아오고 있을 만치 넓고 깊은 사람들이니 그 자리가 비단 방석이 아니고 무엇이랴.

이현이 뭇기 높은 무녀로 태어난 것은 분명했다. 속내 깊이까지

처참한 사람의 속내를 고루 어루만질 수 있는 재목일지는 미지수다. 전대 칠요였던 흔훤 만신은 다음 칠요의 재목을 찾다 못하여 직접 빚었다. 온갖 독기와 욕심과 역심과 몰염치와 냉혹과 살기들을 그러모아 만월처럼 환하고 바다처럼 넓은 여인에게 심었다. 그 모든 것들이 여인에게서 정화되어 한 점의 생명, 무녀로 태어나게 했다. 그 여인이 반야의 모친인 유을해, 함채정이었다. 자신이 사신계라는 세상의 중심에 들어 있는 줄도 모른 채 살다가 참혹히 생을 마감한 여인, 어머니.

"혹여 이현이 돌아가지 않고 기다리면 어찌하리까?"

"현재 이현한테 유일하게 필요한 게 인내입니다. 기다리게 해야지요. 그건 그렇고 혜원, 화산을 평생 저대로 내버려두려오?"

혜원은 대답이 없다. 호위들은 반야 주변에서 함께 살아야 하는 처지라서 그들 간에 상사相思가 생겼다. 나이 지긋해 만난 한돌과 외순이 같은 방을 쓰고 있었다. 자식 없이 상처하고 마흔 살이 된 의원 안도와 오래 전 소박맞아 홀로 지내던 침모 두레도 혼례를 치렀다. 백호부 해돌과 칠성부 복분, 주작부 천우와 칠성부 연덕이 혼인하였다. 모두가 팔도를 떠돌던 지난 삼 년 동안 맺은 인연이었다.

"제가 어찌해 줄 수 있는 일이 아니지 않습니까."

"화산이 그대만 바라보며 십 년 세월을 보내고 있는데 가엽지 않소?"

"가엽지 않은 것은 아닙니다만 저에게 사내를 향한 연심이 생기지 않으니 어찌합니까."

"그대가 그러는 줄은 짐작하지만 나는 그대만 바라보는 화산이 안쓰러워 더 늦기 전에, 어떻게든 해주고 싶은데, 이런 내 맘은 어찌하오?"

묵묵하다. 반야는 혜원이 앉은 곳에다 시선을 맞춰본다. 저고리는 남색 빛인 듯하고 치마는 흰빛인 것 같다. 선명하지는 않아도 색채 식별이 가능해졌다. 어둘 녘에 켜지는 촛불의 위치를 감지할 수 있고, 꽃향기를 맡기 전에 꽃이 피어 있는 곳을 어림할 수 있고 사람과 눈길이 맞닿은 시늉도 할 수 있다. 하지만 상대와 시선을 맞추기는 어렵다.

"혜원, 남색 저고리에 모싯빛 치마를 입고 있소?"

"예?"

당황하더니 금세 "예." 한다. 현실의 눈이 약간씩 밝아져 가는 걸 혜원이 진작부터 눈치챈 걸 반야도 알고 있었다.

"옷고름이며 회장이 모싯빛이고?"

"예, 아씨."

"내 이렇듯 빛깔은 느낄 수 있으나 그대 얼굴까지는 못 봅니다. 오래 전 태조산에서 봤던 그대 얼굴을 기억하고 있을 뿐이지요. 낯빛이 파리했어요. 그게 안타까웠소. 하마 시방도 그런 낯빛을 하고 있겠지요?"

"그 얼굴에 주름살이 생기기 시작했나이다."

반야가 웃음을 터트린다. 주름살이라는 단어를 난생 처음 듣는 듯해 우스운 것이다. 십 년 넘게 장님으로 보낸 탓에 내남없이 생겨가는 주름살을 보지 못했을 뿐더러 그 낱말을 듣지도 못했다. 장님 앞에서 주름살에 대해 말하는 사람은 없기 때문이었다.

"어찌 웃으시옵니까?"

"열여덟 살 처자 얼굴을 떠올리고 있는데 그 처자가 제 얼굴에 주름살이 생겼노라 말하니 우습지 않아요?"

"저의 주름살로라도 아씨께서 웃으시니 저도 좋나이다."

"웃으니 참 좋구려. 웃음만큼 좋을 수 있는 것이 또 있는데 무엇인지, 혜원 아오?"

"운우지정에 대해 말씀하시려는 것이옵니까?"

"그렇소. 주름살 이야기가 나오니 생각나는구려. 모르는 것이 없는 그대가 남녀교합에서 생길 수 있는 다정을 모르는 것이 나는 안타깝소. 또 그런 그대를 바라만 봐야 하는 화산도 안타깝고. 나는 그대나 화산을, 그대들이 날 떠나기를 원하지 않는 한 곁에 두고 싶소. 헌데 두 사람이 지금과 같이 지낸다면 내가 미안하여 화산을 자신의 본원으로 돌려보낼 수밖에 없지 않겠소. 그의 부친께도 내가 면목이 서지 않고."

화산은 팔 년 전에 청룡부령에 오른 감선동의 둘째아들이다. 서라벌에 본원을 두고 있던 전대 청룡부령의 유고에 따라 청룡부 달구벌 무진 감선동이 부령위에 추대되었다. 청룡부 본원은 자연히 서라벌에서 달구벌로 옮겨졌다. 사신계 내의 어떤 자리도 대물림하지 않되 현실 세상은 아들에서 아들로 이어지는 게 법도였다. 영남과 영동, 관동을 아우르는 내륙 상권을 장악하고 있는 남상監商이 감선동 집안이었다. 청룡부령으로서의 감선동 아래로 오십여 명의 무진이 있었다. 화산이 칠요 호위대에 있겠다고 고집하지 않았다면 청룡부령은 둘째아들을 본원으로 불러들여 일을 시키고 상단을 이끌 인재로 키웠을 것이다.

"내가 그리할 제 그는 여기다 맘을 두고 갈 터인데 그 삶은 또 얼마나 애처롭소. 하여 그대한테 다시 물으리다. 화산과 내외지연 맺을 염사가 있소?"

가만하다. 워낙 충정 깊은 사람이라 맘결에서 항심抗心은 느껴지지 않는다. 반야는 더듬더듬 불단 밑을 더듬어 정주를 찾아 잡고 경계 종을 울리듯 세 번 흔들고 엎드린다.

"정히 싫으면 싫다 말할 그대임을 내 아는 바, 내가 결정을 하리다. 그리해도 되겠소?"

"명을 내리시오면 받들겠나이다."

"하면 길게 끌 것 없이 오늘 오후 쌍계사 법당에서 가례를 올리세요."

"오, 오늘 당장이요?"

"오늘 안에 치릅시다. 부령이오."

어쩌면 진작 이렇게 결정 해줬어야 했을 것이다. 이미 나이든 남녀의 일이라 간섭할 사안이 아니라고 여겨 내버려두는 중에 세월이 속절없이 흘러 버렸다. 부령이라는 덧붙임을 뒤늦게 깨친 혜원이 발딱 몸을 일으키는 게 보인다. 사신총령과 칠요령에는 칠배하고 부령에는 삼배하며 받드는 게 법도다. 남색 저고리에 모싯빛 치마를 입은 형체가 일어나 세 번 절한다. 그 사이 집안사람들이 빗속을 뛰어 신당 앞에 모였다. 예불 시작을 알릴 때 외에는 좀체 울리는 일이 없는 정주가 아침부터 울려대자 놀라 일제히 뛰어온 것이었다. 화산이 신당으로 들어와 읍하며 묻는다.

"무슨 일이십니까?"

"화산 대장!"

"예, 아씨."

"대장의 본원까지 말을 달려가면 몇 날이 걸리오?"

"제 홀로 급히 가면 이틀이면 닿습니다만, 느닷없이 소생의 본원은 어찌 말씀하시는지요?"

"오늘 쌍계사에 올라가 큰스님 앞에서, 혜원과 가례를 올리세요. 신시쯤이 좋겠습니다. 식이 끝나는 대로 그대의 본원을 향해 출발하세요. 두 사람이 어른들을 뵈러가는 데 사나흘, 가서 열흘, 돌아오는 데 사나흘을 합쳐 스무날의 수유受由를 주겠소. 혜원이 이미 부령을 받들었는바 화산, 그대는 칠요령으로 따르세요."

"어, 어찌 이리 갑작스런 명을 내리시는지요?"

"혜원과 혼인하기 싫소? 싫다면 명을 거두리다."

"아, 아니오, 아닙니다."

"칠요령이라 했소, 대장."

화산이 발딱 일어나는 게 느껴진다. 그의 얼굴을 볼 수 있다면 재미나겠다 싶어 반야는 미소를 짓는다. 화산의 성정은 알지만 그의 얼굴은 모르는 반야였다. 다들 안타까이 여기며 바라던 일이었는지, 밖에서 박수치며 웃는 소리가 났다. 흐릿하나마 화산이 칠배하는 형상이 보인다.

"두레님, 게 계십니까?"

"예, 아씨."

"객점의 어머님과 의논하여 서둘러 신랑신부의 예복을 갖춰 주세요. 외순님은 가례상을 준비해 주세요. 신시에 맞추시고요. 그리고 해돌!"

"예, 아씨."

"그대는 무진과 대장이 자리를 비우는 동안 그들의 책임을 대신해 주세요. 그리고 다들 들으세요. 내일 새벽에 해돌과 복분의 딸이 태어날 겁니다. 곧 산통을 시작할 것이니 연덕은, 산실을 채비하세요. 내가 오전 중으로 쌍계사에 먼저 올라가 큰스님을 뵙고 법당에서의 가례를 준비할 텝니다. 안도님과 천우, 자인이 나를 데리고 가게 하고 나머지 분들은 혼례 준비와 아기 맞을 준비를 동시에 하도록 하세요. 당장은 단아만 내게 들어오고 모두 나가 일들 보시고요."

모두 읍하고 물러난 자리에 열여섯 살의 단아가 들어오며 문을 닫는다. 작년 봄에 천안 칠성부를 거쳤을 때 그곳의 무진인 열음이 혜원에게 내어준 아이다. 열음은, 돌아간 경엽 무진을 이어 오원五苑의 한명인 황원黃苑이 되었다. 오원들에게는 후계가 정해지는 바 단아가 황원 후계다. 단아는 현재 오품 계원으로 혜원이 제 독술毒術을 전수하기로 작정할 만큼 영민한 아이인지라 열음을 잇는 황원 후계가 된 것이다. 반야가 짐작하기에 그랬다. 칠요를 보좌하고 칠요의 명맥이 끊이지 않게 만들어내는 오원들의 대 잇기는 방법은 그들만의 비밀이기 때문에 반야도 자세히 모른다.

"단아야, 날빛이 어떠하냐?"

"비가 내리고는 있어도 동쪽 능선들이 밝은 듯하와요. 하오나 외순님과 두레님께선 종일 비가 내릴 것 같다고 하시던걸요."

"네 가늠으로는?"

"종일 오락가락할 듯하여요. 잠시 뒤에는 잠깐 개지 않을까 싶고요."

"하면 잠시 그치는 새에 나는 웃절로 옮겨야겠다. 내가 자리를 비워야 혼인이며 아기 맞이할 준비에 흥들이 높아질 게 아니냐. 내가 오늘부터 닷새쯤 웃절에 머물게 될 터이니 네가 그 채비를 해다오. 내 손님이 오실 터이니 두레님한테 손님 옷가지를 챙겨 달라 하고,

혜원께 가서 보현사 판본『옥추보경玉樞寶經』을 내어 달라 하여 짐을 꾸려 놓아라.

"예, 아씨. 하온데 자인 언니만 데려 가시고 소녀는 아니 데려가시어요?"

현재 스무 살인 자인은 뭇기가 있어 칠요 호위대에 배속되었다. 무녀가 될 만한 높은 뭇기는 아니되 현실계에서 평범한 처자로 자랄 수는 없을 기세를 무술로 다스리며 컸다. 뭇기를 다스리기 위해 무던히 몸부림쳐 온 탓에 무술로서 칠성부 육품인 양품陽品에 이르렀다. 오는 겨울에 승품 시험을 치르면 칠품이 될 것이었다.

"네 스승들의 혼례 때 올라오려무나."

"아씨께서 웃절에 계시는 동안에요."

"나는 방안에 앉아 기도하거나 잠이나 잘 터인데 너는 그 사이에 무얼하려고?"

"소녀도 기도를 올리지요. 아씨 수발하고, 공부도 하고요. 아씨께 책 읽어 드리고, 산보하실 제 길잡이도 해드리고요."

"고맙구나. 허나 나를 따라가는 것보다 더 중한 일이 네게 있다."

"무엇이온데요?"

"해돌과 복분의 아기가 내일 새벽에 날 것인즉 그 소란통에 너는 나룻가로 내려가 보아라."

"깜깜 새벽에, 왜요?"

"나룻배들 묶인 곳 어름을 찬찬히 살펴봐. 보물 하나를 건질 수 있을지도 모른다."

"어둔 물속에서도 보일 만한 보물이옵니까?"

"장담은 못한다. 한번 가 보기나 해. 만약 보물을 건지거든 내가 돌아올 때까지 잘 간수하며 지내려무나. 지금은 나가며 문 열어 놓거라. 잠시 홀로 빗소리를 듣고 싶다."

읍하고 일어선 단아가 나가며 문을 열어 놓는다. 신당 문이 열려 있으면 반반골 안에서 일어나는 일들을 얼추 느낄 수 있다. 반반골의 집들은 각기 다른 집인 듯 지어져 있지만 아홉 채의 초가가 모두 신당을 향하게 되어 있다. 반야가 소소원을 떠날 무렵 이쪽으로 내려온 삼로 무진이 시나브로 집들을 앉히고 우물을 파 놓아 제법한 마을처럼 되었다. 숲이 깊어 마을 밖에서는 이쪽이 보이지 않는다고 했다. 강 건너 쪽 산봉우리에서는 눈에 띈다던가. 빗소리가 들린다. 억새지붕 끝의 낙수가 마당에 골을 파는 소리. 마당을 두드리는 빗방울. 나뭇잎을 두들기는 빗줄기. 집 주변 숲을 흔드는 빗소리. 마당가의 그네에 도닥도닥 떨어지는 빗방울. 그 가운데에 강물로 섞여드는 빗줄기 소리도 섞였을지 모른다. 강물에 빗줄기 듣는 광경은 얼마나 장엄하랴. 반야는 앉음새로 불상을 향해 칠배하고 일어나 병에서 물을 따라 마신 뒤 신당 옆의 방으로 향한다.

장님이라 빛이 필요치 않거니와 안전상의 이유로 침소에는 창문이 없다. 앞뒤 벽에 봉창만 한 이중 미닫이창이 달려 있을 뿐이다. 반야를 빛이 필요치 않는 방에다 재우는 호위들은 밤마다 두 사람씩 번을 선다. 밤새 주변을 살피거나 마당에서 무술을 연마하거나 신당에서 책을 읽으며 밤을 난다. 때문에 반야는 홀로 자는 것이 아니다. 스스로 책을 읽을 수 없으니 책자는 모두 뒤채 혜원의 처소에 들어 있고, 홀로 먹을 수 없으니 먹을 것은 숙수의 처소에서 차려져 마당을 건너온다. 홀로 씻을 수 없고 옷을 입을 수도 없으므로 목욕은 두레의 처소에 달린 정제간에서 하고 옷은 그곳에서 입거나 건너온다.

내 것이라곤 상앗대에 멧돼지 털이 심긴 잇솔과 양치용의 도자 물잔, 손수건들이 든 대바구니와 검정 밑씻개 수건들이 든 사각함과 뒷문 밖 툇마루에 놓인 요강뿐이다. 손수건 바구니는 신당으로 난 문 옆에 놓였고 밑씻개 수건함은 뒷문 옆에 있다. 뒷문을 열면 요강이 있다. 반야는 밑씻개 수건을 준비하고 요강을 들여와 소변을 본다. 남의 손을 빌려야 하므로 대소변을 보는 시간도 날마다 비슷하다. 대변은 밤에 잠자리에 들기 전에 한 번, 소변은 대개 하루 네댓번 정도다. 변을 보고 뚜껑 닫아 내놓으면 두레나 안도가 뒤란으로 돌아와 요강을 내간다. 안도나 연덕이 요강 속의 대소변 색깔을 살피며 건강을 관찰한다. 소경으로 산 이후 씻지 않은 요강에 앉아 본 적 없고 한 번 쓴 수건을 다시 쓴 적이 없다. 주변 사람들 전부, 그간 만나온 사신계원들 모두가 그 스스로들 보살이자 부처였다. 그 한가운데에서 그들의 보호를 받으며 살아가므로 세상 부족할 것이 없으련만 때때로 그리운 것들이 생기니 미안할 노릇이다.

정일품에서 종구품에 이르기까지, 대개의 관헌들은 한 달에 나흘 정도 쉰다. 초하루와 초여드레, 보름날과 스무사흘이다. 또 입춘이나 소한 등 절기가 시작되는 날이 정기 휴무일이다. 국경사 휴무일로는 성상 내외분과 왕대비마마의 탄신일이 있다. 한가위에 사흘, 설 명절에 닷새 쉬고 단옷날과 연등회 때 사흘씩 쉰다. 금년 오월에는 망종, 단오, 왕대비 탄신일과 초여드레까지, 자그마치 엿새간의 연휴가 만들어져 있었다. 작년 동짓달에 성상께서 내리신 새해 달력에서 그걸 알게 되었을 때 무영의 가슴이 벌떡벌떡 뛰었다. 마침내 때가 왔다 싶었다. 무슨 수를 써서라도 반야를 찾아가리라고 작정했던 것이다. 칠성부령으로 전국을 떠돌고 있는 반야가 금년 오월에는 어디에 있을 것인가. 그것만 알아내면 되었다.

하지만 사신계 현무부 열외 무진으로, 형조의 정오품 정랑에 임하고 있는 이무영으로서는 반야의 소재를 알 도리가 없었다. 사신계에 칠요라는 직책이 있는 줄도 모르는 계원들이 태반이매 그저 한 무진일 뿐인 무영에게 칠요는 너무 높고 먼 존재였다. 칠요의 주변 사람들만 그의 소재를 알 텐데 그들에게 반야의 소재는 절대침묵 사신계라는 강령에 준하는 것이었다.

갑갑하여 소소원으로 가서 반야의 행방을 물은 적 있었다. 지금은 소소암이 된 그곳에는 비구니 스님들이 살고 있는데 그들은 반야가 누군지도 모른다고 시치미를 뗐다. 그 이틀 후에 형조 청사로 기별지가 들어왔다. 퇴청 후 혜정원에 들러 달라는 짧은 문장 아래 혜정원 부원주 구여진이 청한다고 돼 있었다. 혜정원이 사신계와 어떤 관련이 있는지 몰라도 그 부원주라는 이가 자신의 이름을 밝혔으니 반야와 무관치 않을 터였다. 설레어 혜정원으로 갔더니 외각外閣에서 구여진이 기다리고 있었다. 마주앉자마자 구여진이 정색하며 말했다.

"나리, 별님을 찾아다니시면 아니 되십니다. 별님께서 기별하실 때까지 기다리십시오."

뒤 해 전 일이었다. 이후 무영은 반야 찾기를 멈췄다. 사신경이신 부친께서도 알고 계실 것이나 언감 반야와 정인 사이임을 털어놓을 수 없으므로 여쭐 수도 없었다. 반야가 스스로 곁을 내어 주지 않는 한 무영은 그가 한집 안에 있다고 해도 찾지 못할 판이었다.

그런데 지난 삼월 말에 강수가 형조 청사로 찾아왔다. 네 해 만에 의젓한 선남이 된 그가 찾아들어, 무과시를 치르라는 웃전의 명을 받았다며 도와달라 청했다. 그리고는 반야의 소재를 술술 불었다. 지리산 아래 화개나루 화개객점에 가서 객주인 연순 할멈을 찾으면 된다는 것이었다.

꼿꼿한 몸피에 주름살도 별로 없이 범상치 않은 눈매를 가진 연순 객주는 한눈에 예사 사람이 아니게 보인다. 그뿐 무영이 객주의 내력을 알 길은 없다. 그가 반야를 보호하고 있는 것은 분명하므로 무영은 객주 앞에서 무릎부터 꿇는다.

"어르신, 부디 아씨에게 닿게 해주십시오."

객주가 흔연히 웃으며 입을 연다.

"예까지 찾아오시었으니 아씨야 뵙게 되실 터. 허나, 오늘은 이미 밤이 깊었습니다. 이 밤은 제 집에서 묵으시고 아씨는 내일 아침에 찾으시지요, 서방님?"

연순객주의 천연덕스러움에 무영은 기가 턱 막힌다. 천리마는 단숨에 천리를 달리므로 천리마라 불린다. 무영의 말은 청국에서 건너온 몽고 종자이긴 해도 이름만 거창한 천마天馬일 뿐 천리마가 아니라 보통 말이다. 천마는 한두 시간 달리고 나면 풀을 뜯고 물을 마시며 일이 각角씩 쉬어야 했다. 천마가 쉬며 먹는 동안 무영도 천마를 다독이며 멈춰 있어야 했다. 천마는 쉬어도 무영은 쉬지 못했다. 그렇게 달려와 여기다. 엿새 휴가에 지난달에 일하느라 쓰지 못했던 수유들을 덧붙여 열흘을 얻었다. 그중에 벌써 이박삼일을 까먹었다. 그런데 이 객점에서 하룻밤을 더 까먹으란 말인가.

"아씨가 소소원을 떠나신 이후 내내 기별을 기다리고, 찾기도 했습니다. 소생의 능력으로는 도무지 닿지 못하여 한숨만 쉬며 지내던 중에 기별이 와 간신히 여기 이르렀습니다. 소생이 이 댁에서 오늘 밤을 자게 되면 어르신께서는 내일 아침, 상사에 숨 막혀 죽은 놈의 시신을 거두셔야 할 겁니다. 부디 청하오니 어르신, 아씨의 소재를 당장 알려 주십시오.”

환갑이 훨씬 넘어 보이는 연순객주가 장부처럼 호탕하게 웃는다. 그가 가까이 다가들라 손짓해 무영이 무릎걸음으로 다가드니 말한다.

“그분은 쌍계사 수정암水晶菴에 계시오. 헌데, 수정암은 편액조차 걸려 있지 않소. 수정암은 투명하여 보이지 않기에 수정암이지요. 이 깊은 밤에 서방님 홀로 무슨 수로 수정암을 찾겠소? 이 늙은이라도 동행해 드리리까?”

연순객주는 이무영에게 속삭여 놓고 큰소리로 웃는다. 이무영은 예전의 혜정원주를 모르나 연순객주는 무영에 대해 소상하게 안다. 사온재의 아들인 그는 칠요 반야의 하나뿐인 사내이며 아직 젊은 반야를 계집이게 함으로써 생기를 주는 존재다. 강수를 한양으로 보낼 때 무영에게 반야의 소재를 알려 주라 한 사람도 객주다.

“소생이 불민하여 그곳을 찾지 못하면 다시 와 뵙겠나이다.”

“닿고자 하는 곳에 닿지 못한 분이, 돌아서신들 돌아올 곳은 찾겠소?”

객주는 또 큰소리로 웃는다. 무영의 얼굴에, 그럴 것이면 사람이나 붙여 주실 것이지, 하고 쓰였으므로 말을 보탠다.

“바나마를 찾으려거든 성급한 가마사를 날사남하고, 목카보다 마낙을 써야 할 겁니다.”

"예?"

"보다남을 나모나막 하려면 마지로서 사마라 사마라 해야 할 것이고요."

"무슨 말씀을 하시는지요?"

무영이 반문하는데 객주는 큰 소리로 웃는다. 객주의 웃음을 듣고 있자니 무영도 알 듯도 하다. 객주는 범어의 낱말, 신묘장구대다라니에 나온 단어를 사용한 것 같다. 신묘장구대다라니의 단어 낱낱을 풀어 객주의 말을 해석하면 되는 것이다.

"방금 하신 말씀이 소생이 거쳐야 하는 관문이옵니까?"

"그렇지요."

"아씨께서 만드신 관문입니까?"

반야는 모든 기운이 영기며 신력으로만 쓰이는 탓인지 몸이 약했다. 무엇보다 먹는 게 너무 적었다. 고기는 물론 생선이며 조개, 하다못해 콩알만 한 재첩이나 고둥조차도 입에 대지 않았다. 하루 두 끼니 이외 입에 넣는 것이라고는 차뿐이고, 그나마 두 끼니도 젓가락질이 임의롭지 못하는 탓에 반찬이 따로 필요 없는 약밥이나 죽을 자주 먹는다. 외순이 온갖 솜씨를 부려 냄새 하나 나지 않게 고기나 생선을 갈아 넣고 상을 차려 올려도 소용없었다. 그럴 때면 반야가 가만히 말한다고 했다.

"오늘은 입맛이 없네요. 굶을 수는 없고, 백비탕白沸湯을 만들어 주세요."

백비탕은 더운 물에 만 맨밥이다. 하늘같은 상전한테 몇 차례 물에 만 맨밥을 드시게 하고 나서 외순은 다시는 반야의 밥상에 잔머리를 못 쓰게 됐다. 이후 외순 내외와 의원들인 안도와 연덕이 반야의 하루 두 끼니에다 양분을 담아 내기 위해 날마다 눈이 벌게져 돌아다닌다. 누리지 않고 비리지 않으면서 아씨가 맛나게 드실 수 있는 것이 뭔가. 아씨가 기운이 펄펄 나실 먹을거리가 뭔가. 숙수 내외와 의원 둘만이 아니라 호위들이며 연순객주와 지석, 미리내 내외도 하루에도 몇 번씩 그걸 궁리하며 지낸다.

"그분이야 며칠 전부터 오매불망 서방님만 기다리고 계신 성싶은데 관문 따위를 만드시겠소? 관문은 그분 곁의 나 같은 자들이 만드는 것이지요."

반야를 위해서 이무영을 이끌어오기는 했어도 두 정인이 만나매 객주에게 근심이 없는 건 아니다. 이무영은 어영대장 이한신의 아들인 데다 스스로도 원체 도드라져 있는 사람이다. 그의 장인은 삼대 전 임금의 딸인 명윤공주의 아들인 데다 현직 좌의정이다. 더 마음이 쓰이는 사람은 무영의 처 보연이다.

연순객주는 혼인 전의 보연을 만난 적이 있었다. 한양 부중의 한다하는 가문의 안주인들이 회동하는 자리에 혜정원주로서 찾아다니며 선물로 미향수 한 병씩이라도 내놓던 시절이었다. 혜정원에는 기생을 두지 않는바 흥청하지 않는 교분 자리에는 사대부들이며 벼슬아치들이 흔히 혜정원을 이용했다. 그들의 아낙들을 찾아다니며 인사하는 것은 혜정원의 위상을 다지는 일이었다. 더불어 반가의 아낙들에게 사신계 칠성부가 생산하는 미장품들을 선물하면서 그것들을 선전했다.

그날 안국방 충정재에서 열린 모임의 주된 화제가 혼처가 정해진 보연에 관한 것이었다. 결국 보연이 불려 나왔는데, 규수의 얼굴에 덕이 없었다. 덕 없는 인상에 눈은 밝기도 하여 십수 명의 나이든 부인들 가운데서 장사치인 혜정원주를 잘도 알아챘다. 장사치일지라도 혜정원주가 쉰 살이 넘었을 때였는데 대번에 자네, 하였다.

"자네가 가져온 미향수며 미백분은 어디서, 누가 만드는 것인가? 연경에서 들여온 것인가?"

그때 연순객주는 보연의 그 질문에 공순히 대답했지만 아뿔사, 싶었다. 어린 사람에게 덕을 바라는 게 억지라 할지라도 천생 덕 없는 사람은 나이 들어서도 덕 없는 짓을 하고 살기 일쑤였다. 덕 없는 여인이 제 지아비의 정인의 존재를 눈치챘을 때 어찌 나올지 보지 않고 듣지 않아도 뻔하다.

"기껏, 오라고 통기 하시고서도 이리 시험을 하십니까?"

무영이 허투루 행동할 사람이 아님을 믿기에 오게 했다. 반야를 잘 숨길 것이고 제 처를 잘 다독일 것이라고.

"재미있지 않소?"

연순객주는 정말 재미나 웃지만 시간이 하릴없이 흐르고 있으매 무영은 점점 기가 막히는 얼굴이다.

"알겠습니다. 강령하소서, 어르신."

이무영이 절하고 일어나 휭 하니 나간다. 토라진 것이다. 계수 아범 지석이 무영에게 조족등 하나 건네 주며 대문 밖까지 배웅하고 들어온다. 계수 어멈 미리내가 근심스레 말했다.

"저희들이 서방님을 모셔다 드리는 게 낫지 않을까요, 어머님?"

"자네들도 아씨 계시는 곳을 모르지 않아?"

"절 앞까지만이라도요. 헌데 어머님은 아씨 계시는 곳을 아시어요?"

"나도 모르지."

계수 아범이 불퉁스런 목소리를 낸다.

"어머님과 저희들도 모르는 곳을 서방님은 무슨 수로 찾는답니까? 이 암흑칠야에?"

"별이 저리 총총한데 무슨 암흑칠야야? 몹시 기민하시거니와 섬세한 분이시다. 홀로 잘 찾아가실 게야."

"그래도, 멀리서나마 뒤따라 보오리까?"

미타원 시절의 칠요를 호위했던 지석과 미리내인지라 반야에 대한 정이 깊었다.

"저마다 제 몫의 불빛을 스스로 찾아야지. 찾지 못하면 제 몫이 아닌 게고. 서방님이라고 다르지 않다. 스스로 못 찾으시면 하는 수 없어. 어쨌든 정말 못 찾으면 돌아오실 터. 두 분은 내일 상면하시면 될 테니, 심려 말고 아범은 건너가 자게. 어멈은 나랑 웃대로나 올라가 보자꾸나. 새 아기가 나는 걸 봐야지."

아범이 미덥지 못한 듯 별이 총총한 밤하늘 한번 올려다보고 등을 채비한다. 웃대, 유수화려에서 복분이 산통을 하고 있었다. 아기는 새벽에야 나올 것이라 했다. 아범이 여인들만 보내지 못하겠는지 사방등을 들고 앞장선다. 어멈이 객주의 팔을 잡고 나선다. 객주는 대문을 나서며 하늘을 올려다보다 칠성을 발견하곤 미소 짓는다. 지석 내외를 아들며느리로, 그들의 딸 계수와 연수를 손녀로, 혜정원 침방에서 일하는 예님의 아들 효진을 손자로 둘러 놓고 반반골을 오르내리며 사는 여생. 화개에서 시작한 삼로 무진, 연순객주의 말년이 은하수만큼이나 영롱했다.

화개장터에서 쌍계사까지는 시오리 길이라 했다. 정인 찾아온 놈을 한껏 놀려먹은 객주가 그래도 조족등 하나는 건네주어 시야가 트였다. 별도 총총하다. 길이 그리 넓지는 않아도 편편한 편이라 천마가 잘 걷는다. 길 옆으로는 계곡이 흐르는지 물소리가 끊이지 않는다. 절 앞에 닿은 무영은 일주문 안쪽 숲에다 천마를 데려다 놓고 속삭인다.

"내 이 밤에 아씨를 못 만나면 너와 내가 천리를 달려온 보람이 작아진다. 부디 내가 아씨 만나기를 빌면서 푹 쉬고 있어라."

별이 밝아도 시각을 짐작하기 어렵다. 대웅전 마당에 석등 한 점 밝혀져 있으나 온 절이 잠들어 있어 수정암이 어디에 있는지 물을 사람이 전혀 눈에 띄지 않는다. 홀로는 찾기 어려울 거라 한 객주의 말이 농이 아니었던 것이다. 그렇다고 처처의 방문을 두드려댈 수 없고 억지로 누군가를 불러내도 가르쳐 줄 것 같지도 않다. 이 절도 사신계 선원임이 분명한데 무진이며 주지인 스님의 보호 속에 있는 사람의 거처를 일러 줄 까닭이 없었다. 무영 스스로 알아내야 하는 것이다. 수정암이 암자이므로 사찰 주변 숲속에 따로 있을 터이다.

객주는 바나마를 찾으려거든 성급한 가마사를 날사남하고, 목카보다 마낙을 써야 한다고 했다. 바나마는 연꽃이므로 반야를 의미한다. 가마사는 욕망이고 날사남은 부순다는 뜻이다. 목카는 얼굴, 즉 머리를 의미하고 마낙은 마음이다. 반야를 찾으려면 머리보다 마음을 써야 한다는 것이다. 객주는 또, 보다남을 나모 나막 하려면 마지로써 사마라 사마라 해야 할 것이라고 했다. 보다남은 존재를 뜻한다. 나모 나막은 찾는다는 의미다. 마지는 지혜이며 사마라는 기억이라는 뜻이다. 존재를 찾으려면 지혜롭게 기억하라는 말이므로 결

국 반야를 찾으려면 지혜로운 마음으로 뭔가를 기억을 해내야 하는
것이다. 사마라 사마라, 두 겹의 기억 속에서 뭘 기억해 내야 하는
가. 마음을 어떻게 쓰는가. 지혜로운 마음 쓰기는 어떤 것인가. 이제
보니 시오리 길을 오는 동안 내내 맞췄던 문구는 숙제도 못 되었다.

언젠가 반야는 신묘장구대다라니를 읊으면 기운이 돋고 눈이 밝
아진다고 말한 적이 있었다. 그 말을 듣고 무영도 신묘장구대다라니
의 뜻을 익히고 범어로 된 경문을 외웠다. 신비하고 미묘하다는 진
언을 외다 보니 기운이 돋거나 눈이 밝아지기보다 반야가 얼마나 많
은 나날 다라니를 읊으며 스스로를 다스렸는지, 자신을 사람의 영기
를 비추는 거울로 만들기 위해 애를 쓰는지 느껴져 안쓰러웠다.

무영은 대웅보전 앞마당에서 손등을 내려 놓고 닫힌 법당을 향해
합장한 채 신묘장구대다라니를 읊조린다.

'……사다야 사다야 도로도로 미연제 마하 미연제 다라다라……
먀가라잘마 이바사나야 사바하 나모라 다나다라 야야 나막알야 바
로기제 새바라야 사바하 사바하 사바하.'

다라니를 천천히 다 읊고 합장 칠배하고 나니 길이 보이는 게 아
니라 느껴진다. 무영은 느껴지는 대로 걸음을 옮긴다. 대웅보전 옆
으로 난 계단을 올라 전각 둘을 지나자 폭 좁은 계곡 위에 놓인 돌
다리가 나타난다. 돌다리 밑으로 흘러내리는 물결이 거칠다. 다리
를 건너니 옹색한 대로 오솔길이 드러난다. 몹시 가파르다. 이쪽에
도 종일 비가 내렸던지 미끄럽기 그지없다. 나름 무술을 익혀 현무
부 삼품에 이르고 현재의 벼슬을 인정받으며 무진에 이렀으나 어두
운 숲에서는 그 모든 것이 헛것이다. 어디까지 올라가야 하는지, 바
로 가고 있는지도 의심스럽다.

앞도 안 보이는 사람이 이 길을 어떻게 올라갔을까. 호위들이 업어 올렸을 텐데, 진땀 좀 흘렸겠다 싶으니 무영도 진땀이 난다. 중간에 미끄러지는 바람에 조족등마저 꺼지고 만다. 촛불 한 점이 해처럼이나 밝았던지 등이 꺼지고 나니 천지분간이 어렵다. 이건 호녀와 웅녀가 맞닥뜨린 태백혈 무극의 어둠과 같겠구나! 읊조리며 실소한다. 어둠에 눈이 익어 별빛을 느끼고 다시 움직이게 되기까지 영원처럼 긴 시간이 걸린다.

다라니를 거푸 외면서 길이 느껴지기를 바라면서도, 이러다 날이 새겠다 싶을 지경이 되었을 때 불현듯 인기척이 났다. 큰 소나무 아래서 숨을 다스리고 있을 때다. 사내 목소리가 대뜸 누구시냐고 물어온다.

"이무영이라 합니다."

"누구를 찾아오셨습니까?"

또 관문이다. 반야한테 이르는 과정은 원래 멀고도 복잡하다. 한편 지극히 단순할 수도 있다. 문제는 무영이 반야의 현재 이름이 무엇인지 모른다는 것이다. 그 옛날의 꽃각시 보살 별님이나 연풍의 주인이나 소경 무녀나 유수화려의 주인이나 반야를 찾는다는 말은 답이 아닐 것이다. 물론 연꽃도 답이 아닐 터이다. 연순객주가 그리 녹녹할 리 없지 않은가. 연순객주는 자신과 이무영과 반야가 알되 다른 사람들은 모르는 시절 속에서, 무영과 반야 사이에만 통하는 이름을 찾아내 대야 하는 관문을 만들어 놓은 것이다. 세 사람이 처음 만난 시절은 반야가 입계하기 전일 터이다. 그 무렵 반야는 흔히 혜정원을 드나드는 것 같았고 그 무렵에 쓰던 이름은 부친께서 지어 주신 시영이었다. 알영과 무영의 돌림자로 지은 이름. 무영은 한숨

돌리는 셈으로 말을 건넨다.

"이시영을 찾으러 왔습니다."

답이 맞았는지 목소리가 검은 형체 둘이 나타났다. 한 사람은 여인이다.

"어서 오십시오, 서방님. 아씨께서 기다리고 계십니다."

두 사람을 따라 일각쯤 더 걸어 숲 속 편편한 곳에 이르렀다. 시누대 숲 사이를 헤치고 들어가자 불 켜진 집 한 채가 나타난다. 가운데 마루를 두고 양쪽에 방이 한 칸씩 달린 자그만 집이다. 연순객주 말대로 편액은 걸려 있지 않으나 마당가에 석등이 켜져 아주 어둡지는 않다. 무영을 안내한 두 사람이 내일 뵙겠다며 들어온 길로 나갔다. 지나온 대숲이 쇄쇄, 물결소리를 냈다. 두견새 우는 소리도 비로소 들린다.

반야가 시영 도령으로 가장하고 성균관 구경을 하러 나타났던 그때처럼 무영의 가슴이 마구 뛴다. 낭자가 남장을 한 터라 어린 도령 노릇을 할 수밖에 없었던 당시의 시영은 그 어여쁨으로 시선을 너무 끌었다. 무영이 아우라고 소개했음에도 서생들은 시영으로부터 눈을 떼지 못했다. 하는 수 없이 시영을 데리고 성균관 밖으로 나와야 했다. 당시 반야는 칠요는커녕 계원도 아니었다. 계원이었던 무영은 사신계에 칠요라는 직책이 있는 줄도 몰랐다. 부친이 사신경으로 계시지 않는다면 아직도 반야의 신분을 모르고 지낼 터이다. 칠요라는 자리는 그렇게 비밀한 것이었다.

성균관 시절로부터 겨우 열몇 해가 지났을 뿐인데 몇 겁을 지나온 듯이 아득하다. 기단으로 올라설 생각도 못하고 마당에 선 채 불 켜진 방문을 바라본다. 문득 방문이 열린다. 흰 치마저고리를 입은 반야가 두 팔을 더듬거리며 나와 마루 가운데 선다. 옅은 불빛을 등지고 있어 아스라하나 환히 웃고 있다.

"서방님, 이제 오시었어요?"

"예, 아씨. 저 이제 왔습니다."

"어찌 아니 들어오시고요? 게 서시어 밤을 새시려고요?"

"그럴 리가요. 실은 몰골이 엉망입니다. 땀이며 비에 젖기를 거듭하여 심한 악취가 나고, 발은 온통 흙투성이예요. 어찌하리까? 내 이대로 올라가도 반겨 주시렵니까?"

"제가 눈이 멸었지 코가 멸었습니까? 악취 나는 사람을 어찌 반기리까? 아무리 서방님이래도 싫습니다."

연순객주처럼 여유자적이다. 이쪽 땅이 사람들을 여유롭게 하는가, 반야가 부드러워졌다.

"매정하기도 하십니다. 허면 저는 어찌한답니까? 돌아가리까?"

반야가 으하하 큰소리로 웃어대고는 말한다.

"오른쪽으로 돌아가면 샘이 있습니다. 그 곁 어딘가에 비누도 있을 테고요. 씻고 오시면 갈아입으실 옷을 마루에 내놓겠습니다."

무영은 집 오른편으로 온다. 숲에서 흘러내리는 물이 수조에서 다시 넘쳐 흐르게 해놓은 샘이다. 어둠에 눈이 익은 터수라 수조 위에 떠다니는 바가지와 수조 한켠에 놓인 비누곽도 쉽게 찾아낸다. 어깨에 메고 있던 보퉁이를 벗어 기단에 올려놓은 무영은 옷을 모조리 벗어 줄줄 흐르는 물줄기 아래에다 놓아둔다. 동곳을 빼고 상투를 푼 뒤 바가지로 물을 떠 몸에 끼얹는다. 소스라치게 차가운 물에 지난 사흘간 더위와 땀에 전 몸이 씻겨나간다. 서늘한 향기를 풍기는 가루비누를 머리며 몸에 칠하고 문지르는 사이 성급했던 심신도 차

분해 진다.

봇짐에서 새 미투리를 꺼내 신고 알몸으로 마루로 돌아가니 커다란 무명 수건이며 모시 옷 일습이 가지런히 놓여 있다. 반야는 문을 열어 놓은 채 방안에 앉아 있다. 곁에다 상을 차려 놓고 앉아 마루에서 무영이 알몸으로 머리의 물기를 걷고 몸을 닦는 걸 구경하는 양 미소 짓고 있다가 말했다.

"제가 보지 못한다고 내외도 않으시고 맨몸으로 막 움직이고 계시지요?"

"당신이 보시든 보시지 않든, 수건이 여기 있으니 어쩝니까. 이미 벗은 몸을 보였는데 다시 건넌방에 가서 숨어 입겠습니까?"

흐흠. 반야가 낮은 소리로 웃는다. 물것들을 쫓느라 방안에 향을 피워 놓았는지 청량한 향내가 풍긴다.

"다 하셨으면 들어오세요. 시장하실 거 같아 상을 차려 놓고 내려가라 했습니다."

"당신 호위들이 다 내려갔습니까? 혜원을 위시하여, 모두 이 집 둘레에 진치고 저를 노려보고 있는 게 아니고요?"

"오늘은 당신이 저를 지켜줄 거라 믿고 모두 절에 내려가 쉬라 했는데, 자신 없으세요? 그들을 다시 올라오라 하리까? 피리 한 번만 불면 모두 날아올 텐데요."

"저를 말려 죽이실 작정이라면 모를까, 그러시면 아니 되지요."

옷을 입으려던 무영은 반야의 웃음소리를 들으며 방문을 닫는다. 들고 있던 옷들을 팽개치고 반야 곁의 상을 밀어 놓고 다가든다. 이 집에 들어선 순간 안아도 된다고 허락된 터. 이 세상에 사신계 칠요이며 칠성부령인 반야를 안을 수 있는 단 한 사내가 이무영 자신이었다. 신분으로든 내밀한 관계로든 현실계에서는 도저히 어우러질 수 없는 사이이나 그 현실에서 밤낮없이 사흘 정도 도망치면 꿈에 닿을 수도 있었다. 반야는 무영에게 지극한 꿈이었다. 무영은 반야를 번쩍 안아 무릎에 앉히고 이마에 입술을 댄다. 네 해 전 이월에 본 뒤 이제 만났다. 체면이고 격식이고 차릴 여유가 지금은 없다. 옷고름을 풀고 속저고리 매듭을 풀고 치맛말기를 풀어헤친다.

범종 소리가 들린다. 땅을 울리고 초목을 일깨우고 짐승들을 깨우는 소리. 사흘을 내리 달려와 한바탕 교접을 치르고 난 무영은 깊은 잠에 빠졌다. 멀리 있을 때 반야는 무영을 애타게 그리며 살지 않았다. 몸에 색정이 있다는 사실조차도 잊고 살았다. 그에게 안기니 온몸이 그를 그리워하며 몸서리쳤다. 무영이 들어와 온몸이 터질 듯이 꽉 찬 순간 반야는 눈이 부셔 눈을 감았다. 살아 있음이 뜨겁도록 생생해 전율했다. 잘해야 사흘쯤 함께 지낼 사람이었다. 다시 만날 수 있을지 장담할 수 없었다. 자신의 미래를 보지 않듯 그와의 미래도 점쳐 보지 않았다. 그가 찾아올 것이라 느낀 순간부터 반야는 그를 만나 함께 있을 수 있는 동안만 생각키로 했다.

등잔이 아직 켜져 있는지 눈앞에 흐릿한 빛이 아른거린다. 반야는 일어나 더듬더듬 옷을 찾아 입고 등잔으로 다가들어 불을 끈다. 작년까지는 불이 있으나 없으나 비슷했지만 근자에는 불이 꺼지면 확실히 어두웠다. 눈을 감으면 어둠 속에서 보던 것들이 보였다. 눈을 감고 어둠에 익숙해지를 기다렸다가 눈을 뜨면 감각이 살아났다. 무영이 깨지 않도록 조심하면서 마루로 나선 반야는 홀로 새벽예불을 시작한다.

정구업진언淨口業眞言으로 입을 정하게 하고 정삼업진언淨三業眞言을 외며 업을 맑힌다. 천의 손, 천의 눈으로 중생을 구제하시는 관자재보살의 광대하고 원만하며 걸림 없는 대비심의 다라니 법문이 열리기를 청한다. 신묘장구대다라니를 읊고 사방찬四方讚과 도량찬道場讚을 읊고 참회게를 왼다. 신묘장구대다라니를 외고 반야심경까지 읊고 나면 백팔 번의 절이 끝남과 함께 두 식경 정도 걸리는 예불이 끝난다. 합장삼배로 예불을 마친 반야는 마루에 앉은 채 별이 떠 있을 새벽하늘을 건너다본다.

혜원을 비롯한 호위들이 어떤 심려에 휩싸여 있는지, 하여 무슨 일을 꾸미고 있는지 눈치챘다. 강수를 이온 앞에 나서게 하려는 혜원의 의도도 알았다. 지난밤 무영에 따르면 강수는 무과에 급제할 것 같다 하였다. 문장시험에 일등으로 들어 실기시험을 쳤다고 했다. 방이 붙는 걸 보지는 못하고 떠나왔으나 모화관 마당에서 치른 무술시험에서도 강수가 단연 도드라진 모양이었다. 그 자리의 소전이 강수를 따로 불러 널 다시 보기를 희망하노라, 하였다는 소문이 그날로 육조거리에 짜하게 퍼졌다고 했다. 하여 시관들이 강수의 중인 신분에 대해 가타부타할 수 없게 되었다는 것이다.

혜원이 칠요 호위부를 꾸리매 호위부원을 어찌 운용하는지는 그의 권한이었다. 그렇더라도 그리 마시오, 한 마디면 혜원이며 호위들을 말릴 수 있었다. 반야는 그들을 막지 않았다. 강수로 하여금 세상을 겪게 하려는 것이었다. 강수는 무예로만 품계를 높여 어린 나이에 칠품에 이르렀다. 칠요의 아들로서 호위부에 든 터라 사실상 반야 품을 떠나 보지 못했다. 몇천, 몇만 리의 길을 다니며 얼마나 많은 사람을 만나고 무엇을 배웠건 그의 세상은 반야의 품에 한정되어 왔다. 제 아우들이 열 살 안팎에 어미 품을 떠나 각기의 삶을 시작한 것에 비하면 강수는 너무 오래 반야 주변에서 살았다. 스스로 고집했기 때문이다. 그는 아직도 자주 동마로를 생각하는 듯했다. 때로 제 자신을 동마로처럼 생각하며 식구들을 돌봐야 한다고 여기는 것 같았다. 스스로를 동마로처럼 여길지 몰라도 강수는 동마로와 많이 달랐다.

동마로는 식구들에게 지극했던 그 맘과 눈으로 세상 사람들을 연민했다. 그 때문에 이른 나이에 스러졌을지라도 그 맘결이 무한히 넓고 깊고 따스했다. 강수는 제 어린 날의 집과 식구들 이외의 세상과 사람에 대한 연민이 부족하거나 없었다. 바이없이 준수하다는 외양 속에 인지상정을 떠난 냉혹한 일면이 잠재되어 있는 듯했다. 한 점의 얼룩도 없이 날카로이 벼려진, 칼날처럼 예민하게 떨고 있는 강수의 내면이 느껴질 때면 반야도 서늘했다. 강수에게는 어쩌면 사신계도 중요치 않을 것이었다. 사신계 안에 제 식구들이 있기에 저도 있을 뿐이었다. 강수는 제 식구를 지키고 명을 따르기는 할망정 섬김에 대해 몰랐다. 그 스스로에게 중요한 게 무엇인지, 세상의 중심이 식구들이 아니라 저 자신임을 직접 느껴야 했다. 강수가 떠나도록 내버려둔 까닭이었다.

아이들을 데리고 떠돌 수 없어 여기저기다 떼어 놓고 살게 한 뒤 예불을 올리고 난 새벽이면 이렇게 홀로 아이들을 그리워하며 그들의 삶이 무사 안녕하기를 기원한다. 기원만 할 뿐 아이들의 미래를 예진해 보지는 못한다. 그들의 삶은 그들의 것이기 때문이다. 강수는 데리고 살았기에 어쩔 수 없이 그의 속을 보고 느낄 수밖에 없었다. 강수와 이온은 연이 깊되 부부로 맺어질 연은 아니었다. 운명이 정해진 것이 아니라 도는 것이라 해도 그들은 어긋나 돌 것이었다.

몇 해 전 보라아기였던 이온의 심연에 강수와 사신계를 심는 결계를 칠 때 반야는 온이 어떤 사람인지 잘 몰랐다. 지난 이월에 이온을 보고서야 알았다. 이온은 이미 권력에 눈을 떠 버렸다. 연심 때문에 제게 심겨진 생각이나 삶을 바꿀 사람이 아니었다. 이온은 강수를 그리워하되 섬기는 게 아니라 제 사람으로 만들어 제 밑에 두려 할 것이다. 어떤 대상을 섬길 줄 모르는 강수도 마찬가지. 이온의 맘을 잡은 뒤 사신계로 끌어들이겠다는 목적으로 만나는데 둘 사이에 무슨 정이 생길 것이며 생긴들 어떻게 깊어지겠는가.

그 모든 것을 넘어 둘의 마음이 서로를 향해 깊어지면 진짜 문제가 생길 수도 있다. 그러므로 아이들이 깊이 얽히게 전에, 소임 따위로 상대의 맘을 갉으면서 스스로 병들기 전에 나서야 할 사람은 반야 자신이다. 근자에는 사리내의 조이현도 근심이다. 지금쯤 화개를 향해 나섰을지도 모를 조이현은 너무 이르게 피어 버린 꽃이었다. 모진 세월과 유을해와 같은 어머니로부터 정화되는 과정을 거치지 못했다. 애써 살펴보고 있지 않으나 조이현의 수명이 그리 길지 못하지 않을까 싶은 근심도 없지 않았다. 그렇더라도 조이현은 무녀로 태어났으므로 이미 신령의 딸이자 세상 무격들의 딸이었다. 반야의 또 하나 자식이기도 하다.

"거기 계십니까?"

깊이 자는 줄 알았던 무영의 목소리다.

"예불을 올렸어요. 깨시었으면 나오시어요. 새벽 공기가 좋아요."

"잠시만 기다리세요."

어둠 속에서 더듬거리며 옷을 찾아 입느라 더딘 것 같다. 어둠 속에서는 보통 사람보다 소경의 움직임이 훨씬 임의롭다는 사실이 새삼스럽다. 날이 밝을 때까지는 둘 다 소경이라는 생각에 웃음이 난다. 무영이 방문을 열고 나오며 왜 웃느냐고 묻는다.

"지금 저와 당신이 똑같이 소경이라는 사실이 재미나서 웃습니다."

"어두운 건 사실입니다만 똑같지는 않을걸요. 십여 년 소경으로 사시면서 잊어버리신 것 같은데 보통 사람은 어둠에 익숙해지면 어둠에 깃든 틈을 금세 찾아내기 마련입니다. 지금 당신은 저를 못 보시지만 저는 당신을 보잖습니까. 어둠의 틈과 결을 볼 수 있다는 것이지요. 예불은 끝나셨습니까?"

"예."

"그렇다면……."

말을 끊은 무영이 다가들더니 반야를 단짝 안아 자신의 무릎에 올려놓는다. 반야는 그를 밀어내지 않고 그의 어깨에 머리를 올려놓는다.

"별이 떴어요?"

"떴습니다만 마당이 그리 넓지 않은 데다 숲에 막혀 있기 때문에 별을 보려면 마당으로 내려가서 고개를 들고 올려다봐야 합니다. 이리 안은 채 내려가 보리까?"

"아니오. 이대로 좋아요. 그런데 당신, 지금 저한테 물을 게 있으셔요?"

"지금 불쑥, 포도청에 임하는 동무가 떠올랐을 뿐인데 그런 것까지 느끼십니까?"

"불쑥 느껴지네요. 뭔데요, 말씀해 보세요."

"지난 이월에 가회동에 있는 동 활인서 별제의 집에 도적이 들어 천 냥 넘는 금품을 강탈해 갔답니다. 검은 옷에 검은 복면을 한 도적이 안방으로 들어와 홀로 자던 안주인에게 칼 들이대고 금품을 내놓으라 했던 모양이에요. 안주인이 방에 있던 패물이며 돈을 내놓았는데 도적놈이 대뜸 안주인의 머리채 중동을 끊어 놓고는 옷을 벗게 했던가 봐요. 다 벗겨 놓고 겁탈하지는 않고 달아났는데, 안주인은 소리를 지를 수 없었지요. 헌데 그 도적이 그와 같은 수법으로 벌인 범행이 밝혀진 것만도 열 건이 넘는답니다. 그림자도둑 회영晦影이라는 별호도 생겨 있고요."

"활인서 별제의 집 안방에 어떻게 천 냥어치나 되는 금품이 있었답니까?"

동, 서 활인서는 전국 무격들이 내는 세비로 운영하는 양민 의료 기관이다. 관에서는 무격들이 백성들을 수탈한다 주장하며 당상관의 세비에 준하는 세비를 뺏어다가 두 개의 활인서를 운영했다.

"활인서에서 착복한 것이겠지요. 회영이라는 도적은 그런 걸 꼭 알고 찾아다니는 것 같답니다. 늘 그런 식인 듯하니까요."

"포도청에서는 못 잡고요?"

"회영이 일체 단서를 남기지 않는 데다가 도적맞은 집에서는 발고도 못하기 일쑤라 잡기가 어려운 모양이에요. 위에서는 닦달을 해대고 잡을 방법은 없고. 제 동무 중에 백일만이라고 있는데 좌포청 군관입니다. 백 군관이 몇 달 전에 소소원의 소경 무녀라도 찾아가 봐야겠다고 하지 않겠어요? 얼마나 놀랐던지. 그러면서 속으로는, 정작 그 소경 무녀를 찾고 싶은 사람은 자네가 아니라 나다, 했죠. 당신이 여기 계신 줄 몰랐던 때였으니까요."

"백일만이라는 그이, 저도 알아요. 예전에 유릉원 김 도방의 호위를 지냈지요?"

"어찌 아십니까?"

을축년, 미타원에 파란이 일던 날 반야는 소소원에 있었다. 미타원에 생긴 재앙을 느끼고 동마로를 먼저 내려 보낼 때 마침 소소원에 와 있던 백일만을 함께 보냈다.

"김 도방을 따라 소소원에 온 그를 본 적이 있습니다. 제가 눈을 잃기 전이었죠."

"백 군관은 그런 얘길 한 적이 없습니다."

"당신이 그와 소경 무녀에 대해서는 말했을지라도 사사로운 저에 대해서는 얘길 나눈 적이 없을 터, 그가 제 얘길 할 필요도 없겠지요."

"그건 그렇네요."

"어쨌든 당신이 회영이라는 그 도적을 잡게 되실 수도 있겠어요."

"제가요? 그 사건은 포청 관할이지 형조로 넘어올 사안은 아닌데요?"

"그것까지는 모르겠지만 당신, 오는 섣달쯤에 자리를 옮기실 듯해요. 소전마마 가까이로요. 그러는 와중에 그 도적을 잡아야 할 일이 생길지도 모르지요. 잠깐 떠오른 생각일 뿐이니 유념치는 마시고, 드릴 말씀이 있어요."

할 말이 있다면서 반야가 무릎에서 내려앉으려 움직인다. 무영은 도리질을 하며 더 당겨 안는다.

"이대로 그냥 말씀하세요."

"혹 만단사에 대해 들어본 적 있으시어요?"

"만단사라니요? 무슨 사찰 이름입니까?"

"세상의 모든 아침을 잇는 사람들이라는 뜻의 조직으로, 우리 계와 비슷한 또 하나 세상의 이름이에요."

"우리 조선 땅에 우리 세상과 같은 조직이 또 있단 말입니까?"

"만단사는 우리 계와 연원이 같고 현 왕조 성립기에 우리 세상과 분리되어 따로 존재해 왔다 합니다. 규모가 우리와 비슷하거나 더 크지 않을까 짐작하고 있는데, 근자에 그들의 움직임이 심상치 않습니다. 아직은 제 측근을 비롯한 다른 부령들, 그 주변의 몇몇 사람들만 알고 있습니다. 물론 사온재께서도 알고 계시고요."

무영의 가슴이 덜컥 한다. 만단사가 무엇이고 그들이 무얼 하든 나중 문제다. 지금 반야가 사신경과 칠요와 부령들만 아는 사실을 말하는 이유가 뭔가. 그것도 제가 유일하게 안을 수 있는 사내 품에 안긴 채로.

"그들이 심상치 않다는 건 무슨 뜻이고, 당신이 지금 그 말씀을 제게 하시는 까닭은 뭡니까?"

아무리 궁리해도 현재 만단사에 대응할 사람은 반야 자신이었다. 다른 사람에게 대신케 하는 건 책임회피이며 주변 사람들의 삶을 어지럽히는 일이었다. 만단사령 이록. 지존의 자리를 꿈꾸고 있는 그는 전날의 도고 현령 김학주처럼 뭇기를 지니고 있었다. 젊은 나이에 만단사령에 오른 것이며 뭇기가 전혀 없는 제 딸을 칠성부령에 앉힌 까닭도 그 때문일 터. 그렇지만 이록의 뭇기는 그리 세지 않았다. 그런 이록이 제 딸의 한 시절을 백치로 만들 만한 사술을 어찌 부렸을까. 오래도록 고심하다 지난번 만나고서야 짐작할 수 있었다. 그는 도교의 경전인 『옥추보경』을 천착하여 나름의 도를 깨친 듯했다. 사람의 영기를 흐리게 하고 귀신을 부릴 수 있게 된 것이다. 뭇 기가 있고 귀신을 부릴 수 있음에도 귀신을 달고 다니지 않는 그가 어지간한 사람의 속내를 읽을 수 있을 것은 불문가지였다.

이록은 문정헌 조엄의 딸 이현의 존재를 이미 눈치채고 있었다. 그의 심중에 이현이 들어 있었다. 작금의 그가 자신만만히 칠성부를 세울 수 있는 까닭도 무녀들을 데려다 제 딸을 보좌케 하면 되리라 여기기 때문이다. 만파식령을 찾을 수 없다면 만들어 내리라 작정한 것이었다. 이온은 그 초석이었다. 현재 반야가 짐작할 수 있는 건 그 정도다. 이록이 만단사를 이끌고 지존의 자리에 닿기 위해 무슨 짓을 벌일지는 모른다. 이록을 만난 적이 있고 그가 품은 뜻을 확인했어도 그가 어떤 위인인지 가늠하자면 가까이서 겪어야 한다. 결국 호위들이 염려하듯 반야 스스로 나설 수밖에 없는 것이다.

"사온재께서 이미 알고 계시기는 하나, 당신도 만단사에 대해 알고 계시는 게 좋을 듯하여 말씀드리는 거예요. 혹시라도 진장방 댁에 낯선 식구가 들지 않도록 경계하시고 아버님 주변의 경계에 더 유념하시라고요."

"그런 말씀이셨습니까. 난 또! 만단사인지 뭔지 때문에 당신이 몸소 무슨 일을 벌이겠노라고, 하여 내게 당신 가까이 오지 말라는 말씀인 줄 알고 간 떨어질 뻔했습니다."

그래야 할지도 모르지만 반야는 무영을 밀어낼 의지가 없었다. 무영을 소망함은 반야에게 남은 유일한 욕망이었다. 그 욕망은 반야가 사람으로서, 계집으로서 살아 있게 하는 힘이었다.

"그럴 리가요. 앞으로는 매년 한 번씩이라도 저를 찾아와 달라고 조를 참인걸요."

"정말 그리해도 되는 겁니까?"

무영은 고개를 끄덕이는 반야를 으스러져라 끌어안는다. 반야를 그리워할 때 안해인 보연당을 한 번도 의식하지 않는다고는 할 수 없었다. 보연당보다 앞서 반야를 만났을지라도 반야는 숨겨야 하는 사람이었다. 부친도 정인이었던 유을해를 깊이 숨겼다. 무영은 아버지의 정인이 반야의 모친인 사실을 모르는 채 반야에게 빠져들었다. 알았다면 반야를 사랑하지 않았을지, 그럴 수 있었을지는 알 수 없다.

어머니 홍외헌은 지아비의 정인을 용납하셨을지도 모를 만큼 품이 넓은 여인임에도 아버지는 안해 앞에서 정인의 존재를 드러낸 적이 없었다. 이제금 아버지의 그 처사가 집안에 있는 여인과 집밖에 있는 여인을 동시에 배려하는 유일한 방법이었음을 알 듯했다. 그래서 무영도 한사코 반야를 숨기는 것이지만 한편으로는 보연당이 반야의 존재를 알게 되는 게 두렵기도 했다. 어머니 홍외헌이 연못 같은 여인이라면 내자인 보연당은 주발만 한 사람이었다. 눈앞에 놓인 물 한 그릇 정도의 품밖에 없었다. 여덟 살 영로와 여섯 살 긍로가 잘 자라고 있는데도 자식을 더 낳고 싶어 발버둥하는데 생기지 않으니 성화가 늘었다. 그런 보연당이 지아비가 맘 주는 여인이 따로 있다는 사실을 눈치챈다면 그 여인이 누군지 기어이 캐고 말 것이고 험한 짓을 하고 말 터였다. 무영은 반야가 그런 일을 당하게 할 수 없었다.

"그리해 주시어요. 그리고 방으로 들어가요. 날이 밝을 때까지라도 좀 더 자기로 해요."

말 떨어지기 바쁘게 무영이 반야를 안고 일어선다. 반야는 무영의 목에 팔을 감고 스스로를 내맡긴다. 만단사를 대하되 어떤 방식이든 예전처럼, 그리하여 생목숨들을 사지로 몰아 넣은 십 년 전처럼 교만하게 나서지는 않을 것이었다. 어떤 일도 억지로는 진행하지 않을 것이며 서둘지도 않을 것이다. 무영이 이곳에 머무는 동안은 아무것도 하지 않고 오직 그의 여인으로서만 지낼 작정이다.

이르게 핀 꽃

지난해 동짓달 중순의 어느 아침에 이현은 자신이 한잠도 자지 않고 수를 놓은 걸 깨달았다. 밤새 수를 놓아 그린 그림이 날갯짓하는 새 같거나 타오르는 불길 같았다. 해괴한 부적 같기도 했다. 하지만 부적은 부적을 그리는 자와 부적을 원한 자의 의도가 간절한 염원으로 그림에 새겨지는 것이었다. 이현은 아무 생각 없이, 자신이 무엇을 하는지도 모른 채 수를 놓았으므로 부적이라 할 수 없었다. 무엇보다 아홉 살의 이현은 자신이 왜 그러는 줄 몰랐다.

그렇게 시작된 불면이 삼월로 접어들자 몽유병인 듯, 밤이면 집안을 돌아다니게 하더니 급기야 대문을 열고 나서게 만들었다. 그런 봄밤들을 지나오는 동안 집안 사람들이 모두, 특히 어머니 복진당이 이현을 따라다니느라 피골이 상접해졌다. 이현이 뼈만 남은 형상이 된 것은 물론이었다. 더하여 괴상한 소리들, 흔히 무녀들의 공수라고 불리는 아는 소리를 수시로 내뱉어 온 집안을 경기하게 만들었다. 이현의 유모가 맨 먼저 손을 들고 달아났다. 복진당과 유모가 함께 있는 자리에서 이현이 태연하게 지껄였던 것이다.

"유모는 샛서방질 그만하시구려. 계속하다간 그 샛서방 놈한테 맞아 죽으리다."

낯빛이 흙빛이 되어 잡아떼던 유모는 샛서방이 이웃집 홀아비 아니냐는 이현의 되물음에 꼼짝없이 샛서방질하는 사실을 복진당 앞에서 토설해야 했다. 복진당은 이현의 유모를 내칠 수밖에 없었다. 내치면서 서방과 샛서방 사이를 오가지 말고 샛서방을 버리라 가만히 조언했다. 그게 시작이었다. 이현이 일가친척이며 마을 사람들에게도 보는 족족 공수를 해대어 사색케 하므로 결국 아이를 가둘 수밖에 없게 되었다. 가두어 둔 지 열흘째, 아이는 아예 아무것도 먹지 않고 자지도 않았다. 심지어는 오줌 한 방울도 내놓지 않게 되었다. 며칠 못가 말라 죽게 될 게 뻔한 상황임에 복진당이 자물쇠를 풀고 방안을 들여다보면 아이는 빙긋이 웃었다. 방 밖으로 내어 달라 울부짖는 대신 미소 짓는 딸아이는 괴기스러웠다. 복진당은 딸아이의 괴기스러운 미소 앞에서 소름을 돋우며 몸을 떨었다. 자식 다섯을 낳았는데 넷이 아들이고 막내로 낳은 게 고명딸 이현이었다. 돌림병으로 아들 둘을 잃었다. 이제 늦둥이 고명딸이 괴이하게 말라 죽어가는 참이었다.

"우리 아기를 정말 저대로 말려 죽일 셈이요?"

사나흘 전 지아비 조엄을 향한 복진당의 어조에서는 독기가 풀풀 풍겼다. 아이를 잃을 지경이라 여긴 복진당은 눈에 뵈는 게 없어져, 당신이 아이 살릴 방법을 찾아주지 않으면 아이를 안고 칼을 물겠노라 바락바락 악을 썼다. 내가 딸아기 데리고 죽을 테니 당신은 새장가 들어 고운 자식 낳으시라. 되지 않는 소리를 마구 해대는 복진당이 의미하는 아이 살릴 방법이란, 무녀를 불러 들이거나 아이를 무녀에게 보내는 것이었다. 이현이 하는 짓이 알지 못할 병 때문인지, 정말 뭇기가 내린 탓인지 알아보려면 그 수밖에 없었다. 문제는 아이의 하는 짓이 뭇기 때문임을 이미 아는 것이었다. 그리 총명하던 아이가 병이 든 것도 아닌데 저리 변할 때 설명할 수 있는 증세는 그뿐 아닌가.

아이에게 무병이 돌고 나니 조엄은 지난 삼월 말에 찾아왔던 이록도 마음에 걸렸다. 느닷없이 남의 집에 찾아와 그 여식을 일부러 불러보는 게 몹시 무례한 일인데 이록은 한사코 아이 보기를 청했다. 병이 자심하여 내보일 수 없다하며 거절하는 참에 아이가 제 오라비를 졸라 손을 잡고 사랑으로 건너오는 어처구니없는 짓을 저질렀다. 다행히 아이가 이록 앞에서 해괴한 짓을 하지는 않았다. 절 한 번 하고 다소곳이 앉았다가 빙긋이 웃으며 일어났을 뿐이다. 그럼에도 이록이 말했다.

"드디어 네게 꽃이 피기 시작했구나."

이록의 그 말이 아직 어린 아이가 장차 총명한 여인으로 크겠다는 덕담으로 들리지 않고 꺼림칙했다. 이록이 음험한 자이기 때문이었다. 그가 왕실 후손으로 더할 나위 없는 부귀와 영화를 누리고 있음을 만인이 아는 바였다. 그의 집안이 한 번의 과거시험도 치르지 않은 채 대대로 당상관을 오르내리는 벼슬을 해왔거니와 이록 스스로도 정오품의 벼슬을 하더니 불현듯이 사직하고는 향리로 내려왔다. 항상 아름다운 숲이라는 호를 지녔음에도 안개에 쌓인 음침한 숲인 양 아령칙한 이록은 금상과 몹시 닮았다.

금상은 처음 뵈었을 때의 기개가 간 곳 없어지고 정무는 나 몰라라, 궁 안 젊은 계집들의 치마폭이나 들추고 다니는 추한, 늙은이였다. 젊은 아들에게 정무를 맡겼으면 내버려둘 일 아닌가. 사사건건이 뒤적여 이렇네, 저렇네 뒷말을 해가며 아들을 미치게 만들고 있는 금상은 음침하다 못해 흉측했다. 열다섯 살의 아들한테 정무를 맡기기 전에도 양위讓位하겠다는 속에 없는 말을 다섯 차례나 하여 아직 아이였던 세자를 경기하게 만들었다. 살아 있는 왕이 양위를 운운하는 순간 그 아들인 세자는 만고에 다시없는 죄인이 되어 부왕이 양위하겠다는 말을 거둘 때까지 석고대죄를 드려야 한다. 먹지 못하고 잠도 못 자고 추위나 더위, 비나 눈도 피하지 못한 채 편전 앞마당에 엎드려 양위하겠다는 말씀을 거두어 주시라, 빌어야 하는 것이다. 양위 운운하고 거둘 때까지 최소한 사흘, 길게는 엿새까지 간 적도 있었다. 그런 일을 몇 번이나 겪은 세자가 무슨 수로 제정신을 갖고 살 것인가. 조엄은 부친상을 당해 하향했으나 그간 몇 번이나 부름을 받았다. 제정신 아닌 금상의 신하로 녹봉을 받아먹으며 일생을 허비하고 싶지 않아 거절하는 터였다.

그랬더니 금상과 똑 닮은 미친 자가 자꾸 다가들었다. 이록이 거느리고 다니는 놈들은 모두 검을 품고 있었다. 그런 자가 딸아이를 탐내는 눈길로 꽃이 피었다고 했고 그 꽃이 무병을 의미하는 것이었다면 그자 또한 뭇기가 있다는 뜻이었다. 그 스스로 뭇기를 지녔으되 무격이 될 수는 없는 자가 무엇 때문에 뭇기 생긴 아이를 탐낸단 말인가. 그 내역을 상상하기조차 두려우나 모를 것도 없었다. 언젠가는 제가 왕이 되겠다는 것 아닌가. 그 일에 아이를 써먹고 아이를 볼모로 하여 그 아비를 제게 끌어들이겠다는 뜻인 것이다.

이제금 조엄이 결정해야 할 것은 딸아이를 버려야 할지, 데리고 살며 말려 죽일지 뿐이었다. 선택은 뻔하여도 어찌 자식을 버릴 것이며 더구나 말려 죽일 수 있으랴. 긴긴 반년이되 아이의 일생뿐만 아니라 집안의 명운이 걸린 일이라 조엄은 고심하고 또 고심했다. 하다 못하여 내자가 가리킨 화개의 무녀를 직접 찾아 나섰다.

내자와 아이는 사리내 근방 문수암에서 화개 무녀를 만난 일이 있노라 했다. 지난 초겨울이라던가. 문수암은 비구니 몇이 들어 사는 작은 절이었다. 복진당이 평소 문수암을 다니던 차인데 어느 날 딸아이가 문수암에 가자고 조르더라는 것이다. 갔더니 한 여인이 손님으로 와 있었는바 딸아이가 난생 처음 보는 그 여인에게 공손히 절하고 나서 묻더라고 했다.

"스승님, 소녀가 예전에 스승님을 뵌 적이 있사와요?"

아이가 이미 스승이라 불러 버린 그 여인이 화개에 사는 무녀 중석이라고 했다. 딸아이의 무병을 주변에서 벌써 다 눈치채 버린 셈이지만 그 때문에 아이를 데리고 무녀를 찾아간다고 떠벌릴 수는 없었다. 아이의 신병 치료 차 큰절에 가노라 하고 종자들도 거느리지 못하고 함께 가겠다는 아들들도 마다하고 부녀만 왔다.

어린 딸아이를 말에 올리고 걸어오자니 겨우 이백 리 길에 사흘이 걸렸다. 간밤을 묵은 화개객점에서 무녀 중석의 집을 물으니 늙은 여객주가 제 집에다 말을 매어 두고 반반골로 올라가시라 했다. 반반골까지 길이 닦여 있기는 하나 말이 다니기에는 옹색하다는 것이다. 그가 가리킨 길을 따라 두어 마장 오르니 자그만 동네가 나타난다. 강이며 건너 산들이 훤하게 내려다보이는 산골짜기 마을에는 아침이 열려 있었다. 부슬비가 듣기 시작했다. 아이가 마을 가운데에

든 집 앞에서 말했다.

"여기인가 보옵니다, 아버님."

네 간 넓이쯤의 본채와 본채만 한 아래채로 이루어졌는데 여염의 초가와는 달리 생겨 보인다. 좌대처럼 생긴 그네가 매어 있는 것도 이상하거니와 담장도 사립문도 없는 집 본채에 붙은 유수화려라는 이름도 여상하지는 않다. 경치를 빌려 집을 빚었지 않는가. 유수화려는 신당일 법한 방 한 칸으로만 만들어진 집 같다. 위 아래채를 두리번거리던 아이가 물었다.

"아직 아침인데 왜 아무도 나와 보지 않지요?"

아이는 집을 나서면서부터 먹고 잤다. 어디로 간다 말하지 않았음에도 그 향방을 느끼는지 제가 지나는 풍경들이 곱다, 슬프다 말하며 간간히 짧은 시도 지었다.

尋佳人走每步 開五色之春花.
내 고운님께 가는 길의 걸음마다 오색 봄꽃이 피어난다.

父母肩背負重擔 細察有病女兒我.
어버이 메고 걸으시는 무거운 짐 무엇인가 하고 보니 병든 딸 나로다.

天不下雨哉 樵夫坡蓑笠 似覺其胸中 豪雨滴心底.
비도 아니 오시는데 도롱이 쓴 나무꾼이 지나간다. 아아, 그의 가슴 속에 비가 쏟아지고 있구나.

무녀가 되고 싶어 무녀를 찾아오면서도 아이는 부모를 염려했다.

무심히 지나가는 나무꾼에게서도 아비의 맘을 볼 줄 알았다. 그런 딸아이를 어찌할 것인가. 무녀에게 물어보러 온 참이되 무격들이란 하나같이 사람을 미혹시켜 돈이나 갈취하는 족속들로 알아온 탓에 절집 같은 소담한 분위기를 풍기는 무녀의 집이 그나마 위안이 된다. 어째도 이현을 내쳐야 한다면, 내쳐진 아이가 무녀가 되지 않고도 목숨을 부지할 수 있다면, 차라리 비구니가 되는 게 낫지 않을까, 오는 길에 무수히 생각했다. 무녀나 비구니나 계집사람으로 할 일이 아니되 머리 깎고 산문에 들어앉으면 사내들의 노리개 노릇은 면할 수 있지 않을까. 아이는 마당가의 그네 옆에서 앉아 보지는 않고 그 넷줄을 앞뒤로 가만가만 흔들어 보고 있다.

"이리 오너라. 예, 아무도 없는가?"

두어 차례 더 부르자 사람이 집 저쪽에서 나타난다. 커다란 광주리를 옆구리에 낀 환갑이 넘음직한 여인과 그의 손녀쯤으로 보이는 처자다. 처자 등에는 병색이 완연한 아이가 업혀 있다. 처자가 조백윤 부녀를 발견하고는 아이를 업은 채 서둘러 다가와 읍했다.

"나는 산청에서 온 조백윤이라 한다. 예가 중석 무녀의 집이 맞느냐?"

"예, 나리마님. 예가 중석의 집이옵니다만 주인이 집을 비우고 있나이다."

"중석이 자리를 비웠어? 아침부터? 더구나 장마가 시작되었거늘?"

"사흘 전에 기도하시러 떠나셨나이다."

"네 주인이 언제 돌아오시는데?"

"소인들은 주인이 나가시는 것을 뵈어도 언제 돌아오실 줄은 짐작치 못하나이다."

"대강이라도?"

"한번 기도에 드시면 이레는 걸리는 성싶나이다."

"하면 최소한 나흘은 더 있어야 돌아올 것이라고?"

"예, 나리마님."

장터 나루 객점에서 며칠 유숙해야 하려는가. 조엄은 딸아이를 돌아본다. 아이는 어느새 움직여 가서 문이 닫힌 유수화려 방문 앞에 섰다. 자그만 어깨가 부슬비에 젖어들며 떨린다.

"하면, 저 아이를 잠시 깃들게 해주려느냐?"

"자리가 누추하기는 하오나 잠시 이쪽으로 드사이다."

처자가 가리킨 아래채의 대청이 집의 규모에 비해서는 널찍하다. 조엄은 이현을 향해 이쪽으로 오라 이르고는 아래채로 향한다. 늙은네가 서둘러 마른걸레질을 해놓고 일어선다. 조엄이 마루로 올라서며 돌아보는데 이현은 따라오지 않고 신당 앞에 그대로 머물러 있다.

"그곳은 주인이 없다 하지 않느냐? 우선 이쪽으로 건너오너라."

이현이 돌아서며 도리질을 한다.

"소녀는 이 안으로 들어가 보고 싶나이다."

조엄이 무녀의 식구들을 돌아본다. 늙은네가 처자에게 고개를 끄덕이자 처자가 아이를 업은 채 마당을 건너가 닫혀 있는 유수화려의 문을 활짝 열더니 이현에게 들어가 보라 권한다. 이현이 안으로 들어가고 처자는 그 앞에 시녀인 양 서서 아이 업은 몸을 좌우로 가만가만 흔든다. 아이를 재우려는 것인지 노래도 읊조린다.

'신단수에 제석이 내렸네요, 달궁. 신시가 열렸어요, 달궁. 곰 겨

레가 달궁, 범 겨레가 달궁. 아침나라가 달궁달궁 맺히네요. 우리아기 잠이 맺히네요, 달궁 달궁.'

지켜보는 사이에 처자 등에 업힌 아이가 졸기 시작한다. 늙은네가 소반에다 연둣빛 사발 두 개를 얹어 내왔다. 사발 안에 뜻밖에도 연꽃이 피어 있다.

"벌써 연차를 만들었소?"

"강가 습지에 연꽃이 피었기로 몇 송이 따온 참이었나이다. 연차는 작년 연뿌리와 연잎 말렸던 것을 달인 것이옵고요. 마침 간밤에 달여 논 게 있어 살짝 데워 냈나이다. 드사이다."

"고맙소."

조엄이 인사하자 늙은네가 대청을 내려갔다. 부엌 앞에 놓인 평상으로 간다. 평상에는 좀전에 늙은네가 메고 들어온 광주리가 입을 벌리고 누워 있고 광주리에서 나온 갖가지 산야초가 평상 가득히 펼쳐져 있다. 늙은네가 그 앞에 앉아 산야초를 척척 다듬는다. 눈이 어두울 법한 나이인데 검부러기를 잘도 골라낸다. 조엄은 하릴없이 말을 붙여 본다.

"검부러기 같은 게 잘 뵈오?"

"사람 입에 넣지 못할 것은 잘 뵈옵니다."

"호오, 공양간에서 한 소식 하셨소이다그려."

늙은네가 미소 짓는다. 조엄은 차 사발을 들어 연꽃을 들여다본다. 연꽃치고는 작고, 꽃잎귀에만 붉은빛이 살짝 서렸다. 갓 핀 꽃이라 사발에 입을 대 보는 것조차 조심스럽다. 일찍 꽃을 피운 탓에 제 살던 곳에서 꺾여 나온 형상이 흡사 딸아이 같지 않은가.

"나리마님, 잠시 건너와 보소서."

아이 업은 처자가 마당을 건너와 하는 말에 조백윤의 가슴이 철렁 내려앉는다. 서둘러 마당을 건너 들어선 신당 안에서 딸아이는 한 구석에 몰려 몸을 잔뜩 웅크린 채 오돌오돌 떨고 있다. 조엄이 딸아이를 품어 안으며 묻는다.

"아가, 어찌 이러느냐?"

아이가 입을 열지 못한 채 아비 품을 파고든다. 작은 몸이 바들바들 떨린다. 신당이라야 별것 없이 담박하기만 하다. 방 정면에 불단이 있고 그 위에 갓난아이만 한 불상이 앉았고 그 앞에 향로 하나와 촛대 두 점. 불단 앞에 방석 몇 개. 신당 오른쪽 벽 끝에 만자卍字 문양의 미닫이문이 있고 그 곁에 등잔대 하나. 그 이외 벽은 모두 하얗고 방바닥은 희누런 기름종이를 입어 말끔하다.

"네가 한사코 오고 싶어 한 곳 아니더냐? 어째 이러는 것이야?"

"여기는 무, 무섭사와요."

"네가 이미 스승이라 부른 사람의 방이거늘 무에 무서워?"

"부처님이요. 부처님이 소녀의 목을 조르는 것 같사와요."

"네가 네 어머니와 무수히 절을 다니며 부처님 앞에서 절을 하지 않았어? 헌데 새삼 부처님이 무섭단 말이냐? 저 자그만, 부처님이? 갓난아이 같건만?"

"태산처럼 크옵니다. 무섭고 소름이 납니다. 여기 있기 싫어요. 스승님도 싫사와요. 그만 집으로 갈래요, 아버님."

아이는 부처의 기운을 느끼되 그 기운이 두렵고 싫다고 한다. 이 집 주인이 부처 한 점 모셔 놓은 무녀이매 샷되지 않은 비구니처럼 사는데, 아이가 그걸 싫다하면, 가고자 하는 곳이 어디라는 말인가. 아이에게 무병이 생겼다는 걸 알게 되었을 때만큼이나 조백윤의 가

슴이 무너져 내린다. 조엄은 참새처럼 떨고 있는 아이를 보듬어 안
으며 중얼거린다.

"애야, 대체 네가 이 아비를 끌고 어디까지 가려는 게냐."

대련유희對鍊遊戲

녹은당이 노환을 시작했다. 온이 안국방 집으로 돌아온 뒤부터였다. 녹은당은 손녀가 다 자라 일을 물려줄 만하므로 자신은 늙어도 된다고 여긴 성싶었다. 노상 두통을 앓았고 풍치를 호소하거나 뼈마디가 쑤신다고 신음했다. 복통이라거나 소화불량이라거나, 날마다 어딘가 편찮다 하며 당신이 돌보던 일 일체를 온에게 밀쳐 버렸다. 나들이도 하지 않으며 종일 장죽을 문 채 종복들을 들볶았다. 하루가 멀다 하고 의원을 불러들이는가 싶더니 급기야 온에게 앵속을 가져오라 명했다. 대마연초로 모자라 아편을 가져오라는 말이었다.

보원약방 본원을 맡고 있는 임행수가 낮은 소리로 말한다.

"아씨, 그 약은 한번 시작하면 오래지 않아 그것 없이는 잠시도 견딜 수 없는 지경에 닿게 됩니다. 때문에 극한의 통증에 시달리는 불치 환자에게나 처방하는 것이지요."

단지 쾌락을 위해 아편을 취하는 자들도 허다했다. 보원약방은 그로 하여 지난 백 년간 번창해 왔지만 상하 간에 대놓고 할 말은 아니었다. 녹은당은 평생 앵속을 취급해 왔으므로 어쩌면 그것의 맛을 이미 알고 있는지도 몰랐다.

"나도 그 정도는 알지. 그래서 자네한테 어쩌면 좋겠느냐고 묻지 않는가?"

"울화가 쌓이시어 그러시는 듯하니 차라리 술을 자시게 함이 어떠하리까?"

임 행수는 상림 임 집사의 형이다. 상림의 임 집사가 화씨와 더불어 가솔들을 다스리고 새로운 사자를 만들어내는 과정이 가혹하고 잔인하여 몹시 싫은 사람인 반면 임 행수는 맘씀이 다사롭고 사려 깊었다. 임 행수는 녹은당이 노망 시작했다는 말을 울화라는 말로 갈음했다. 녹은당 스스로도 수시로 그리 말하므로 아주 틀린 소리는 아닐 것이었다. 예순여섯 살 여인의 속내에 쌓였다는 울화를 스물한 살의 온이 이해하기 어려울 뿐이다.

녹은당의 부군, 온의 조부가 육 년 전, 정삼품으로 종부시宗簿寺 정正에 임해 있을 때, 그 겨울에 만연했던 역질로 인해 돌아갔다. 조부의 첩실 오씨도 함께 돌아갔는데 조부와 오씨 사이에서 태어난 아이 둘이 녹은당에게 남겨졌다. 작은아이 유곤이 당시 네 살이었는데 제 부모와 더불어 역질을 앓고 난 뒤 천치가 되어 살아남았다. 천치이지만 생김새가 영락없이 이씨 집안 자손으로 자라나는 중이었다. 유곤의 손위 누이 유원은 미색을 넘어 절색으로 자라 열다섯 살이었다. 절색이되 서녀라서 시집보낼 곳이 없었다. 두 아이가 녹은당에게 어떻게도 처치 못할 애물로 안겨져 있기는 했다. 그래도 녹은당 스스로야 못하고 산 일이 뭐가 있기에 울화며, 심화가 쌓였단 말인가. 왕족 후손 가문이며 부유한 사대부가의 부녀로 당신처럼 활보하며 돈을 벌어댄 여인이 어디 있으랴.

"술이야 얼마든지 빚을 수 있으나 그 또한 습관이 되시면 약과 같지 않겠는가?"

수십 년 전에 내려진 금주령은 몇 해마다 처음인 양 새로이 공포되며 단속되었다. 임금께서도 금주령을 지키느라 술 대신 솔잎차를 드신다는 마당이었다. 이름하여 송엽다松葉茶였다. 송엽다도 곡식과 더불어 발효시키는 것이므로 술인 것은 분명했다. 임금께서도 스스로 조심하시는 것이다. 때문에 시정의 잡배들도 숨어서는 마실지라도 내놓고는 못 마시는 술을 궐에 인접한 사대부가에서 빚어 마신다는 소문이 나면 무슨 일이 일어날지 몰랐다.

"몰래 해야 하는 것으로야 같겠으나 습관이 들기로는 술이 훨씬 느리지요. 마시고 깨는 사이가 길지 않습니까. 주무시는 시간이 늘어날 것이고요. 아씨는 술을 아니 드셔 보셨지요?"

지난 삼월 함화루에서의 회합날 밤에 석 잔을 마셔 보았다. 첫 잔은 어리둥절한 듯했다. 둘째 잔에는 눈이 밝아지는 성싶었다. 석 잔을 마시고 나자 울적해지며 눈물이 나려했다. 강수가 간절히 그리웠다. 당장 그를 향해 나서게 될 듯해 그날 밤에 더 마시지 않았다.

"요즘 향료의 원료로서 간을 보느라 이따금 입 끝에 대 보는바 아니 마신다고는 못하지. 그렇지만 그게 할마님의 약이 될지는 의문이구면."

"당장 어찌할 도리가 없으니 한번 생각이나 해보소서. 그리하여도 정히 마님께오서 약을 찾으시면 그때 또 의논키로 하고요."

"궁리해 보겠네. 나는 그만 귀가하려네."

아침부터 유시酉時에 이른 지금까지 약방 안쪽에 차려 놓은 향료

방에서 난향蘭香의 부향률附香率을 따져보다 나왔다. 무향의 증류주에다 난꽃 기름을 배합하여 적정한 향기를 찾아내는 일은 향기롭지 않고 어지러웠다. 칠성부의 자금원을 따로 만들어야 한다는 궁리 끝에 향료 생산을 생각해 낸 게 작년 가을부터였다. 현재 부중에 유통 중인 향료들을 최대한 모아 보니 서른 가지 이상이었다. 연경에서 수입된 향료 이외 대개의 향료는 생산처가 비슷한 것 같았다. 병 아래에 적힌 평양이니 수원이니 함평이니 하는 생산처가 달라도 병의 겉면에 향의 원료가 되는 꽃이나 나무를 그려 일관성을 유지하고 있었다. 몇 군데서 나뉘어 생산되는 향료들이 어찌 일관성을 가졌을까. 요즘 온은 가끔 그 생각을 했다. 혹시 사신계 칠성부가 만들어내고 있는 건 아닐까. 사신계는 정말 존재하는 게 아닐까.

사신계의 강령은 범인凡人이 '유동등자유이이기지有同等自由而以己志로 향생저권리享生底權利'한다는 것이라고 했다. '모든 인간이 동등하고 자유로우며 스스로의 의지로 자신의 삶을 가꿀 권리가 있다'는 것이다. 어린 날 수련하던 불영사弗影寺에서 노스님께 들은 옛날 이야기였다. 겨우 열 살 무렵이었는데도 온에게 사신계의 강령은 몹시 허황하게 느껴졌다. 저마다 타고난 자리가 다르고 생김새와 재능이 다른데 모든 인간이 어떻게 동등할 수 있으며 자유로울 수 있으랴. 그런 면 때문에 온은 만단사의 '인자유기원人自有其願하는바 수활여기상須活如其相하며 유권획기생有權獲其生한다'는 원리를 훨씬 실제적이며 실현 가능한 지표로 느꼈다. '모든 인간은 스스로 간절히 원하는바 그 모습으로 살아야 하며 그런 삶을 얻을 권리가 있다!' 의미가 간단하여 좇기도 쉽지 않은가.

사신계가 허황하고 추상적인 세상을 꿈꾸는 것으로 비친다고 해도 그들은 만단사와 모태를 같이 했고 갈린 이후로 수백 년을 존속해 왔다고 했다. 사신계의 한가운데 그들의 칠성부가 있었다고도 했다. 무녀를 부령으로 한다는 사신계 칠성부가 사신계 내에서도 가장 은밀하며 장대한 조직을 갖추고 있었다고. 온은 그때 노스님께 현재의 사신계는 어디에 있느냐고 여쭸다. 노스님은 알 수 없노라고 고개를 저었다. 아마 현존치 않을 것이라고 했다. 만파식령과 함께 세상에서 사라졌을지도 모른다고.

근래 온은 작금 조선에서 생산되는 향료들이 사신계 칠성부에서 나오는 게 아닐까 가정해 보곤 했다. 사신계 칠성부의 향료 생산자를 납치해 볼까 하는 상상도 했다. 부중에 나와 있는 향료 생산자를 찾아 파 보면 그 끝에 사신계 칠성부가 걸려 나올 게 아닌가. 그런 생각 끝에 혼자 웃고 말았다. 만약 사신계가 정말 존재한다면 그 칠성부는 백 살에도 머리가 까만 노파라 할 만했다. 온의 칠성부는 갓난아이도 못되는 태아 격이었다. 함부로 나대다 빛도 못보고 스러질 수 있었다. 가당찮은 생각을 털어 버리고 나서 부중에 나와 있는 향료들과 향기가 다른 향료를 만들어 보기로 했다. 그 첫 번째가 난꽃 향료였다. 자생 난 군락지가 드물거나 난을 밭에다 키우기가 어려운지 난꽃 향료는 보이지 않았다. 부중에 나와 있는 난꽃 기름도 소량이었다. 유일한 난꽃유 생산자가 약방의 증류주 생산을 담당한 증류방의 책임자인 매디와 아는 노인이었다.

노인은 야생 난꽃을 채취하여 꽃기름을 만든 뒤 보제원거리의 약방들에 한두 병씩 들여 놓고 팔리면 일정분의 돈을 받아간다고 했다. 온이 그의 난꽃유를 모조리 사들였고 그가 지니고 있는 것들도 다 샀다. 두 홉쯤 되었다. 실험용으로는 차고 넘치는 양이었다. 실험만 하다 말 수는 없으므로 늙은이가 생산할 내년치 난꽃유를 선수금을 주고 점해 놓았다. 그동안 늙은이의 난꽃유를 사가는 사람은 비싼 향료와 비누를 사서 쓸 수 없는 집안의 여인들과 퇴기들이라 했다. 그들은 꽃기름을 사다가 곡식가루와 섞어 향기비누로 쓰는 것이다. 꽃기름도 기름이라 시일이 지나면 부패하므로 늙은이는 노상 헐벗고 살았던 듯했다. 선수금까지 내놓은 온의 제안에 늙은이의 화색이 살아났다.

"또 비가 내릴 것 같습니다, 아씨. 조심히 가시이다."

비 때문에 날이 일찍 저무는 참이다. 아직은 부슬비인데 사비와 선일이 우산 전립을 준비해 놓았다. 사비는 칠성부 이성사자이고 선일은 봉황부 이봉사자다. 사령 보위부가 부사령 호위까지 겸하여 하므로 선일은 호위부 대장인 정효맹이 온에게 보낸 호위다. 호위이되 감시자다. 정효맹의 흑심과 야심이 어디까지 뻗어 있는지 그 끝은 알 수 없다. 그자를 극히 조심해야 한다는 사실은 알므로 온은 그가 보낸 선일을 물리치지 않고 곁에 두었다. 불가근불가원不可近不可遠. 어떤 것들은 가까이 할 것이 아니되 멀리하지도 않아야 하는 법이다. 사비가 온의 머리 위로 거무칙칙한 우산 전립을 올려놓는다.

"이왕 준비할 것이면 좀 고운 것을 찾지 않고서?"

"급히 준비하느라, 송구합니다. 다음부터는 유념하겠나이다."

우산 전립의 끈을 묶은 온은 약방 일꾼들의 전송에 고개를 끄덕이곤 대문을 나와 말에 오른다. 함께 다닐 때의 속도를 맞추기 위해 사비와 선일에게도 말을 타게 했다. 온은 말에 올랐을 때 자박자박 걷는 것이 싫었다. 내달려야 직성이 풀렸다. 가마는 갑갑해서 타고 싶지 않았다. 반가의 규수들이 이동할 때 그 좁아터진 가마 안에서 어찌 견디는지 이해하기 어려웠다. 가마는 곧 담장이었다. 궁궐이라고 다를까. 집 앞에 이른 온은 이웃한 익익재의 담장을 한번 건너보고는 말에서 내린다.

어릴 적 동무였던 홍부영은 아홉 살에 세자빈에 간택 되어 입궁한 뒤 궐 밖 세상을 모르는 여인이 되었다. 부영이 빈궁마마가 되어 궐 안에서 살기 시작할 때 그 이웃집에 살던 온은 만단사 입사과정을 치르고 가평의 불영사로 들어가 무술 수련을 시작했다. 왕실과 성씨가 같은지라 간택 대상도 아니었던 온이었으나 세자빈에 오른 부영이 부러웠던 적 없었다. 지척의 사가에도 한번 못 나오는 구중궁궐은 아홉 겹의 감옥과 다를 게 없지 않은가. 빈궁은 열여섯에 낳은 원손을 잃고 이듬해 다시 원손을 낳았다. 그 원손이 머지않아 세손에 책봉될 것이었다. 지난봄 온이 입궁했을 때 듣자니 빈궁은 또 수태 중이라 했다. 동궁이 수시로 괴이한 행태를 벌이며 대전의 눈 밖에 나므로 빈궁이 애태우며 산다던가. 더하여 동궁이 벌써부터 계집질을 하여 작년에는 임씨 성의 궁첩으로부터 서자까지 보았다고 했다. 동궁이 겨우 스물한 살에 그 지경이니 앞으로야 말해 무엇하랴. 빈궁의 앞날이 뻔했다. 그런 빈궁의 자리가 부럽지 않고 빈궁 자리에 있는 부영이 그립지도 않았다. 이온은 빈궁전에 있는 부영을 부러워하거나 그리워할 틈도 없었다.

백삼십여 년 전 일조 광해께서 폐위당해 강화도에 유배되었고 다시 제주도로 유배당했다. 제주도에서 십사 년을 사시는 동안 구멍숭숭 뚫린 탐라의 돌에다 끌로 글자를 새기셨다. 붓도 종이도 먹도 없었기 때문이었다. 린에게 남기노라. 그렇게 시작된 일조 광해의 석문石文은 삼만여 글자에 이르렀다. 광해가 돌아가고도 이십여 년이 더 지난 뒤 손자 이린이 제주도로 들어가 돌담으로 쌓여 있는 조부의 석문을 찾아내 탁본을 떴다. 탁본의 글자들을 찾아내 종이에 쓴 뒤 책으로 묶어 『허원록墟園錄』이라 이름 붙였다. 허원정墟園亭의 허원은 일조 광해께서 제주 시절에 스스로에 붙인 호였다. 이온은 일조 광해의 유일한 육대손이고 일조의 신원을 복원시켜야 할 책무가 있었다.

온은 허원정 아래채에다 주정실을 차렸다. 약방에도 당연히 증류방이 있었다. 증류주를 소독제로 쓰므로 약방거리의 약방들 중에는 소독제를 생산하는 곳들이 있었고 약방거리에서 규모가 가장 큰 보원약방은 소독제 생산도 가장 많이 했다. 공식적으로는 내의원에 신고한 만큼의 양만 생산해야 하는 게 문제였다. 내의원이나 보제원에서는 한 달에 한 번 정기 검문을 하러 오는 것은 물론 내키는 대로 약방 불시 검문을 나왔다.

검문을 조심하는 것이려니와 향료 생산을 위한 증류주는 따로 만들어 보고 싶기도 했다. 향료 생산에 관한 온의 꿈이 그만큼 컸다. 향료병도 이미 만든 터였다. 병의 크기는 이미 유통되는 향료 병들과 같이 한 홉짜리, 반 홉짜리 등에 맞췄어도 모양은 달리했다. 대개의 향료병들이 조그만 주머니처럼 아래쪽이 퍼지고 마개 쪽이 아물리듯 좁아지는 것에 비해 온의 향료병은 표주박처럼 길쭉하면서 가운데가 잘록했다. 색깔은 미백색으로 했고 겉그림은 달빛 속에 핀 난꽃 형상으로 위쪽에 달, 아래쪽에 난 한 포기를 새기게 했다. 향료 생산에 이처럼 몰두하는 까닭은 앵속 밀거래에 대한 반작용 같은 것일 수도 있었다. 앵속 밀거래를 중단할 생각은 추호도 없으되 그걸 덮을 만한 것이 필요한 것인지도 몰랐다.

녹은당의 저녁상을 점검한 온은 주정실酒精室에서 내온 술 한 병을 노인 상에 얹게 했다. 상을 들여온 아지 어미며 온양댁이 나가자마자 녹은당이 술병을 가리키며 금오당에게 묻는다.

"이게 무엇이냐?"

금오당은 이록의 첩실이자 온의 육촌 이모이며 보모다. 허원정 안살림을 주관하고 있기도 하다. 금오당이 녹은당에게 부채질을 해주며 대답했다.

"아가씨가 새로 마련하신 어머님의 약입니다. 아가씨 맘을 생각하셔서 우선 한 종지만 드셔 보십시오."

녹은당은 금오당의 말을 무시하고 손녀를 향해 고함을 친다.

"나랏님이 금하신 술을 네가 감히 할미한테 권하고 있는 게냐?"

온이 대답한다.

"소손의 소견으로는 나랏님이 금하신 약을 드시는 것보다 이게 할마님께 나을 듯하여 들여왔습니다."

유곤이 상을 앞에 두고 입맛을 다셔대다 조손간의 말이 길어지자 참지 못하고 너비아니 접시를 향해 손가락을 들이민다. 상 수발을 들기 위해 앉아 있던 유곤의 누이 유원이 제 아우의 손을 잡아 내리며 고개를 저어 보인다. 제 누이한테 손을 잡혀 못 움직이게 되자 울상이 된 유곤이 소리쳤다.

"나 배고파!"

녹은당은 유곤의 반편이 같거나 네댓 살 아이 같은 짓에 대해 야단치거나 말리는 법이 없었다. 아이 꼴을 보기 싫으면 당장 들어내라고 소리치기는 할망정 여느 때는 대체로 당신 방에다 두었고 식사도 거의 겸상으로 했다.

"약은 약이고 술은 술이다. 내게 필요한 약을 가져오라 하였지 술을 차리라 했느냐? 할미가 그거라도 먹어야 숨을 편히 쉬겠다는데 그걸 못 들어줘? 아까운 게냐? 내가 너를 키우매 뭐를 아까워한 적이 있더냐?"

세상에 남과 동시에 어머니를 잃은 온을 녹은당이 키웠다. 과부였던 금오당을 허원정으로 불러들인 것도 그때였다. 녹은당은 봉황부원으로서, 한 가문의 실제 경영인으로서 당차게 살아오면서 손녀도 그리 키웠다. 허원정 여인들이 장사를 하는 가풍은 삼대조三代祖 때부터 시작되었다. 효종임금이 되는 봉림대군이 심양이며 연경으로 이끌려 다닐 때 조선과 봉림대군 사이에 허원정의 삼대조 이린이 있었다. 이린이 청국과 조선을 왕래하느라 집을 비울 때 그 부인 성안당은 도성에 앉아서 비단무역을 했다. 자식들을 키우고 집안 여인들에게는 삼종지도 대신 장사를 가르쳤다. 녹은당은 그 가풍을 십분 살려 집안을 건사해 왔다. 요즘 녹은당의 증세를 의원들은 노망기라고 했다. 온은 녹은당에게 노망이라는 게 어울리는 단어인가 싶다가 이럴 때면 어쩔 수 없다 싶어 한숨이 났다.

"할마님께서 소손에게 아낌없이 베푸신 것을 어찌 모르겠어요. 소손도 그 맘으로 약이 아니라 이걸 준비한 것입니다. 우선 반주 삼아 한 종지만 해보시어요. 네, 할마님?"

온은 술잔 대신 들여온 종지에다 술을 따라 녹은당 앞에 놓는다. 녹은당이 종지를 들어 단숨에 비워 버리곤 턱 내려놓는다.

"마셨다. 되었느냐?"

"이제 진지 잣수셔요. 할마님이 드시어야 저희들도 저녁을 먹지요. 소손, 종일 일하고 돌아와 몹시 시장합니다. 어서 잣수시어요."

마지못해 국 한 수저를 떠먹은 녹은당은 온이 유곤에게 수저를 쥐어주자 술잔을 가리킨다. 금오당이 술병을 기울여 술을 따른다. 온은 맞잡아 따라 드리는 시늉을 하고는 노인이 얼마큼 드시는지 곰곰이 지켜본다. 향료 원료로 쓸 때는 한 번 더 증류하게 될 것이나 지금 상태로도 주정酒精의 농도가 꽤 진하다. 쌀로만 빚어 향이 없는 독주였다. 할머니의 반응 상태에 따라 앞으로 다시 드리게 될 때는 희석하여 내놓을 요량이다. 또 할머니의 약용으로 향 좋고 농도 약한 술을 따로 빚어도 좋을 것이다. 장동에 계시는 동무 청류당과 함께 즐기실 수도 있을 게 아닌가.

청류당의 김씨 부인은 인조 임금의 서자인 낙선군樂善君 숙潚의 양손부다. 낙선군에게 소생이 없어 양자로 맥을 잇고 있으나 청류당은 종친가였다. 청류당 김씨와 녹은당 김씨는 육촌 자매이자 동무이기도 하다. 청류당의 가세가 그리 윤택하지는 않아 녹은당이 수시로 도움을 주었다. 일방적으로 물질이 가므로 자칫 소원해 질 수 있는 관계이나 평생지기로 잘 지내 왔다. 집상전에 계신 왕대비 마마와도 동무처럼 지내셨다. 숙종대왕의 계비이신 왕대비께서는 청류당, 녹은당과 같은 김문金門 출신이셨다. 삼십 년 전, 세제世第였던 금상이 등극할 때 왕대비가 당시 세제를 위협하던 소론파를 누르며 힘을 써주었다. 왕대비에 대한 금상의 효성이 지극하므로 궐내 최고 어른으로서 대접받으며 살았다. 그렇지만 별 수 없이 일흔이 가까운 뒷방 노인인지라 함께 늙어가는 청류당, 녹은당을 동무삼아 가까이 했다.

근자에는 세 분이 회동하지 않았다. 아니 청류당이 녹은당을 빼

놓고 홀로 왕대비전을 출입하는 것 같았다. 까닭은 녹은당이 유원을 청류당 댁으로 밀어 넣으려다 거절당한 것에 있었다. 청류당의 아들 이형이 아들 하나를 낳고 홀아비가 된 지 이태째였다. 녹은당은 유원을 이형의 후처로 들어가게 하려 했다. 후처일지라도 엄연히 종친가의 정실 자리인데 청류당에서 녹은당의 천출 서녀인 유원을 정실로 맞이할 턱이 없었다. 억지스런 그 말을 꺼낸 자체가 녹은당의 병증의 한 가지일 것이었다. 온은 그리 느꼈다. 할머니가 자꾸 말이 안 되는 억지를 부리고 있다고.

"어머니 저도, 저도 먹을래요."

유곤이 술 종지를 향해 손을 뻗자 녹은당이 먹어 보라는 듯 들고 있던 종지를 아이 입에 대어 준다. 녹은당이 유원 남매에게 어머니 격이긴 해도 현실의 법도로서는 말이 안 되는 호칭이었다. 유원 남매의 어미 오씨는 녹은당의 몸종이었다. 종이 첩실이 되어도 여전히 종이고 계집종의 자식들은 아비가 누구이건 종이다. 서출들이 정실을 향해 어머니라 부르는 법이 없건만 녹은당은 유원 남매에게 그리 부르게 했다. 유곤이 천치이기 때문에, 아기 같으므로 너그러운 것이다.

천치라 제 입에 들어가는 독한 술의 맛도 못 느끼는지 유곤이 홀짝 마셔 버리곤 맨손으로 반찬을 집어먹는다. 말리면 시끄러워질 것이라 유원은 아무 소리도 못하고 제 아우가 흘리는 것들을 줍거나 닦으며 상머리를 수발한다. 유원이 과묵한 편이기는 했다. 양끝이 곱게 퍼진 커다란 눈매에 흰 비단처럼 매끄러운 살결에 입술은 앵두를 얹어 놓은 것처럼 함초롬한 데다 코는 어엿이 높고 두 손은 오려붙인 것인 양 희고도 가느다랬다. 본 적 없으나 버선 속의 발도 어여

쁠 것이다. 낱낱이 어여쁘되 진자리에서 태어나는 바람에 반편이 아우와 늙은 녹은당을 수발하느라 허리 펼 짬이 없었다.

온은 유원 남매를 바라보는 녹은당의 눈길을 해석하기 어려웠다. 저 물건들을 어찌하나 싶어 근심하는 건 아닌 듯하고 가여워거나 미워하는 것도 아니고. 열 살 유곤에게 기이한 점이 있기는 했다. 천치 같은 아이한테 사람이 따랐다. 녹은당이 아이를 끼고도는 기색이 그렇거니와 아랫것들도 하나같이 유곤을 귀애했다.

"조만간 내 이 오씨녀 물건들을 치워야겠다."

녹은당의 뜬금없는 말에 온은 대답하지 않고 빈 술잔을 채워 놓는다. 가져오라는 약을 가져오지 않고, 앞으로도 가져다주지 않을 손녀에 대한 화풀이가 엉뚱한 곳으로 튀었다. 유원은 아무 소리도 듣지 못한 양 무심히 유곤의 입가를 닦아 준다. 유원 남매는 오씨녀의 물건들이 아니라 이씨 집안 물건들이다. 아이들을 오씨녀 물건들이라 부를 때 녹은당에게는 벌써 죽은 아이들 어미에 대한 분기가 작용하는 것 같았다. 오씨녀 물건을 치우겠다는 말은 유원을 아무데로나 시집보내겠다는 것이고 유곤을 상림으로 내려보내겠다는 뜻이다. 유곤을 못 보내는 건 당신이 애착하는 탓이고, 유원을 되는대로 시집보낼 수 없는 까닭은 당신 자존심 때문이다. 아무데로나 시집을 보낼 수 있었더라면 청류당으로 보낼 생각을 하다가 자매 같은 평생지기를 잃었을 것인가.

"이 물건들을 치우겠단 말이다."

말리면 더하기 마련인 건 이 집안 여인들의 공통된 성정이다.

"어디로 보내시려고요? 상림으로요? 할머님 노리개를 멀리 보내고 나서 무료치 않으실 것 같으면, 그리하시어요."

조손간의 대화는 거기서 끝났다. 이미 술 넉 잔을 마신 녹은당은 밥 한 숟가락, 국 한 숟가락, 반찬 한 젓가락, 술 한 잔, 유곤에게도 술 한 종지 주는 순으로 여섯 순배를 더 돌린 뒤 하품과 동시에 보료로 가 눕는다. 혼절하듯이 잠 속으로 빠져 들어간다. 유곤도 엉금엉금 녹은당 곁으로 기어가더니 엉겨붙는다. 온은 일곱 살쯤부터 할머니에게 안겨 본 기억이 없는데 유곤은 스스럼이 없었다. 천치라 스스러워할 줄조차 모르는 성싶었다. 금오당이 유원에게 이른다.

"아가씨, 도련님 데리고 가서 재우구려."

금오당이 부친의 부실이므로 유원 남매는 금오당에게 시누이, 시동생 격이라 말투가 공순하다. 녹은당이 유원 남매를 종이 아니라 자식 격으로 데리고 있기 때문이다.

"예, 작은 마님."

유원이 이미 잠든 제 아우를 억지로 들쳐업어 보려다 포기하고 방 밖을 향해 나지막이, 늠름아, 하고 부른다. 열두 살의 늠름은 이화헌에서 유원 남매를 따라 들어와 함께 크고 있는 종자다. 멀리 있어도 유원이 부르는 기색은 귀신같이 알아듣고 들어와 유곤을 들쳐업고 나간다. 유원이 부축해 나간다.

온은 금오당이 홑겹 모시 이불을 내려 할머니를 덮어 주는 걸 쳐다보다간 돌아앉아 노인이 남긴 밥상을 마주한다. 밥맛은 벌써 떨어졌다. 요즘 녹은당과 밥상을 마주하노라면, 겸상하는 것도 아닌데 늘 밥맛을 잃는다. 농도를 가늠해 보기 위해 병에 남은 술을 따라 마신다. 한 잔을 마시니 입안이며 식도에 불이 붙는 듯하다. 두 잔을 마시니 내장이 찌르르 울린다. 금오당은 말없이 온의 술잔만 채워준다. 병을 다 비우고 나니 속이 더워지며 머리가 맑아진다.

"온양댁, 마님과 아가씨의 진짓상 물리게."

금오당의 말에 온양댁과 아지가 함께 들어왔다. 온양댁은 이화헌에서부터 유원 남매를 돌보다 그들과 함께 허원정으로 들어왔다. 원래는 한 벼슬아치의 소실이었다. 아이를 낳아 본가에 들이고 지아비를 따라 살던 중에 지아비가 죽어 버린 바람에 홀로된 아낙이라 했다. 그래도 애오개에 집 한 채가 있어 한 달에 한두 번은 제 집에 가서 이틀씩은 머물다 오곤 하는 온양댁은 종이 아니라 새경 받는 일꾼이다.

반빗아치 격인 온양댁이 술 빚기에 능하다는 걸 알게 된 건 재작년에 다니러 왔을 때였다. 지난봄 안국방으로 돌아온 뒤로 온은 그에게 술 빚기를 배우고 있었다. 온양댁을 한동안 더 지켜보다 만단사 입사를 권해 볼 참이다. 지아비를 잃었으나 아들을 낳았으므로 본가로부터 얻어먹으며 살 수도 있으련만 그리하지 않고 남의 집 반빗아치 노릇으로라도 자구하려 했던 기상이 마음에 들었다. 온양댁은 상민의 딸로 반가의 소실 노릇을 한 것 같은데 성정이 차분하고 깊었다.

"이 독한 술 한 병을 마님과 도련님이 다 드셨습니까?"

온양댁이 술병을 들어 보다 병이 빈 걸 느끼고 눈을 크게 뜬다. 집안사람들은 열 살이나 되는 유곤을 아기로 취급했다. 천치를 상전으로 모시기보다는 아기처럼 여기며 보살피는 게 맘이 편하기 때문일 터이다.

"얼마나 독한지 알아보려 몇 잔 마셨네. 어른께 이 술을 드시게 할 수는 없을 듯하니 내일은 할머님 약으로 쓸 순한 곡차를 빚어 보세. 아직 몹시 덥기는 하나 아무 일 안 한다고 덥지 않은 것도 아니니 준비하게. 아지는 나가서 사비와 선일에게 저녁 다 먹었으면 나들이 차비를 하라 해라."

"이미 캄캄하고 비까지 오시는데 어딜 가시게요?"

금오당이 노려보자 아지가 어깨를 추켜 보이곤 상을 들고 나간다. 아지의 어미는 온의 유모다. 한 어미의 젖을 먹고 자란 탓에 아지는 수시로 주종간의 선을 넘나들었다. 아지의 오라비 병지가 온과 젖 남매였다. 장차 제 아비인 평호를 이어 허원정 집사 노릇을 하게 될 병지는 벌써 장가들어 자식 둘을 두었다.

온은 안방을 한 차례 둘러보고 잠든 노인을 금오당에게 맡기고는 밖으로 나선다. 처소인 중사랑 마당에 석등 한 점이 밝혀졌다. 석등에서 나온 불빛이 부슬비를 비춘다. 어의동 덕진재로 가면 재미날까. 홍련야회夜會가 열린다는 날이고 꼭 오라는 기별을 받기는 했다. 이른바 홍련회紅蓮會는 도성 안에 사는 반족가문 젊은 미혼과부들의 모임이다. 현재 주장이 호조 내자시 도제의 둘째 며느리인 균영당이다. 온은 지난 오월 초에 초청장을 받고 호기심에 한번 가 보았다. 스무 살 넘은 미혼과부들이 매달 초닷새 모인다는 홍련회는 시를 짓거나 그림을 그리며 담소를 나누곤 한다. 온이 갔던 날 들은 설명은 그렇지만 그런 것만 하자고 모일 리는 없었다. 그 자리에 대마연초와 술과 젊은 사내들이 낄 터였다. 대마연초를 생산하는 온은 연초를 피우지 않고 술을 즐기지 않는다. 그림이나 시에도 취미가 없다. 그리운 사내가 달리 있는 바 홍련야회에 갈 생각은 없다.

온은 자신의 방으로 들어와 옷을 갈아입으며 나들이 채비를 한다. 무복武服으로 갈아입고 머리를 묶어 올리고 우산 전립을 쓰고 나서자 선일이 대청 앞에 서 있다.

"사비는?"

"갑자기 배가 아프다며 수선을 피우는 것 같나이다. 금방 나올 것입니다. 말을 준비하오리까?"

사비가 달거리를 시작하는 날인가 보다. 염천 무더위에 비까지 내리는 밤. 달거리하는 계집이 개짐을 차고 칼춤을 추는 모습은 상상만으로도 심란하다. 사비는 스물여덟 살이다. 제 열세 살에 세 곱 나이 많은 사내의 후취로 들어갔다가 못 살고 이태 만에 도망쳤다고 했다. 왜 못 살았느냐 물었더니 지아비 격인 늙은 사내가 밤마다 해괴한 짓거리를 시키는 바람에 그리되었다고 대답했다. 남녀가 색정을 나눌 때 얼마나 해괴할 수 있는지에 대해서는 말하지 않았으나 늙은 지아비가 원하는 대로 하자니 너무 고통스러웠던 탓에 도망쳤고 일 년 만에 만단사를 만나 입사했다. 삼봉사자로 지내다 칠성부가 생기면서 이성사자二星嗣者로 편제되어 온의 호위로 왔다.

"보현정사 가서 몸이나 풀자는 거야. 비도 오는데 사비는 두고 가는 걸로 해."

상림에서는 아무데서나 칼춤을 출 수 있었다. 특히 함화루 풀밭 마당은 무술 수련에 최적이었다. 한양에서는 뛸 자리를 찾아 나서야 했다. 계집이 낮에 목검을 휘두를 수 없으므로 시각도 따져야 한다.

큰궐 옆길을 통해 삼청골 계곡 입구에 닿으면 장원서掌苑署가 있고 그 옆길로 서너 마장 정도 오르면 보현정사가 있다. 온이 갑갑증이 일 때마다 수련을 핑계로 가는 보현정사는 빈 절이다. 녹은당에 따르면 보현정사는 선왕 경종의 계비였던 선의왕후가 대비마마로 계실 적에 다니던 절이었다고 했다. 선의왕후가 어조당에서 외로이 승하한 이후 절도 따라 쇠락하다 아주 버려졌다. 한때 녹은당이 가

꿔 볼까 하고 왕대비전의 허락을 맡았다. 사실 왕대비께 거금을 올리고 매입한 것이었다. 그뿐 녹은당은 신심이나 불심이 없었다. 보원약방을 통해 돈을 벌고자 한 야심이 더 컸다. 절은 방치되었다. 아무도 돌보지 않되 왕실에 속했던 곳인지라 아무나 범접하지도 않는 보현정사가 한양에 머물 때 온의 숨통이었다.

지난봄부터는 컴컴한 보현정사 마당에서 사비, 선일과 더불어 온몸이 땀으로 흥건히 젖을 때까지 대련하곤 했다. 몸풀기와 마음풀기는 같았다. 한바탕 어울리고 나면 보리아기가 되어 가마골로 가고 싶은 자신이 다스려졌다. 보리아기로서는 몰라도 온은 사내를 마음에도 몸에도 들인 적이 없었다. 사내들 얼굴이야 수십 수백 명을 마주해 보았고 그중에는 젊고 헌칠한 사내들도 있었다. 그들은 그저 어느 집안의 아들이거나 젊은 벼슬아치이거나 일꾼이거나 무사이거나 만단사자 중의 하나일 뿐, 사내로 느껴지지 않았다. 그런데 어쩌자고 이렇게 가마골을 가 보고 싶은지, 얼굴도 가물가물한 강수를 만나고 싶은지 모를 일이다.

폐문을 해놓은 보현정사는 주변 숲을 따라 담장이 둘렸다. 법당이 겨우 네 간 넓이인 데다 법당 서쪽의 요사에는 방이 세 칸이다. 마당은 넓다. 주변 지형도 완만하고 너른 등성이다. 오는 칠석날 일성사자一星嗣者들의 회합을 허원정에서 가질 참인데, 이곳이 어떨까 싶기도 하다. 한 달여쯤의 시간이 있으니 그 안에 깨끗이 수선하면 사용할 수 있지 않을까. 또 아예 보현정사를 새로 지으면 어떨까 싶기도 했다.

여러 가지 생각은 하면서도 너무 오래 버려져 있던 곳이라 아직 결정을 못했다. 결정 못하고 있는지라 드나드는 흔적을 남기고 싶지

도 않아 올 때마다 월담을 한다. 열흘 전에 와서 한바탕 짓이겨 놓고
간 마당에는 다시 풀이 우거졌다. 이런 날은 부싯돌은 물론 화약 종
이로도 불꽃을 만들 수 없다. 선일이 집에서 불씨함에 담아 온 불씨
에다 종이를 대어 불꽃을 일으킨다. 촛불 두 개를 살려 마당 양쪽의
석등 안에다 들여 놓으니 서로의 움직임을 감지할 만해진다. 열 걸
음쯤 떨어져 대련 자세로 선 온은 목검을 가슴 가운데 세워 붙이고
대련을 청하느라 고개를 숙인다.

"오늘은 사비가 없으니 그대가 스승으로서 나를 지도해 줘."

선일에게 만단사령의 따님이자 부사령이며 칠성부령인 이온은 감
히 올려다볼 수도 없는 하늘이다. 너무 높아 우러를 수 없는 상전을
모신지 아홉 달째. 선일은 온이 아직도 날마다 신기하였다. 새벽부
터 일어나 하속들을 단속하고 어른 받드는 것으로 하루를 시작하여
종일토록 약방에서 일을 하고 밤이면 책을 읽거나 무술을 수련하는
아가씨라니. 천출의 유원과 유곤을 고모와 삼촌으로 대하거니와 수
십 명의 하속들이 그들을 조금이라도 시피 여기면 벼락을 쳤다. 선
일은 다른 양반댁의 풍속은커녕 여염집 풍속도 제대로 본 적 없어
다른 집의 규수들이 어떤지 모르지만 온과 같지는 않을 듯했다. 온
은 자신의 무예가 선일과 겨루어 턱없이 약하다는 걸 첨부터 인정할
만큼 솔직하기조차 했다. 셋이 대련할 때는 사비와 한 동아리를 자
청했고 선일과 둘이 대련할 때는 하수로서 배움을 청하는 자세를 갖
췄다.

"예, 아씨."

일곱 살 때부터 수련을 시작했다는 온의 검술 수준은 꽤 높은 편
이다. 그렇지만 온이 가장 잘 쓰는 쌍검을 아울러 그의 무술은 자신

의 한계에 이르렀다. 어느 분야의 수련이든 일정 단계가 지나면 스승을 벗어나 자신의 한계를 홀로 극복하면서 스스로 경지를 높여가야 한다. 무사로의 자질은 그때부터 비로소 발현된다. 지난 아홉 달간 수시로 대련하면서 선일이 느낀 바 온의 무술은 한계에 이르렀다. 온에게는 그 한계를 극복하고 더 높은 단계로 오를 만한 자질이 없거니와 무술로 업을 삼을 게 아니므로 굳이 한계를 극복할 필요도 없다.

"내가 어째도 공격당하지 않을 것을 알고 하는 대련은 나 홀로 춤추는 것 같아. 그러니 피하거나 감싸지만 말고 칠 때는 쳐. 죽이지만 말고."

끝말은 농담이었던가. 자신의 농에 제가 웃는다. 절대 자신을 죽이지 않을 것을, 어떤 경우에도 그렇게 못할 것을 알고 있는 것이다. 그 믿음에 선일은 뒤늦게 미소 짓는다.

"알겠습니다, 아씨. 먼저 들어오십시오."

선일의 말이 끝나기 전에 온의 목검이 왼쪽 허리를 향해 들어온다. 선일이 피하지 않고 자신의 목검으로 온의 검을 받아낸다. 검을 따라 기우뚱한 온이 후진과 동시에 몸을 돌리며 다시 찔러왔다. 선일이 온의 검을 쳐낸 동시에 몸을 돌려 온의 가슴으로 검을 겨누고 들어갔다. 온이 선일의 검을 쳐내며 뒷걸음질 쳤다. 선일이 곧장 찌르고 들어가자 석등 기단을 발판 삼아 솟구치더니 위에서 찌르며 내리닫는다.

신라시대부터 전해져 온 본국검세本國劍歲를 쓰는 온의 동작들은 짧고 급하다. 마주하는 선일의 품새들도 짧고 급할 수밖에 없다. 삼 시간에 삼십여 합이 겨루어진다. 온의 숨결이 조금씩 거칠어진다.

본국검세는 합과 합 사이의 결이 긴 편인데 지금 온은 그 결을 다스리려 하지 않는다. 이대로 가면 일백 합을 겨루지 못하고 나가떨어질 것이다. 선일이 속도를 조절하기 시작한다. 온이 숨을 고르며 치고 들 곳을 궁리하게 하기 위해 이쪽에서 먼저 날카롭게 치고 들었다가 멀찍하게 물러서기를 반복한다. 일백 합가량을 겨룰 때까지 말은 한 마디도 주고받지 않는다. 온은 목숨이 걸리기라도 한 듯 죽어라 덤벼오고 마주하는 선일은 온이 다치지 않게 하려 전력을 다 한다. 대련은 온이 지쳐 나자빠질 때까지 하는 게 지난 아홉 달가량 만들어진 암묵적인 규칙이다.

평생 호위들을 달고 살 수 있는 사람이 스스로 죽어라 무예를 수련하고, 수십, 수백의 아랫것들 시켜 할 수 있는 일들을 직접 하는 까닭이 뭔가. 만단사 부사령 노릇, 칠성부령 노릇은 머리와 입으로 해도 되지 않는가. 저와 같은 사람들을 위하여 선일과 같은 종자들이 피땀 흘려 수련하는 것이었다. 만단사령 보위부의 정효맹이 그러하고 만단사의 사자들 거개가 그러했다. 그럼에도 무엇이 저 사람을 저리 숨 가쁘게 몰아붙이는가. 그 머릿속, 그 마음속을 들여다 볼 재주도, 기회도 없으므로 선일에게 온은 짙은 안개에 쌓인 숲과 같았다. 아니 선일 스스로 온을 안개 같은 사람이라고, 하여 그를 알 수 없다고 자신에게 부득부득 우긴다. 온을 감히 계집이라 여기지 않기에 계집인 사비의 몸을 탐하며 지내지만 선일에게 온은 이미 여인이다. 더불어 땀을 흘리며 대련할 때, 땅을 박차고 올라 공중에서 목검을 부딪치거나 몸을 부딪칠 때, 행여 온이 다칠까 저어하여 그를 붙안고 떨어져 그 몸을 받치며 구르노라면, 모든 과정이 색정을 나누는 것과 같았다. 그 쾌락은 이전에 안았던 계집들이나 사비와 색정을 나눌 때 생기는 쾌락보다 훨씬 크고 깊었다.

어느새 비는 그쳤다. 숲은 안개에 싸였고 온의 몸부림은 계속된다. 이미 기진했음에도 멈추지를 못한다. 멈추지 않으면 다칠 터이다. 두 기의 석등 속 촛불에 비해 안개가 너무 짙다. 더구나 둘은 처마 아래, 기단 위에 있었다. 돌로 된 기단 위에 부딪치거나 기단 아래로 구를 위험이 크다. 이쪽을 찌르기 위해 온이 솟구치는 순간 선일은 풀이 우거진 마당으로 뛰어내린다. 선일이 갑작스레 방향을 바꾸자 온이 허공에서 몸을 틀었다. 온이 마당에 착지하기 전에 선일이 다시 솟구쳐 공중에서 온의 목검을 쳤다. 목검이 튕기는 소리와 함께 온은 균형을 잃고 나동그라진다. 선일이 그 몸을 떠받치며 함께 구른다.

선일의 몸 위에 엎드려 숨을 몰아쉬는 온의 몸이 물속에 들어갔다 나온 양 푹 젖었다. 온 아래 누운 선일의 몸도 마찬가지다. 손을 떼고 그저 받치고 있을 뿐인데 흠뻑 젖은 온의 무게가 태산 같다. 혹은 바람 같다. 너무 무겁거나 아무 무게도 없거나. 떠받쳐야 하되 손을 댈 수는 없는, 선일에게 온은 그런 여인이다. 그 여인이 제 몸을 떼어 나가며 중얼거린다.

"고마워, 윤선일. 그대가 내 곁에 있어서 든든해."

순간 선일은 온의 칼날이 심장을 찔러오는 것 같은 아찔함에 눈을 감는다. 눈을 뜨면 온을 끌어안는 불경죄를 범할 것만 같다. 이런 욕구가 뭔가. 색정만은 분명 아니다. 색정만이라면 혼자서도 해결할 수 있고 사비의 처소로 찾아가기만 해도 풀 수 있다. 그럼에도 온을 끌어안고 그의 모든 것을 흡수하고픈 이 같은 뜨거움을 뭐라 해야 하는가. 집에 가자. 온의 목소리에 선일은 반짝 눈을 뜨고 발딱 일어난다. 온은 어느새 동편 담장을 넘고 있다. 선일은 석등 속의 촛불을 불어 끄고는 담장을 넘는다. 온이 기다리고 있다가 선일을 보고는 몸을 돌린다.

세석평전의 안개비

　칠월 십오일 백중은 일 년 삼백육십오일의 중간 날이며 이십사 절기의 중심이다. 햇곡식과 햇과일이 나기 시작하고 각종 채소와 씨앗들이 가장 왕성해지는 즈음이다. 사찰에서는 우란분절의 큰 제를 지내며 기념하고 여염에서는 올벼로 삭망차례를 올리고 마을마다 모여 놀며 먹고 마신다. 여름 농사가 모두 끝났으되 아직 가을걷이는 시작되지 않았다. 비교적 한가한 시절이라 대개의 사람이 명절로 즐기는 백중날은 머슴들이며 노복들도 주인의 허락을 받아 쉬며 많이 먹는다.

　노복이며 상머슴들처럼 무격들도 일 년 내내 백중을 기다린다. 백중대기도회 때문이다. 무격들이 언제부터 백중날 지리산 세석평전에 모이기 시작했는지 아는 무격은 없을 것이나, 백중 보름달이 뜨는 밤에 그곳에 있기 위하여 한 달이나 열흘 전부터 움직이기 시작하는 무격들은 팔도에 널렸다. 화씨도 상림으로 들어온 이래 매년 백중이면 세석에 올랐다.

강원도 통천에서 난 화씨의 원래 이름은 도야지였다. 계집아이에게 돼지처럼 살쪄 자라라고 도야지라 이름붙인 부모는 짐승 잡는 금수백정이었다. 열두 살에 신내림을 받고 이듬해 내림굿을 치를 때 신모가 원래 이름 도야지에서 도를 빼고 야지野池라고 불렀다. 신모는 야지가 뭇 생명들을 품고 키우는 들판의 덕스러운 연못이라는 뜻이라며, 그런 무녀가 되라고 축원해 주었다. 화씨라는 이름은 야지가 만단사에 입사할 때 받았다. 어떤 이름이든 도야지보다는 나았을 터이나 불씨라는 뜻의 이름인 화씨는 특별히 좋았다. 이름처럼 신기가 피어난 덕에 스물세 살 때 신모에게서 독립하여 통천 현 내 저자거리에다 신당을 차렸다. 점사 손님이 끊이지 않아 돈을 제법 모았다. 돈을 더 모은 다음 평양이나 한양으로 가서 그럴싸한 신당을 차려놓고 무녀로서의 이름을 높이려 했다.

　　신당 차린 지 이태 만인 스물세 살에 태감을 만났다. 당시 봉황부령이었던 그가 통천 현 일급사자의 선원에 왕림하여 관내 사자들을 죄 불러 모으라 한 덕에 화씨도 갔다. 그날 밤 태감의 수청을 들었다. 사흘 뒤 태감이 자신을 따라 경상도 함양 땅으로 가겠느냐고 물었다. 화씨는 태감에게서 불길처럼 치솟을 자신의 미래를 보았다. 사내로서의 태감도 다정했으므로 화씨는 담박 응했다. 신모가 말렸다. 그 스스로 만단사자이기도 했던 신모였다.

　　"네 언젠가 자명령自鳴鈴을 찾아 큰 꿈을 이루겠다고 하지 않았느냐? 자명령까지 아니어도 무녀는 일방적으로 섬기며 살아야 할 사내, 함께 살며 무녀 노릇을 못할 사내와는 연을 맺지 않아야 한다. 무녀는 무녀임을 숨길 수 없듯, 무녀 노릇을 못하면 아무 것도 아니다. 그러니 높으신 어른을 따라가지 말고 네 삶을 살아라. 네 혼자서도 권속 거느리며 살 만하지 않느냐?"

신모가 그렇게 간곡히 말렸지만 화씨는 거역했다. 만파식령, 이른바 자명령을 포기한 게 아니었다. 통천을 떠날 때 만단사 봉황부의 안주인이 되고야 말리라고 작심했다. 그리하여 만파식령을 대신하리라 했다. 상림으로 들어와 열두 해째다. 그사이 태감은 만단사령에 올라 만단사의 주인이 되었다. 만단사 안주인 자리는 화씨 차지가 아니었다. 태감의 부인들을 연이어 제거했음에도 그 자리가 화씨에게 돌아오지 않았다. 애초에 그리될 수 없다는 것을 알면서도 그걸 인정할 수가 없었다.

그런 마당에 태감이 화개에 있다는 무녀를 온의 스승으로 탐내고 있다는 사실을 알게 되었다. 어떤 무녀이기에 그리 애지중지하는 딸자식의 스승을 삼으려 한단 말인가. 불같은 질투가 일었으나 온의 스승 격이라니, 더구나 그 무녀가 온의 스승 노릇을 거절했다니 참을 만했다. 아니 참을 만하다고 애써 스스로를 다스리는 즈음이다.

백중 보름밤 자시子時에서 축시丑時 끝에 이르는 두 시진간. 이때 세석평전에 모여든 무격들의 염원이 극에 달한다. 기도소리도 가장 높다. 며칠 전부터 올라와 진을 치고 기도한 무격들이 무수히 많으나 그들은 이때를 위해 목소리를 아껴놓았다. 그동안 화씨가 보았던 세석평전 백중대기도회 밤 풍경이 그러했다. 만월이 하늘 한가운데에 자리하는 시간. 누구나 두 팔을 벌리면 만월이 내 품으로 들어와 안길 듯 다가드는 때. 그 두 시진간에는 소리 높여 경문과 주문을 욀 수는 있으나 악기는 사용하지 않는 게 세석의 불문율이다. 안타깝게도 밤 날이 흐리다.

달이 뜨지 않는다고 무격들의 기세가 누그러든 건 아니다. 하늘을 향해 달을 내놓으라고 강짜라도 부리는 양 방울과 정주를 흔들고 꽹과리와 징과 작은북 등을 두드려댔다. 수천 사람이 각기 오장육부를 토해내듯 울부짖는다. 불빛보다 수백 배 많을 귀신들이 운무처럼 떠다니며 무격들이 차려 놓은 햇곡식과 햇과일들을 탐하고 다닌다. 그리하다 제 이름을 불려 천도된 귀신들이 바람 따라 밀려가는 구름처럼 속속 흩어진다. 그들이 무격들을 따라온 이유가 그렇게라도 천도받기 위함이었다. 화씨는 자신에게 따라붙은 귀신들을 천도하는 대신 그들을 자신에게 더 옭았다. 신기가 떨어졌는바 귀신들이 있어야만 그들을 조종해 무격으로서의 흉내라도 낼 수 있었다. 귀신들이란 대개 도솔천으로 가고 싶어 하지 않는 뜬것들이었다. 화씨는 날마다 그들을 위해 상을 차려 달래므로 귀신들도 불만이 없었다.

달이 뜨지 않았는데 시각은 어찌들 알았을까. 문득 악기소리와 울부짖음이 잦아들더니 뚝 그친다. 선도하거나 지시하는 사람이 없건만 일제히 악기를 내려놓고 목소리를 죽인다. 수천의 사람이 동시에 자신들의 욕심을 가라앉혔다. 신기하고 아름답다. 소음이 그치자 세석평전의 바람소리와 운무와 몰려다니는 안개비가 고요히 느껴진다. 등갓을 쓴 수백, 수천 점의 불빛이 별빛처럼 반짝인다. 별들이 죄 산에 내려앉은 듯 장엄하다. 고요한 화엄이다. 누군가 시끄러운 소리를 낸다면 그 혀를 도려내 버려도 좋을 것 같다.

하지만 고요는 잠깐이다. 가만가만 소리들이 살아나기 시작하더니 온 세석이 다시 소리에 뒤덮인다. 조금 전과 같이 시끄러운 소리는 아니다. 깊은 염원은 안으로 깊어지는지 입안에서만 굴리는 소리이다. 하나같이 만파식령을 갖게 해달라는 것이자 신기를 높여 달라는 염원들일 것이다. 화씨도 속으로만 기도한다.

'자명령, 만파식령까지는 바라지 않겠나이다. 신력을 되살려 주십시오. 아들을 낳게 해주십시오. 태감 곁에 계집들이 꼬이지 않게 해주십시오.'

화씨는 세석에 오른 내내 쉼 없이 절하며 오직 그 세 가지만 간구했다. 온몸이 안개비와 땀에 흠뻑 젖도록 간절히 절하며 빌었다. 태감은 이십여 년 전에 온을 낳은 것을 끝으로 자식이 없었다. 온뿐이되 분명히 그는 자식을 낳을 수 있는 몸이었다. 화씨도 자식을 낳은 적이 있었다. 그럼에도 이전의 강씨나 김씨에게서는 물론 화씨에게도 태감의 자식이 생기지 않았다. 한양 집에 있다는 부실 금오당에게서도 자식을 보지 못했다. 태감이 만들어 주지 않는다면 화씨 스스로 만들어야 했다. 그리하기 위해 아무 놈이나 안았다는 걸 들킨다 해도 닥칠 건 어차피 죽음뿐. 태감의 자식을 낳지 못하는 한 살아도 사는 것이 아니므로 화씨는 죽음이 두렵지 않았다.

절하기를 멈췄을 때 불현듯이 달이 나타났다. 달이 나타나 절을 멈췄는지도 모른다. 세석의 무격들이 밤새 한 기도에 응답이라도 받은 양 기도소리를 높이기 시작했다. 감격하여 새로이 팔을 뻗어 올리며 절을 시작하고 젖은 풀 더미 위를 데굴데굴 구르며 울부짖기도 한다. 화씨는 자신이 이 밤에 어떤 응답도 받지 못한 것을 벌써 느꼈다. 이제금 달이 나타났지만 그 달은 처음부터 구름 속에 있었다. 화씨는 더 이상 달을 향해 기도할 염사가 없어졌다. 달과 산신령들 대신 집에 모셔 두고 있는 신을 부른다.

'영보천존이시여, 제자의 몸을 편안하게 하여 주소서. 제자의 혼백과 오장을 편안케 하시며 청룡과 백호가 무리를 지어 일어나고 주작과 현무가 이 몸을 호위케 하소서.'

「정신신주淨身神呪」를 세 번 외는 동안 몸이 맑아지며 차가워졌다가 따스해진다. 태감이 화개 무녀를 보고 온 게 지난 삼월 말이었다. 정효맹을 통해 들었을 뿐 태감은 화개 무녀에 대해 화씨에게 일언반구도 하지 않았다. 태감이 자신의 하는 일을 시시콜콜 말하는 사람이 아니라 해도 화개 무녀에 관해서는 기색이 유달랐다. 무녀를 보고 왔다면, 명색이 무녀인 화씨에게 무슨 말이라도 해줘야 할 게 아닌가. 아무것도 말하지 않는 건 그 심중에 든 화개 무녀의 존재가 만만치 않다는 뜻이었다. 더하여 정효맹은 화개 무녀가 여상치 않은 인물인 게 틀림없노라 쏘삭였다. 둘은 사통하는 사이였다. 서로에 대해 한 오라기의 다정이 없을지라도 사통하며 공생하므로 임의롭기는 했다. 정효맹은 화개 무녀가 상림의 안주인 자리로 들어올지도 모른다고 화씨를 약올리는 한편으로 중석이 여느 무녀와 유다른 점이 무엇인지 파악해 보라 권해왔다. 새로운 안주인이 등장하는 게 두 사람에게 득 될 게 없는 상황이므로 공모였다.

날이 부옇게 밝을 때까지 화씨는 이틀 동안 머물렀던 자리를 차근차근 정리하며 날이 새기를 기다린다. 세석에서 화개까지의 산길이 족히 칠십 리는 된다 했다. 쉼 없이 걸어도 꼬박 하루가 걸릴 길이었다. 하루 아니라 백날이 걸린다 하여도 화씨는 기어이 화개로 가 볼 참이었다. 대체 어떤 년이 게 앉았기에 태감 부녀를 동시에 홀렸는지 확인할 것이다.

지리산 유람에 나선 벼슬아치들은 사지가 멀쩡해도 걷지 않는다. 걷기는 싫어도 경치를 구경하고 산 기운을 받고 경관이 어떠니 저떠

니하는 돼먹지 못한 시를 쓰고 싶어 한다. 돼먹지 못한 벼슬아치들이 지리산을 오를 때는 각 절의 젊은 승려들을 차출한다. 승려들에게 제가 앉은 남여藍輿를 메게 하여 천왕봉까지 오르는 것이다. 지난 봄 경상관찰사와 하동군수의 유람행차에 쌍계사의 노장스님이 길잡이로, 승려 열여섯 명이 남여꾼으로 차출되었다. 노장스님을 대신하여 유수화려의 한돌이 길잡이를 했다. 돼지들처럼 피둥피둥 하더라는 벼슬아치들. 그들의 남여를 메고 천왕봉까지 올랐던 승려들의 몸에는 골병이 들고 어깨에는 피멍이 짙었다. 자칫 남여에 앉은 자를 떨어뜨리기라도 할라치면 목이 떼일 판이므로 승려들은 죽을힘을 다해 남여를 메고 난 뒤 절로 돌아와 몇 날씩 앓았다. 의원 안도가 쌍계사로 올라가 그들의 망가진 삭신을 치료했다.

마른 나뭇가지처럼 가벼운 반야는 천왕봉은커녕 무녀라면 누구나 가고 싶어 한다는 세석평전에도 가 본 적 없다. 어릴 때는 무격들이 한 곳에 수백 명이나 모인다는 사실에 질색했던 모양이었다. 무격으로서 오죽 변변찮으면 수백 명이 산꼭대기에 모여 제 신기를 높여 달라고 소리치며 간구할 것이냐고. 신기 높아 만 사람을 발아래 굽어볼 만치 방자했던 어린 날의 반야였으므로 세석평전으로 몰려드는 무격들을 하시했던 것이다. 나이 약간 들며 성정이 너그러워졌으나 그 시기에 신체의 눈을 잃었으므로 세석에는 못 가 보았다. 마침내 세석평전에서 하루 길 근방으로 와 살게 되었어도 마찬가지. 두어 마장 거리의 아랫마을 오르내리는 일에도 식구들의 손을 빌어야 하는데 지리산의 한 꼭대기에 해당한다는 세석평전까지 무슨 수로 갈 것인가.

근자에 반야의 눈이 명암을 구분하고 색채를 느끼고 어렴풋한 형체도 본다고 했다. 눈이 뜨여가고 있는 것이 틀림없으나 혼자 걷기는 어림도 없었다. 아직 소경이나 한가지였다. 어제 아침 연순객주가 찾아갔을 때 세석이 어느 쪽이냐 묻더니 합장 칠배하고 만 반야였다. 반야가 가고 싶다는 의중을 살짝 비치기만 해도 업어 올렸을 것이나 그이는 자신의 소망을 위해 아랫사람들 등짝 아플 일을 감행하는 사람이 아니다.

"아침을 먹을 수 있는가?"

뒤에서 난 소리에 대문 앞에다 물을 뿌리며 먼지를 재우던 연순객주가 돌아본다. 아낙은 세석에서 내려온 무녀임 직한데 아침 댓바람부터 늙은이에게 하대를 해온다. 서른다섯 살은 넘은 듯하고 마흔 살은 아니 되었을 아낙에게는 아들뻘의 종자 하나가 달렸다. 세석으로 올라간 사람들은 잘해야 오늘 점심 때 지나서 남루해진 행색으로 나타나리라 여겼는데 아낙은 말끔하다. 은비녀 하나 꽂았을 뿐인 얌전한 머리에, 다홍빛 저고리에 검정 치마를 두르고 장옷을 어깨에 걸쳤다.

"그러믄요, 마님. 안으로 드사이다."

장날이라 새벽부터 장터며 나루터가 온통 와자하지만 장사치들은 각자 물건 펼치느라 여념 없고 장꾼들은 물건 사느라 바빠 이른 아침 객점 안은 한가하다. 아낙이 객방 안으로 들어서기 전에 말한다.

"내 종자에게도 한 상을 따로 차려 내주게."

"그럽지요, 마님."

연순객주는 전대 칠요 흔훤 만신을 어머니처럼 모시며 평생 살았다. 만신이 승천한 이후에는 반야 칠요를 딸처럼 보살피며 여생을 보낸다. 그 덕에 무녀를 대번에 알아볼 수 있는 눈을 가졌다고 자부

했다. 근 며칠 동안 수십 명의 무녀와 그 권속들이 화개를 통해 세석으로 올랐고 그 중 열댓 식구는 화개객점이 치렀다. 그들이 한결같이 연순객주를 어른 대접하며 묵어갔거니와 무녀들은 원래 제 자식이나 제자를 제외한 세상 누구를 향해서도 하대하지 않는다. 현실의 신분이 그러하거니와 그들 스스로 세상사람 모두를 섬기는 마음으로 살기 때문이다. 아낙은 틀림없는 무녀다. 그럼에도 늙은이를 하대하며 제가 무녀인 걸 숨기고 너울짜리 흉내를 내고 있다.

"에미야, 손님 드셨다."

부엌 쪽의 계수 어미에게 소리친 연순객주는 짐짓 무심하게 대문 앞에 펼쳐지는 난전 판을 내다본다. 경계하거나 받들어 모셔야 할 만한 손님이 들라치면 유수화려에서 먼저 기별이 내려오게 마련이다. 어제그제 아무 말도 없었다. 지금 들어선 아낙은 그저 아침을 먹기 위해 들른 손님일지도 모른다. 왜 여상치 않아 보이는지가 문제다. 아낙은 짐짓 무녀가 아닌 체하고 있거니와 신기 낮은 무녀라 보기에도 애매하다. 보통 사람에게 깃든 영기靈氣보다 미약한 기를 가졌지 않은가. 무녀이매 영기가 그리 약할 수는 없었다. 그렇다면 아낙은 사술을 익혀 제 영기를 숨기고 있는 것으로 봐야 한다. 혹은 신기가 완전히 사라져 이도저도 아닌 어중이가 되고 만 것일 수도 있다.

"할머니, 손님이 좀 뵙자 하세요."

지석 내외의 아들로 얹혀사는 효진이 안에서 나와 소리치고는 후다닥 뛰어간다.

"이놈아, 밥은?"

"큰집 가서 뜨겠습니다."

몹시 허둥거리며 반반골을 향해 내닫는다. 훨씬 어린 계수와 연수는 여명이 틀 때 올라갔는데, 효진은 벌써 수련장에 가 있어야 할 시각에 하냥 없이 늦잠을 잤다. 객주는, 이놈 어디 혼 좀 나 봐라 하고 내버려뒀다. 삼내미에서 태어난 효진은 혜정원에서 일하는 예님과 의원인 기붕의 아들로 백호부 삼급인 위품胃品이다. 한창 수련에 골몰해야 할 때인데 가끔 터무니없이 늦잠을 잤다. 밤중에 근동의 젊은 놈들과 나루터며 강가를 싸돌아다니느라 기운을 헛되이 쓰기 때문이다. 제 스승들에게 된통 혼이 나고 나면 정신이 번쩍 들 터이다.

유수화려에서 침선하는 사람은 두레뿐이다. 계집이라면 누구나 바느질을 한다지만 유수화려의 여인들은 바느질할 짬이 없다. 그들은 바느질 대신 칠요를 보필하고 자신의 능력을 키우며 제자들을 가르치기 바빴다. 그래도 누군가는 대신해야 할 바느질을 두레가 맡은 것이고 그 홀로 감당할 수 없으므로 솜씨 좋은 인근의 아낙 두엇이 날마다 올라 다니며 바느질과 빨래를 거들며 품값을 받는다. 부엌일도 마찬가지. 반반골 열 채의 집과 안도의 화개약방까지 아울러 부엌이라곤 숙수 외순과 한돌이 경영하는 한 곳뿐이다. 칠요를 제외한 유수화려 식구들은 끼니때가 되면 숙수 내외의 부엌으로 찾아들어 스스로 밥과 국을 뜨고, 반찬을 덜어 소반을 차린 뒤 찬방에서 먹었다. 하는 일에 따라 먹는 시간들이 약간씩 다르기도 해서 마련된 식사법이되 차리느니 부르느니 하는 수선스러움이 없었고 아무나 시간 나는 사람이 설거지를 하는지라 외순의 일을 덜어줄 수 있었다. 반반골 사람들은 그만치 자신들의 소임에 철저했다.

"객주님, 이건 값을 조금 더 쳐 주셔야겠습니다."

단골 약초꾼이 망태에서 꺼내 보인 천마天麻는 색깔이 고운 대신

씨알이 너무 굵다. 밭에서 기른 보통 마나 일반 산마라면 모를까 천마로서는 아무래도 약성이 약할 성싶은데 약초꾼은 씨알 굵기로 값을 높여 부른다. 천마를 보기만 하면 사고 보는 연순객주를 시피 여기는 것이다. 능금 한 알, 머루 한 송이라도 반야가 잘 먹겠다 싶으면 금강석처럼 귀히 여기며 넉넉히 값을 치루지만 약초꾼이 둘러 먹으려 드는데 그냥 당할 객주는 아니다.

"내, 손님이 부른다니 일단 들어갔다가 나와서 더 보겠네."

약초꾼을 능쳐 놓은 연순객주는 흐, 웃고는 안으로 들어온다. 객방 앞 평상에는 아낙의 종자가 개다리소반을 받고 있고 문이 열린 객방 안에서는 아낙이 육각소반을 받고 있다. 하동에서 올라온 재첩에 보릿가루와 밀가루를 섞어 반죽한 수제비를 풀고 부추를 듬뿍 띄운 게 오늘 하루의 주된 상차림이다.

"쇤네를 찾으셨습니까, 마님?"

"이 근동에 반반골이라는 동리가 있고 게에 무녀가 있는가?"

역시나 유수화려를 찾아온 아낙이다. 반야는 이달 들면서 몇 년만의 점사를 재개했다. 이튿날 손님 둘이 들었고 사흘째엔 셋이 들었고 오늘은 이미 열 명 가까운 손님이 올라갔다. 반야가 점사를 재개함에 혜원은 하루 열 명 이상의 손님을 받지 않는다는 엄격한 규칙을 세웠다. 사실 반야에게는 그만큼의 손님도 버거웠다.

"제 집 뒤쪽에 앉은 산마루에 반반골이 있삽고, 그 안에 사는 무녀가 관가에 신고하고 깃대를 꽂은 게 겨우 보름 전입니다. 하온데 마님께서는 어떻게 벌써 반반골 무녀에 관해 아시고 오셨는지요?"

"어찌어찌 들었네. 매우 용한 점쟁이라고 하여 궁금한 것이 있어 왔네."

"어디서부터 오셨습니까?"

"그리 멀지 않은 동리서 왔네. 그 점쟁이의 복채가 얼마나 된다고 하던가?"

"복채는 올라가 보시면 알게 되실 터이나, 오늘 점을 보시려면 서두르셔야 할 텝니다."

"왜, 점사를 잠시만 본다는가?"

"점사 시간이 진시 말까지니 시각이야 아직 넉넉하겠습니다만 하루 열 명까지만 손님을 본다 들었습니다. 보시다시피 오늘이 여기 장날인지라 장거리가 이른 아침부터 복작거리지 않습니까. 반반골의 손님도 오늘은 얼추 다 찼을 것을요."

장날이 아닐 때도 늘 소소한 장이 펼쳐지지만 장날에는 장터를 넘어 나루터까지 난전으로 미어졌다. 오늘 파장 무렵에는 세석에서 내려와 화개를 거쳐 제 곳으로 돌아갈 무격들로 한층 복작거릴 터이다.

"오늘 못 보면 큰절 구경이나 하고 내려와 하룻밤 묵은 뒤 보면 될 터이지."

"그리하시면 좀 여유로우시겠습니다. 하면 찬찬히 드시고 짐은 예 두신 뒤에 소풍 삼아 반반골로 올라가 보시지요. 장구경도 재미날 텝니다. 점심때쯤에는 광대 패거리도 와서 한바탕 놀 것이고요."

아낙이 억지로 미소 짓고는 수제비 조각을 젓가락으로 집어 올린다. 무녀로 나서 무녀 노릇을 제대로 못하고 사는 듯한 얼굴이 어쩐지 안쓰럽기는 하다. 무격들이 신당을 차리고 손님을 받으려면 반드시 관에 신고해야 한다. 오색 깃대를 내건 무격 한 명의 일 년 세비가 정승의 그것과 비슷하다. 관에 신고하지 않고 점사 손님을 받게 되면 목숨이 떨어지거니와 손님도 들 수 없으므로 무격들은 자신이 무격임을 세상에 알려야 한다. 그렇지만 무격들이 자신이 무격인 걸 밝히는 까닭은 죽기 싫어서거나 점사 손님을 받기 위해서만이 아니다. 무격은 어떤 이유로도 자신이 무격임을 숨기지 않아야만 무격으로 존재할 수 있다. 본색을 숨기면 뭇기를 잃거나 무병이 터져 목숨을 잃기 때문이다. 아낙은 신기 잃은 무녀임이 분명하다.

연순객주는 아낙의 방 앞에서 물러나 다시 대문 앞으로 나선다. 초가을 날이 청명하게 열릴 성싶다. 아까의 약초꾼에게 이십 전을 주고 그가 가져온 천마들을 계수어미한테 가져다주라 이른 뒤 장거리를 걷는다. 오늘은 칠요에게 무엇을 먹일 것인가. 유수화려의 숙수 외순처럼 연순객주도 날마다 그걸 궁리하며 산다. 아침 녘이 지나면 유수화려 식구들이 내려와 각기 필요한 물건들을 찾을 것이되 객주는 미리 돌아다니며 물건을 구경하고 눈도장을 찍어 놓거나 사놓는 게 재미나다. 안도의 약방이 문을 연 이후로는 장에 나온 약재며 약초들을 꼼꼼히 살피며 다니는 것도 재미지다.

요즘 객주한테 제일 재미난 곳은 장날의 대장간이다. 벌건 쇳물이 낫이 되고 쟁기가 되어가는 풍경. 화개 대장간의 대장장이는 장날 아닌 평일에는 무기도 만들었다. 농기를 만들 때와 무기를 만들 때 사뭇 다른 대장장이의 표정이 재미를 넘어 신비했다. 근자의 화산은 수레바퀴를 새로 만들기 위해 뻔질나게 대장간을 드나든다. 반야의 이동을 용이하게 하려 함이고 아기들이 태어나기 시작하는바 아이들까지 싣고 다닐 수 있는 수레를 만들려는 것이다. 더구나 지난 오월에 단아가 나루터 얕은 물속에서 아이 하나를 건져내면서 유수화려 식구가 더 늘었다. 어떤 종자가 새끼를 나루터에다 내던지고 사라졌는지 알 수 없으나 성툴이라고 명명된 아이는 말을 못했다. 반야에 따르면 아이가 귀머거리는 아니므로 언젠가는 입이 열리리라 했다. 어떤 종자의 새끼로 태어나 버려졌건 반야의 자식이 되었으므로 아이의 운세가 나쁘달 수는 없었다.

"날씨 조오타!"

혼잣말을 크게 외치며 대장간으로 향한다. 연순객주는 한양 육조 거리와 시전에 잇닿아 있는 혜정원에서 사십여 년을 보내고 나서 이곳으로 온 터다. 시골 장을 융성한 시전에 비할까마는 시골 장사치들이 오밀조밀 펼쳐 놓은 난전이 사뭇 볼만했다. 장사치들과 농사꾼과 약초꾼들과 그들의 손님들과 농을 주고받으며 난전 사이를 걷노라면 칠요를 보위하며 살러 온 게 아니라 유유자적 놀러와 있는 것만 같다.

화개 무녀의 신당으로 들어선 순간 화씨는 왈칵 설워졌다. 어떤 치장도 없이, 귀신조차도 거느리지 않고 담백하게 앉아 있는 무녀. 화개 무녀는 화씨보다 훨씬 젊고 용모는 화씨에 비할 수 없이 단정하다. 한 오라기의 색기도, 잡기도 없는 무녀는 정안수인 양 맑다. 똑같이 팔천의 한 종자인 무녀이나 같은 무녀가 아니다. 무녀 노릇은 이처럼 하는 것이었다는 생각에 화씨는 눈물이 난다. 눈물 훔치는 화씨를 맞은편에 둔 채 무녀가 제 곁에 앉아 있는 계집을 향해 입을 연다.

"혜원, 손님께서 우시는 게요?"

혜원이라 불린 계집이 나지막이 답한다.

"설운 사연이 계신 듯합니다."

울던 화씨는 어이가 없어서 무녀를 본다. 이제 보니 무녀의 시선이 허공에 머문 채 홀로 말똥거린다. 소경이다. 소경이 점쟁이 노릇하는 경우야 흔하지만 화개 무녀가 소경일 것이라곤 상상도 못했다. 화씨의 눈물이 쏙 들어간다.

"아래채서 기다리는 중에 손님마다 복채가 다르다 들었네. 내 복채는 얼마나 되는가?"

무녀 대신 혜원이 대답한다.

"손님께서는 스스로 정하여 주사이다."

"다른 이들은 자네가 정해 주는 것 같은데 나는 왜 스스로 정하라하지?"

"그 또한 한 가지 방법입니다. 복채를 주시고 사주를 말씀해 주시거나 제 주인께 다가오시어 등을 대어 주시기 바랍니다."

바깥에서 기다리는 동안 아낙들에게 듣기로 복채가 세 닢, 다섯 닢, 일곱 닢, 열 닢까지 다양하다 했다. 화씨는 한 냥의 거금을 내어 놓고 사주를 말하기 싫어 무녀 앞에 등을 대고 앉는다. 소경 무녀의 두 손이 등에 살풋 닿는가 싶더니 뜻밖에도 「정구신주淨口神呪」를 독송하는 소리가 난다. 부처를 몸주로 모시는 무격들은 『옥추보경』의 주문이나 경문을 잘 쓰지 않는 것이라 알았는데 소경 무녀는 노래하듯이 네 글자씩 이루어진 「정구신주」의 열두 구절을 풀이말로 읊는다.

'단주구신丹珠口神이 더러운 기운을 토하여 화를 없애고, 혀의 신(舌神)이 바른 도리를 지켜 목숨을 형통케 하여 신을 기르며, 수없이 늘어선 치아의 신(齒神)이 삿됨을 물리쳐 참됨을 지키고, 목구멍의

신(喉神)이 크게 벌어져 기의 신(氣神)이 맑은 침을 만들며, 마음 신(心神)인 단원丹元이 진리에 통하게 하고, 생각의 신(思神)이 옥액을 만들어 도의 기(道氣)가 길이 보존케 하소서.'

말을, 말하는 입을 깨끗하게 하여 기를 모아 달라는 주문을 왜 내게 쓰는가. 화씨가 분기를 느낄 새 없이 소경 무녀의 손바닥이 떨어져 나간다. 혜원이 화씨에게 조금 전에 앉은 자리로 돌아가 앉으라는 듯 권하는 시늉을 했다. 화씨가 제자리로 돌아가 앉으니 무녀가 말했다.

"이제 소인에게 묻고자 하는 바를 말씀해 주십시오, 마님."

"곧대로 말하겠네. 내 시방 서른일곱 살이네. 사대부가 장주의 후처로 들어와 전실 자식인 딸 하나를 다 키워 시집보내는 동안 나는 자식을 낳지 못했어. 자식을 낳지 못하여 시앗을 보았으나 그 또한 허사라, 여전히 자식이 없네. 이제 또 다른 시앗을 보거나 양자를 들여야 할 처지가 되었지. 내가 자식을 낳겠는가?"

"마님께오서 소인에게 직설로 물으셨으나 소인은 에둘러 말씀드릴 수도 있습니다. 직설로 말씀드리리까, 에둘러 대답하오리까?"

"결국 같은 게 아닌가?"

"아 다르고 어 다른 게 말 아니겠나이까. 에둘러 말씀드리면 아무래도 듣기에 좋겠지요. 말하기도 그 편이 좋겠고요."

"듣기 좋은 소리 듣자고 온 게 아니니 보이는 그대로 말씀하시게."

"마님께서는 더 이상 자식을 낳지 못하십니다."

"더, 이상이라니?"

"자식을 두시었지 않습니까? 아들이고요."

화씨에게는 낳은 자식이 있었다. 통천을 떠나올 때, 아니 그 전에 낳아서 금수백정인 어미아비한테 키우라 했던 아들이었다. 그때 버린 자식이 아직 살아 있다면 열여덟 살로 자랐을 것이다. 스스로도 잊어버리고 산 그 아들을 무녀가 거론했으므로 인정할 수밖에 없다.

"그렇다고 그리 무정하게 단언하는가?"

"보이는 대로 말하라 하시었잖습니까."

"그래. 내가 더 이상 자식을 낳지 못하는 까닭은 무엇인가?"

"마님의 자식 운이 그뿐이신 게지요."

"운세란 바뀔 수도 있다고 무녀들은 말하지 않나? 하여 굿을 하고 방책을 쓰는 것 아니야? 굿을 하면 어떻겠나? 방책을 쓰면?"

무녀의 눈길이 화씨에게 건너와 멎는다. 소경이라 저 홀로는 맞출 수 없는 눈길일 것이나 화씨가 마주보니 시선이 부딪는다. 분을 바른 듯 흰 얼굴에 눈만 달린 듯이 큰 눈동자가 검게 빛난다. 무격들끼리는 나이나 무력巫歷에 관계없이 신기의 높낮음으로 서열이 저절로 정해지고 그 높낮음은 마주한 순간에 즉각 결정나는 법이다. 화씨는 신기가 떨어졌으나 건너편에 앉은 화개 무녀의 신력神力이 자신보다 한참이나 윗길이라는 사실을 이미 알아보았다. 화개 무녀도 물론 이 쪽이 신기 떨어진 무녀임을 알아보았을 것이었다. 그러므로 화씨는 자신 또한 무녀라는 걸 화개 무녀 앞에서 자복하고 엎드릴 수 없었다. 그것까지 알아보는 듯 화개 무녀가 미소를 짓는다.

"운세란 물론 삶의 의지에 따라 바뀌는 것이라 알고 있습니다. 그렇다면 마님 스스로 알고 계실 터입니다. 운세를 바꾸게 살아오셨습니까?"

"나름대로 고심하며 노력했다고 자부하네."

"헛 사내들을 품으심이 운세를 바꾸기 위한 노력이라 하기는 어렵지요."

"뭐라?"

"곧대로 말하라 하신 바, 느낀 대로 말씀드리는 것입니다. 마님께서 백 사내를 더 안으신다 해도 몸으로 자식을 더 낳을 수는 없으십니다."

"네 이년, 반가의 아낙에게 그 무슨 흉한 언사이냐."

"반가의 아낙이 아니라 저 아래 장터 육고간 아낙에게인들 괜한 말을 하겠습니까? 마님, 무녀로 나시었으매, 그걸 모르실 리 없을 것이고요."

"뭐라고?"

"목소리 낮추세요. 마님 곁에 붙어 왔으나 제 신당에는 들어오지 못한 채 문밖에 머물고 있는 뜬것들이 놀라 우왕좌왕 하고 있습니다. 뜬것들을 천도하지 않고 달고 다니시는 것이야 마님 뜻이겠습니다만 뜬것들이 잔뜩 매달려 있는 몸에 생명의 씨앗이 붙겠습니까? 그런 몸에 아기가 들어서겠냐는 말씀입니다."

중석의 말에 일일이 토를 달 형편이 아니므로 화씨는 목소리를 낮춰 묻는다.

"내 몸에 귀신들이 붙어 있어 수태가 불가능하다는 말이냐?"

"마님께는 귀신들이 매달려 있을 뿐만 아니라 살기가 잔뜩 배어 있습니다. 운세를 바꾸게 살아오셨느냐, 좀 전에 여쭈었지요. 그 운세가 새 생명을 의미한다면 살기 서린 냉혹한 심신에 새 생명이 무슨 수로 자리하겠습니까. 소인이 느낀 바 마님께서는 스스로를 생산 불능의 몸으로 만들어 오셨습니다."

"해서 생산은 더 이상 불가능하다?"

"생산이 기어이 몸으로 낳는 자식을 의미한다면 그렇다 하겠습니다. 그런데 자식이란 몸으로만 낳는 게 아니지요. 복을 짓는 마음으로 가여운 목숨들을 거두어 자식으로 키운다면 내 자식이 되는 것 아니오리까?"

화씨는 자신에게 소경 부녀의 신력을 알아볼 재간이 전혀 없다는 걸 깨닫는다. 복채를 한 냥이나 내놓고 모든 것을 들켰다는 사실을 알 뿐이다. 당장은 분노할 의지도 사라졌다.

"남의 자식을 키워도 될 것이면 내 기껏 너에게 왔겠느냐? 알았느니. 마지막으로 묻겠다. 내게 일점의 희망이라도 있는 것이냐?"

"마님의 몸은 원래 차지요. 헌데 마음은 뜨겁습니다. 그 둘이 마님의 내면에서 상통하여 다사로워진다면, 그때 희망도 생기겠지요. 우선은 마님께 깃든 살기를 거두셔야겠고요. 오늘 소인이 드릴 수 있는 말씀은 이만큼인 듯합니다, 마님. 살펴 가십시오."

복채 더 낼 테니 더 이야기하자 나서 봤자 소용없다는 것은 화씨도 안다. 스스로도 한 시절 그렇게 점사를 보며 살았다. 신력의 우위를 무시한 채 한껏 방자하게 굴어 버리고 난 지금 다시 엎드려 살려 달라고, 방책을 알려 달라고 할 수는 없었다. 그리하고 싶지도 않다. 화씨는 신당을 나와 신발을 꿰면서야 소경 무녀의 신장 격인 불상을 향해 합장절 한 번 하지 않았음을 깨닫는다. 그럼에도 돌아서서 합장이나마 하고 싶지 않다. 햇빛이 마당 가득, 강 가득, 그 너머 산자락마다 가득 드리워져 있다. 찬란한 초가을 아침이다. 화씨의 마음속에 있던 불씨는 간데없다. 우박을 뒤집어 쓴 양 심신이 아프고 시리다.

버드나무집 자식들

한양과 경기 일원에서만도 오십여 개의 점포를 거느린 작금의 김상정 상단은 평양의주 상단의 다른 이름이다. 흔히 유상柳商으로 불린다. 평양은 도성을 제외하고, 경상도의 대구와 전라도의 강경을 비롯하여 조선 삼대 시장 중의 하나다. 평양의주 유상은 관서 제일의 상단으로서 청국과의 교역로 중심에 있는지라 그 상권이 연경까지 뻗어 있었다. 유상의 전 도방都房인 김재한 옹이 칠석날에 별세했다. 일 년 넘게 병상에서 지낸 터라 예고된 초상이었다. 김옹의 뒤를 이은 김상정 도방은 널리 부고를 띄우고 자식들을 불러들여 곁에 세운 뒤 조문객들을 맞았다.

초종初終에서 성분成墳을 지나 삼우제까지 보름이 걸리는 와중에 큰아들 인하仁河 내외와 둘째 중하仲河 내외와 셋째 강하, 큰딸 진眞 내외와 막내딸 경經이 상단 사람들 앞에 그 모습을 드러냈다. 두 아들 인하와 중하, 큰딸 진 내외는 벌써부터 행수 직들을 수행해 왔다. 약관을 갓 넘은 강하는 지난 식년시 무과에 급제하여 정구품의 벼슬아치가 되었다. 열세 살의 막내딸 경은 상단 일을 익혀가는 중이다. 일단의 장례절차가 끝나고 나자 이십삼일이 되었다. 김상정은 자식들과 일가친척에게 일 년 뒤 탈상할 것이로되 성복成服과 시묘는 하지 않는다고 선언하고 모두 각자의 자리로 돌아가게 했다.

외형으로는 유상의 본단이자 은밀히는 사신계 현무부령의 본원인 유릉원柳陵源은 평양 서문인 현무문玄武門 안쪽 서문내에 있었다. 평양 사람들은 집 앞 연못에 버드나무를 드리우고 있는 유릉원을 서문냇집이라고도 불렀다. 사대부가는 아니되 평양부중 제일의 부잣집이 서문냇집이었다. 심경이 서문냇집에 살기 시작한 지 네 해째다.

심경이 사 년 전 동짓달에 강수를 따라왔을 때 석 달 정도 평양에 머무르면 된다 하였다. 그때 강수와 명일은 유릉원에서 열흘을 머물다 한양으로 돌아갔다. 석 달 후 어머니가 호위들만 데리고 오시어 함께 북녘의 산천을 구경했다. 금강산과 묘향산과 백산과 북수백산과 칠보산과 백두산까지. 어머니는 닿는 산마다의 절에서 몇 날씩 묵으시고 경과 본은 강수 등의 호위들을 따라 정상까지 가곤 했다. 백두산 선인곡仙人谷에서 열흘 묵은 게 여정의 마지막이었다. 넉 달여에 걸친 산천 유람이 끝난 뒤 평양으로 돌아온 어머니가 한본만 데려간다 하시며 말씀하셨다.

"심경은 앞으로 김 대방의 딸 김경으로, 유상 사람으로 살거라. 부령이다."

심경은 당시 열 살이었으나 칠성부 일품이었던지라 명을 받들어야 했다. 꼼짝없이 잡혀 서문냇집의 막내딸 김경으로 살게 되었다.

"우리 꽃님이 김경, 할아버님 대상大喪 치르느라 고생 많았지?"

안주인인 영혜당은 경을 꽃님이라 부르며 친딸인 양 귀애하였다.

큰올케인 숙현당도 경을 어린 시뉘 돌보듯 살뜰했다.

"소녀가 무슨 고생을 했겠나이까. 어머님과 큰형님께서 애쓰셨나이다. 두 분이 다 야위시기까지 하셨어요."

소복 차림인 영혜당과 숙현당이 귀엽다는 듯 소리 내어 웃는다. 영혜당이 칠성부 평양 선원의 무진이며 숙현당이 칠품이라는 사실도, 어머니 반야가 칠성부령이라는 큰 비밀도 경은 이 집에 살기 시작한지 이태나 지나 눈치챘다.

"우리 꽃님이가 날로 의젓해지는구나. 기쁘고 어여쁘다. 대상 치르느라 칠석도 백중도 다 그냥 보내었으므로 내일은, 날씨 괜찮으면 집안 여인들 모두 함께 영명사에 가서 부처님이나 뵙고 오자. 연후에는 다시 일하고 공부하며 살자꾸나."

"예, 어머님. 하온데 아까 어멈 등이 하는 말을 얼핏 듣자니 큰바람이 불 것 같다 하더이다."

"사나운 바람이 지나가실 때가 되기는 하였지. 대상 기간에 아니 닥쳐 주신 것만도 감사할 따름이다. 나들이는 날씨 봐서 하는 게고, 내일 이른 아침 강하가 한양으로 돌아간다 하니 오늘 밤 실컷 봐 두어라. 별님께 올릴 글도 적어 두고."

약간 숙인 채 얌전히 대답하던 경의 고개가 반짝 들린다.

"강하 오라버니가 어느새 떠나옵니까?"

"섭섭하여 그러느냐?"

경이 대답 없이 고개를 푹 숙인다.

"강하는 이제 세자저하의 익위로써 관헌이 아니냐. 사내가 입신하여 나랏일을 하게 된바, 말미를 다 쓰고 제 자리로 돌아가는 것일진대 어찌 그리 서운해 해. 사내들이란 원래 나돌아야 하는 것임을, 그래야 제 값을 하게 됨을 네가 이해하려무나."

"예, 어머님."

"대답이 영 시원치 않구나. 왜, 너도 강하를 따라 한양으로 가고 싶으냐?"

"소녀가 원한다고 될 일이 아님은 알고 있사와요."

"옳거니. 이제 좀 의젓한 답이 나오는구나. 너도 성년이 되고 때가 되면 한양으로 보내 줄 터이다."

"보내 주시옵니까?"

경의 의심어린 반문에 두 여인이 또 소리 내어 웃는다.

"원 아이도. 쥐면 부서질까 불면 날아갈까, 애써 키운다고 키웠건만 누가 들으면 내가 몹시 인색한 계모라도 되는 줄 알겠구나. 그래, 점포를 내주든 시집을 보내든, 그 두 가지를 다 해주든, 언젠가는 한양으로 보내 줄 터이니 지금은 오라비 간다고 서운해 말고, 나가 보거라. 네 오라비도 큰사랑에서 나와 널 기다리고 있을 터이지."

"예, 어머님. 그리고 큰형님, 편히 침수 드시어요."

저녁문안을 마치고 안방을 나선 경은 크고 작은 사랑채들이 있는 외원外院으로 향하려다 제 처소가 있는 별원別院으로 내달린다. 강하가 조부 초상 소식을 듣고 달려온 터라 도착하자마자 상청에 섰다. 그 바람에 한집에서 보름을 지냈어도 단둘이 얼굴 마주할 새가 없었다. 숱한 조문객들로 넘치는 외원과 집안 깊숙이 든 별원 사이가 천리였다. 별원은 시집가기 전의 언니, 진이 살던 곳이었다. 스물여섯 살의 김진은 칠성부 육품이었다. 향료 제조가 전문인 진은 혼인하기 전 별원의 너른 뜰에다 갖가지 꽃나무며 화초를 심어 향기를 연구하고 꽃기름 추출을 실험했다. 그가 혼인하여 나간 뒤에도 그의 뜰에서는 삼동을 제외하고는 늘 꽃이 피었다. 늦여름인 지금은 가을꽃들이 갖가지 색깔로 피기 시작했다.

경의 시비 서순이 세 기의 석등에다 불을 밝히고 처마 아래에 다섯 개의 등롱을 매달아 놓아 별원 뜰이 아침처럼 환하다. 열일곱 살의 서순은 마루 밑에 선 채 석등 앞에서 국화를 들여다보는 두 청년을 바라보고 있다. 강하와 그의 시자 다루인데 서순은 강하에게서 눈을 떼지 못한다. 집안사람들에게 강하와 경은 부친 김상정이 한양에서 낳은 자식으로 되어 있었다. 서출들임에도 안방마님이 친자식으로 받아들여 당신 소생으로 삼은 것으로 아는 데다 그 자체가 법에 어긋나는 일이므로 아무도 그에 대해 거론하지 않았다. 장례를 치르는 동안 집안의 수십 여인들이 강하를 놓고 속삭이곤 했다. '어찌 저리 잘나셨을꼬. 예년에 오셨을 때보다 더 헌칠해 지시지 않았어? 용담꽃 같다니까. 강하 서방님 눈 봤남? 세상에, 눈물 머금은 사내 눈이 그리 애간장을 녹일 줄 어찌 알았어?'

"큰언니!"

부르긴 했어도 경은 강하에게 달려들지 못한다. 계원으로서의 품계나 남매간의 유별함 때문이 아니라 눈물이 솟아 뛸 수 없다. 강하가 경을 향해 다가들며 팔을 벌린다. 경이 그 품으로 달려들어 안기며 그의 가슴팍을 퍽퍽 쳐댄다.

"미워. 일 년에 한 번은 온다하고서 두 해 하고도 석 달 만에 왔잖아. 그나마 할아버님 아니셨으면 오지도 않았을 거야. 미워. 모두 미워. 전부, 전부 다 미워."

반야가 무녀인 데다 칠성부령이므로 딸을 떼어 놓기로 한 줄 알아도리 없이 수긍하며 자라고 있으되 경의 마음 가득 서러움과 원망이

찼다. 소소원 식구들에 대한 그리움이 모두 밉다는 울부짖음으로 나타났다. 온양 용문골에서 이극영으로 자라고 있는 한본도 다르지 않았다. 강하가 일 년에 한 차례씩 찾아가 보는 극영은 이제 눈물을 참는 사내로 커가고 있기는 했다. 그렇지만 어머니한테 언제 갈 수 있느냐고 물을 때마다 눈에 눈물이 대롱대롱 맺혔다. 강하는 경이를 안고 한참을 다독인 뒤 남매 상봉을 쳐다보고 있는 서순에게 말한다.

"이보오, 서순씨. 그리 쳐다보지만 말고 가여운 우리 남매한테 시원한 물이라도 내다 주구려."

서순이 놀라 황급히 별원 중문을 빠져나간다. 말갛게 남매를 쳐다보던 다루가 싱긋 웃고는 수직을 서려는 듯 중문간 앞 어둠 속으로 들어간다. 강하는 경을 데리고 마루로 올라앉는다. 흰 세모시 소복을 입고 머리에 흰 꽃띠 쓰고 머리 가닥에 흰 댕기 드리운 경은 흰 나비처럼 가냘프다. 소소원에 살 때는 동동하던 아이가 이곳에 데려다 놓고 일 년 만에 들렀을 때 바싹 말라 있었다. 평양 제일의 부잣집에서 금지옥엽으로 살면서도 먹는 게 살로 가지 못하는지 지금은 두 해 전보다 더 말랐다. 키만 약간 더 큰 것 같다. 화개에서 한양으로 오르는 길에 온양 들러 만난 한본은 경보다 벌써 한 뼘은 더 컸다. 경은 강하의 손을 놓으려 하지 않는다. 초가을 벌레소리가 요란하다.

"눈물 거둬야지. 다 큰 아가씨가 되어서 그리 울면 체면 떨어지지 않아?"

"체면이 다 무어야. 큰언니 내일 간다며? 며칠이라도 더 묵지 않고 벌써 가? 나는 아주 몹시 속이 상해."

"이만큼이나 컸으면서 언제까지 아기 노릇을 하려 들어. 네가 이리 서운타 하면 나도 속이 상하지 않겠어?"

눈물을 닦아주는데도 또 흘러내린다.

"몰라. 여기 아버님이나 어머님께 한양으로 보내 달라 청해도 기다리라고만 하시고. 이러다가 나는 우리 어머니 얼굴도 잊겠어."

"노상 우리 걱정이신 어머니 얼굴을 어찌 잊어. 억지 부리지 마라."

"어머니가 어디 계시는지 물으면, 아니 되지?"

어머니에 대해 묻고 나서야 제 손으로 눈물을 훔친다.

"아니 되지. 그래도 종종 편지를 받고 있지 않아? 잘 계시니 걱정 말고 네 얘기나 해봐. 남문과 서문, 대동문과 영문통營門通, 신창리의 저자까지, 약재 점포들을 드나들고 있다지? 약재 이름은 많이 외웠어?"

경은 열흘에 한 번 꼴로는 편지를 써 두었다가 인편을 통해 혜정원으로 보냈다. 경이 올립니다, 로 시작되는 편지들은 방산이 읽고 화개로 내려가 혜원을 통해 별님에게 전달된다. 극영도 그런 식으로 제가 어찌 자라고 있는지를 별님에게 알렸다. 아이들은 별님이 어디 계시는지 알지 못해도 별님은 아이들 자라는 걸 속속들이 알고 계셨다.

"약재 이름만 외워 될 일이 아니야. 수천 가지 약재의 출산지며 약의 생산과정, 적정한 쓰임새, 그 값어치, 어디서 와서 어디로 가는지, 흐름까지 다 익혀야 해서 아직 턱도 갓도 없어."

"그래도, 큰형님께서 네가 제법 잘 한다고 대견해 하시던걸. 아버님께서도 기특해 하시고. 너는 어떠해? 그 공부가 힘들지는 않아?"

경이 사뭇 총명하거니와 약재 공부에 꽤 재미를 붙인 것 같아도 강하에게는 어린 아우인지라 묻는 것이다.

"장차 내가 조선 제일의 약상을 꾸리게 될 텐데 힘들어도 참아야지 어째?"

"오호, 포부가 그리 커졌어?"

"아버님께서 그리 말씀하시었어. 큰 오라버님도 그러셨고. 조선 팔도는 물론 연경을 거쳐 들어오는 여러 나라 약재도 모두 내 손을 거쳐 다닐 만큼 큰 상인이 될 포부를 지니며 공부하라고. 나는 월심 스승님과 진 언니한테서 배우고 있는 향료며 미장품 생산이 아주 재미있는데 어른들께서는 내가 만들기보다 만들어진 물건을 파는 일에 더 재능 있다고 하시는 게 괴이해. 물론 내가 뭐든 잘 팔기는 하지만! 큰언니, 나는 정말 물건을 잘 판대. 희한하지? 점포 아저씨들이 내가 왼손잡이라 그렇대."

어느새 초롱초롱해진 심경은 크면서 미타원의 어머니 유을해보다 반야를 더 많이 닮아가고 있다. 미타원의 어머니는 세상 모두를 품을 수 있을 만치 품이 넓던 분이었다. 반야와 심경을 낳고, 나무와 동마로와 강하와 꽃님과 명일과 한본을 거두어 자식으로 삼았던, 깊고도 따스했던 분. 심경이 그 어머니를 제 세 살에 잃어 기억하지 못하는 건 아이에게 나은 일일지도 몰랐다. 아이가 제 눈앞에서 집이 타던 불길을 기억할지도 모른다는 생각은 상상으로도 하고 싶지 않았다. 더구나 어머니! 자식인 동마로를 살리기 위해, 또 반야를 살리기 위해 당신 목에 스스로 칼을 꽂으신 그 어머니가 떠오를 때마다 강하의 가슴이 범람한 둑처럼 속절없이 무너졌다. 십 년이 넘게 지났어도 그날이 떠오르면 강하는 자신의 몸이 미타원을 태우던 불길 속에서 화닥화닥 타는 듯했다.

"향료는 어찌 만드는데?"

향료는 크게 연경이나 심양 등의 청국에서 들어오는 것과 국내에서 생산된 두 종류가 있다. 사치품들은 대개 연경에서 들어온 것을 고급으로 치는 경향이 있으나 향료며 미장품들은 국내 산품이 더 고급품으로 통용된다. 백 년 전쯤부터 그러했다. 향료나 미향수, 연유, 연지 등의 미장품들이 사람이 먹을 것으로 만들어 지는바 시일이 오래 되면 피부에 해가 될 수도 있다는 게 알려지기 시작하면서였다. 강하도 반야의 전국 일주를 따라다니면서 알게 됐다. 칠성부에는 향료며 미장품 생산을 전문으로 하는 다섯 선원이 있고, 그중 한 곳이 이 평양 선원이다. 다섯 선원이 생산하는 미백분美白粉이며 미윤유美潤油, 연지 등의 미장품이 전국에서 쓰이는 물량의 태반을 감당하며 사신계에 속한 상단들을 따라 유통되었다.

"나는 대강의 과정만 보고 있지 과정마다 필요한 지식이나 기술에는 아직 접근도 못해. 아무튼 월심 스승님은 예전에 기생이셨대. 자태가 해당화처럼 고우신데 엄격하시기는 엄동설한의 밤바람 같으셔. 스승님께서 나는 아직 꽃을 따는 것이나 제대로 해야 한다 하셔. 그래도 내가 눈이 있으므로 본 게 없지 않으니 대강은 알지. 일단은 무향의 증류된 술이 준비되어 있어야 해. 그리고 향기 좋은 꽃잎이나 줄기, 수피, 뿌리 등에서 추출한 꽃기름이나 분말이 준비되어 있어야 하고. 기본 재료가 구비되면 향료의 농도를 정하는 게 먼저야. 진한 향료 만들기를 예로 들자면 유리병에 무향의 술을 담고 필요한 만큼의 꽃기름을 넣어 유리막대나 사기막대로 저어. 잘 저은 예비향료를 유리병째, 초가을 아침처럼 서늘한 냉암소에 보관해. 온도를 일정하게 유지하는 게 관건이야. 우리 유릉원에는 빙고가 있잖아?

빙고 옆방이 향료 숙성실이야. 숙성실의 숙성액을 매일 세 번씩 일정한 시간에 저어 흔들어 주면서 한 달 정도 숙성시켜. 덜 진한 향료의 경우에는 보름 정도 숙성시키는 것이고. 숙성되면 침전물을 여과시켜 주둥이가 아주 작은 어여쁜 도자기병에다 담고 마개로 밀봉해. 그 다음에는 파는 거지."

"이미 다 익힌 성싶은데?"

"아이 참! 증류주를 내릴 줄 알아야 하고, 꽃기름이나 꽃가루를 만들 줄 알아야 하고 재료 각각마다 달리 하는 배합비율도 익혀야 하고 어떤 향기의 향료를 어떤 병에 담을지, 그걸 어느 경로를 통해 팔지 등, 다 알아야 한다니까."

"어차피 그 모든 일을 한 사람이 다 할 수는 없어. 증류 전문인, 화유 추출 전문인, 화분 제조 전문인, 시료들의 배합에 관한 전문인 등이 다 있잖아. 제일 먼저 꽃잎이나 향기 좋은 줄기, 수피, 뿌리를 채취하는 많은 사람들이 있을 거고. 과정마다 이끄는 사람이 있고 그모든 과정을 통솔하는 월심 스승 같은 분이 계시고, 그걸 파는 사람도 있어야지. 또한 향료가 상단의 전체 상품들 중에서 어떤 위치를 차지하며 어떻게 유통되어야 하는지를 가늠하면서 지휘하는 큰자리가 있어야 하고. 진 언니는 현재 한 과정을 통솔하는 사람이고, 어른들 보시기에 훗날의 너는 그걸 약재들과 더불어 잘 팔 수 있는 사람인 것이지. 진 언니나 너는 아직 한참 더 수련해야 하는바 더 큰자리에서 전체를 볼 수 있는 사람이 될지는 아직 모르는 것이고. 어쨌든 네가 공부를 더 해가면서 정말로 매달리고 싶은 분야가 생긴다면 그에 관한 지식과 기술을 높여서 전문인이 되면 되겠지. 그렇잖아?"

"꼭 스승님들처럼 말하지. 그렇다는 걸 나도 알지만 그 공부를 언제 다 하고, 연경에도 다녀와야 하는데, 대체 언제 한양으로 가냔 말이야."

"오호, 꽃님 아기씨. 연경에도 가실 거예요?"

경이가 유릉원에서 꽃님이라는 애칭으로 불리는 걸 강하는 이번에 와서 알게 되었다. 오래 전 미타원이 불에 탈 때 그 밤에 홍역을 이기지 못하고 죽은 누이 이름이 꽃님이었다. 강하 품에서 숨을 거둔 꽃님이 그때 여덟 살이었다. 그 꽃님이 제 명대로 살다 떠난 것이 아닐 제 그 못다 산 삶이 경이에게 보태진 듯해서 강하는 경이가 꽃님으로 불리는 게 눈물겹다.

"해마다 사은사나 동지사가 연경엘 가잖아. 그때마다 상단들이 따라가고. 아버님께서 나도 유상을 이끌어갈 한 사람인바 한 번은 다녀와야 한다고 하셨어. 나는 연경 가는 길에 심양에 들러서 약방거리에 있는 초해약방과 운진약방에도 들러볼 거야. 거긴 우리 조선 사람들이 흔히 드나든다고 해. 조선 사람들이 조선에 있는 약방들을 두고 어찌해서 청국 약방을 그리 찾는지 가서 살펴볼 거야. 큰언니도 예전에 연경에 다녀왔지?"

강하가 연경에 간 건 열여섯 살 때였다. 당시 각부의 육품급 무사 열 명씩한테 넓은 세상을 보고 오라는 특전이 내렸고 강하도 거기 끼었다. 오십 명이 한꺼번에 움직인 게 아니라 다섯 명이 한 조가 되어 반년간 청국을 돌아다녔다.

"그렇지. 너도 가 보면 좋을 거야. 큰일을 할 사람은 멀리도 볼 수 있어야 하므로 기회가 온다면 의당 더 큰 세상에도 다녀와야지."

"또 스승님처럼 말하지? 벼슬아치가 되었다더니 벼슬아치처럼 말하는 건가?"

새초롬하게 따지는 경의 말에 강하는 미소를 짓는다. 경의 말처럼 강하는 어리떨떨한 와중에 벼슬아치가 되기는 했다. 함께 등과한 열아홉 명의 동료들이 훈련원에서 무예 교습이며 전술연구 등의 수련을 하며 어디로 갈지, 갈 수는 있을지 모르는 사이 강하는 제꺽 세자익위사로 당겨 들어갔다. 세자가 적극 이끌어 된 전격적인 입신이었으되 마흔아홉 명의 익위들 중에 마흔아홉 번째가 아니었다. 마흔아홉 명의 세자익위들 중 품계를 지닌 자는 수장 격인 정오품의 좌익위 이하 열네 명뿐이다. 김강하는 지난 입신으로 정구품의 좌세마左洗馬가 되어 익위군 서른다섯 명을 일시에 누르고 열네 번째 익위가 되었다. 그리하여 소전 궁에 임하게 된 지난 한 달여 동안의 처신이 바늘방석에 앉은 듯 몹시 불편했다. 유릉원에서 조부의 초상이 났다는 기별이 세자익위사로 오자 수유로 받은 초상 치레 기간이 고마울 지경이었다.

"스승님들이나 나나, 너를 생각하는 마음이 같다는 거 아니겠어? 공부란 적시와 적소가 있기도 하지만 형편이 여의치 않다면 자신이 적시와 적소를 만들기도 하는 것이지. 그러니 안달하면 안 돼. 우리는 훗날을 위하여 오늘을 사는 것이 아니라고 스승들께서 늘 말씀하시잖아. 훗날을 위하여 지금을 인내하는 거라 여기지 말고 당장의 나, 이곳에 있는 현재 자신을 위해 공부를 즐기라는 거야. 알겠지?"

"큰언니는 그래?"

경의 반문에 강하는 아이를 위해 끄덕이면서도 쓰게 웃는다. 매일 훗날을 예비하여 인내하며 사는 것은 아닐지라도 자신을 우선시한다면 하지 않을 일들이 많았다. 가령 이온을 만나야 할 일 같은 것. 게으름을 피우고 싶을 때 게으를 수 있는 자유는 스스로의 즐거움

중 하나일 터이다. 게으름을 누르고 스스로를 버티며 오늘 내게 닥친 일을 할 때의 인내는 나를 위한 것이라기보다 누군가를 위한 것일 때 강해지기 마련이다. 그 누군가는 결국 내 목숨을 버려서라도 지켜야 할 사람들이다.

물 한 잔 가져오라 내보낸 서순이 화채며 술떡 등이 차려진 한상을 들여와 두 사람 앞에 놓는다. 화채에 얼음이 동동 떴다. 집안에 빙고를 둔 덕이다.

"큰아씨께오서, 즐거이 드시며 오누이 정을 나누라 하시더이다. 서방님 시자한테도 따로 상을 낼 터이니, 두 분 드시어요."

"고맙소, 서순씨."

제 이름을 불러준 강하의 인사에 서순이 대답도 못하고 몸을 꼬며 물러난다. 그 모습에 경이 킬킬 웃었다.

"큰언니는 미남자지?"

"뭐?"

"큰언니가 예전 왔을 때도 그랬지만, 이번 초상 기간 내내, 이 집의 젊은 하님들이 모두 언니한테 넋이 나가 소곤거리지 뭐야. 막내 서방님이 미남자, 선랑이라고. 큰언니가 용담꽃을 닮았대. 우리 유릉원에는 드넓은 용담꽃밭이 있잖아? 곧 꽃을 따러 나가게 될 텐데, 젊은 하님들은 그 꽃을 따면서 큰언니를 그리워할 거야."

"쓸데없는 소리."

"참말이야. 서순만 해도 아침부터 잠들 때까지 쉴 새 없이 나불대는 수다쟁이인데 큰언니 앞에서는 한마디도 못하고 달아나잖아. 여튼 아무리 많은, 어여쁜 여인들이 눈짓해도 큰언니는 아무도 못 본 양 꿈쩍도 하지 마."

"그건 또 왜?"

"내가 내후년에 계례笄禮 지낸 뒤 한양으로 가게 되면 큰언니는 나한테 장가들어야 하니까 그렇지. 큰언니는 원래 내 거잖아."

어이가 없으니 웃음이 터진다. 제 여섯 살 때나 여덟 살 때, 열 살 때도 그리 말했던 아이였다. 난 큰언니한테 시집갈 테야.

"나는 진지한데 큰언니는 왜 웃지?"

처자 나이 열셋이면 다 컸다고는 할 수 없으나 어리지도 않다. 이런 말을 천연덕스레 할 수 있는 나이는 지났거니와 칠성부 품계가 사품에 이른 계원으로서는 더욱 그랬다. 경의 품계는 장사를 잘해 오른 것이었다. 유릉원의 장자이자 대행수인 김인하에 따르면 경은 봉이 김선달처럼 대동강 물도 팔아먹을 아이이고, 마른나무에서 물도 짜낼 아이라고 했다. 경이 점포에만 나가면 그날로 그 점포의 물건이 동난다는 것이다. 아이가 들면 물건이 불티나게 팔리므로 재고가 쌓인 점포행수들이 경이 들러주지 않나 기다릴 정도라고도 했다. 그러면서도 경이 계 밖의 열세 살 처자들과 달리 천진한 것은 칠성부령의 딸에서 현무부령의 딸로 옮겨져 워낙 고이 자라고 있기 때문일 거라고 덧붙였다. 강하는 웃음을 추스르며 다과상 가까이 다가들어 속삭인다.

"너나 내가 친남매는 아니되 혈육처럼 자랐고 이 유릉원의 아들이자 딸로 세상에 공표되었어. 수천의 평양 사람, 의주 사람이 우리를 유릉원의 자식들로 알고 있단 말이야. 그건 유상과 유릉원을 아는 조선 사람 전부가 알게 된 것과 같아. 그러니 경이씨, 이제 아기도 아닌 터, 더구나 장차 조선 제일의 약재상이 될 사람이 그런 소리 하면 못써요."

경이 똑같은 모양으로 다가들어 속삭인다.

"큰언니와 내가 이 유릉원의 아들딸로 공표된 것은 계원으로 잘 쓰이기 위함일 뿐, 우리가 실제 남매는 아니지. 엄마도 옛날에 나한테, 큰언니한테 시집가도 된다고 하셨어. 내 아홉 살 칠석날에, 신당의 부처님 앞에서 네 좋을 대로 하려무나, 분명히 그리 말씀하셨다니까. 나 입계하고 묵언 치른 뒤였어. 얼마나 감동이었는데! 부처님 앞이 아니라도 우리 엄마가 한 마딘들 허튼 말씀하실 분이 아니지 않아? 그러니 장차 우리가 혼인 못할 까닭이 없지? 더구나 큰언니와 나는 똑같이 왼손잡이잖아?"

같은 왼손잡이라 혼인할 수 있다니! 강하는 웃으며 경의 이마에 콩, 알밤 먹이는 시늉을 하고는 물러난다. 제 아홉 살 무렵 심경은 미모사처럼 예민했다. 까딱하면 움츠러들면서 파르르 떨었다. 뜻대로 아니 되면 울었고 그래도 통하지 않으면 속에 있는 것들을 모조리 게워 내곤 했다. 그런 날 밤에는 자다가 집이 탄다고, 제 몸에 불이 붙었다고 비명지르며 깨어나곤 했다. 그런 아이라서 어머니는 물론 스승들께서도 혹여 맘이 다칠까 저어해 절절거리며 아이 눈치를 보셨다. 이 아이를 어찌 키울까. 그게 당시 주변 어른들의 큰 근심이었다. 그리 자라다 평양 유릉원에 심긴 지 네 해째였다. 한 살만 더 먹어도 제 말이 당치 않은 것임을 깨달을 터. 아직 어린 아우이니 저와 나의 혼인이 불가함을 지금 강변할 필요는 없을 것이다.

"혹시 요즘도 자다가 가위 눌리니?"

경의 편지에는 간밤의 꿈 이야기가 잦았다. 저는 무심결에 내놓는 내용일지라도 별님은 몹시 마음 아파하는 대목이었다.

"아니. 옛날에는 꿈에서 내 몸이 마른 꽃대들처럼 타닥타닥 불에 타곤 했는데 요새는 안 그래. 철이 들었잖아. 나 이제 말도 좀 탈 수 있다고. 내 말 이름이 비로야. 내가 지었는데, 멋지지?"

철들었다 말하는 아이가 무슨 철이 들었으랴. 강하는 왼손바닥으로 자신의 왼 무릎을 탁탁 두드린다.

"비로 멋지다. 이리 와, 김경. 남녀가 유별하고 남매도 유별하여, 이제 다 커서 철도 든 누이를 안는 건 유별난 짓이지만, 안아 보자. 허나, 누이인 너를 안아 주는 건 오늘이 마지막이야. 다음부터는 예의범절 깍듯한 남매로 만나는 것이다. 앞으로는 나를 큰언니라 하지 말고 형님들께 그러하듯 오라버니라 부르고. 알겠지?"

"나는 마지막 같은 거 싫어. 엄마 못 보는 것도 싫고 본이랑 명일 언니랑 스승님들 못 보는 것도 싫어. 할머니 할아버지들 못 보는 것도 싫어. 큰언니랑 유별해야 하는 것도 싫고 마지막 안아 주는 것도 싫어. 큰언니를 오라버니라고 부르기도 싫고, 뭘 아는 것도 나는 싫어. 다 싫어!"

온통 싫은 것 투성이라 울부짖고 나서 또 눈물이다. 강하는 다과 상을 한쪽으로 치우고 경을 당겨 안는다. 경이 강하 목을 끌어안고 흐느낀다. 이 순간이 지나면 또 기약 없이 해야 할 이별이 싫은 것이다. 유언일 줄 모르고 유언을 듣고 이별인 줄 모르고 영영 이별을 겪어 본 강하였다. 심경과의 마지막도 언제 닥칠지 누가 알랴. 오늘 밤이나마 늦게까지 함께 있을 수도 없다. 작은형인 중하가 인경 무렵에 제 집으로 와 달라 했다. 인경 한 식경 전에는 심경과 언제 다시 만날지 알 수 없는 이별을 해야 했다.

"어머니가 보시면 아직 한참 더 커야겠다고 말씀하시겠구나, 우리 경이."

강하는 경을 안고 등을 다독인다. 이온에 대해 알아갈수록 자신이 맡은 소임이 황당했다. 이건 마음을 붙들기 위한 공작 따위로 될 일이 아니라고 웃전에 아뢰고 가능하다면 물러나고 싶었다. 가능하지 않았다. 물러날 수 있는 상황 같은 건 애초부터 배제되었다. 십여 년 전 동마로가 어찌하여 그 사지로 뛰어들었는지 그래서 깨달았다. 반야가 직접 나서는 걸 보아야 한다면, 또다시 그때와 같은 일을 겪어야 한다면 그전에 강하는 이온과 그의 아비 이록을 먼저 죽일 것이었다. 스승령, 무진령, 부령, 사신총령 등을 듣기 위해 기다리지 않을 터. 그들을 죽이기 위해 나설 것이되 그들을 죽이지 못하면 내가 먼저 죽을 것이었다. 하여 지금 이 순간이 어쩌면 경과도 마지막일 수 있었다. 온통 싫은 것뿐인 아이에게 싫은 것도 때로 감당해야 한다는 말을 해줄 시간이 다시는 없을지도 몰랐다.

감영 습격

　조부의 삼우제를 마친 지난 아침에 중하가 강하에게 오늘 밤 인경 즈음에 보통문내에 있는 자신의 집으로 와 달라 속삭였다. 강하도 중하가 어른들 몰래 술이나 마시자고 들르라 한 것은 아닐 줄로 여겼다. 그렇다고 이렇듯 황당한 말을 해올 줄은 몰랐다.

　"감영 옥청을 습격하자, 형님, 방금 그리 말씀하신 겁니까? 파옥을 하자고요? 평양 감영 옥청을요?"

　"하자가 아니라 함께 해줄 수 있나, 의향을 묻는 것이지."

　"그 말씀이 얼마나 큰 사태를 의미하는 줄은 아시고요?"

　"알지. 그래서 아무에게도 말 못하고 끙끙 앓다가 정말이지 더는 어찌할 수 없어 자네한테 의논하는 것이다."

　중하가 자신이 당면한 사태에 대해 설명했다. 그의 수하 중에 스물네 살의 박고준이라는 자가 있는데 그는 동문내 쪽에 사는 박진사의 얼자이다. 박진사와 여종 사이에서 태어난 아들인 것이다. 한 달여 전 밤에 고준이 다음날인 제 부친의 생일을 맞아 본가에 들렀다.

어미는 여전히 박진사 집의 종이었다. 고준이 아직 장가를 들지 못했듯 누이도 스무 살이나 되었음에도 시집 못 간 채 종으로 살고 있었다. 고준이 도둑처럼 담장을 넘어 제 모친과 누이가 있는 뒤채로 들어갔을 때 어미만 있었다. 누이 어디 있냐고 물으니 어미가 대답을 못하고 눈물만 줄줄 흘렸다. 어미를 다그치니 서방님 방에 불려가 나오지를 않고 있다고 했다. 서방님이란 박진사의 큰아들로 고준에게는 어쨌든 형이었다. 그가 누이를 불러다 놓고 뭘 하기에 늦은 밤에도 내보내지 않는가. 불 보듯 뻔했다. 하루이틀 새에 일어난 일도 아니었던 것이다.

그대로 못보고 못들은 체해야 맞았으나 고준은 그날 밤 서방님 방으로 쳐들어가고 말았다. 누이를 능욕하고 있는 서방님을 개 잡듯 팼고 그 소란에 몰려든 종복들한테 붙들렸다. 고준이 초죽음이 되게 얻어맞을 일일지라도 같은 아비를 둔 계집을 범하는 자체가 남부끄러운 일이므로 덮고 넘어갔을지도 몰랐다. 문제는 와중에 서방님이란 자가 죽어 버린 것이었다. 고준의 손에 실린 살기가 놈의 급소를 쳐 버렸던 것이다. 사건의 발단이 어디에 있건 아우가 형을, 얼자가 적자를, 종이 주인을 죽인 셈이 되었다. 고준은 천륜과 인륜을 동시에 그르친 강상의 죄를 범한 것이었다. 평양부중이 떠들썩한 사건이 되었고 고준은 강상의 법도를 어긴 살인자로 평양 감영 옥청에 갇혔다. 내일 아침 진시 초경에 연광정에서 내려다보이는 강변에서 참수될 것이라 했다. 참수형이 시행되는 광경은 끔찍하기 이를 데 없지만 사람의 호기심을 불러일으키기 마련, 형장 둘레의 자리 값이 매겨져 거래되고 있었다. 평양에서 이태 만에 시행되는 참수형이라 구경 값이 꽤나 높다고 한다.

"실상이 이러하니 내가 파옥을 궁리하지 않고 배기겠는가? 고준이 계원이 아니므로 무진이나 부령께 취품할 수도 없는 일이고. 상황이 이러하니 계원들에게 도움을 청할 수도 없는 바 내 하도 답답하여, 아니 되는 걸 알면서도 자네한테 도움을 구하는 것이다."

중하가 현무부 오급 위품危品이라고는 하나 그의 품급은 무예로 오른 게 아니라 장사를 잘한 덕에 이루어졌다. 몸놀림이 무절 같을 수는 없었다.

"이리 맘 쓰시는 걸로 보면 우애가 깊은 것 같은데 그와 같은 벗을 형님께서는 어찌 여태 계로 이끌지 않으셨습니까?"

"고준이 몸이 날래 무예도 제법 하고 눈썰미 좋고 수완 좋아 장사도 잘 하는데, 이 사람이 글자를 익히지 못하는 병폐를 지녔어. 제 아비며 반족에 대한 반감이 워낙 심해 문자를 향한 심성에 멍이 든 것 같단 말이지. 어릴 때 글을 배우고 싶었던가 봐. 큰글을 금세 익히고 나서 도련님, 그러니까 고준이 죽여 버린 그놈이 천자문을 익히는 걸 곁눈질했다나? 그러다 들킨 거지. 천한 종놈이 어디서 감히 글을 익히려 드느냐고 곤죽이 되게 맞았던가 봐. 아버지란 위인한테서. 아비가 아들한테 천한 종놈이라 한 거지. 그 뒤로 한문자만 보면 토악질이 난대. 한문자 비슷한 것만 봐도 속이 뉘엿거리니 무슨 수로 한문을 익히겠는가. 우리 세상이 만인의 동등을 추구한다 하여도, 한자를 익힌 사람만 입계할 수 있지 않은가."

한자 일천자를 익히면 삼천자를 어렵지 않게 읽게 되매 일천자가 한자의 기본인 셈인데 일천자의 고비를 넘기가 쉬운 일이 아니다. 그 고비를 넘긴 사람이라야 사신계 입계가 가능하다. 중하가 고준을 입계시키고 싶었던 것처럼 다른 계원들도 그와 같은 경우에는 사신계에 대해 입도 벙긋하지 못한 채 글자부터 가르쳐야 한다.

"그와 형님의 친분이 막역하십니까?"

"막역하다마다. 내 관할 점포들을 그가 돌보고 있거니와 내게는 친동기간처럼 애틋한 동무다. 어릴 때부터 강에서 더불어 헤엄치며 놀던 아우란 말이다. 능라도까지 수영 시합하며 컸다니까. 그러니 내가 이러는 게지. 조부님께서 하필이면 이 무렵에 돌아가신 걸 원망했을 정도야. 참말 어려운 부탁이라는 걸 알면서도, 정말이지 백방으로 궁리해도 수가 나지 않아 자네한테 말하는 것이야. 도와주려나? 아니, 부디 도와다오 강하야. 제발 도와다오."

그가 이리 간절히 부탁하지 않고 말만 꺼냈어도 형제이며 계원이므로 어쩔 수 없었을지도 모른다. 어쨌든 말을 들었으므로 강하로서는 그냥 물러날 수 없게 되었다. 못한다 하면 중하가 홀로라도 일을 치르려 할 게 분명한데 그건 더 큰일이다. 그 홀로 옥청을 깨려다 실패했을 때 그 파장은 상상하고 싶지도 않다.

"계획은, 세우셨어요? 준비는 좀 해놓으셨고요?"

강하가 동조하니 좋아하며 내놓은 중하의 계획은 터무니없을 만큼 단순하다. 감영에 잠입하여 외아外衙에 있는 옷감이며 종이 등 화기에 약한 물건들의 창고에다 불을 놓는다. 불은 최대한 커질 수 있게 지르고 감영 내 사람들의 시선이 그쪽으로 쏠린 틈에 옥청에 들어가 수직나졸들을 제압한 뒤 고준을 구해 달아난다. 창고에 불을 내는 일은 중하와 그의 시자로 있는 이품 공재가 하고 옥청에 들어가는 일은 강하와 강하의 시자인 다루가 한다. 옥청에서 꺼내온 고준은 내일 아침 강하가 시자인 양 데리고 평양을 나가서 한양에 있는 상단 점포에다 숨겨 살게 한다. 중하가 준비해 놓은 것이라고는 감영 내부도와 감영 나졸의 옷 네 벌뿐이다. 시골 관아도 아니고 평양 감영 옥청을 깨는 데 함께 할 사람이 고작 넷. 워낙 일이 급박한 데다 은밀해야 하므로 사람을 더 구할 수도 없다.

"아니할 수 없게 됐으니, 해보지요."

강하의 선언에 따라 네 사람은 감영 내부도를 숙지한 뒤 감영 군졸로 변복하고 집을 나섰다. 왜국 쪽에서부터 태풍이 올라오고 있는지 아직 비가 내리지 않음에도 새벽 날씨가 스산하다. 옥청과 외아는 반대편에 자리했다. 중하의 계획에 따르면 물재창고에 불을 내서 소란케 하는 게 먼저였다. 불을 내지 못할 상황이면 무리하지 않고 물러나기로 단단히 약조한 중하가 공재와 함께 기름병을 들고 외아로 향했다.

강하는 다루를 데리고 옥청이 가까운 담장으로 접근한다. 감영 담장이 대궐 담장처럼 높다. 담장 스스로 이미 옥청인 셈이니 자칫하다가는 그 안에서 목이 달아날 수도 있다. 십여 년 전의 동마로가 그러했다. 동마로는 도고 관아에 홀로 진입했다. 목적했던 대로 도고 현령을 지냈던, 반야를 능욕하던 김학주를 죽였으나 어머니와 식구들 때문에 달아나지 못했다. 그는 어머니와 함께 동헌 마당에서 스러졌다. 어머니가 그를 살리기 위해 곁에 있던 군졸의 칼을 빼 당신 목에 박아 버렸는데, 지붕에 숨어서 그 모습을 지켜보던 동마로가 동헌 마당으로 뛰어내려 수십 명을 죽인 뒤 자신도 죽어 버렸다고 했다.

그 전날 강수는 미타원 뒤 숲에서 스승 지석과 함께 무술 수련을 하고 있었다. 집에 소란이 난 것 같아 뛰어 내려가다 담장 밑에서 지석에게 붙들렸다. 심리사로 파견되어 온 김학주가 군졸들을 거느리고 쳐들어와 미타원을 도적 떼의 소굴이라 선언하고 집에 불을 놓고, 어른들을 굴비두름처럼 엮어 끌고 가고, 홍역 앓던 아이들을 내팽개치는 걸 목도했다. 그때 강하는 무서워 벌벌 떨었을 뿐만 아니라 오줌을 질질 지렸다. 내팽개쳐졌던 나무 언니와 꽃님이 그 밤에 홍역 열을 이기지 못하고 강수 품에서 숨을 놓았다. 이튿날 밤 동마로가 미타원 아래 샘골 객점으로 찾아왔다.

강하는 그날 밤의 동마로를 또렷이 기억했다. 홍역에 시달리는 명일과 심경과 한본이 벌건 열꽃을 피우고 있던 방. 어릴 때 홍역을 앓다가 버려져 어머니 품에 안기게 되었던 강수는 홀로 말짱했다. 아이들을 달래느라 지쳐 잠들었다. 일어났더니 어느 결에 찾아든 동마로가 경이와 본이를 무릎에 앉히고 신묘장구대다라니를 읊조리고 있었다. 강수가 지켜보는 사이 아기들이 잠들었고 동마로가 두 아기를 명일 곁에다 고이 눕혔다. 그리고 강수를 향해, 이리 오너라 하며 팔을 벌렸다. 강수는 그 품에 들어가 비로소 큰소리로 울었다. 동마로가 우는 강수를 안고 다독이며 말했다.

'내 품에서는 울어도 된다. 하지만 내가 없을 때면 강수야, 네가 저 아이들을 돌보며 지켜야 한다. 헌데 누군가를 지키려면 힘이 세야 해. 그때는 울고 싶다고 울면 못써. 울음이 나도 참고 네가 지켜야 할 사람들을 어찌 지켜야 할지, 죽을힘을 다해 궁리해야 해. 네가 지켜야 할 사람을 지켜야만 너도 살 수 있기 때문이야. 나중에 너 크면 반야 언니도 네가 돌봐야 할지 모른다. 반야 언니는 우리 식구를 살게 하는 사람이지만 스스로는 아무것도 못하는 사람이야. 우리가 돌보고 지키며 섬겨야 하는 사람이다. 그러니 강수야, 이 모두를 지킬 수 있을 만치 강건하게 자라거라.'

그때 동마로의 그 말이 유언 같은 것일 줄 꿈에도 몰랐다. 동마로가 돌아왔으므로 반야가 곧 올 것이었다. 관아로 끌려간 어머니며 식구들이 죄 돌아오고, 불타 없어진 집도 새로 생길 줄로 알았다. 못하는 게 없이 신통한 반야 언니가 돌아와 나무 언니나 꽃님이를 되살려 줄 거라 여겼다. 그렇기는커녕 어머니와 동마로 언니와 끝애 언니를 다시는 못 보게 됐다는 걸 도성 가마골로 옮겨져서야 알게 되었다. 동마로의 말 화풍이 주인도 없이 가마골로 와 있었던 것이다. 화풍의 새 주인된 이후 강수는 울어 본 적이 없었다.

중하의 수하인 박고준은 강하가 모르는 사람이다. 죽을힘을 다해, 목숨 걸고 지켜야 하는 사람이 아니라 상황 따라 버릴 수 있는 사람이다. 그를 두고 얼마든지 달아날 수 있으므로 겁날 게 없다. 웃전의 명을 받지 않은 채 하고 있는 이 일이 어떤 결과를 가져올 것인가가 문제이긴 하다. 일이 무사히 끝나 고준을 데리고 평양을 떠난다 해도 강하가 아무 일 없었던 듯 지나가지는 못할 것이다. 계 내에 징벌에 관한 규정은 따로 없지만 징벌이 없는 건 아니다. 회초리와 묵언수행! 묵언수행은 사실상 연금이다. 사안에 따라서는 하던 일을 다 내놓고 절로 들어가 주장스님이 명하시는 대로 살아야 한다. 강화도 수국사에서 수련할 때 본 적이 있다. 묵언하며 하루 삼천배씩을 하던 선진. 그가 누군지 모르고 그가 저지른 잘못이 뭔지도 몰랐지만 그가 징벌수행 중이라는 건 알았다. 김강하도 지금 그에 준하는 금기를 범하고 있었다.

날이 흐리다. 달도 별도 뜨지 않았다. 어차피 하기로 한 일. 날이 흐린 건 좋은 조짐이나 외아의 불길이 눈에 띌 정도로 솟구치려면 시간이 걸릴 것이다. 불길이 솟구치고 감영이 모조리 깨어 일어난 뒤 옥청으로 들어가려면 일이 더 커질 수밖에 없다. 일을 쉽게 하자면 불길이 솟구쳐 경계종이 울릴 때쯤에는 고준이 담장 밖에 나서 있어야 한다. 강하는 고준부터 빼내기로 결정하고 다루를 돌아본다.

'지금 진입한다.'

강하가 두 주먹을 부딪는 시늉과 함께 두 검지를 앞으로 내밀며 신호하자 다루가 제 손바닥을 맞대며 명을 받든다. 오늘 밤 강하는 다루를 당연히 끌어들였다. 그의 목숨이 위태로울 일은 없으리라 자신하기 때문이다. 먼저 담장 위로 오른 강하는 사위를 살피다가 다루에게 올라오라 신호한다. 둘이 함께 뛰어 내려 옥청이 건너다보이는 작청 그늘 속으로 들어선다. 다루가 이제 삼품이라 해도 열여덟 살이다. 제 열두 살에 입계하여 내도록 수련해 왔다. 오는 동짓달에는 승품 심사를 받게 될 터다. 강하는 어둠 속에서 복면을 쓰고 다루에게도 쓰게 한다. 사람을 해할 계획이 없으므로 얼굴을 내놓지 않아야 했다.

한밤중 옥청 밖에 수직한 군졸은 둘이다. 일정한 간격으로 오가며 순찰하는 자도 둘이다. 옥청 안쪽에도 둘이 있을 터. 강하는 다루에게 신호한 뒤 작청 쪽으로 다가오는 순찰에게 접근해 혈을 짚는다. 넘어지는 순찰을 다루가 담장 그늘로 끌어들이는 사이에 강하는 반대쪽으로 향하는 순찰의 뒤를 따랐다. 그의 혈을 제압한 뒤 그를 이끌고 다루 쪽으로 온다. 다루가 그도 작청과 담장 사이 그늘 안으로 데려다 놓는다.

'불을 꺼!'

강하가 신호하자 다루가 오는 길에 주워 온 돌멩이를 옥청 앞에 걸린 등롱을 향해 쏜다. 다루는 검술보다 돌팔매질에 능했다. 열에 아홉은 표적을 맞췄다. 날아간 돌에 맞은 등롱이 툭 떨어져 내리며 불이 꺼지자 놀란 수직 둘이 동시에 등롱 쪽으로 다가들었다. 그 틈에 이미 다가들어 있던 강하는 한 사람의 관자놀이를 손으로 찌르고 한 사람의 목을 발로 가격한다. 툭, 탁. 소리가 났으되 두 사람은 신음도 내지 못한 채 기절한다. 강하는 다루에게 둘을 치우고 망을 보라 한 뒤 옥청 안으로 들어선다.

옥청 입구에 수직 둘이 있는데 한 사람은 아예 탁상에 엎드려 자고 한 사람은 몸을 가누기 위해 애쓰면서 졸고 있다. 옥청은 복도를 면해 나란히 여섯 칸인데 두 칸은 비어 있고 세 칸에는 몇 사람씩이 잠들어 있다. 홀로 한 칸을 차지한 채 잠들지 못하고 차꼬를 쓴 채 앉아 있는 사람이 보인다. 중죄인이라 다른 수인들과 떨어뜨려 논 박고준이 틀림없다. 강하는 졸고 있는 수직의 혈을 짚어 졸고 있는 모양새 그대로 잠을 재운다. 자고 있는 수직을 자는 그대로 더 깊이 재우고 그들 뒷벽에 걸린 열쇠를 내려 옥청 복도의 문을 연다. 차꼬에 갇힌 사람이 놀라서 쳐다본다. 강하는 입에 손가락을 세워 소리 내지 말라 신호한 뒤 다가들어 속삭여 묻는다.

"이름이 뭡니까?"

"박고준이요. 당신 누구요?"

다시 손가락을 세워 보인 강하는 고준이 든 옥청 문을 소리 나지 않게 열고 들어선다. 그의 차꼬와 족쇄를 풀고 그의 다리를 주물러 일어서게 한다. 죄가 워낙 명백한 데다 자백도 하였는지라 고신당하지 않았는지 그의 움직임이 쉽게 임의로워진다. 그를 데리고 나오며 강하는 옥청 입구의 불을 끈다. 어둠 속에서 옥청 뒤로 돌아간 강하는 고준에게 다루의 어깨를 타게 하여 담장으로 끌어올린 뒤 다루를 오르게 한다. 다루가 먼저 내려가 고준을 소리나지 않게 받아 내린다. 다루로 하여금 고준을 데리고 서문냇집 앞으로 향하게 한다. 중하도 서문냇집으로 와서 성문이 열리기 전에 고준이 성 밖으로 나가는 걸 확인하게 될 것이다.

고준이 성내 지리에 밝을 것이므로 걱정하지 않고 강하는 담장 위에서 외아 창고의 불길이 솟구치기를 기다린다. 옥청 경계가 이만큼 허술할 줄 알았다면 애초에 방화 계획은 없던 것으로 했을 터이다. 이제 외아로 간 중하가 걱정이다. 불길이 솟구쳐야 그가 무사히 빠져나간 것을 확인하고 강하도 이곳을 벗어날 수 있다. 친형이 아니고 크게 정들일 새도 없었으나 형은 형인지라 그를 두고는 강하도 떠날 수 없다. 사적으로 벌인 일이되 둘 다 현무부령의 아들이므로 곧 계의 일이다. 계원은 계가 만들어 내는 사람들이므로 계원의 목숨은 계의 것이다. 명령 없이 움직이면 안 되는 까닭이다. 더구나 심경이 이 일을 알게 할 수는 없다. 누이이면서 큰언니의 안해가 되겠노라 큰소리치는 천진한 눈동자를 근심으로 흐려 주고 싶지 않다. 몹시 좋은 일에는 감동이야! 소리치는 아이가 감동하는 대신 두려움에 떨게 될 터이다. 첨부터 이 일은 유희가 아닐뿐더러 유희가 될 수 없었다. 생각할수록 커지는 큰일을 치고 말았다.

마침내 외아 쪽이 희번해진다. 화재를 알리는 경계종이 울려댄다. 강하는 담장에서 뛰어내려 서문내로 내달린다. 자신은 지금 서문냇집 외원의 작은사랑에서 자고 있어야 하는 사람이다. 부벽루의 새벽 종이 울리면 어른들께 인사하고 한양으로 떠나기로 된 사람인 것이다. 그 시간 이미 성문 앞에 나가 있을 고준은 유릉원 셋째아들 김강하의 시종으로 가장하고 다시는 돌아오지 못할 평양을 떠나게 될 터이다.

평양성에 바람 불어

영명사에서 울리는 새벽 범종 소리는 온 평양 부중에 미친다 하였다. 평양의 하루가 시작되는 소리였다. 매일 묘시 초경에 시녀 서순에게 깨워져 일어나는 경이 범종 소리를 듣는 일은 흔하지 않았다. 사흘 전 새벽에는 범종 소리에 잠이 깼다. 일어나 부리나케 옷을 갈아입었다. 작은사랑으로 달려가니 어느새 강하는 떠난 뒤였다. 큰사랑에 거처하는 큰오라버니 인하가 시위들과 함께 대문 밖에서 들어오고 있었다. 인하가 강하를 서문 밖까지 배웅하고 왔노라며 눈물 글썽해진 어린 누이를 달랬다.

"머지않아 보게 될 터이니 서운해 말거라."

경은 믿기 어려웠다. 머지않아 보게 된다 하지만 그게 언제일지 어찌 안단 말인가. 큰오라버니의 말을 더 믿을 수 없는 일도 발생했다. 강하가 떠난 뒤 날이 밝으면서 비바람이 몰아닥쳤거니와 부중을 태풍처럼 뒤흔든 소문이 유릉원으로도 불어왔다. 새벽에 감영 외아에 불이 났다. 감영 안에 있던 모든 사람이 불을 끄느라 난리를 쳤다. 그 틈에 그날 연광정 강변에서 참수될 참이었던 살인죄인 박고준이 차꼬와 족쇄를 풀고 탈옥하는 사태가 벌어졌다. 나중에 보니 불이 괜히 난 게 아니라 죄인을 탈옥시키기 위한 방화였다. 옥청을 지키던 군졸들은 수십 명의 검은 복면인들이 그림자처럼 스며들어 자신들을 쓰러뜨렸다고 진술했다.

태풍을 가두려는 듯이 평양을 둘러싼 성문들이 일제히 닫혔다. 드나드는 자들은 남녀노소를 불문하고 검문을 받았다. 와중에 죄인의 상전이었던 중하가 감영으로 불려가는 불미스런 일이 발생했다. 탈옥한 죄인 박고준이 유상의 김중하 행수 점포에서 일하던 자라는 게 알려져 있기 때문이었다. 대행수 인하가 상단 책임자이자 중하의 형으로서 감영으로 찾아가야 했다. 형제는 물론 아무 일도 없던 듯 나오기는 했다. 하지만 그들 형제는 해 질 녘 유릉원으로 불려 들어왔다. 비바람이 거짓말처럼 잦아든 뒤였다. 삼부자와 공재가 함께 하는 동안 외원 중사랑 근처에는 개미 한 마리도 얼찐거리지 못했다. 그사이 온 집안사람들이 숨소리도 내지 못하고 엄격한 침묵에 잠긴 중사랑의 기척에 귀를 기울였다. 한 시진쯤이나 지났을 때 나온 중하와 공재가 그 길로 영명사로 갔다. 형식은 심부름이었으나 경이 보기에 그건 벌을 받으러 가는 것이었다.

'틀림없어. 큰언니가 고준이란 자를 탈옥시켜 날 밝기 전에 어둠처럼, 태풍처럼 달아난 거야. 하여 아버님께서 진노하셨던 거지. 워낙 큰일이라 소리도 내지 못하셨던 게고. 중하 오라버니와 공재 언니는 그래서 영명사 법당에 갇혀 벌을 받고 있는 거야. 열흘쯤은 날마다 삼천배를 해야 할걸!'

용담꽃밭에 앉아 꽃을 따 소쿠리에 담으면서 경은 탈옥사건의 전

말을 유추해 본다. 그날 밤 강하와 함께 놀 때 밤이 깊었으나 경은 졸리지 않았다. 날이 새면 큰언니가 떠나는데 졸리겠는가. 한데 인경이 울리기도 전에 강하는 서순을 불러 아기씨를 재우라 이른 뒤 일어서더니 한번 돌아보지도 않고 자신의 처소로 나갔다. 그의 시자인 다루가 왼눈을 찡긋, 장난을 치고는 따라 나갔다. 그게 작별인사였던 것이다.

'둘이 같이 했겠지. 아니, 고준이라는 자는 중하 오라버니의 수하니까 공재까지 아울러 넷이 함께 했을 거야. 수십 복면인은 무슨! 중하 오라버니하고 공재가 불 내는 사이에 큰언니하고 다루 언니가 고준을 꺼낸 거지. 틀림없어. 내가 모를 줄 알고? 날 뭘로 보고? 내가 아직도 아긴 줄 알고? 이래봬도 내가 사품이야. 왜들 이러셔.'

용담은 일반용담과 큰용담과 칼잎용담과 비로용담의 네 가지가 있고 꽃잎들은 크게 세 가지로 나뉜다. 바다처럼 파란 빛깔과 모과꽃 같은 분홍빛깔과 흰빛에 가까운 소색빛깔이 있으며 그 향은 비슷한 것 같아도 가만 맡노라면 약간씩 다르다. 유릉원에 들어 있는 평양 칠성부 선원에서는 종류별로, 꽃 색깔별로 꽃밭을 관리한다. 서로 씨가 날아다니며 섞여 싹이 나므로 봄이면 각 밭으로 모종을 이식한다. 향을 구분하여 꽃기름을 추출하기 위한 수고이다. 입추 지나면서 가을꽃들이 개화를 시작할 즈음, 이른 아침에 갓 피어난 꽃을 따는 것도 관건이다. 핀 지 한 시진이 지난 꽃은 따지 않고 열매를 맺게 둔다. 피어나 비를 한 방울이라도 맞은 꽃도 따지 않는다. 하룻밤의 이슬을 머금고 막 벙근 꽃송이의 향이 가장 깊고 좋은 까닭이다. 그와 같이 꽃을 따는 규칙은 비비추며, 잔대, 꽃무릇과 물봉선, 구절초와 감국 등의 가을꽃은 물론 봄꽃들에도 적용된다. 오뉴

월과 백중 즈음까지의 여름 꽃은 그 향이 아무리 높아도 향료로 쓰지 않는다. 여름 꽃의 향기가 무르고 산만하다는 게 이유인데 경은 무르고 산만한 향기를 알아볼 식견이 아직 없다. 향기 좋은 꽃과 향기롭지 못한 꽃만 구분할 뿐이다.

'대단히 감동할 일이잖아? 상상만 해도 이리 짜릿한데 언니들은 얼마나 재미났을까. 아아, 분해라.'

심경은 생각할수록 언니들이 벌인 일을 직접 보지 못하고 듣지 못한 게 안타깝고 분하다. 죽어 마땅한 자를 죽이고 살인자가 되어 참수당할 사람을 구하는 일인데 그 명분이 얼마나 당당하고 떳떳한가. 심경은 그들이 그 일을 하며 위험했을지도 모른다는 걱정 같은 건 하지 않는다.

어머니 별님께서 칠성부령이라는 사실을 알고 난 뒤 더불어 깨달은 많은 것들이 있었다. 그중 하나는 어머니가 칠성부령이실 뿐만 아니라 부령보다 더 높은 그 어떤 존재일지도 모른다는 것이었다. 어머니가 칠성부령이시기만 하다면 칠성부 무절들만 어머니를 호위할 것이었다. 그런데 경이 기억하는 한 어머니 주위에는 현무부 소속인 강수는 물론 화산이며 천우며 해돌 등의 다른 부 무절들이 언제나 있었다. 그들이 최고수 무절들이었다는 걸 유릉원으로 옮겨와서 구분할 수 있게 되었다. 어떤 사람이 사신계원인지 아닌지는 구분할 수 없으나 무술을 하는 자와 하지 않는 자, 무술이 약한 하수와 무술이 강한 고수는 무언지 모르게 분명히 달랐다. 더하여 최고수들은 산야의 키 낮은 풀처럼, 밤의 미풍처럼 아무것도 내비치지 않는다는 것도 깨달았다. 어머니 주위에 있던 사람들은 모두 아무것도 내비치지 않는 사람들이었다. 강하도 물론 그랬다.

'그러니 나 좀 데려갈 것이지.'

"어디를요, 아기씨?"

곁에서 들린 서순의 되물음에 경은 화들짝 정신을 차린다. 혼자 했던 생각이 서순에게 들릴 정도의 소리로 나왔다니! 이런 헛소리를 하다 큰일을 낼지도 모르므로 조심해야 한다. '불문여하경우不問如何境愚 당절대침묵어사신계當絶對沈默於四神界. 어떠한 경우에도 사신계에 대해 침묵한다'고 두 손 모아 절하며 서원했지 않은가. 그 서원을 각골난망하기 위해 사십구 일의 묵언수련도 거쳤다.

"어머님 말이오. 능라도 가시면서 나는 아니 데려가시고 진 형님만 데려가셨지 않소?"

손에 낀 흰 목면 수갑手匣의 손가락마다 파란 물이 들었다. 꽃봉오리를 딸 적에는 맨손으로 따지 않고 한 번 사용한 수갑은 반드시 삶아 빨아 말린 뒤 쓰는 것도 꽃따기의 규칙이다. 꽃봉오리에 사람의 땀이나 기름이 섞이면 향을 버리기 때문이다.

"진 행수께서 마님을 모시고 가신 것이잖아요. 아기씨, 꽃따기에 질력이 나시나 봐요? 그러면 그만두고 노시면 되지 괜히 어마님하고 형님을 트집하시어요? 그렇잖아도 아기씨 몸이 약하다고 노상 걱정들이신데. 그만하시고 그늘로 가시어요."

두 모녀는 사흘 전의 큰 비바람으로 능라도의 꽃밭들이 어찌 되었는지 살피러 갔다. 경에게는 강물이 불어 너울이 심해 멀미할 수 있으므로 영명사 꽃밭에 가서 꽃들을 살피라 했다. 멀미는 할지라도 경은 능라도에 들어가는 게 좋았다. 능라도는 원래 윗고을인 성천의 비류강 가운데에 있었다고 했다. 능라도가 홍수에 밀려내려와 대동강에 주저앉은 게 겨우 백여 년 전이라던가. 제 고을에 있던 섬이 평양의 대동강으로 달아나므로 성천고을 수령이 평양에 와서 땅값을 받아갔다고 했다. 떠내려온 섬이라니! 능라도에 들어가 있을 적에 그 생각을 하면 경은 손바닥, 발바닥이 간질거렸다.

섬 가운데에는 백 년도 넘은 물푸레나무가 있었다. 경은 그 나무에다 아곱 할배라는 이름을 붙였다. 소소원의 강원에 살던 아곱 할배는 머리며 수염이 하얗고 허리가 고무래처럼 굽어 가마골로도 내려다니기 어려웠지만 노래를 잘 불렀고 신기한 옛날이야기를 잔뜩 알고 있었다. 호녀와 웅녀가 태백혈에서 백일기도를 올리고 군아와 단군을 낳은 이야기도 아곱 할배한테서 들었다. 군아君峨가 백두태산 높은 봉우리에 앉은 임금님이란 뜻이고 단군檀君이 백두태산 신단수인 단향목 아래서 태어난 임금님이란 뜻이라는 것도 그때 알게 됐다. 이후 읽은 정처사의 『군아전君峨傳』은 아곱 할배의 이야기에 비하면 오히려 심심했다. 아곱 할배는 그만치 옛날이야기를 재미나게 했다. 그러했던 소소원의 아곱 할배가 능라도 와서 살게 되니 섬은 한층 신비로웠다. 가슴이 저리고 혹시 아곱 할배를 실은 섬이 또 떠내려 갈까 봐 걱정되었다. 성천고을에서 떠내려 온 능라도 값을 지불한 집안이 유릉원이었다고 했다. 해서 능라도는 유릉원의 땅이 되었고 색색의 비단자락을 펼쳐 놓은 것 같은 꽃섬이 되었다.

그리 재미난 곳에 어머니와 형님이 가시며 경은 어리다고 제외시켰다. 다 컸다고 칭찬받거나 아직 어리다고 책망받거나. 어떨 때는 다 컸으니 의젓이 행동하라 하고 어떨 때는 어리고 약하므로 네 못할 일이라고 빼놓는다. 어리지 않고 약하지 않으므로 악몽도 숨길 수 있게 되었는데 여전히 아이로 취급당하기 일쑤다. 열다섯 살이 되어 비녀 계를 받고 성년이 되면 어찌들 말씀하시는지 똑똑히 지켜

볼 것이다.

"어머나, 저것들이 무어래? 말도둑인가?"

서순의 외침을 따라 본 밭머리에 사내 둘이 들어와 있다. 거기 경의 말 비로가 매어 있는 탓에 서순이 말도둑을 운운한 것이다. 멀리서 보는데도 그들이 행색이 수상쩍다. 꽃향기 그득한 주변과 어울리지 않기 때문이다.

스무 마지기에 해당하는 영명사 길목의 용담꽃밭은 울긋불긋하지 않고 바다처럼 서늘하다. 숨겨 놓은 밭은 아니로되 잡인이 함부로 드나들지 않도록 울타리를 두른 데다 입구에는 유릉원의 영토임을 표시하는 팻말이 서 있다. 평양 사람들은 글자를 몰라도 버드나무 형상의 유릉원 휘장은 알아본다. 팻말에 버드나무를 새긴 유릉원 영토에는 유릉원에 속한 사람들과 삯일꾼들만 드나든다. 그러므로 지금 어려 보이는 사내 둘은 평양에서 유릉원도 모르는 침입자들이다. 꽃밭의 고랑마다 앉아 있던 쉰 명 남짓한 여인들의 시선이 경의 호위들과 대거리 중인 사내아이들에게 쏠려 있다. 경의 호위들은 평양 칠성부 선원의 무절들이다.

경이 용담꽃이 가득 찬 바구니를 안고 밭머리로 나간다. 서순이 제 몸만 한 큰 꽃바구니를 이고 따랐다. 침입자들은 남루하거니와 몇 걸음 떨어져 있음에도 맡아질 만큼 심한 악취를 풍긴다. 길 위로 나선 지 한참이나 된 사내들인 것이다.

"무슨 일이에요? 이들은 왜?"

경의 물음에 호위가 대답했다.

"영명사로 밥을 구하러 가던 길에, 일하는 사람들이 많이 보여 들어왔다 합니다. 먹을거리가 있을 것 같아서요. 형제라 하고 어제 종일 굶었다면서 음식 좀 달라 합니다. 어찌하리까, 아기씨?"

경은 자신과 또래임직한 두 사내아이를 새삼 쳐다본다. 구차하거나 비굴한 기색이 없으므로 걸립패 떨거지는 아니다. 둘의 머리통이 알머리에 가깝다. 부모가 계시는 아이들이라면 머리를 깎았을 리 없다. 상민 아니면 천민의 부모 없는 이들일 게 분명하다. 형제라 하나 중들처럼 깎아 버린 알머리 통 이외에 닮은 구석은 없어 보인다. 그런데 몸집이 작은 사내아이의 다리가 이상하다. 땟국 줄줄 흐르는 쾌자에 가려져 있으나 심히 아픈 듯 부축되어 서 있는 모양새가 기우듬하고 낯빛이 심히 창백하다. 경이 말짱해 보이는 사내아이를 향해 묻는다.

"그대의 형제가 아프오?"

"형이 이레 전쯤에 높은 곳에서 굴러 심히 다쳤습니다. 괜찮아 질 줄 알았더니 점점 안 좋아집니다."

앓는 이의 몸피가 더 작은데 형이라 칭한다.

"허면 아픈 형을 서 있게 말고 우선 앉히든가 눕히든가 하오. 그리고 아픈 것보다 급한 게 허기라고 하니 허기 먼저 달래 주리다."

경은 다가와 있는 어멈을 향해 두 아이에게 음식을 배부르게 내어 주라 한다. 집에서 일꾼들의 새참을 수레로 실어온 참이다. 꽃봉오리 채취는 한낮에는 하지 않는 데다 생생할 때 꽃기름을 추출해야 하므로 진시 중간 즈음에 오전 일을 끝낸다. 일을 끝내고 새참을 먹은 뒤 꽃을 공장으로 속히 옮겨가 오늘 안에 증류주와 배합하여 꽃기름 추출에 들어가야 했다. 사내아이들에게 음식을 내어 주라 명한 뒤 경은 자신이 맡은 이랑으로 돌아와 꽃따기를 계속한다.

유상의 미장품과 향료 분야 행단의 행수인 김진에 따르면 용담 향료와 용담 미향수는 유일하게 유릉원에서만 생산된다고 했다. 용담 꽃밭은 이 영명사 인근과 능라도와 정백동의 고분古墳군 사이에만 있다. 세 지역의 용담꽃밭 넓이가 일백이십 마지기쯤 되고 거기서 뽑아내는 꽃기름은 연 평균 열세 말쯤 되었다. 꽃기름이 다시 증류주와 혼합되어 숙성하고 여과되는 과정에서 세 말가량의 향료가 탄생한다. 향료 찌꺼기는 곡식가루들과 섞어 비누로 만든 뒤 판다. 세 말 중 진액 향료로 출시되는 분량은 한 말. 한 말의 향료가 한 홉의 일할인 한 냥 푼의 향료병 일만 개에 담겨 세상으로 나서는데, 삼천 병 가량은 조선 내에서 소화하고 칠천 병은 청국과 왜국으로 팔려 나간다. 나머지 두 말 중 한 말의 향료는 희석되어 미향수 병에 담겨 팔리고 마지막 한 말은 미장품의 미백분과 연지의 배합유로 쓰인다. 다른 꽃들도 대개 그와 같은 양상이나 때로 향료보다 미장품이 유행하는 시절에는 상황 따라 각 꽃기름의 생산량을 미장품에 맞춰 늘리기도 한다.

경은 장차 향료나 미장품 등의 분야만이 아니라 약재에 관한 모든 분야를 다루게 될 터이다. 스스로 그렇게 느끼거니와 그걸 알아챈 어른들께서 자신을 그렇게 이끌고 계신 걸 안다. 때때로 세세한 곳까지 경험해 보는 것도 그 때문이다. 향료에 쓰이는 식물들이 모조리 약재들인지라 한 분야로서 당면할 때마다 마주해 보는 것이다. 경은 만나는 모든 것들에 호기심이 생기고 그에 대해 알기 위해 손을 댈 때마다 맹렬한 환희를 느낀다. 의학 서적이나 상단 장부를 읽으며 새로운 세상을 발견하듯이 꽃밭에 나와 꽃봉오리를 딸 때도 새롭고 신비한 세상에 이른 듯 신기했다. 꽃봉오리 낱낱이 소중했다. 청보라빛의 비로용담은 꽃봉오리 형상의 종鐘과 같이 생겼다. 수십

만, 수백만 송이의 꽃종이 일제히 울리면 어떤 소리가 날까. 큰 나무에 소나기 듣는 소리 같을까? 향료 발효실에서 미세하게 들리는 숨소리 같을까? 경의 상상이 퍼져나가는데 뒤에서 불쑥 소리가 난다.

"아기씨, 저는 선해입니다."

저를 선해라 말하는 아이가 어느 결에 다가왔는지 몰랐다. 경은 자신이 딴생각에 빠져 있던 게 문제가 아니라 사내아이의 행태가 문제라고 느낀다. 게으름 난 동승 같은 행색이지만 무예를 수련하는 자인 것이다. 선해는 사뭇 말랐고 키가 크다. 가는 눈초리가 양끝에서 관자놀이 쪽으로 치솟았으나 사나운 인상은 아니다. 밥을 먹고 난 지금은 화색이 돌아 순해 보인다.

"허기를 지울 만큼 자셨어요?"

"예, 아기씨. 베풀어 주신 은혜를 갚아야겠기에 저도 잠깐이라도 일을 해드리고자 합니다. 제 눈에는 핀 꽃과 피지 않는 꽃만 구분되는데 이 밭에 계시는 분들은 모두 이미 핀 꽃들에서 꽃을 골라 따시는바, 그 기준을 가르쳐 주시면 한 바구니의 꽃이라도 따 드리고 싶습니다. 부디 그리하게 해주십시오."

"누군들 내가 지닌 음식이 있는데 허기진 사람에게 나눠주지 않겠어요? 그러니 은혜랄 것 없어요. 우리 밭의 꽃 따는 일은 나름의 식견과 안목과 요령을 갖춰야 하므로 그대가 당장 할 수도 없습니다. 이 밭에서는 아침에만 일을 하는지라 오늘 일은 거의 마무리되어 가는 참이기도 하구요. 그래도 정히 밥값을 하고 싶고 그럴 기운이 있다면, 저기, 그대들이 밥 먹은 자리에 줄서고 있는 광주리들을 큰길가까지 옮기는 일을 도와주세요. 곧 수레들이 올 것이므로 옮겨놔야 하기 때문이에요."

"그리하겠습니다, 아기씨. 하옵고, 간절한 청이 있나이다."

행색은 추레하기 그지없으나 곧은 눈빛에는 이끼서린 바위 같은 어둠이 서렸다.

"들어 보고 가부를 결정하지요. 청해 보세요."

"제 형의 이름이 선신입니다. 그가 다친 첫날에 머리와 다리에서 피를 많이 흘렸습니다. 어느 의원을 찾아가 가루약을 처방 받았기에 상흔에 뿌렸더니 머리 쪽의 상처는 아물어 가는 것 같은데 허벅지 부근에서 연이어 피고름이 나고 있습니다. 제가 부축하거나 업고 다니고는 있으나 정신이 온전치 않은 지가 사흘은 된 듯합니다. 어제 평양 부중으로 들어갔는데, 돈도 없는 데다 어쩐 일인지 부중의 경계가 워낙 삼엄하여 의원을 찾지 못하였습니다. 저의 형을 치료할 방편을 찾아 주시길 간청합니다. 그가 몸을 나수는 사이에 저는 무슨 일이든 하여 그 은혜를 갚겠나이다, 아기씨. 부디 저의 형을 살펴 주십시오."

건너편 이랑에서 서순이, 그놈의 청을 들어주면 안 된다고 손사래를 친다. 경도 선해가 꺼림칙하다. 영명사가 팔도를 통틀어 몇 손가락 안에 들 만치 큰 절이라 아무나 드나든다 해도 그 절 길목 유릉원의 꽃밭으로 기어든 선신과 선해는 아무래도 수상하다. 더구나 아직 어린 선해의 몸동작에 깃든 무술한 자의 사품이 사뭇 깊다. 그가 다가드는데 그 기척을 전혀 느끼지 못한 걸 자신의 불민 탓으로만 여기기엔 예사롭지 않다.

"선신, 선해 형제는 어디를 향해 가고 있지요?"

"한양 북쪽 도봉산 아랫마을 너른골입니다."

"그대들은 비구가 될 사람들인가요? 아니면, 이미 비구예요?"

"너른골에 사는, 상민의 아들들입니다. 부모가 아니 계시어 친척 집에 의탁하고 있으나, 몇 년 후 무과에 응시해 볼 양으로 형제가 나름 수련을 하던 중 금강산에 한번 가 보자 하였기로 지난 유월에 집을 나섰습니다. 현재 이 지경에 이르렀고요."

"금강산은 보았어요?"

"비로봉은 올라 보았습니다."

"어떻든가요?"

"이미 승천한 듯하였습니다. 도솔천이 그리 생기지 않았을까 생각키도 했습니다."

경도 금강산 비로봉에 올라간 적이 있었다. 그 덕에 말 이름을 비로로 붙였다. 그렇지만 도솔천 같다 여긴 곳은 비로봉이 아니라 어머니와 함께 머물렀던 백두산의 무릉곡이었다. 선인곡이라도 불리는 그곳의 사람들은 정말 신선들 같았고 이방인들도 그곳에서는 선인이 되었다. 그들이 더욱 신비한 까닭은 선인곡이 산 아래 사람들은 알지 못하는 은밀한 세상이기 때문이었다. 군아와 단군이 살던 시대와 별반 다를 것 없다는 무릉곡이 백두산 어디쯤인지 어머니도 몰랐다. 산 아래서 일곱 개의 횃불을 일곱 번이나 켰다 *끄기*를 반복하며 사흘이나 기다렸을 때 선인들이 마중 내려왔을 정도로 무릉곡은 비밀스러웠다. 그곳은 사신계의 한 세상이고, 계원인 경이 그곳을 다녀왔다는 것도 비밀이었다.

"금강산이 그만치 절경이라고요?"

"예."

경은 말이 많지 않은 선해가 맘에 든다. 그들이 어떤 사람들이든, 우선은 그의 형을 치료해 주는 게 인지상정일 것이다. 그들이 수상하다면 어른들한테 아뢰어 그들을 살피면 될 터이다.

"알았어요. 광주리들을 큰길로 옮기는 일부터 하세요. 광주리를 옮긴 뒤 그대의 형님도 큰길로 데려다 놓고요. 우마차들이 오고 있을 터인데 그중 한 대에 그대의 형님도 싣고 성안으로 들어가기로 해요. 성안에 내가 잘 아는 의원이 계시니 그대의 형님을 우선 그 의원께 보여 봐요. 환자를 꽤 잘 보시는 의원이니 큰 걱정은 하지 않아도 될 거예요. 아, 우선은 구심환 한 알을 그대의 형님한테 먹이세요."

경이 주머니에서 상비약으로 가지고 다니는 구심환 한 알을 꺼내 내민다. 경이 말하는 동안 눈도 깜박이지 않고 쳐다보던 선해가 경의 말이 끝나자마자 불쑥 무릎을 꿇더니 고랑에 엎드린다.

"무슨 짓이에요? 일어나세요."

경이 소리치자 일어난 그가 다시 절을 하며 웅얼거렸다.

"고맙습니다, 아기씨. 고맙습니다."

목이 메어 있다. 선해의 뒷머리며 수그린 어깨에서 고맙다는 말이 피어나는 것 같다. 그리고 며칠 동안 옷을 갈아입지 못했을 그의 몸에서 오물 덩어리 같은 냄새가 난다. 장 약방에 가면 먼저 씻기고 옷을 갈아입게 해야 할 것 같다. 경은 선해에게 종이에 싸인 구심환을 건네고는 어서 밭머리로 가라고 손을 내저은 뒤 부르르 진저리를 친다.

나침반

한가위 날 부녀들이 서로 손잡고 강강술래를 돌며 노는 것은 삼한 시대 이전부터 전래된 놀이라 했다. 이천 년 전쯤에 시작된 강강술 래가 요즘 한가위 날에도 팔도 전역에서 흔히 벌어졌다. 강강술래와 더불어 한가위 날 또 하나의 놀이풍경은 연희패의 기예다. 연희패거 리는 기예를 닦아 연희하는 것이 생업이므로 기예를 펼칠 때 구경꾼 은 푼돈이나마 돈을 내준다. 연희패의 큰 돈벌이는 한 고을에 한두 집 있기 마련인 큰 부자가 제 집안의 큰 잔치나 한가위에 불러 들여 마을 가운데서 연희하게 한 뒤 내리는 행하다. 각 도마다 십여 개에 이르는 패가 있으므로 개중에 패거리 숫자가 수십 명에 이르는 큰 패도 있었다.

크든 작든 연희패들은 구역 싸움을 하지 않는 게 불문율이다. 어 차피 산천을 떠돌며 사는 처지에 밥그릇 두고 싸워 봐야 서로 피만 볼 뿐임을 아는 터라 필요할 때마다 연합하여 나눠먹는 게 피차 득 이 되었다. 하여 그들은 흔히 인접한 도를 넘어 다녔다. 전라도와 경상도가 그렇고 경상도와 충청도가 그러하며 충청도와 경기도, 강원도와 황해도, 황해도와 평안도, 평안도와 함경도 등이 그랬다. 팔도의 연희패가 뒤섞이는 일이 드물지 않으므로 저 북녘의 함경도 패거리가 남녘 끝자락 전라도며 경상도에 닿는 일도 생겼다.

어릴 때 이름이 개똥인 정효맹은 함경도 삼수에서 태어났다. 삼수에서 태어나 아홉 살 나던 해 봄에 경상도 함양의 상림에 닿았으니 그 여정이 자못 역동적이었다 할 수 있을 것이다. 어미는 기억치 못했고 아비는 삼수 연희패의 꼭두쇠였다. 나중에 짐작해 보니 아비가 만단사 봉황부의 삼봉사자쯤 되었던 듯했다. 현 만단사령 이록이 당시에는 일봉사자였을 터다. 일급사자들은 능력 따라 수 명에서 수십 명에 이르는 휘하 사자들을 거느리게 되는데 개똥의 아비는 이록과 알음아리가 있었던지라 경상도 함양 땅 상림까지 내려와 연희를 펼쳤던 것이다. 함화루 풀밭 마당에서 벌어진 연희 뒤 늙은 아비가 패거리를 끌고 떠나며 개똥에게 이 댁에서 죽을 각오로 살라 했다. 그리하면 네 앞날도 달라질 수 있으리라고.

만단사 입사入祠 과정을 치른 뒤 정효맹이라는 이름을 받았다. 정효맹이 되기 전, 길다 할 수 없으나 짧지도 않은 개똥으로서의 생이 있어 알게 되었다. 팔도에는 개똥이들이 개똥만큼 굴러다녔다. 세상 어느 문서에도 기록되지 않은 채 굴러다니며 연명하는 종자들. 흔하고 천하기는 하되 모조리 주인 없이 굴러다니는 개똥들은 아니었다. 거개의 개똥들한테는 주인들이 있었다. 주인들은 이따금 약으로 쓰기 위해, 보신용으로 먹기 위해 개똥이들을 관리했다. 스무 살 무렵 정효맹은 그 개똥들에 주목했고 이록에게 청했다.

"오갈 데 없는 아이들이 많으니 그들 중 쓸 만한 종자들을 따로 키우심이 어떻겠나이까?"

이록이 허락했고 효맹은 아이들을 찾기 시작했다. 주인 없이 굴러다니는 개똥이들은 물론이고 주인이 있어도 너무 더러워 주인이 내버려두고 있는 그들. 효맹은 그와 같은 개똥이들을 줍거나 훔쳤다. 눈에 띄는 족족 다 거둔 것은 아니었다. 개똥이되 개똥이 아닐 수 있는 종자들을 눈여겨보며 선별했고 그들을 회유했다.

'모든 인간은 스스로 간절히 원하는 바가 있으매, 너도 그러하냐?'

'누구나 자신의 원하는 모습으로 살아야 하는 바, 너도 그리 살고 싶으냐?'

'누구나 자신이 원하는 삶을 얻을 권리가 있으니, 너도 그 권리를 가지려느냐?'

그 세 가지는 만단사에 입사할 수 있는 기본 질문들이었다. 아무리 어려도 그 질문을 알아듣지 못하고 대답할 줄 모르는 개똥들은 그냥 개똥으로 굴러다니게 두었다. 그 질문을 알아듣지 못하는 자들은 제 속에 아무런 염원도 갖지 못한 쓸모없는 개똥들이므로 효맹도 관심 없었다. 그냥 개똥일 뿐인 개똥들이 대다수였다. 쓸 만한 종자들은 드물었다.

십여 년에 걸쳐 효맹이 고른 쓸 만한 개똥이가 열세 명이다. 그들이 만단사령 이록의 은밀한 병기가 될 비휴貔貅다. 비휴는 상상의 짐승으로 사자 형상에 용의 머리, 말의 몸, 기린의 다리를 가졌고 회색 털이 났으며 거대한 날개가 있다. 천하무적의 짐승이 비휴인 것이다. 효맹은 선해宣亥를 끝으로 비휴 수집을 멈췄다. 선일宣一을 필두로 그 아래 열두 비휴들의 이름에 선宣자와 십이지十二支를 붙여 돌림자로 만들었다. 자선, 선축, 인선, 선묘, 선진, 사선, 선오, 미선,

선신, 선유, 술선, 선해까지. 왼쪽 어깨죽지에 비貔, 오른쪽 어깨죽지에 휴貅자 문신을 새긴 그들은 선일을 맏이로 한 열세 형제였다.

비휴는 효맹이 은밀하게 관리한다. 사령보위부의 다른 보위들은 물론 부령들도 비휴들의 존재를 몰랐다. 사령조차도 비휴들이 자라고 있음만 알 뿐 경기도 양주의 화도사에서 선무도를 수련 중이거나 일단의 수련을 마친 그들을 직접 본 적은 없다. 열셋이나 되는 아이들을 키우는 데는 적지 않은 자금이 필요했다. 효맹은 사령의 본원과 보위부를 꾸리므로 꽤 큰 자금을 관리하는 터라 사령 이록이 얼마나 큰부자인지 알았다. 사령의 진짜 자금원은 드넓은 토지나 보원약방이 아니었다. 그의 조부 대에 다섯 곳이나 되는 은점銀店을 개발하여 거부가 되었고 그때 이후 돈 자체로 돈을 벌었다. 자잘한 돈놀이가 아니라 거액이 필요한 장사꾼에게 담보를 잡고 돈을 빌려주는 돈장사였다. 투자를 하는 게 아니라 담보 잡고 돈을 빌려주는지라 손실의 위험도 거의 없었다. 이록이 젊은 나이에 봉황부령이 되고 만단사령 자리에 앉을 수 있었던 힘도 그 돈에서 나왔다. 사령이 그렇게 큰부자인 걸 알지만 효맹은 돈을 빼돌리는 일은 일체 삼갔다. 언젠가는 사령이 가진 모든 것을 차지할 계획이므로 그전까지는 어떤 불량한 짓도 하지 않기로 했다. 자그만 실책으로도 그간 쌓아온 모든 것을 잃을 수 있기 때문이다. 화도사의 표회스님은 사령의 스승이셨다. 열 살 무렵 효맹은 이록의 명으로 화도사에 들었다. 그 인연을 의지하여 비휴들도 화도사로 들여놓았다. 표회스님은 비휴의 다섯째인 선묘까지 돌보시고 입적하셨다. 표회스님이 입적하신 지 여러 해가 지났거니와 화도사가 비휴들의 근거지로서 사용된 지 십여 년이나 된 터라 옮겨야 할 때가 되었다. 표회스님의 제자로 비휴들을 돌봤던 주지스님이 입적하고 새 주지가 서면서 화도사의 분위기가 바뀌었다. 매해 비휴들의 식량은 물론 화도사 전체가 먹을 만한 양곡 값을 시주해 왔건만 만단사자가 아닌 새 주지는 비휴들에게 사미계를 받아 승적에 들기를 요구했다. 작년 가을이었다.

효맹은 비휴들을 중으로 만들 수 없었다. 언젠가 어엿한 자리를 잡아주기 위해 아이들 열셋을 모두 상민의 아들들로 바꿔둔 터였다. 돈도 적잖게 들었다. 재작년 호구조사 이후로는 미성년의 사내아이들에게도 군포를 징수하는 고약한 세법이 생겨 아이들 몫의 군포까지 거둬갔다. 중들을 포함한 팔천의 종자들은 사람이 아니므로 군납도 세납도 하지 않고 호구조사로 이루어지는 백성들 숫자에도 들어가지 않기 일쑤였다. 호구조사에서 빠지거나 팔천으로 등재되면 사람으로서 인정받지 못한다. 사람이 아닌바 군납도 세납도 하지 않는 대신 어떤 사람 노릇도 할 수 없다.

사람 노릇하며 살라고 호적을 만들어 준 아이들을 승적에 올리라니. 다시 천민을 만들려고 그리 공을 들였겠는가. 맘이 크게 상한 효맹은 한양에 인접한 도봉산의 도선사에다 비휴들의 근거지를 새로 마련했다. 도선사 주지인 양정스님은 표회스님의 제자이자 효맹의 사형師兄이다. 비휴들의 근거지를 도선사로 옮기고 싶다고 청하자 양정스님이 허락했다. 그렇지만 비휴들 전부가 절에 상주할 필요가 없어진 참이다.

작년 시월에는 화도사 비휴 출신의 첫 사자인 선일宣一을 이봉사자로 승급시키고 부사령 겸 칠성부령에 오르게 될 이온의 호위로 들여 놓았다. 자선과 선축과 인선과 선묘를 좌포청과 우포청, 어영청과 총융청의 군졸시험에 응하게 하였다. 지난봄이었다. 그들 아래인 선진과 사선과 선오와 미선 등은 만단사 네 부의 사령들을 살피라는 소임을 맡게 하여 일단 세상으로 내보냈다. 그들도 차차 병조 관련 아문衙門들로 들어가게 할 예정이다. 기량을 갖춘 그들은, 어디든 품계도 없는 최하위 말단으로 들어설 것이되 그곳에서 금세 두각을 나타내며 자리잡을 것이다.

도선사에서 수련을 계속하게 될 선신과 선유, 술선이 열다섯 살이고 선해가 열네 살이다. 효맹은 지난 유월 초하루, 화도사에 가서 그들 넷에게 나침반 한 개씩을 선물로 주며 금강산과 백두산을 다녀오라 했다.

"백두산을 목적지로 출발하되 금강산을 거치면서 세상을 한껏 돌아다닌 뒤 한가위 전날 저녁까지 도선사로 돌아오너라."

네 아이가 저희들 인생에서 처음 갖게 된 두 달 반의 자유로운 시간을 어찌 보낼지, 그렇게 보내며 무엇을 얻어 돌아올지에 대한 시험이었다. 무엇을 보고 무엇을 하고 다녔는지 그 소회며 경험을 들어보고 아이들을 승급시킨 뒤 장차 그들을 어떻게 조련하여 어디에 꽂아 쓸지 결정하려 했다. 두 달 반을 어디로 어떻게 다니든 그들의 자유였다. 진정한 비휴가 될 수 있는 한 가지 과제만 수행하면 되었다. 죽여 마땅한 자를 골라 죽여라.

팔월 열나흘 해가 저물고 있었다. 선일을 비롯하여 이미 소임을 맡아 나간 비휴들이 모두 도선사 뒤편의 무설당에 모였다. 선유와 술선도 상거지 행색으로 들어와 스승과 사형들 앞에서 그간의 경위를 고한다.

네 아이는 화도사를 나선 뒤 화도현 삼거리 주막 앞에서 두 패로 갈라졌다. 열한째인 선유와 열두째 술선이 한 짝이 되고 열째 선신과 열셋째인 선해가 짝을 이룬 뒤 다른 길로 한양 쪽을 향해 나섰다. 이튿날 저녁 한양 사대문 안 종각 앞에서 만난 넷은 함께 저녁을 먹고 유두 날 낮에 금강산 비로봉 정상에서 보자고 약속했다. 혹시 비로봉에서 만나지 못하면 유월 그믐날 백두산 천지 북편 아래의 비룡폭포에서 보자며 다시 갈라졌다. 선유와 술선은 유두 날 정오 참에 비로봉 정상에 당도했다. 둘의 행보가 빨랐든지 늦었든지 선신과 선해는 그날 나타나지 않았다. 비바람과 안개와 구름 속에서 이틀을 기다렸다. 선신과 선해가 벌써 다녀갔나 하고 그들의 흔적을 샅샅이 찾았으나 찾지 못했다. 선유와 술선은 자신들이 다녀간 흔적으로 가슴띠를 나뭇가지에 묶어 놓고 내려와 백두산으로 향했다. 백두산 남쪽이 아니라 북쪽을 택한 건 더 멀리 돌아보기 위함이었다. 유월 말즈음 백두산 천지를 보고 내려와 비룡폭포 앞에서 사흘을 기다렸으나 선신과 선해가 오지 않았다.

"어찌 먹으며 다녔느냐?"

네 아이를 떠나보낼 때 각각 하루 두 끼니, 보름치의 식비만 계산해서 백오십 전씩만 주었다. 돈이 없어서 적게 준 게 아니다. 그동안 절에서 해주는 밥 먹으며 잠자는 시간 이외에는 늘 글공부나 수련만 했던 아이들인지라 자구책을 어찌 마련하는지, 자구할 재주가 있는지도 살펴보고 싶었다. 돈이 떨어졌는데 자구책도 마련치 못하게 되면 서둘러 도선사로 돌아올 것이라 여기기도 했다. 열두째 술선이 대답한다.

"한양 구경을 하던 나흘간은 하루 두 번씩 주막에 들어 밥을 사먹었고 잠은 시전 뒷골목의 처마 밑이나 나룻가의 창고에 숨어들어 갔습니다. 한양을 벗어난 이후로는 농가에 들어가 일을 거들거나 하여 밥을 먹고 헛간이나 여막 등에서 잤고요. 와중에 제가 복통을 일으켜 이틀을 허비한 일이 있습니다. 몇 번은 미처 여물지 못한 마나 무를 서리하여 먹기도 하였사옵고, 토끼 두 마리와 살쾡이 한 마리, 새 몇 마리를 잡아먹기도 했나이다. 비로봉에서 내려오던 길에 수노루 한 마리를 잡았사온데 그걸 메고 내려와 금천고을 장거리에서 팔아 며칠 노자를 마련하였나이다. 백두산 아래 이도백하라는 데서 수노루 한 마리를 잡아 팔아 썼고요."

"노루 한 마리로 둘의 며칠 밥값이 되더냐?"

술선이 머뭇거리는 사이 열한째 선유가 대답한다.

"네댓새간이었습니다."

수노루 한 마리면 한 냥 이상 받을 법했는데, 아이들이 순진한지라 고기백정 놈들이 후려먹은 모양이다.

"다른 것은 몰라도 너희들의 걸음만은 여느 사람에 비해 몹시 날랜데 그리 배가 고팠으면 서둘러 이곳으로 향하면 됐을 게 아니냐? 왜 그리하지 않았지?"

"스승님께오서 말씀하신 두 달 반을 밖에서 지내야 한다고 여겼나이다."

"그동안 절집에 들어가 밥을 구한 적은 없고?"

"그리하지 않았습니다."

"너희들이 선무도를 익히며 사는 반승인데, 왜?"

"저희들이 절에서 살다 밖으로 나섰는바 절밥은 피해야 한다고 여겼나이다."

"구걸은 아니하였고?"

"몸이 멀쩡하였는지라 그럴 일은 없었습니다."

"과제는?"

두 아이의 얼굴이 굳더니 고개를 수그린다. 다른 비휴들이 모두 두 아이를 주시하는데 한참만에 선유가 입을 뗀다.

"금강산 못 미쳐 어은고을에 도착했을 때, 비가 많이 내려서 한 주막에 들어갔사온데, 늙은 주인과 한참 젊은 부인이 내외로 지내는 것 같았습니다. 그런데 밤에 늙은이가 부인을 마구 패는 소리가 났습니다. 부인이 무슨 잘못을 했는지 잘못했다고 싹싹 비는데도 짓밟고 차고 그러더이다. 부인이 기절을 하고 나서야 소란이 끝나는 것 같았고요. 소제들이 잠을 못자고 있는데 늙은이가 소피를 보기 위함인지 밖으로 나왔습니다. 소제들이 그자를 죽이기로 하고 누가 먼저 할 것인지, 가위 바위 보를 해서 진 사람이 하기로 했습니다. 제가 졌고요. 가위 바위 보에서 진 소제가 나가, 토방에서 마당을 향해 오줌을 누는 늙은이의 혈을 짚어서 숨을 막았습니다. 외상이 없도록 조심했고요. 그런 뒤 저와 술선이 함께 그자의 주검을 주막 옆쪽의 산자락에 가져다두고 넘어져 절명한 듯이 해놓고 방으로 돌아와 잤습니다."

"그랬구나. 술선이는?"

효맹의 질문에 술선이 내내 숙이고 있던 고개를 들었다.

"주막에서의 일은 금강산으로 가던 중이었고, 저는 금강산에서 나와 백두산으로 향하던 중에 원산에 이르렀을 때였나이다. 원산 신내포라는 바닷가 마을에 도착했더니 해변 모래밭이 몹시도 넓더이다. 해 질 녘이라 모래밭 안쪽 송림에서 하룻밤을 자기로 하고 해변 한쪽 바위들 틈새에서 물고기 몇 마리나 조개를 캐 구워 먹기로 했습니다. 물고기 몇 마리와 게 몇 마리를 잡아서 송림으로 들어가 불을 지폈습니다. 그때 동네 안쪽에서 스물몇 살 됨직한 사내 셋이 건들거리며 저희 앞에 나타났습니다. 어디서 왔느냐고, 무엇 때문에 남의 동리에 와서 함부로 고기를 잡아먹느냐 시비를 붙여 왔고요. 셋다 술이 제법 취한 것 같았습니다. 소제들이 수행자들인데 배가 고파서 이리 하노라 하는데도 수상한 놈들이라고, 관아로 끌고 가야겠다고 기어이 나섰습니다. 몇 대 맞아 주었더니 더 기승을 부리더이다. 분한 김에, 해야 할 과제도 있어 그들을 약올려서 바닷물 쪽으로 이끌었습니다. 마침 밀물이 시작된 참이었고요. 놈들을 모두 바닷물에다 빠뜨렸습니다."

"셋 모두를?"

"예. 그들이 저희들을 기억하겠기에 어쩔 수 없었습니다."

"알겠다. 그건 그렇고, 사람은 몇이나 사귀었느냐?"

"예?"

"이번 행로에서 만난 사람을 나중에라도 다시 만난다면 너희들을 알아보고 반가워할 사람이 몇이나 되느냐 그 말이다."

둘 다 묵묵히 고개만 숙인다. 사람을 사귀는 것이야말로 삶의 재능인데 선유와 술선은 두 달 반의 자유로운 생활에서 사람을 사귀지 못한 것이다. 과제로 내준 살인도 그랬다. 아이들은 우연히 주어진 상황에서 즉각적으로만 살인했다. 주막 늙은이나 바닷가 놈들이나 좀 더 살피다 정말 죽일 것인지 고민했어야 했다. 상대가 누구이든, 그가 죽어 마땅한 죄를 지은 자일 수는 없고, 죽어 마땅한 죄라는 건 아무나 판단할 수 있는 게 아니다. 과제의 주된 목적은 그러므로 정말 살인을 해도 되는 것인가에 대한 고민을 해보라는 것이다. 고민하는 시간을 통해서 속이 여물어 질 수 있기 때문이다. 어차피 살수 노릇을 하며 살게 될 아이들이라 해도 웃전의 명을 수행하는 것과 스스로 판단하는 살인 사이에서 생각을 키울 계기를 준 것인데 선유와 술선은 그저 다가온 상황에서 쉽게 죽이기만 했다. 두 아이는 사람살이는 보지 못하고 풍경만 보고 온 셈이다. 아직 풍경을 감상하며 정취를 느낄 나이가 아니므로 아무것도 못 보고 온 것과 같다.

"알았다. 어쨌든 고생들 많았구나. 선신과 선해도 곧 오겠지. 우선 나가서 깨끗이 씻어라. 자, 다들 아이들의 무사귀환을 축하하면서 저녁을 먹자. 먹고, 달빛 속에서 다 같이 한바탕 몸을 풀어 보자. 선일아, 나와 같이 가서 양정스님을 모셔 오자."

앞으로는 양정스님이 네 아이의 수련을 지켜보며 지도하기로 되었다. 효맹과 선일이 일어서자 선신과 선해가 오지 않아 긴장하고 있던 비휴들이 비로소 준비해 놓았던 음식들로 상을 차리기 시작한다. 밥은 도선사에서 마련하게 했으되 고기와 술은 밖에서 들여왔다. 세 아이가 열다섯 살이므로 열네 살의 선해까지 아울러 달빛 아래서 네 아이의 관례를 치러줄 참이었다. 그런데 선신과 선해가 돌아오지 않는다. 아직 도착하지 못하는 게 아니라 아이들에게 변고가 생긴 게 분명했다.

무설당과 양정스님 거처 사이 하늘에는 열나흘 달이 둥실하게 떴다. 아직 초저녁임에도 도선사는 한밤중인 양 고요하다. 사령께 이 일을 보고해야 할 것이로되 난감하기 그지없다. 이건 사령의 계집인 화씨와 나뒹굴면서도 아무 일 없는 양 시치미떼는 것과는 다르다. 화씨는 사령과 살을 섞고 난 밤이면 효맹의 방을 찾아들었다. 그럴 때 화씨는 제 지아비에게게서 다 풀지 못한 욕정을 풀며 씨도 얻자는 것이고 효맹은 품에 기어든 계집을 그저 품는 것이었다. 스스로 찾아든 계집을 품지 않으면 일이 시끄러워질 것을 염려해 시작되었던 일이기는 하나 화씨를 품을 때마다 쾌락이 그 어떤 계집보다 크고도 깊었다. 색정을 나누며 할 수 있는 모든 짓을 소리 없이 밤새 할 수 있을 만큼 화씨는 그쪽으로 도가 튼 계집이었다. 사령이 화씨를 붙들고 있는 것이 그 덕이었다. 그런 화씨와 사령 몰래 번번이 농탕질을 치지만 둘 사이에는 어떤 다정도 없었다. 그저 서로의 욕구만 해소하므로 들킬 일이 없었다. 비휴들은 달랐다. 자주 묻지는 않았으나 사령은 비휴들에게 대해 잊은 적이 없었다. 그러므로 숨길 수 있는 일이 아니었다. 효맹이 선일에게 묻는다.

"아이들이 돌아오리라 보니?"

"아니요."

"아니라고? 대번에 아니라는 대답이 나와? 그리 쉬이?"

선일은 답하지 않고 걷기만 한다. 첨에 선일을 거둘 때 정효맹은 너무 젊었다. 지금 선일의 나이쯤이었으니 어렸다고 해야 맞다. 스승께서 선일을 가리키며, 차근히 가르쳐도 잘할 아이라 하시어도 마음이 바빴다. 생각이 크고 욕심만 앞섰을 뿐 아이를 어찌 다뤄야 할지 잘 몰라 가혹히 대했다. 저 나무를 뛰어넘어라. 그리 주문할 때 자신이 이미 십 년째 수련하는 몸인데 비해 선일은 겨우 일 년 차였다. 그 나무를 뛰어넘지 못하는 아이를 뛰어넘을 때까지 먹이지도 재우지도 않았다. 선일에게는 매양 그런 식이었다. 그런 방식의 수련이 선일 이후 비휴들에게는 저절로 이루어졌다. 아이들끼리 수련하는 방법이 마련된 것이었다.

"몸이 멀쩡하다면 돌아오지 않을 까닭이 없지 않습니까. 변을 당한 게 틀림없습니다."

"혹 돌아오기 싫어 안 돌아올 가능성은?"

효맹의 질문에 선일이 걸음을 멈추고 바라본다. 어두워 눈빛은 보이지 않는다. 그렇지만 효맹은 그 눈빛을 익히 안다. 저 밑바닥 가장 깊은 곳에서부터 올라온 어둠처럼 흔들림 없는 그것. 회령 저자거리에서 발견한 여덟 살 때도 놈은 그런 눈빛이었다. 그를 거둔 이유였다. 그 어린 눈빛의 깊은 어두움에 개똥이로 그치지 못할 고독이 이미 깃들었던 탓에.

"왜? 내 질문이 그리 황당해?"

"예."

"어찌 황당해?"

"명을 받음에 있어 저는 물론 아우들도, 싫다 좋다에 대해 생각해 본 적이 없는 것 같은데, 사부께서 아이들이 돌아오기 싫어 안 돌아오는 가능성에 대해 말씀하시니 기분이 묘합니다."

선일이 그리 느낄 수도 있긴 했다. 비휴들에게 어떤 일의 좋고 나쁨, 옳고 그름에 대해 가르치지 않았다. 좋고 나쁜 일에 대응하는 감정에 대해 말을 나눈 적도 없었다. 온몸을 무기로 만들되 아무 때라도 명이 내리면 따라라. 그럴 제 너희들의 소견이 필요한 게 아니므로 질문은 허용하지 않는다. 그런 식이었지만 비휴들은 잘 따라왔다. 나이에 따른 수련의 깊이 차가 있지만 막내인 선해까지 아울러 모두 나름의 단계를 이룬 상태였다. 하여 아이들을 내보낼 수 있었다. 선신과 선해가 돌아오지 않을 거라는 걱정은 일순간도 해본 적이 없었다.

"집을 새로 마련해야 할지도 모르겠다. 네가 도성 안에 상주하고 있으니 천천히 물색해 보아라."

효맹에게 돈이 없지는 않다. 사령의 재산에서 빼돌린 돈은 아니다. 흔적 없이 빼돌린대야 그게 몇 푼이나 되랴. 그렇지만 효맹은 돈이 필요했다. 돈을 조달하고, 돈을 여축할 방법을 따로 모색할 수밖에 없었다. 제법 모았다.

"알겠습니다. 하온데 아이들을 찾아보오리까?"

"가능하겠느냐?"

"시일은 걸리겠지만 살아 있다면 발견하겠지요."

"그리 쉽게 발견이 될까?"

"쉽지는 않겠지만 언젠가는 드러나겠지요. 두 아이의 기량이 나름 뛰어나다 해도 설익은 탓에 어떻게든 도드라질 수밖에 없지 않습니까? 선해는 특히 그렇고요."

일곱 살에 화도사에 든 선해는 세 아이보다 한 살 적어도 몸이 가장 날랬고 관선무도와 만단사 무술을 익혀가는 속도도 제일 빨랐다. 오륙 년 익힌 무술이 칠 년쯤 수련한 여섯째 선진과 비슷했다. 글자를 읽히고 문장을 외우는 속도도 그랬다. 정효맹은 서너 달에 한 번이나 들러서 아이들과 사나흘씩 지내곤 해왔다. 함께 지낼 때면 가장 어린 선해가 귀여웠고 볼 때마다 웃음이 나 편애를 드러내지 않으려 애써야 할 정도였다. 무슨 일이 생기지 않았다면 아직 도착하지 못할 아이가 아니었다. 그 무슨 일이 어디에서 일어난 어떤 일인지 영영 알 수 없을지도 몰랐다. 자의든 타의든 아이들이 돌아오지 않는다면 효맹은 그들의 행방에 대해 영영 모르는 게 나았다. 선일을 비롯한 열한 명의 비휴들에게도 그러했다.

"그들이 정녕 아니 돌아올 것 같으냐?"

"예."

"정녕?"

"예, 스승님. 아이들 얘긴 다시 나누기로 하시고, 여쭤볼 게 있습니다. 지난봄 상림 대회에 봉황부령을 따라 온 김제교라는 자가 있었지요. 어떤 자인지 아십니까?"

"김제교는 왜?"

"지난 오월 중순경에 조보를 봤는데, 거기 문무 등과자들의 이름이 올라 있더이다. 무과 등과자의 일등이 김강하라는 자이고 이등이 김제교였습니다. 함화루에서 황동보와 대련할 때 김제교의 동작이 너무 날카로워 저러다 패하지 싶었는데, 패했지요. 우리와 같은 품새이므로 같은 선무도를 익혔을 것인데 어째 저리 사나운가, 의문이 들었습니다. 수련은 제법 한 듯 보였는데요."

사령에게 비휴들은 쓰다가 버리면 그만인 무기일 뿐이지만 김제교는 다르다. 김제교는 문무과를 다 치러 급제하게 될 것이고 벼슬을 하게 될 것이며 벼슬아치로서 사령을 보좌하게 될 터이다.

"김제교는 부친이 고을 현령까지 지낸 반족이고 성균관 이태 차의 상재생이다. 지난 무과에서 급제했으나 아직 보직을 못 받아 성균관 재학생으로 남아 있다. 그렇지만 미구에 병조의 어느 아문으로 들어갈 것이다. 태감께서 그 공작을 하고 계시니까."

"태학 유생이 어찌 문과를 치르지 않고 무과에 이름을 올렸을까요?"

"김제교는 양정스님께서 아끼는 제자이다. 김제교의 어린 날 우리 태감께서 데려다 양정스님께 맡겼고. 양정스님에 따르면 그는 문무양쪽을 다 이루고픈 욕심이 커서 자신의 발목을 스스로 잡고 있다고하더라. 걱정이 많으신 것 같아. 어쨌든 앞으로 여기서 부딪칠 일이 생길 테니 그럴 경우 가까이도 말고 멀리도 말아라."

사령에게는 선일 등과 같은 비휴들이 더 있다. 강원도 통천에서 키워지는 비휴들, 황해도 곡산에서 자라는 비휴들. 화도사 태생의 비휴들과 똑같은 문신을 지닌 그들 또한 개똥이들이었다. 세 무리의 비휴들 외에 가평 땅 벽암산의 불영사弗影寺와 단양 땅 소백산 자락의 실경사悉境寺에서 수련 중인 계집아이들도 있다. 이온의 칠성부를 위해 키워지는 그 아이들은 무극無極이라 불린다. 무극은 태극이 아직 나타나기 이전, 한점의 텅 비고 신령스러운 기운으로 보아도 보이지 않고, 들어도 들리지 않는 상태를 의미하는 바, 무극의 계집 아이들이 그런 존재들로 키워지고 있었다.

이태 전 불영사의 무극 아이들에게도 지금과 같은 일이 발생했다. 그때 열다섯 살이었던 두 아이가 과제를 명받고 나갔다가 돌아오지 않았다. 불영사 주지인 처인스님은 두 아이의 실종을 사령에게 보고했고 사령은, 달아난 아이들을 발견하면 죽이라 답했다. 그때 달아난 두 아이는 불영사를 나간 지 석 달여 만에 발견되었고, 죽었다. 두 아이를 찾아낸 사람들이 불영사의 큰 아이들이었다. 선신과 선해도 불영사에서 달아났다 발견돼 죽은 아이들 또래다. 열다섯 살 안팎의 그 나이가 고비인 듯했다. 그 나이를 지나면 자신이 갈 길이 정해져 있음을 인정하게 되는 것 같았다. 어쨌든, 허원정에 와 있는 사령에게 이 사실을 끝내 숨길 수 없으므로 고하기는 해야 할 터인데 난감하게 되었다.

평양은 금강산 길이나 백두산 길에 속해 있지 않았다. 방향이 다르므로 오지 않아도 될 곳이었다. 천지간 곳곳에 크거나 작은 절이 있었다. 절로 들어가 부처님께 절하고 밥을 얻어먹고 절 마당을 쓸거나 땔나무를 해주고 잠자리를 구하며 다녔다. 상가나 잔칫집을 만났을 때도 들어가 수행중인 동승들이라 말하고 염불을 외어 주거나 물이라도 길어 주고 밥을 얻어먹었다. 여러 번 몇 푼씩의 노자를 시주 받기도 했다.

늘보처럼 다니느라 선유, 술선과 약속한 날에는 비로봉에 닿지 못했다. 선유와 술선이 묶어 놓고 간 듯한 가슴 띠를 풀어 허리에 매는 것으로 선신과 선해는 비로봉 구경을 마쳤다. 그렇게 금강산을 거쳐서 백두산 천지를 보았다. 천지는 장엄했다. 천지를 등지고 내려다보는 백두산하는 수해樹海였다. 광활한 나무바다. 천지나 백두산하나 장엄하고 광활할지라도 선해가 감당할 만한 장관이 아니라서인지 아름답기보다 아득하고 막막했다. 옛날이야기 속에 나오는 호녀와 웅녀의 동굴이 어딘지나 찾아볼까? 농담하다가 내려와 비룡폭포에서 몍을 감노라니 숨통이 트였다.

"귀환까지의 일자가 넉넉하니 길을 돌아 평양을 들러 보자."

선해가 선신에게 주장했다. 함흥까지 내려와 마전 바다에 이르렀을 때였다. 마전 바다에서 몇 날을 헤엄치며 놀 수는 있어도 그 바다를 헤엄쳐 건너서 어딘가에 닿을 수 없고, 닿을 곳도 없으므로 바다는 광막한 가림막이었다. 천지에서 돌아보던 백두 산하처럼 바다가 아득하고 답답했다. 이제 가야 할 도선사도 바다처럼 막힌 곳일 게 뻔했다. 화도사가 그랬지 않은가. 한번 들어가면 언제 나올 수 있을지 몰랐다.

"우리가 또 언제 이렇게 돌아다녀 보겠어? 나선 김에 길을 돌아 평양 저자와 대동강을 구경해 보자, 형!"

선해가 그렇게 막 우겼다. 둘 다 아직 살인 과제를 수행치 못한 무거움에 시달리고 있을 때였다. 그 과제를 정말 치러야 하는지, 두 사람은 여러 차례 의논했다. 처처에서 만난 사람 중에 죽여 마땅한 사람은 눈에 띄지 않았다. 사람들은 물 몇 동이 길어 주거나 나무 한 짐 해주면 개떡 한 점, 죽 한 보시기, 나물밥이나 강냉이밥 한 그릇을 선선히 내주며 길 걱정까지 해줄 만큼 다 선량했다. 대체 누구를 골라 죽인단 말인가. 그 고민은 선해보다 선신이 훨씬 깊었다. 선신은 평양으로 가자는 선해 말에 선선히 응했고 둘은 영흥에서 평양으로 향했다.

평양 이웃 고을인 성천의 비류강가에 이른 게 칠월 보름이었다. 평양까지 반나절 길도 남지 않았으므로 그날 밤은 그쪽에서 묵기로 하고 강으로 뛰어들어 목욕을 했다. 놀며 씻고 나니 배가 고팠고 절집으로 찾아들기엔 늦은 시각이었다. 달빛 아래서 자자고 뜻이 맞았다. 마지막 남은 돈으로 주막에서 밥을 사먹고 잠자리를 마련하러 다시 강가로 나갔다. 어린 날부터 선신과 선해는 뜻이 맞지 않은 적이 없었다. 선신이 언제나 선해의 말에 동조했다. 그날 밤 달빛 아래서 잠자리를 찾는 것은 놀이였다. 밤이라 눈에 띄지 않을 것이므로 땀과 먼지에 절은 단벌옷을 빨아 바위에 널어 놓고 알몸으로 놀았다. 귀환 날짜는 한 달이나 남았고, 과제 수행을 해야 할 말미도 그만치나 여유가 있었다. 두 사람은 귀환도 과제도 잊어버리고 신나서 놀았다. 강변의 바위를 뛰어 넘으며 그간 익힌 착지법들을 시험했다. 끼룩끼룩 웃으며 누가 멀리 뛰고 가벼이 착지하는지 시합했다. 와중에 선신이 발을 헛디뎌 바위 사이로 떨어졌다. 선해가 보란 듯 펄쩍 뛰어 건넌 바위 사이를 선신도 훌쩍 뛰다 추락한 것이다. 선신이 떨어진 바위의 높이가 다섯 길은 되었다. 선신이 부딪힌 바위의 끝이 둥글지 않고 뾰족했다.

"더 일찍 치료받았어도 마찬가지였을 것이다."

평양성 서문약방의 장 의원이 그렇게 말했다. 곪은 다리의 문제가 아니라 머리를 심각히 다쳐 어차피 죽었을 거라고. 그간 숨을 이어 오고 움직여 다닌 것이 오히려 신기하다고 했다. 선신은 서문약방에 누운 지 열이틀 만에 숨을 거두었다. 그 열이틀 동안 선해는 할 수 있는 한 다했고, 장 의원도 최선을 다해 주었다. 꽃님 김경은 날마다 한두 차례씩 들여다보고 갔다. 선신이 숨을 거두자 김경이 쌀가루처럼 하얀 옷 한 벌을 안고 와서 펑펑 울어 주었다.

"깨끗하게 입혀서 장사지내면 좋은 세상에서 태어난대."

김경이 수의를 밀어주며 그리 말했다. 옷을 갈아입히며 「반야심경」을 읊어 주면 좋은 곳으로 갈 것이라는 의젓한 말까지 했다. 선해는 선신의 주검을 깨끗이 닦은 뒤 흰 옷으로 갈아입혔다. 선신의 양 어깨죽지에 새겨진 비貔와 휴貅, 두 글자가 푸른색이어야 하는데 검었다. 그의 어깨죽지에 새겨진 검은 글자 때문에 가슴이 아팠다. 지울 수 있다면 두 글자를 말끔히 지워서 저세상으로 보내고 싶었다. 그래야 다음 생애는 비휴 같은 종자로 태어나지 않을 게 아닌가. 살을 도려내야 지워질 문신인데 선신의 살을 도려낼 수는 없었다. 절에서 자라온 덕에 「반야심경」은 술술 외었으므로 선신에게 읊어 주었다. 그날 밤 주검을 업고 이곳으로 왔다. 땅을 파 선신을 묻고 흙을 덮고 떼를 입히고 나니 날이 밝았다. 그 이른 아침에 김경이 이을밀대 숲 속까지 올라와 또 펑펑 울어 주었다. 제 형제를 묻은 양 「반야심경」을 외며 눈물을 줄줄 흘렸다.

선해는 그 길로 김경에게 작별을 고하고 한양을 향해야 맞았다. 그리 못했다. 한번 떠나면 영원히 떠나는 것일 터. 며칠이라도 더 선신 곁에 있어 주고 싶었다. 김경에 대한 은혜도 갚아야 했다. 은혜 갚음까지는 못한다 해도 그간 선신을 돌봐준 것에 대가를 치러야 했다. 선신을 묻고 난 자리에서 선해와 함께 섧게 울고 난 김경이 대동강에 펼쳐진 꽃섬을 가리키며 말했다.

"그대는 형을 잃었지 않아? 은혜 갚음도, 대가 치르기도 다한 걸로 쳐. 나는 누구나 할 만한 일을 한 것뿐이야. 맘에 두지 말고, 그대 갈 길로 가. 그대의 형은 저기 능라도에서 우리 아홉 할배하고 같이 살 거야. 보이지? 온통 울긋불긋한 저 꽃섬. 꽃이 피면 비단처럼 아름답다고 비단섬이라고도 불러. 형이 그리워지면 형이 여기서 바라볼 저 비단섬을 생각해. 아니 그대 형이 저 비단섬에서 꽃들과 함께 산다고 생각해."

그동안 꽃님 김경이 선신과 선해를 위해 한 일들이 누구나 할 만할 일인지 선해는 알지 못했다. 스승인 정효맹이 비휴들을 보살피고 키울 제 장차 어떻게든 쓰기 위해서라는 것은 알고 자라는 터였다. 모든 인간은 스스로 간절히 원하는 바 그 모습으로 살아야 하며 그런 삶을 얻을 권리가 있다. 그 말을 듣고 스승을 따르고 그 말을 믿으며 화도사에 들었다. 화도사가 곧 만단사였다. 원하는 걸 얻기 위한 대가가 목숨이라는 걸 모른 적은 없었다. 밥 한 끼를 얻기 위해서도 반드시 무언가를 치러야 하는 것도 알고 컸다. 김경은 선신의 생애 마지막 열이틀을 고이 돌봐주고 깨끗이 입혀 저세상으로 보낼 수 있게 해주었다. 그걸 누구나 할 만한 일이라고 했다.

선신을 묻고 난 뒤 선해는 자신이 원했던 삶이 어떤 모습인지 모르게 되었다. 만단사에 입사할 때 원했던 삶에 대해서도 알 수 없어졌다. 아니 원래 원했던 삶이 어떤 것이었는지조차 몰랐던 것을 깨쳤다. 개똥처럼 살지 않기. 개똥이었던 선해가 원한 건 그게 다였다. 선일과 자선과 선축과 인선과 선묘 등. 사형들이 어느 세상으로인가 나가 밥벌이를 시작했다는 걸 알았고 언젠가 자신도 그들처럼 현실 어느 귀퉁이에 붙게 되리라는 것도 짐작할 수 있었다. 또는 스승이나 큰형 선일처럼 어떤 귀한 분의 측근으로 살며 나름의 권세와 부를 지니게 될 미래도 그려졌다. 그뿐, 스승이나 사형들이나 개똥이긴 마찬가지 아닌가 싶었다. 내가 개똥이처럼 살지 않기 위해서, 그 자격을 얻기 위해 누군가를 죽여야만 한다면 그게 개똥보다 나을게 무언가. 아니 개똥은 더럽기는 할망정 누굴 해치진 않는다. 그런데 나의 더러움을 떨치기 위해 누굴 해친다면 그건 나쁘다. 그 모든 생각이 선신을 묻기 위해 흙을 파헤치는 동안,「반야심경」을 읊는 과정에서 비롯되었다. 선신을 묻을 때 선해는 자신도 함께 묻는 것 같았다.

김경과 장 의원에게 은혜를 갚기는커녕 대가도 치르지 못했으므로 떠날 수 없었다. 장 의원은 선해에게 갈 곳이 없다면 당분간이라도 병사病舍에서 묵으며 병자들 심부름이나 하라 하였다. 그러다 동하면 주저앉아 의술을 익히라고. 부지런히 배우면 내의원까지 들어가지 못해도 약방 일꾼으로 입에 풀칠은 하리라 했다. 떠날 수 없으므로 솔깃했다. 떠날 수 없는 이유의 근저에 떠나고 싶지 않은 간절함이 있었다. 꽃님 김경을 떠나고 싶지 않았다.

평양 제일 부잣집이라는 유릉원의 막내딸 김경은 선해가 처음 만난 낭자였다. 처음으로 말을 섞은 낭자이며 선해를 향해 처음으로 웃어 주고 선해를 위해 처음으로 울어 준 사람이었다. 선신을 묻은 이후 선해는 서문약방 병사에서 잠들 때마다 내일 아침에는 떠나려니 결심하고, 아침에는 밤에 떠나려니 작정했다. 아침에도 밤에도 떠나지 못하고 선신을 찾아와 앉았다가 서문약방으로 돌아가곤 했다. 오늘은 아침부터 나와 어디로도 못가고 이곳에 있었다.

지금이라도 내닫기 시작하면 사흘 후에는 도선사에 이를 수 있을지도 몰랐다. 하루 이백 리쯤은 너끈히 걷는다. 무리하면 삼백 리도 가능하다. 평양과 한양은 기껏해야 육백여 리 길이라 했다. 사나흘 늦은 것쯤 용서해 주실 스승과 사형들이었다. 선신을 잃었다고 말씀드리면 안타까워하시며 다독여 주실지도 몰랐다. 과제를 수행치 못한 건 선신을 잃은 때문이라 여겨 주고 일 년 뒤쯤으로 미뤄줄 것이었다.

그럼에도 선해는 몸을 일으키지 못한 채 대동강에 뜬 달만 건너다본다. 어디선가 강강술래를 도는지 노래 소리가 난다. 달아달아 밝은 달아 강강술래. 달 떠 온다 달 떠 온다 강강술래. 그런 식일 것이다. 가락만 들릴 뿐 노랫말까지 들리는 건 아니다. 선해는 강물 속에서 흔들리는 달을 향해 자꾸만 물었다. 어떡하지. 어떡할까? 어떡해야 하나. 무릎을 싸안고 앉아 수백 수천 번 스스로에게 물었던 걸 또 묻는다.

'어떡하지. 어떡할까? 어떡해야 하나.'

사실 선신을 묻을 때 답은 이미 정해진 것인지도 몰랐다. 선신을 묻으며 그의 나침반을 그의 손에 쥐어줄 때 선해는 자신의 나침반도 선신의 다른 손에 쥐어 놓고 흙을 덮었다. 스승께서, 길잡이로 삼으라며 건네주신 나침반들이었다. 나침반의 바늘이 가리키는 곳이 언제나 북쪽이듯 그 나침반의 바늘 끝에 만단사령이 계심을 잊지 말라는 의미였다. 그 바늘이 가리키는 길이 보이지 않는 게 아니라 아예 사라져 버렸다. 어차피 개통이로 살아야 한다면 도선사로, 만단사의 비휴, 혹은 만단사의 개통이로 돌아가고 싶지 않았다. 그걸 스스로 인정만 하면 됐다. 그들과 함께 한 칠 년여의 세월이 선해 생애의 전부였다. 그 생애에서 굶주린 적 없고 헐벗은 적 없었다. 수련이 혹독했으되 미래를 위한 것이었다. 스스로의 성장을 느끼는 게 뿌듯하기도 했다. 사형들과 함께 산천을 날듯이 뛰어다닐 때 키가 자꾸만 자라 하늘까지 닿을 성싶었다. 그럼에도 그곳으로 돌아가고 싶지 않고 돌아갈 수 없었다.

돌아가지 않으면 언젠가는 스승과 사형들에게 발견되어 한 번의 손짓으로 숨이 끊길 것이었다. 스승과 사형들에게는 덤빌 수 없거니와 살기 위해 덤비려도 그들을 당할 수도 없었다. 스승의 무공은 한 번도 제대로 본 적 없으므로 몰랐다. 선일이며 자선을 비롯한 사형들의 무술은 어느 정도 알았다. 선해는 그들 누구와도 상대할 수 없었다. 그들은 그 타고난 자질이 높기에 비휴로 선택되었고 키워졌다. 선해 자신도 마찬가지다. 선해가 되기 위해 몇 명의 개통이가 빗물에 씻기듯 스러졌다는 걸 안다. 선신도 말했다. 자신이 선신이 되기까지 몇몇의 개통이가 선신이 되지 못하여 사라졌을 거라고. 선신이 마지막으로 했던 말은 어머니가 그립다는 것이었다.

"어머니가 그리워."

선신이 중얼거릴 때 그의 눈에서 눈물이 주르륵 흘렀다. 선해는 선신에게 어머니가 있었다는 사실에 충격 받았다.

"어머니가 계셨어? 어머니가 계셨다고?"

몇 번이나 다그쳐 물었다. 대답을 듣지 못했으나 들은 거나 같았다. 그 어머니가 이승에 계시든 저승에 계시든 그립다 하는 건 기억하는 어머니가 계시다는 것 아닌가. 선신에게는 어머니가 있었다. 어머니가 있는 선신은 어머니 그립다는 말을 끝으로 어머니를 가슴에 담고 혼수에 들었고 다시 깨어나지 않았다.

몸을 일으킨 선해는 남쪽을 향해 엎드린다. 선신처럼, 선신이나 선해가 되지 못한 개똥이들처럼 선해도, 스승님과 사형들과 만단사에 들킬 때까지만 살고 싶다. 이따금이라도 꽃님 김경을 바라볼 수 있는 곳에서 살다가 누구의 손에든 죽게 될 때, 그리워할 어머니가 없으므로 꽃님 김경이라도 그리워하고 싶다. 선해는 아무에게도 용서를 빌 생각이 아니므로 부복한 채 다시 소리친다. "스승님, 부디 저를 용서치 마소서. 용서치 마소서." 읊조리고 있노라니 눈물이 난다. 아버지 같던 스승과 친형제 같던 사형들을 배신하는 서러움이 온몸에 달빛처럼, 강물처럼 차올라 넘친다.

여느 날이면 벌써 처처의 불이 꺼지거나 다소곳해져 있을 늦은 시각인데 오늘은 한가위의 여흥으로 온 부중이 들떴다. 유릉원의 안방에는 김 도방이 들어와 있었다. 양주가 모처럼 마주앉아 임금이 금하신 술을 나누어 마시며 남령초를 피우면서 환담하는데 경이 밖에서 양주 뵙기를 청했다. 영혜당이 들어오라 허락하니 아이가 들어선다. 쉰여섯 살의 김 도방과 동갑인 영혜당은 담배부리의 재를 화로에다 털어 넣고 어린아이 어르듯 경에게 상 가까이 다가앉으라고 손짓한다.

"서문 밖 놀이판이 시원치 않더냐? 우리 아기씨가 어이 이리 서둘러 들어오셨는고? 잘 시각이 넘어 졸리더냐?"

"어머님, 아버님."

"오냐. 말하려무나."

"지난달 스무사흘 날 소녀가 영명사 용담꽃밭에 갔사와요. 그날 어머님께서는 진 형님과 함께 능라도에 건너가셨고요. 중하 오라버니와 공재 언니는 영명사에서 절하고 있었지요."

"그러했지."

"그날 우리 꽃밭에 남루한 동승 행색 둘이 들어와 밥을 달라 하였기로 소녀가 어멈한테 먹여 주라 했나이다."

"잘 했구나. 마땅히 그래야지."

"헌데 밥을 먹고 난 한 동승이 소녀에게 다가왔나이다. 제 이름이 선해라고 밝히면서, 제 형이 몸을 몹시 다친 지 여러 날째 되었다며, 보살펴 달라 청하였지요. 하여 소녀는 그날 그들을 장 약방으로 데려다주고 살펴 달라 하였사와요."

"그런 일이 있었어?"

"하온데 장 약방 병사에 누운 선해의 형 선신이 열이틀 만에 숨을 거뒀나이다."

"아이고 저런 맙소사. 그리 심각히 아팠던 아이였어? 가여워서 어쩌니."

"선신이 숨을 거둔 게 열흘 전 일이어요."

"그랬어? 해서, 선해는 어찌되었누?"

"그 선해에 대해 말씀드리려 이리 뵈러 왔사와요. 소녀에게는 식견이 없사오나 선해의 움직임이랄까, 몸짓이 무예를 익히는 자의 것처럼 느껴지옵는데, 첫눈에 어쩐지 여상치 않았사와요. 그것뿐이면 무심히 넘어가겠는데, 선신이 장 약방 병사에 누운 지 아흐레째 되던 날, 그날도 소녀가 들여다보러 갔나이다. 선해는 밤새 제 형 간병 하느라 지쳤는지 쓰러져 자고 있고, 차츰 병이 깊어가는 선신이 눈을 뜨고 소녀를 맞이하더이다. 소녀가 다가들어 괜찮냐고 물으니, 그가 쓸쓸히 웃으며 옆에 누운 선해를 바라보는데 또 금세 눈에 눈물이 맺혔어요. 그가 소녀에게, 속삭이듯 말했사와요. '아기씨, 선해를 살려 줍시오.' 라고요. 숨이 경각에 달한 자신을 살려 달라고 하는 게 아니라 멀쩡한 아우를 살려 달라는 게 기이하여 소녀가 그에게 무슨 말이냐, 되물었지요. 선신이 말하기를 '선해를 비휴로 보내지 말고 숨어 살게 해줍시오.' 하잖겠어요? 비휴가 뭐냐고 했더니 '만단사가 키우는 살수집단이오.' 하는 거예요. 절에서 살수를 키우다니! 소녀가 분개하여 만단사가 어디 있는 절 이름이냐고 되물었지요. 그랬더니 선신이 대답을 못하고 눈물을 주르륵 흘리지 뭡니까. 그와의 대화는 거기까지였어요."

안석에 등을 대고 사방침에 팔을 걸쳐두고 느긋이 듣던 김 도방이 이미 정색하여 앉아 있다가 묻는다.

"죽은 아이가 저희들을 만단사의 비휴라 했다고?"

"예, 아버님."

"분명히 만단사라 하더냐?"

강경에 본원을 두고 있는 만단사 거북부령 황환과 전주에 본원을 둔 사신계 백호부령 진하원이 사제지간이라는 걸 알게 되었을 때만큼이나 놀라운 소식이다. 황환의 어린 날 이미 장성해 있던 진하원이 글선생 노릇을 한 적이 있으매 두 사람은 지척에 살면서도 서로

가 만단사와 사신계인 걸 모른 채 각기 평생을 지내왔다. 지난봄 황환이 함양 상림에서 이루어진 만단사 회합에 참석함으로써 그가 만단사 거북부령이라는 사실을 사신계가 알게 된 것이다.

"예, 아버님. 만단사가 어디 있는 절인지는 모르오나, 아! 한양 북쪽 도봉산 아랫마을 너른골이라는 마을로 돌아간다 한 적이 있나이다. 만단사는 아마 그쪽에 있을지도 모르겠사와요. 선신은 제 아우가 만단사로 돌아가는 게, 혹은 살수로 키워지는 게 아주 몹시 싫었기에, 죽음을 앞둔 자의 헛소리처럼 소녀에게 중얼거린 게 아닌가 싶었습니다. 하온데 오늘 아침에 떠난 줄 알았던 선해가 조금 전, 서문 밖 연희 마당의 소녀에게 다가왔나이다. 소녀에게 장 약방에서 심부름꾼 노릇이라도 하며 살아갈 수 있게 해달라 청해 왔고요. 눈이 팅팅 부은 걸 보니 종일토록 울며 만단사로 돌아갈지 남아 숨어 살지 갈등한 것 같아, 가여운 마음에 그를 장 약방으로 데려다 놓고 와 어머님, 아버님을 뵙는 것이어요."

"선해는, 제 입으로 만단사라거나 비휴라는 말을 하지 않더냐?"

"그는 그런 말을 한 적이 없사옵고, 소녀가 선신으로부터 저를 걱정하는 그런 말을 들은지도 모르옵니다. 만단사가 어디 있는 절이기에 그들이 그러는 것인지요? 혹 절이 아닌 다른 무엇일까요, 아버님?"

"모르겠구나. 그건 그렇고 꽃님이 너는 우리가 선해를 어찌해 주기를 바라느냐?"

"소녀는 선해가 장 의원 댁에서 살았으면 싶나이다. 부모도 없이 친척집에 의탁되어 자라는 거라 하였으니 장 의원 댁에서 살아도 무방하지 않을까 싶고요. 그리 바라기는 하나, 우리가 예사로이 사람을 들일 수 없다는 걸 아는지라 어머님 아버님께오서 선해를 살펴보시고 허락해 주시면 장 의원께 그를 제자로 들여 주십사, 소녀가 청하려 하나이다.”

“우리가 그 아이를 살핀 연후, 네 곁에 둘 수 없다 하면 어찌할 테냐?”

“선해가 가엾기는 하오나 떠나보내야겠지요. 소녀도 그 정도는 철이 들었나이다, 아버님!”

김 도방이 으하핫, 웃음을 터트린다. 영혜당도 아하하 웃는다. 경은 지금 두 분의 웃음은 자신이 많이 컸다는 뜻이기보다 아직 한참 더 커야 할 아이라는 뜻인 것 같아 아랫입술을 삐쭉 내민다. 그 모양을 본 양주가 더 웃어댄다. 양주에게는 인하와 중하와 진 등이 낳은 손자가 일곱이나 되었다. 아직 손녀는 없었다.

늙어가는 양주에게 경은 막내딸이며 손녀 같은 아이인데, 아이가 귀여울 뿐만 아니라 하는 짓이 몹시 희한했다. 어느 장날 제가 원하여 목면 점포 앞에 세워 놓았더니 하룻날에 목면 수백 필을 팔았다. 아이가 비단 점포에 들면 수천 필의 비단이 며칠 만에 동났다. 아이가 점포 구경을 나섰다가 장신구며 미장품들을 파는 점포에 들어가 에헤이, 탄식하며 소매 걷어붙이고 나선 날은 재고로 쌓여 있던 물건들이 날개 돋친 듯이 팔려나갔다. 아이가 큰일 내듯 물건을 팔아치워 매출액이 일만 냥을 넘을 때마다 칭찬을 겸해 품계를 올려 주었다. 열세 살짜리가 칠성부 사급인 형품衡品에 이른 연유였다. 금년 들어서만 아이가 올린 매출고가 어느새 팔천 냥이 넘었으므로 올해도 또 품계를 올려 줘야 할지도 몰랐다.

“두 분은 소녀만 보면 놀리시지요?”

"놀리기는. 너만 보면 귀여워 절로 웃음이 나는 걸 어찌하란 말이냐. 알았다. 꽃님아. 이제 너는 네 처소로 돌아가 쉬어라. 오늘 밤은 선해 걱정 그만하고, 다시 달 따라 나갈 생각도 말고, 푹 자거라. 네가 이리 간곡히 청했으니 아비가 달구경 삼아서 시방 장 약방으로 슬금슬금 나가 보련다. 나가서 상황을 보고, 내일이라도 선해와 긴 이야기를 해본 후 그 아이를 장 약방, 혹은 네 곁에 둘지 말지 결정하겠다. 혹여 네 곁에 두지 못할 아이라고 이 아비가 결정하게 되더라도 네가 섭섭해하지 않기로 약조했음을 명심해야 할 것이야."

"예, 아버님."

"이제 건너가 자거라. 한시 바삐 크고 싶은 너 아니냐? 잠이 늦으면 몸도 더디게 자라는 법이야."

"예, 아버님. 안녕히 주무셔요. 어머님도요."

꽃나비처럼 영롱한 아이가 사뿐히 절하고 방을 나간다. 제가 어떤 재주를 가졌는지 깨닫지 못한 아이는, 늘 이경이 되기 전에 졸려하며 잠자리에 든다. 종일토록 잠시도 쉬지 않고 어둠 속의 횃불처럼 빛을 밝히며 다니는지라 날이 어두워지면 하루치의 기운이 졸아붙는 것 같았다. 몸도 약했다. 여기 와 살면서 제가 고집하여 홀로 자지만 소소원에서는 늘 누군가와 함께 자야 할 정도로 가위눌림이 잦았다고 했다. 그때만큼 심하지는 않아도 아직 사나운 꿈에 시달리는 성싶었다. 아이 몸이 저리 허약한 까닭이 꿈 때문인 것 같은 것이다.

방문이 닫히고 나자 김 도방과 영혜당은 표정이 굳으며 말을 잊는다. 마시기를 잊고 있던 각자의 술잔을 들어 가만히 비운다. 영혜당이 말없이 한 잔씩을 더 따른다. 만단사라니! 아이는 제가 무슨 말을 종알거렸는지 그 내역을 전혀 몰랐다. 아이가 모르는 게 당연했고 몰라야 했다. 만단사가 사신계와 비슷하게 운영된다고 가정하면, 만단사자들 사분지일 가량이 무사이고 그들이 전부 살수일 거라 예상할 수 있다. 더하여 비휴 같은 살수를 따로 기른다는 건 전문살인귀들을 양성하고 있다는 뜻이다. 그 사실을 현무부령 김상정이 몰랐으므로 사신계에서도 모르고 있는 것이다. 근년의 만단사령 이록이 만단사를 사유화하고 있다는 것만으로도 경계할 만한 것이라고 사신계 오부령五部令 사이에 연통이 돌았다. 오는 동짓달에 오령 회합이 예정된 것도 그 탓이다. 만단사 전례에 없던 칠성부를 설립하여 그 부령으로 사령의 딸을 앉혔다는 사실로 사신계 칠성부 무진들도 일제히 만단사를 주목하는 즈음이다. 영혜당이 혼잣말처럼 중얼거린다.

"비휴라니, 해괴하기도 하지. 대체 무슨 꿍꿍이로 그런 흉측한 짐승의 이름을 붙인 아이들을 만들어 낼까?"

비휴는 옛적 고구려의 무사집단인 조의선인粗衣仙人들의 이칭이다. 백제의 무절선인들과 같은 성격의 집단이며 무절은 작금 사신계 오품 이상 무사들에 대한 호칭이다. 만단사에서는 고구려 조의들의 별칭을 무사전반이 아닌 살수집단에다 붙였다. 비휴는 만단사 내에서도 비밀에 부쳐진 집단이라는 뜻일 터다.

"그나저나 여보, 어찌하시려오?"

영혜당의 물음에 김 도방이 크흠, 막혔던 목을 푼다.

"설마 꽃님이가 그 아이한테 맘을 준 것은 아니겠지요?"

"아이고! 제 입으로 제가 철들었다 말하는 아입니다. 아직 한참이나 어리다고요. 공부머리가 비상하고 장사치로서의 재주가 탁월한 것에 비하면 기이할 만큼 남녀상사지정 같은 것에 늦된 아이예요. 아직 달거리도 시작하지 않은걸요. 아무래도 몸이 약한 탓이겠지요."

"그걸 아직도 아니 하오? 그도 걱정 아닙니까?"

"달거리가 아주 늦는 아이들도 있거니와 경이는 아직 늦은 것은 아닙니다. 보약이나 더 해먹이기로 하고. 선해라는 아이를 어찌하실지나 궁리하시구려."

"죽은 아이가 만단사를 운운할 정도면 선해도 만단사 입사 서원을 했을 게 분명하잖소. 제 있던 곳으로 돌아가지 않으려 작정했다 해도 만단사에 대해 입을 열 턱이 없지요. 당신도 만단사와 우리의 서원이 똑같다는 걸 아시지 않아요?"

"그렇기는 하나, 누구에게나 때라는 게 있지 않습니까? 선해가 새로운 인생을 시작하려 한다면 그에 대해 털어내지 않고는 시작을 못할 것이고, 그 털어냄은 지금이 아니면 영영 못할 수도 있겠지요. 숨기는 게 천성이 될 터이니 말입니다. 그 아이가 우리에게 털어놓지 않으면 우리의 보호를 받을 수 없고, 만단사로부터는 영영 쫓기며 숨어 살아야 하니, 그것도 인지상정으로는 못 볼 노릇 아닙니까."

"하니, 어쩌란 말입니까. 그놈 스스로 입을 열지 않으면 종아리라도 쳐 울리리까?"

"종아리 아니라 고신을 해도 입을 열 턱이 있으리까만, 제 커온 나날이 오죽 서러웠으면 제 곳으로 돌아가지 않을 결심을 했겠어요? 더구나 아직은 아이이니 무슨 수가 나겠지요. 일단 장 약방에 가서 아이를 보시고, 장 의원과 의논을 하시구려. 장 의원은 스무날 넘게 아이를 데리고 있었다 하니 아이의 성정에 대해 좀 알지 않겠어요? 그나저나 장 의원 그이도 어지간히 무던하네요. 아이들이 그 법석을 치르고 있으면 우리한테 귀띔이라도 해줘야 하는 거 아니에요?"

"꽃님이가 우리한테 고한 것으로 알겠지요. 꽃님이가 어찌하나 우리가 살피는 것이라고 여기는 것일 수도 있고. 더구나 꽃님이 스스로만 모르지, 평양 제일 장사꾼으로 호가 난 아이잖습니까. 장 약방이 아이를 어른 대접하고 있는 게지요. 참말 희한하지 않아요? 어째 아이가 나서기만 하면 사람이 그리 꼬이고 주머니를 열까?"

"그 어떤 별님처럼 신통한 피가 흐르는 게지요."

"그런가? 그 별님과 다른데. 분명히 다른 건데 다르다 하기도 어렵고. 그나저나 여보, 나 혼자 가오?"

"장 약방에요? 시위들하고 가시구려. 새삼스럽게."

"당신도 가시지?"

"왜요?"

"우리도 모처럼 같이 달구경이나 하자고. 우리가 열다섯에 혼례 치르고 사십여 년을 함께 살았건만 나란히 밤길 걸은 적은 없지 않아요?"

"사십여 년 아니 하던 일을 갑자기 하자는 말씀이오?"

"그러니까."

"해괴하여라. 내일 아침 해가 동쪽에서 뜰지 의심스럽네."

"뻐기지 말고 함께 가시지요."

"알았어요. 들어주지 않으면 당신 무안하실까 봐 따라나서는 게요."

"황감하오이다."

모처럼 흰소리를 나누며 양주가 함께 나서자 양쪽의 시위들이 저희들 모르는 새에 무슨 일이 난 줄 아는지 둘레둘레 주변을 살피고 하늘을 올려다본다. 무슨 일은 양주가 아니라 제 처소에 들어가 있는 경이 냈다. 또 서문 약방에 들어 있을 선해가 냈다. 두 세계의 한 가운데 들어 살면서도 저희들이 어디에 살고 있는지도 잘 모르는 어린 사람 둘이 만남으로서 양 세계를 뒤흔들 일을 빚었다. 김 도방은 시위들에게 서문 약방으로 갈 거라고 이르고 대문간으로 향하면서 나지막이 한숨을 쉰다.

반야가 막 칠요에 올랐을 때 세자의 황병을 치료하다 그의 드센 화마를 뒤집어쓰고 원기를 잃었다. 전신의 기맥들이 다치면서 뒤엉켜 막혀 버린 것이었다. 스무 살 혈기의 무모함이 빚은 실책이었다. 당시 김상정이 이십 일에 걸친 기 소통을 통해 반야의 원기회복을 도왔다. 전신의 혈자리를 짚어가며 막힌 기를 뚫으면서 김상정은 반야의 모든 것을 다 읽은 것 같았다. 반야는 막힘이 없는 사람이었다. 타고나길 그랬다. 두려움 같은 게 일체 없어 무모할 수 있는 사람이었다. 여인이되 여인이 아니고, 사람이되 사람이 아니었다. 전대 칠요 흔흰에 이어 칠요에 오른 반야는 칠성부가 삼십여 년 세월을 거쳐 빚어낸 특별한 존재라고 했다. 사람의 수명은 물론 몇 전생까지 볼 수 있고 귀신들을 움직일 수 있다는 높고 깊은 신기. 사신계 칠성 부령이기도 한 칠요가 다음 칠요를 생산할 제 어떤 과정들을 거치고 무엇을 조합하여 반야와 같은 존재를 만들어 내는지는 오직 칠요만이 알 수 있는 것이었다.

김상정은 칠요인 반야가 막힘이 없어 무모할 수 있는 사람인 것을 알았고 그걸 목격하기도 했다. 그의 무모함이 부른 사태가 을축년 온양 도고관아에서의 참극이었다. 도고 현령을 지냈던 김학주를 미리 없앴더라면 발생치 않았을지도 모를 그 참극은 칠요 반야가 고개를 저음에서 비롯됐다.

"제가 상대할 자입니다. 제가 도움을 청할 때까지 놔둬 주세요."

칠요가 그리 선언하였으므로 따랐으나 김상정 스스로는 지금까지 그때 결정을 후회했다. 그때 칠요의 뜻을 따르는 게 아니라 현무부 소속인 동마로의 뜻을 좇았더라면 현재가 달랐을지도 몰랐다. 우리는 칠요의 뜻을 따를 것이다. 김상정이 그리 결정하지 않았더라면 반야가 모친과 동마로와 식구들을 잃고 수십의 생목숨들을 잡으며 스스로에 대한 분노로 눈을 잃어버리지도 않았을지도.

강하건 경이건 반야의 막힘없는 성정을 고스란히 닮았다. 특히 경은 제 태생에 대한 기억이 없는 덕인지 결핍이 없었다. 제가 생모로 알고 있는 반야의 품을 떠나와 김 도방 내외를 부모로 따르면서 저한테 부여된 것들을 당당히 누렸다. 장사치로서의 탁월한 성향이 드러날 수 있는 것도 아이가 맺힌 것이 없기 때문인 성싶었다. 양부모 앞에 와 갈 곳 잃은 사내 녀석을 살펴 달라 요청할 수 있는 것도 그런 성정 덕이었다. 어쨌든 경이 선해를 사람으로 살게 해달라고, 그의 목숨을 구해 달라고 간절히 청하였다. 그 덕에 선해는 어떻게든 살게 될 것인바 경이 그 아이를 구한 것이었다. 강하도 같았다. 놈이 중하의 요청에 대번에 감영 옥청으로 들어갔던 일이 떠오르면 김 도방은 아직도 소스라쳤다. 파옥 소식을 듣자마자 대번에 중하와 강하가 벌인 짓인 걸 깨달았다. 새벽같이 상경 길에 오른 강하가 고준을 빼내 데리고 달아난 것이었음을.

자식들이 저지른 일이 너무 커서 김 도방은 그 일에 관해서만은 자신이 사신계 현무부령인 것과 자식들이 계원인 것을 잊기로 하였다. 몹시 경솔했으나 둘 다 하지 않을 수 없는 일이었지 않은가. 고준이 지은 살인죄가 도적질이나 계집질과 연관된 것이었다면 모를까, 고준으로서도 불가항력으로 발생한 살인이었다. 앞뒤 없이 저지른 게 문제이되 죽어 마땅한 놈을 죽였으므로 고준은 무죄였다. 그런 마당에 제 수하의 목이 달아나게 생겼는데 모르는 체하는 중하라면 그놈을 어디다 쓸 것이며, 그런 형의 처지를 듣고 움직이지 않은 강하라면 그놈은 또 어디다 쓸 것인가. 계원인 걸 떠나서 세 놈이 다 사람다웠고 사내다웠다. 칭찬을 해줄 수는 없었지만 중하와 공재한테 닷새간 묵언 수행과 일일 천배를 명한 것으로 눈을 감았다. 강하는 제 곳에서 합당한 징벌을 받을 것이므로 그에 대해서도 모른 척할 수 있었다.

김 도방과 영혜당에게 할일이 남기는 했다. 살인죄인의 몸으로 탈옥해 버린 고준을 대신하여 옥청에 갇혀 있는 그의 어미와 누이를 어찌할 것인가. 그 모녀가 평생 살아온 박진사의 집보다 옥청이 못할 것은 없겠으나 귀신같이 사라져 버린 놈을 대신하여 볼모로 잡혀 있는 것이라 모녀는 미구에 관비로 떨어질 터였다. 관비들의 삶은 팔천에도 미치지 못할 정도로 험악하다. 관비들은 종일 쉴 틈이 없거니와 관아를 드나드는 놈들은 아무라도 걸레인 양 관비들을 사용한다. 그러다 자식이라도 낳으면 그 역시 관노비가 된다. 사노비는 어쩌다 도망쳐 숨어 살 수도 있지만 관노비는 팔도의 모든 관아에 신상 파기가 통고되어 세상 어느 곳으로도 숨을 수 없다. 그 모녀를 어찌할 것인가. 그들을 돈을 치르고라도 속량시키자니 유릉원이 달아난 고준의 뒷배를 봐주고 있음을 토설하는 꼴이 되고, 그들을 도망시키자니 또다시 감영을 습격하지 않으면 안 될 상황이다. 혈기방장한 젊은 놈들은 앞뒤 분별없이 일부터 쳤지만 수습은 나이든 자가 해야 하므로 김 도방은 요즘 고심했다.

보리아기

아지가 나가자마자 온은 일어나 의궤를 뒤지며 밤나들이 채비를 한다. 솜바지에 솜저고리, 솜버선에 솜도포와 솜모자를 내놓고 머리를 걷어올린다. 약방에서 눈발을 만난 순간 오늘은 기어이 가마골에 가 보려니 작정했다. 선일과 사비를 떼어낼 핑계를 만드느라 일성사자들한테 섣달 초사흘 밤에 허원정으로 들어오라는 통문을 돌리라 했다. 일성사자가 셋이 늘어 열네 명이므로 두 사람이 나누어 돌아오자면 최소한 예니레씩은 걸릴 터였다. 가마골로 가려면 홀로라야 했다. 그래야 보리아기가 될 수 있고 보리아기라야 강수와 만날 수 있다. 지난봄 강수를 떠올린 이후 하루도 그를 생각하지 않은 날이 없었다. 거리를 다니며 수시로 주변을 둘러보고 혹여 그가 주변을 지나고 있지 않나 살폈다.

문마다 드리워진 가리개를 일일이 확인하고 경상을 아랫방에다 가져다둔다. 그 곁에 토막 촛불 넣은 유리 호롱 한 점만 켜 놓아 밖에서는 안의 그림자를 엿볼 수 없게 해놓은 온은 방을 나섰다. 토막 초가

다 타면 저절로 불이 꺼질 것인바 집안사람들은 온이 불을 끄고 잠든 것이라 여길 터였다. 금오당이 거처하는 외별당 뒤, 후원 남새밭 쪽에 쪽문이 있었다. 남새밭을 건너 담장을 넘으면 고샅이고 그 고샅은 빈궁의 본집인 익익재의 담장과 면했다. 양가 사이의 고샅은 창의문 방향으로 뻗은 큰길과 닿는다. 마을은 이미 인적이 거의 끊겼다. 겨울날 해가 지면 언제나 그렇게 된다. 초경만 넘어도 순라꾼들만 일정하게 오간다. 문밖골을 벗어나니 홍지문이 저만치 보이는 지점에서 주막이 제법 환하다. 눈이 발목에 닿을 만치 쌓인 참이어도 주막에는 몇 점의 등불이 켜져 있고 사람소리도 울려나온다.

"무어야 이거!"

주막 앞을 지나치려는 찰나다. 주막 삽짝 근방에서 소피라도 보고 있었던지 한 남정이 돌아서다 부딪친 온에게 시비를 걸었다. 여기까지 오는 동안 아무와도 부딪치지 않았기에 방심했던 온이 펄쩍 놀라 걸음을 서두른다.

"네 이놈, 게 섰거라."

놈이 화다닥 쫓아와 온의 어깨를 확 잡는다. 태어나 처음 겪는 무례한 손길이다.

"계집 아니야, 이거?"

놈이 외친 순간 온은 놈의 팔을 비틀어 휙 밀쳐 버린다. 놈이 눈밭으로 나가 떨어져 뒹굴며 비명을 지른다. 시비를 걸기 위함인지 엄살이 과하다. 십여 보 앞이 주막 삽짝이다. 홍지문까지는 이백여 보나 될까. 더 소란해지면 홍지문 수직군들의 주목을 끌게 될 터이다. 곧 초경 종이 울릴 테고, 이경에는 문이 닫혀 드나드는 사람들마다 일일이 신원을 확인받아야 한다. 그나마 인경부터 파루까지는 오도

가도 못하게 된다. 온은 아무의 눈에도 띄지 않은 채 인경이 울리기 전에 되돌아 올 참이다. 놈으로 인해 수선스러워지고 싶지 않다. 온은 오른손 수갑을 뺌과 동시에 소리치며 일어나는 놈에게 달려들어 혈을 짚어 버린다. 놈이 맥없이 툭 넘어진다. 눈밭에 쓰러졌지만 주막에서 이미 사람 나오는 기색이 들리니 얼어죽지는 않을 터이다.

홍지문을 지나 가마골에 접어들자 곳곳에서 닥나무 삶는 냄새가 알큰한 듯 구수하게 번져 다닌다. 가마골 곳곳에 설치된 대형 무쇠 가마에 집채만 한 닥나무들이 쌓여 수증기를 풍기고 무쇠가마 주변에서는 삼삼오오 모여 불을 때고 삶긴 닥나무의 껍질을 벗겨댄다. 몇 가지 과정을 거쳐 종이가 될 수피들. 삼덕 무녀의 이웃집도 종이 공장工匠네였다. 보리아기 시절 이따금 삶은 닥 껍질 벗기는 일을 거들곤 했다. 닥나무는 삶은 즉시 수피를 벗겨내야 잘 벗겨지기 때문에 주위의 일손들이 모조리 덤벼들어 거들어야 했다. 종이공장네의 삽짝 앞 냇가에 마련된 무쇠 가마 주변에 모여 일하는 사람이 예닐곱이다. 삼덕은 끼어 있지 않다. 온은 전립을 푹 눌러쓰고 그늘을 통해 그들 곁을 휙 지난다.

어딘가로 굿을 하러 갔는가. 삼덕네는 캄캄하다. 어쩌면 깨금네라고 불리던 옹기장이네에 있을지도 모른다. 경과 본이 할머니 할아버지라 부르던 옹기장이 내외와 옹기가마를 사이에 두고 함께 살던 얌전네 내외가 있었다. 세 집은 한 식구인 양 어울려 살았다. 옹기장이 집에는 불이 한 점 켜져 있다. 두 집 가운데의 옹기막이다. 흙을 이겨 물레를 돌리고 옹기를 빚어 낸 뒤 가마에 쌓기까지 말리는 넓은 헛채. 그 지붕아래 들여진 쪽방에 불이 켜 있고 방안에서 두런두런 여인들의 말소리가 들린다.

"할머니!"

온의 부름에 안에서 누가 왔는가 보네, 하더니 문이 발칵 열린다. 깨금 할멈이 아니라 얌전네다. 느닷없는 행색에 놀랐는지 그이가 황급히 일어서며 묻는다.

"눈사람 같이, 누구시오?"

온이 전립을 벗으며 불빛 가까이 다가들었다.

"보리예요. 예전에 삼덕 무녀네서 살았지요."

"무어, 보리? 보리아기라고?"

얌전네가 툇마루로 나섰고 깨금할멈이 문 앞으로 다가와 내다보았다. 보리를 알아보지 못하겠는지 눈을 가늘게 뜨고 바라보다 말했다.

"참말 보리아기라고? 못 알아보겠는데, 보리라면 들어오너라."

온이 들어서자 여인들이 깁고 있던 옷들을 한쪽으로 밀어 버리곤 자리를 마련한다. 온의 입성이 그 방에 어울리지 않게 너무 환한 탓이다.

"정말 보리아기로세. 세상에, 이런 험한 날씨에 어찌 찾아왔어? 저녁은? 저녁은 먹고 왔느냐?"

"볼 때마다 밥 먹었냐, 밥 먹어라 하시더니 여전하시네요, 할머니."

"나야 한 백 년이 지나도 살아 있는 동안이야 못 변하겠지만, 보리 너는, 아니 너라고 하기도 어쩐지 황송하게 변했구나. 어디로 갔다가, 어떻게 돌아왔누?"

"예전에 몸을 다쳐서 집을 잃어버리고 이곳에 왔었잖아요. 어느 날 새벽에 갑자기 집 생각이 나서 그 생각이 맞나 하고 가 봤더니 집이 뜻밖에도 그리 멀지 않은 곳이었어요. 안국방이더라구요, 글쎄."

"안국방? 큰 대궐 옆의 안국방은 양반님들만 사시는 곳 아니야? 그러면 보리 네가 양반님 댁 하님이었어?"

온은 웃음을 터트린다. 설마 양반집 딸이었을 것이라는 생각을 못하는 깨끔네 말이 우습지 않은가. 얌전네가 깨끔네 옆구리를 찔렀다.

"형님은 시방 보리아기 입성이 하님의 모양새로 보이시오?"

온은 두 여인이 재미있어 또 웃고는 설명했다.

"아주머니 말씀대로 하님은 아니었어요. 어쩌다 딸을 잃어버리신 어른들이 백방으로 나를 찾아다니는 동안 저는 여기서 보리로 살았던 것이지요."

"하이고, 세상에나. 그리 귀한 아가씨인 줄 모르고 무람없이 데리고 살다니. 우리가, 내가 죄인일세, 그려."

"넋 나가 죽을 뻔한 저를 거두어 주셨으니 저한테는 다들 은인이시지요. 그때 일로 여태 홀로 나들이도 하지 못하고 지내다가 오늘 문득 이곳이 떠올라 와 봤어요. 삼덕 아주머니는 아니 계시던데요?"

"광나루 쪽에서 여러 무격들이 함께 하는 큰 굿판이 벌어져 어제 아침에 나갔다오. 하마 오늘은 들어오겠거니 했는데 눈이 이리 쏟아지니 언제 올 줄 모르겠네. 저녁은 자시고 오셨소?"

"예전처럼 말씀하셔도 됩니다. 여기 있는 동안은 보리아기로 대해 주셔요. 경이하고 본이는요? 웃실에 있나요?"

"무슨! 둘이 다 본가로 불려 들어간 지 한참 되었지. 보리아기 떠난 그 봄에 본가에서 데려갔으니까."

"그 아기들 본가가 어딘데요?"

"평양이지. 거기 상단 집안 아기씨들이라 거기 가서 크고 있지. 어이, 얌전네. 나가서 보리아기 입다심할 만한 뭘 좀 가져와 보게. 추운 길 걸어오느라 속이 얼었을 터인데. 아, 우리 부엌 살강 안쪽에 꿀단지 있는데, 솥에 뜨거운 물 있을 테니 꿀물 한 사발 타오게. 나간 길에 보리아기 신발도 부뚜막에 좀 올려놓고. 젖었을 게 아닌가."

얌전네가 "예, 형님", 하고는 나간다. 온은 깨금네한테 묻는다.

"할머니, 큰언니는요?"

"큰언니? 아, 보리아기도 아기씨들 따라서 강하 서방님을 큰언니라고 불렀지."

"강하 서방님이라니요? 강수 아니에요?"

"강수는 아명이고 원래 이름이 강하라 하대, 김강하. 양반가 도련님은 아니라도 중인 집안인 데다 상단 주인댁의 아드님이라 다 장성한 이제는 강하 서방님이라 부르지. 몇 달 전서부터는, 그 뭐냐, 무반으로 급제하여 양반님이 되신 셈이기도 하고."

"큰언니, 아니 강하가 지난여름 무과시에 급제를 했어요?"

조정과 한성부가 조보서朝報署를 통해 만들어 아침에 내놓는 조보朝報가 삽시간에 수백 수천 장으로 필사되어 도성 안 곳곳에 나돈다. 필사장이들이 필사하면서 전날과 간밤에 도성에서 생긴 갖가지 일들이 덧붙인다. 온도 지난 오월 초 조보에서 김강하라는 이름을 몇 차례 보았다. 무과시 장원 급제한 중인 출신의 사나이. 소전이 무과 실기장에서 불러 얘기를 나눴던 그는 입격자 방이 붙은 즉시 세자익위사로 발령 났다. 그가 강수인 줄 몰랐으므로 온은 관서 촌놈이 출세했네, 하고 말았다.

"무과신지 뭔지, 지난여름에 우리 서방님이 장원 급제해서 벼슬살이를 시작한 건 맞지. 벼슬살이를 하니 날마다 궐을 드나들겠지. 내 우리 서방님 덕에 궐에도 큰 집이 있고 중간 집이 있고 작은 집이 있는 걸 알았네. 어쨌든 벌써 지나가셨을 시각인데, 지나갈 때마다 으레 얼굴이라도 보여 주시고 올라가는 건 여전하신데, 오늘은 눈 때문에 문안에서 주무시려나. 아, 번을 서는 날인지도 모르겠네. 네댓새 만에 한 번씩 동쪽 궁에서 번을 서며 밤을 샌다 했으니."

"서방님이라 부르는 걸 보니 혼인을 했는가 보네요?"

"혼인은 무슨. 나이 들어 도령이라 부르기 미안쩍어 서방님이라 높이 부르는 거지. 그 댁에서는 그리 잘난 아들을 혼인도 아니 시키고 늙히면서 일만 부려먹는 게 괴이하기도 하시지. 너무 잘난 아들인 데다, 벼슬까지 하게 되니 장가들이기가 아까우신가."

온은 김강하가 혼인하지 않았다는 말에 안도하는 스스로가 어이없어 웃는다. 그와 혼인할 것도 아니지 않는가. 지난 무과시에서 장원으로 뽑혔다 해도 중인인 김강하와 이온이 혼인은 못한다. 혹시라도 그런 짓을 하겠다고 나서면 그 즉시 부친의 손에 죽게 될 것이다. 부친이 두려워서가 아니라 온 스스로도 그럴 수는 없었다. 왕가 후손들의 운명이었다. 올라갈 곳이라곤 궐의 주인 자리일 뿐이되 궐의 주인은 언제나 이미 정해져 있으므로 갈 곳을 모르는 사람들. 올라갈 곳이 없으므로 내려가야 하는데 왕가 후손들은 내려갈 곳이 없었다. 한 발만 내리 딛어도 그건 추락이었다. 그 추락이 죽음이면 다행이지 아랫것들과의 야합이 될 수는 없었다.

부친께서 스물한 살이 저물어가는 딸자식을 늙혀 두고 있는 까닭이 미혼과부이기 때문이 아니라 보낼 곳이 없는 탓이었다. 허원정 일족의 타고난 신분이 높다 해도 몇 대를 지나는 동안 장사며 돈놀이를 하는 게 다 알려져 있었다. 사농공상으로 격을 매기는 작금 조선의 풍토 속에서 돈이 암만 많아도 어지간한 명문가에서는 허원정을 업신여기는 게 사실이었다. 그런 하시를 부친은 되지 못한 것들의 작태로 보았다. 그따위 집안으로 딸을 들여보내 하릴없는 계집으로 살게 하느니 하고 싶은 일 맘껏 하며 살라 하는 것이고, 갈 곳이 보이지 않으면 현재의 자리에서 곱다시 살다 죽으면 되리라 여기는 것이다.

얌전네가 꿀물 두 사발과 강정 몇 알이 오른 쟁반을 들고 들어와 온과 깨금네 앞에 한 사발씩 놓아 준다. 강정 접시를 온 앞으로 밀어 주며 말했다.

"보리아기가 그리 귀한 아가씨인 줄 몰랐으나 우리 같은 불상 족속들은 아닐 것 같다는 생각을 예전에 한 것도 같습니다, 아가씨. 소인이 곧잘 야단을 치곤 했는데, 죄송했습니다."

함께 살 때 얌전네로부터 바느질이며 음식 만들기를 배울 때 열의 없고 야무지지 못하다는 지청구를 수시로 듣곤 했다.

"별 말씀을요. 할아버지들께서는 어디 가셨어요?"

"마을 아랫쪽 옹기가마에 가셨어요. 오늘 밤 옹기장이들끼리 모여 추렴하며 논다고요. 내일부터 이 동네 가마들이 일제히 불을 지필 것이라 의논차 만나 노는 것이지요. 아가씨는, 성문 닫기 전에 문안으로 들어가실 테지요?"

"왜요, 이제는 저를 아니 재워 주십니까?"

"귀한 아가씨인 줄 알아 버린 터에 어디서 묵으시라 하겠습니까? 삼덕네는 오늘 밤에 불도 넣지 않았는데요. 그렇지만 이 험한 날씨에 홀로 문안에 들어가실 일도 난감하게 되었으니 어쩝니까? 시자들이라도 데리고 오시지."

시자들을 데리고 다닐 수 있는 곳이었으면 벌써 열 번도 더 왔을
터이다. 그들에게 보리로서의 자신을 보여 주고 싶지 않았다. 체면
도 문제였다. 속내를 보이고 나면 웃사람으로서의 권위를 세우기 어
려웠다. 속내를 다 보여 주고도 권위를 갖기에는 아직 미력했다. 무
엇보다 정효맹이 이 일을 알지 못해야 하므로 선일을 데리고 다닐
수 없었다. 선일을 정효맹에게서 돌려세워 이온에게만 충성하는 자
로 만든다면 모를까 앞으로의 행보도 수월하다고는 못한다.

"궁금한 게 있습니다. 예전에 웃실에, 그러니까 아이들이 살던 웃
집에 유명한 무녀가 살았습니까? 그이가 소경이었고요?"

얌전네가 고개를 끄덕였다.

"소경인지 아닌지, 만나본 적 없으니 모르지만 소문으로는 아주 유
명한 무녀라고 했어요. 복채 높기가 팔도 으뜸이라던가. 점사 한 번
의 복채가 닷 냥이나 된다고 했으니 우리 같은 사람들은 쳐다보지도
못하고 딴 세상 사람인가 했지요. 그이가 도적 떼가 일으킨 난리에
휩쓸려서 어디론가 가 버린 담에 웃실이 한적해져 버렸지. 그 바람에
아기들도 본가로 돌아가 버렸고. 헌데 아씨가 그일 어찌 아시오?"

그에 대한 이야기를 온은 부친에게서 들었다. 화개 무녀 중석이
가마골 웃실의 그 무녀인데, 일껏 찾아가 보고도 그를 알아보지 못
했느냐, 질타하였다. 온은 화개에서 중석이 소경인 것조차도 몰라보
았다. 이 사람들에게 그 소경 무녀를 화개에서 만난 적이 있노라 말
할 필요는 없을 터이다.

"갑자기 생각나서요. 그리고, 두 분 생각나실지 모르겠는데, 당시
에 제가 여기서 이야기책들을 여러 권 읽었는데요, 그때 그 이야기

책들은 누가 어디서 가져온 거였어요?"

"이야기책?"

"『동매무가』, 『만령전』, 『마고할미』, 『군아전』, 『꺽정기』 같은 책들이 있었잖아요?"

"많이도 읽었구먼. 어쨌거나 그런 이야기책들은 세책방에서 빌려왔겠지, 어디서 났겠나?"

"그때 이 댁이며 삼덕 아주머니 댁에서 책을 흔히 빌려다 읽었어요?"

"그랬지. 한 권 빌려다가 온 동네 아낙이며 처자들이 같이 읽었고."

"온 동네 사람들이 책을 읽을 수 있었어요?"

"아니지. 삼덕이 한글을 알아서 우리를 모아 놓고 읽어 줬지. 삼덕이 굿판에서 노래하는 것 같이 책을 재미나게 읽어 주니까 우리도 다 같이 재미나게 들은 거지. 그때 보리아기는 혼자서도 책을 술술 잘 읽었던 거 같은데? 맞아. 그때 우리가 신기해했어. 본색이 대가댁 아가씨라 글눈이 훤했던 걸 모르고, 어찌 글을 읽나 했지 않소."

여기서 나간 뒤 한참 뒤에야 생각이 났다. 여기서 읽던 책들이 이야기책이었을지라도 한 번 읽고 말 단순한 내용들은 아니었던 거라고. 삼덕의 신기가 강하지 않았을지언정 그가 읽고 보리아기한테 읽힌 책들이 그 어떤 의도가 있었던 게 아닐까 하고. 만파식령에 관한 생각이 많았던 즈음이라 기억조차도 그에 맞춰서 작동했는지도 모른다.

"그랬군요. 그나저나 아이들은 없고, 강하 서방님인지 하는 그도 아니 올 거라고 하고, 눈은 저리 내려 쌓이니, 오늘은 그만 돌아갈게요. 차후 날 좋을 때 다시 오겠습니다.”

“쇤네가 시방 삼덕네로 가서 예전 보리아기가 쓰던 방에 불을 지 피리다. 금세 뜨끈해 질 터이니 예서 놀다가 건너가 쉬시고 내일 날 밝으면 문안으로 들어가시구려.”

“그 방은 지금 누가 쓰고 있어요?”

“이따금 앉은 굿하러 오는 아낙들이 들어가 잠깐씩 등 붙이기는 해도 정해 놓고 쓰는 사람은 없지요. 우리는 의심했지만 삼덕은 보 리아기가 돌아올 거라고 믿는 눈칩디다. 언제 올지 모른다고 방을 그대로 두는 듯이 보였어요. 아마 보리아기가 입던 옷들도 그대로 있을걸요. 내 얼른 건너가 불을 때리다.”

“아니에요. 오늘은 그냥 갈게요. 머지않아 다시 오겠다고 삼덕아 주머니한테 말씀드려 주세요.”

“귀하신 아가씨가 시자도 없이 어찌 가실지. 나라도 배웅해 드리 고 싶으나 늙은 몸이 짐 꾸러기나 될 테고 말이오.”

“오기도 했는데 가는 게 어렵겠습니까.”

아까 문밖골 주막 앞에서 넘어뜨린 자가 마음에 걸리기는 했다. 놀란 참에 손에 힘이 너무 들어갔던 게 아닐까. 그보다 김강하를 못 보고 가는 게 서운한 듯싶기도 하다. 온이 모자를 쓰자 얌전네가 하 는 수 없다 싶은지 앞서 방을 나간다. 부뚜막에 말려 놓은 신을 내어 주려는가 보았다. 깨금 할멈이 서운한 양 온의 흰 전립을 어루만지 다 건네준다.

“곧 다시 오시구려. 이리 왔다가 허무히 간 걸 삼덕이 알면 얼마나 서운해할지. 나도 이리 서운한데.”

그러마고 약조한 온이 방을 나서자 툇마루에 결은신이 올라와 있다. 그새 다 마르지는 않았으나 부뚜막에 올라 있던 덕에 뜨끈하기는 하다. 한두 식경이면 집에 닿을 것이므로 발이 얼지는 않을 것이다. 온이 버선발을 결은신 속에 밀어넣고 일어서는 참에 얌전네가 "서방님", 하고 소리쳤다. 이어 사내 목소리가 들렸다.

"눈이 너무 내리는데요! 옹기막 지붕이 견딜지 모르겠어요."

"설마 지붕 내려앉을 만큼이야 쌓일라고요? 헌데 서방님, 몹시 반가운 사람이 왔다오."

"이런 날 밤에 누가 왔어요? 누군데요?"

사내가 지붕 밑 불빛 속으로 쑥 들어섰다. 눈사람처럼 꼼짝 못하고 선 채 온은 김강하를 바라본다. 벙거지를 벗어 눈을 털며 들어서던 그도 온을 본다. 예전의 그 큰언니다. 막대 두 개를 쥐어 주며 자기를 맘껏 쳐 보라고 하던 사람. 그날 밤에도 그에게 안겼었다. 그의 얼굴을 잊은 게 아니었다. 해처럼 눈부시고 만월처럼 은은하던 사내. 그를 훤히 알고 있었다. 그 존재가 너무 커서 마음 안에 다 담지 못했던 것 것이다. 온의 가슴이 미친 듯 뛰는데 그가 얌전네를 향해 묻는다.

"이 아가씨는 누구신가요?"

"허이고, 젊은 나리 눈이 그리 어둬 쓰겠소? 삼덕네서 살던 보리 아기잖아요. 몰라보겠소?"

강하가 놀란 눈을 뜨는가 싶더니 한걸음 다가든다. 온이 한걸음 물러났다. 무릎 뒤가 툇마루에 닿아 물러날 곳이 없다. 한걸음 더 다가든 강하가 놀랠 새도 없이 온의 어깨를 붙들더니 불빛을 향해 돌려 세운다.

"정말 보리아기, 그 사람이네. 길에서 봤다면 몰라보겠소. 헌데 보리아가씨. 혹시, 한 시간 전쯤에 문밖골 주막을 거쳐 왔소?"

"그, 그렇소. 왜요?"

"혹여 주막에서 밥 먹고 나오던 수직군관하고 시비가 붙었소?"

"수직군관이오? 무슨 그런. 아니오. 어찌 그런 걸 묻지요?"

온의 짓이었구나. 강하는 단정한다. 제가 한 짓이되 부러 하지는 않았는지, 온은 몹시 놀란다. 강하도 놀라기는 했다. 언젠가는 온이 찾아올 것이라 여겼으나 이만큼이나 시일이 걸릴지 몰랐고 겨우 십리 길 오며 사람까지 넘어뜨리고 오리라곤 상상 못했다.

"주막 앞에서, 밥 먹고 나오던 수직군관이 어떤 자와 시비하다 삽시간에 죽었는데, 주막에서 나오던 자들이 목격하기로, 머리에서 발끝까지 하얗게 입은 자가 바람처럼 사라졌다 합디다. 그자가 홍지문 밖으로, 이 가마골로 들어가는 걸 수직군들이 본 모양이라, 지금 홍지문이 꽉 막혔소. 군졸들이 흰옷의 살인자를 찾는다고 이 골짜기의 집집마다 뒤지며 올라오고 있소. 살인자가 아녀자일 것이라고는 생각지 않는 듯하고 그대가 살인자일 리도 없으나 차림새는 그자와 영락 닮았으니 우선 그 옷부터 갈아입으시오. 아주머니, 보리아기가 괜한 곤욕을 치르게 하고 싶지 않으시면 당장 옷을 갈아입히세요."

뜻밖의 사태에 깨금네는 온을 방으로 밀어넣고 자신의 집으로 건너가 불을 켰고 얌전네는 삼덕네로 달려가고 있었다. 온도 자신이 살인했다는 사실에 놀랐다. 그자가 수직군관인 것은 그렇다 하더라도 고작 혈 한 번 짚고 나서 죽다니. 서두르느라 힘이 과했을지는 몰라도 사람이 죽을 정도는 분명 아니었다. 얌전네가 옷가지를 싸안고 방으로 들어왔다. 밖에서 강하가 문을 닫는다. 온은 흰 솜모자를 벗고 흰 도포를 벗고 솜저고리와 솜바지를 벗는다. 얌전네가 온이 벗은 옷들을 차곡차곡 개더니 모자와 전립과 가죽 수갑까지 싸안았다.

"내 이것들을 들키지 않게 꼭꼭 숨기고 올 터이니 보리아가씨는 서둘러 옷을 입으시오. 예전에 보리가 입던 옷이오. 아가씨 옷은 나중에 찾아가세요. 원 세상에, 이게 무슨 일이야?"

얌전네가 나간 뒤 온은 보리의 옷을 펼친다. 속바지 위에 고쟁이를 입고 속치마와 속저고리를 입는다. 푸새된 것이기는 하나 다림질은 되지 않은 검은 치마를 두르고 자줏빛의 바랜 저고리를 걸쳐 입고 옷고름을 여민다. 걷어올렸던 머리를 풀어 다시 묶고 나니 삽시에 보리로 돌아온 것 같다. 웃음이 난다. 웃고 나니 편하다. 잠시 온을 벗어 버리고 보리 노릇을 할 수 있을 듯하다.

보리가 된 온은 방문을 연다. 문밖에 있던 강하와 다시 눈길이 닿는다. 그가 금세 달라진 보리를 보고는 비로소 미소 짓는다. 온의 가슴이 다시 마구 뛴다.

"영락없이 예전의 그 보리아기가 됐구려. 내 잠시 들어가도 되겠소?"

묻고는 대답을 기다리지 않는 버릇이 예전의 그에게도 있었던가. 보리가 궁리하는데 이미 방으로 들어온 그가 바싹 다가든다. 보리가 뒤로 물러서자 물러선 만큼 강하가 다가선다. 이곳에 살 때 그를 얼마나 사모했는지, 날마다 그를 얼마나 기다렸는지 기억난다. 삼덕네 아래채 자그만 방에서 그에게 처음 안겼던 순간도. 눈이 지금처럼 내려 쌓이던 저녁이었다.

더 물러날 곳이 없어 벽에 기댄 채 떠는 보리의 한 걸음 앞에서 강하가 웃는다. 몹시 경계해야 할 이온이 보리아기로 돌아오니 옛사람을 다시 만난 양 의외롭고 반갑다. 잠깐 동안 온이 요즘 위세를 떨치고 있는 그림자도둑 회영晦影이 아닌가 불안했던 스스로가 우습다. 그믐밤의 그림자인 양 흔적 없이 관료들의 집을 털고 다닌다 하여 이름 붙은 회영은 사내라고 들었는데 온을 회영이 아닌가 했다니.

"떨기는 왜 떠오. 내가 그리 무섭소?"

"자, 자꾸 다가드니 그렇잖소."

김강하가 소리 내어 웃고는 물러선다.

"그대가 다시 나타난 게 신기하여 진짜인가 한번 만져보려 했는데, 놀라게 했다니 미안하오. 일단 앉아요. 어디 가 있었는지, 어떻게 다시 왔는지, 가능하다면 말해 보고 말하고 싶지 않다면, 그대가 흔적 없이 돌아갈 방법이나 강구해 봅시다. 아, 우선, 오늘 밤으로 돌아가야 하오?"

재우고 나온 녹은당이 이른 새벽에는 깰 것이다. 새벽까지 가지 못하고 자정 전에 깰지도 모른다. 일어나면 아랫사람들을 깨울 테고 들들 볶이던 아랫사람들이 결국은 온에게 도움을 청하러 처소를 찾을 터이다. 요즘 늘 그러했다.

"외동손녀로서 할마님을 모시고 사는 터라 내가 없어진 걸 아시기 전에 제자리로 돌아가 있어야 하오."

"문안에 사오? 어디?"

"안국방이오."

"안국방이라면 홍지문 들어가 문밖골 거쳐서 가는 게 제일 빠른 길이구려. 이경 전에는 문을 통과해야 하니 지금 출발합시다."

"데려다주려오?"

"허면 그대를 못 본 듯 내버리고 나는 내 집으로 올라가리까?"

"그런 뜻이 아니라 홍지문이 막혔다고 해서. 더구나 문안으로 들어가면 밤이 깊을 테고 다시 나오기가 수선스러울 터라."

"홍지문이 막힌 건 검문하느라 그런 것이고, 여인은 제외되는 성싶으니 별 문제 없을 거요. 가는 데 시간이 얼마나 걸릴지 모르겠으나 나 혼자 돌아오는 데는 그리 오래 걸리지 않을 겝니다. 못 나올 것 같으면 필동 쪽으로 가서 자도 되오."

"그러다 인경에 걸리면 어찌하오?"

"필동까지도 못 가게 되면 아무 객점으로나 들어가면 될 테죠. 여튼 기어이 가야 한다면 시간 끌지 말고 당장 나섭시다."

강하는 온의 입성을 살핀다. 얌전네가 찾아온 예전 보리의 옷은 겨울용이되 눈발 속으로 나설 만한 것은 못된다. 이대로 눈발 속으로 들어섰다가는 일각도 지나지 않아 꽁꽁 얼 것이다. 강하는 자신의 누비 도포를 벗어 보리를 향해 펼쳤다. 퇴청할 때면 익위사청에다 관복을 벗어두고 사복을 입고 나오기 마련이었다.

"나는 얌전네 아저씨의 두루마기를 빌려 입을 테니 그대가 이걸 걸쳐요."

보리가 도포 안으로 들어와 팔을 꿰었다. 강하는 단추를 꿰어 주고 가슴띠를 둘러매어 주고 나서 웃는다. 그의 무릎께에 닿는 도포가 보리에게는 발목에 닿았던 것이다. 그 모습이 우스우면서도 아늑하다.

"썩 어울리는 행색은 아니오만 얼어죽는 것보다는 나을 터이니 나가 봅시다."

돌아서려는 그의 팔을 온이 붙들었다. 순간 안기는 모양이 되었다. 강하가 한 팔로 온을 끌어안고 한 손으로 온의 머리를 받치고는 내려다본다. 온이 눈이 부셔 눈을 감는데 그가 속삭이는 소리가 들렸다.

"눈 뜨고 지금 내가, 우리가 하려는 일을 봐요."

온이 가까스로 눈을 떴다. 열기 오른 그의 눈이 바로 위에 떠 있었다. 온의 몸이 떨리듯 그의 몸도 떨렸다. 그의 하초가 온의 배꼽 어름에서 옷을 파고들듯이 도드라지고 있었다.

"내가 지금 무슨 일을 하고 싶어 하는지 알고 있소?"

온이 고개를 끄덕였다.

"그대도 그렇소?"

또 끄덕인다.

"우리가 다시 그리하면 아니 되는 것도 아오?"

"아오."

안다고 속삭인 온은 두 팔을 뻗어 올려 그의 목을 감는다. 입술이 닿고 혀가 엉긴다. 거친 숨결이 뒤섞인다. 그를 안고 뒹굴고 싶은 욕망이 삽시간에 너무 커져 눈을 뜰 수 없다.

온을 벽으로 붙여 세우고 삼킬 듯 몰아대던 강하는 불현듯 자신이 소임을 잊고 있음을 깨쳤다. 자신의 소임에 온의 몸을 취하는 것이 속해 있는지 아닌지는 모르되 소임 자체를 잊고 매몰되기 직전인 것은 분명했다. 석 달여 전 심경이 종알대던 말까지 떠올랐다. 아무리 많은 어여쁜 여인들이 눈짓해도 아무도 못 본 양 꿈쩍도 하지 마. 그때 심경이 결계를 쳐 놓은 듯 했다. 강하는 온의 가슴띠를 풀려 드는 자신의 손길을 가까스로 제어하고는 태산을 옮기는 양 힘겹게 물러난다.

"이대로 계속하다간 다시는 안국방으로 못 돌아가오. 내가 못 보낼 테니까. 추스르고 나오시오."

열탕에서 얼음구덩이로 내던져 진 듯 온이 어쩔 줄 몰라 하는데 강하는 돌아서 문을 열고 나간다. 툇마루에 올라 있는 온의 결은신을 방문턱 안으로 들여 주고는 깨금네로 향한다. 온이 깨금네로 가니 그는 허름한 두루마기에 전립을 쓰고는 제 모자를 온의 머리에 씌워준다. 깨금네와 얌전네에게 다시 오마고 인사한 온은 강하를 따라 나섰다.

가마골 곳곳에서 횃불이 희번덕거렸다. 군졸들이 눈발 속에서 횃불을 흔들며 이집 저집을 드나들고 있었다. 문밖골 주막 앞에서의 그자가 죽은 게 사실이었다. 실감하고 나니 온은 비로소 기가 막힌다. 십여 년의 피나는 훈련을 통해 쌓은 무술이란 게 고작 그 정도였다니. 자신도 모르게 사람을 죽이는 건 하수나 하는 짓이다. 원하는 만큼 상대를 다스릴 수 있어야 그나마 무술 좀 익혔노라 할 수 있다.

"나리, 시끄러운 이 밤에 어딜 가십니까? 시자들은 어찌하시고?"

가마골 중간 참에서 맞닥뜨린 군졸들이 강하에게 물었다. 가마골로 돌아온 뒤 낯을 익힌 자들이다. 그들의 시선이 온을 훑는다. 수상해하는 기미는 없다. 그들은 평양의주 상단의 아들인 강하가 지난 무과에 급제하여 세자익위사에 든 걸 알았다. 벼슬아치가 되었으므로 조만간 문안으로 이사를 가려니 여기고들 있었다.

"그러게요. 시끄러운 일이 생겨 나리들 고생이 많으십니다. 저는 문안에 사는 일가의 누이가 제 집엘 왔기에 데려다주러 들어가는 길입니다."

"어서 가 보십시오. 될수록 문안에서 주무시도록 하시고요. 요새 밤늦게 돌아다니다가는 회영이란 놈으로 오해받기 십상입니다."

"범인은 잡힐 것 같습니까?"

"바람처럼 눈 속으로, 눈사람처럼 사라졌다는데 무슨 수로 잡아요. 그자가 범인이라고 단정할 수도 없지. 저 혼자 급사한 것을 가지고 괜히 우리만 생고생을 하고 있는 게지. 무슨 놈의 눈은 이리 환장하게 쏟아지느냐 말이오."

그들은 강하가 문밖골 주막 사건이 일어난 한 시간 뒤에 다루, 고준과 함께 돌아오는 걸 보았던 터라 어서 가 보라고 손짓한다. 강하 옆에 붙어 있는 처자에게는 관심도 두지 않는다. 평양 감영 옥청에서 탈옥한 박고준은 이름은 물론 성도 버렸다. 지난 경오년 돌림병으로 죽은 얌전 내외의 셋째아들 김문수로 분했다. 아직 가짜 호패를 지니고 다니지만 내년에 호구 조사가 실시되면 정말 김문수가 될 것이다. 사신계가 계원들의 신분을 바꿔 줘야 할 필요가 생기면 삼년에 한 번씩 이뤄지는 호구조사 시기를 이용한다. 관헌으로 포진하여 사는 계원들이, 새 신분이 필요한 계원들의 이름을 곳곳에다 새기거나 빼며 살아갈 자리를 만들어 낸다.

박고준의 모친과 누이는 평양 현무부와 칠성부가 합동하여 빼돌렸다고 했다. 현재 강원도 평강의 칠성부 선원으로 옮겨가 있는가 보았다. 세 식구가 다시 만날 수 있을지는 알 수 없으나 김문수가 된 고준은 제 모친과 누이가 안전하다는 소식을 들은 즉시 천자문을 익히기 시작했다. 사신계를 알기 전에 계의 힘부터 먼저 느낀 그였다. 자신이 알지 못하는 어떤 세계가 있는데 그 세계를 알려면 선행해야 하는 게 문맹에서 벗어나야 한다는 것을 알고는 틈나는 대로 읽고 쓰기를 훈련하고 있었다.

홍지문을 통과한 강하는 문밖골 주막 앞길로 접어들지 않고 순화방을 거쳐 경복궁 서쪽의 큰길을 따라 걷는다. 보리든 온이든 현재는 김강하의 옷을 입고 있는 여인이므로 마음이 쓰인다. 온이 저도 모르게 저지른 살인의 현장을 거치지 않도록 우회하는 것이다. 거리가 꽤 늘어지기는 했으나 온도 주막 앞을 지나고 싶지 않은지 말없이 뒤를 따른다.

강하는 한마디도 없이, 빨리 걷지도 않고 돌아보지도 않으면서 일정한 보폭으로 온이 따를 만하게 걷는다. 금천교에 이르러서야 온을 돌아본다. 곧 인경이 울릴 터이다. 경복궁 앞쪽으로 돌아서면 광화문 앞 육조거리가 나온다. 온이 사박사박 따라오는 것을 보고는 광화문 앞을 가로질러 십자교를 건넌다. 큰 거리건 골목이건 인기척은 전혀 없다. 하염없는 눈발만 사락사락 날리고 있을 뿐이다.

"아가씨 댁이 여기서 얼마나 됩니까?"

이제 너는 보리가 아니라는 걸 강조하듯 강하의 말투가 달라졌다.

"한 마장 길이오."

"하면 예서부터는 아가씨 홀로 가십시오."

"이왕 예까지 왔는데 대문 앞까지 데려다주시지 않고요?"

"누가 보기라도 하면 큰일 아닙니까. 양반댁 아가씨가 사내를 앞세우고 야밤의 거리를 쏘다니다니요. 아가씨께는 물론 저한테도 큰일입니다. 들으셨는지 모르지만 근자의 저는 익위사에서 저하를 모시고 있습니다. 저와 같은 자들에게 생기는 나쁜 일들은 작금의 저하께 모조리 돌아가 그분을 곤란지경에 빠뜨리는바 극히 조심해야 합니다. 그러니 이후 다시는 홀로, 아니 시자들을 데리고도 우리 쪽으로 넘어오지 마십시오. 함께 할 수 없게 정해져 있는 사람들은 각기의 제도를 따라 사는 겝니다."

강하는 진심으로 하는 말이다. 마음을 이용하여 온을 나락으로 밀어뜨리고 싶지 않고 제 부친의 손에 죽게 하고 싶지도 않다. 만단사령 이록이 비휴라는 이름의 전문 살수집단을 따로 길렀다는 걸 알게 된 마당이었다. 그들은 만단사령의 보위부 수장인 정효맹의 주도하에 길러졌으며 그 첫째인 선일이 현재 온의 호위였다. 선일 아래 네 사람은 좌우 포도청과 어영청과 총융청에 들어가 있었다. 선신과 선해를 제외하고 남은 여섯 명이 아직 어린 편이나 어린 자들은 겁을 모르는 법. 원래 겁없이 키워지기도 했을 그들이었다. 선해가 만단사에 등을 돌릴 수 있었던 것도 겁이 없어서였다. 죽음을 각오한 게 아니라 자신이 죽은 걸로 쳤다던가. 화도사에서 도선사로 거점을 옮겼던 비휴들은 선신과 선해의 실종 사태 이후 도성 안으로, 목멱산 아래 한강방으로 들어왔다. 비휴 넷을 관가에 심은 만단사령과 정효맹의 의도가 무엇인가. 그걸 탐색해야 하는 사람 중 한 사람이 강하였다. 탐색하되 탐색만 하고 싶었다. 온과 얽혀 허우적거리고 싶지 않았다. 하지만 온을 만난 오늘 다시금 자신의 몸을 믿을 수 없게 되었다.

"정이 들어 그런 것을 그리 야멸치게 말씀하십니까?"

"정 들여 무엇하시게요. 예전이든 오늘이든 아가씨가 가마골로 오신 건, 오시어 더불어 지낸 시간과 그 속에서 일어난 일은 모두 사고였습니다. 사고는 지나갔는바 다 잊으십시오."

잊을 수 있었으면 찾아갔겠는가. 본의는 아니었을망정 살인을 저지르기까지 했다. 그 일을 눈치 채고도 고스란히 감싸준 사내를 앞으로인들 잊을 수가 있을까. 또 깨끔네 방에서의 얼크러짐은 어찌하고. 그 열기를 식히지 못한 채 한 시간쯤 눈발 속을 걸어온 몸이 사정없이 떨렸다.

"어 언제, 다시 만나요. 도포도 돌려줘야 하고."

"그러지 맙시다. 도포는 시전거리 평양비단 포전에다 맡겨 두세요. 아니면 시자한테 도포를 보내면서 아가씨 옷을 찾아가시던가요."

온은 이대로 그를 포기할 수 없었다. 아직은 포기할 이유도 없었다. 그와 혼인하겠다는 게 아니지 않는가. 얼굴만 보겠다는 것이었다.

"내일 아니, 사흘 뒤 보름밤 이경 즈음에 삼청동, 장원서 위쪽에 있는 보현정사로 와 주세요."

"아니오. 내일이든 사흘 뒤든 어디도 아니 가겠습니다. 그러니 아가씨는 이제 댁으로 가세요. 제가 멀찍이서 잠시 따르기는 하겠습니다. 아가씨가 아니 보이실 때까지만요."

눈발보다 서늘하게 작별을 선언한 그가 온을 지나쳐 뒤로 갔다. 그가 열 걸음도 더 가서야 온은 돌아선다. 온은 허원정을 향해 걸으며 스스로에게 다짐한다. 그는 사흘 후에 보현정사로 올 것이야. 그러니 지금은 곱게 집으로 들어가. 스스로를 달래고 윽박지르며 걷는다. 그가 멀찍이서 따라오는 기척이 느껴진다. 서로 어긋나는 발소리를 애써 새겨들어야 할 만큼 먼 기척이다. 허원정과 익익재 댁 사이의 고샅으로 접어들 무렵 온은 참지 못하고 돌아보고 만다. 보일 듯 말듯 그가 저만치에 선다. 온이 서자 그도 움직이지 않는다. 온이 움직이지 않으니 그가 돌아섰다. 삽시에 보이지 않는다. 온은 다리에 힘이 풀려 눈밭에 주저앉는다.

동짓달 보름밤. 북악은 사흘 전 내려 켜켜로 쌓인 눈이 달빛을 반사하여 시야가 제법 밝다. 보현정사로 갈 것인가, 말 것인가. 지난 이틀간 강하는 갈등했다. 오늘 퇴청하여 저녁을 먹을 때까지도 결정하지 못했다. 다루의 승품 시험 날이 다가오고 있으므로 저녁을 먹은 직후 둘이 마당에 마주섰다. 승품 시험은 세 명의 무진과 일곱 명의 일품 계원들이 지켜보는 가운데 시험에 임하는 당사자와 한품 위인 대련 자들이 마주하며 시작된다. 응시자들은 스물네 가지 무예 중 응수해 줄 위 품급 계원이 지목한 무기로 대련하는데, 열 번 중 일곱 번을 이기거나 비겨야만 승품할 수 있다. 무술로 품계를 높이는 심사 과정은 어느 품계에서나 동일하다. 한 차례 대련에 정해진 시간은 없다. 내가 당하지 못하여 물러나거나 상대가 졌다고 인정하거나 지켜보던 무진들이 비겼음을 선언할 때까지다.

삼품 다루와 응수해 줄 사품 계원이 누구누구일지, 그들이 어떤 무기를 사용하자 할지 모르므로 다루는 이십사반 무예를 모두 수련해야 했다. 다루가 강한 종목은 장창, 죽장창, 기창, 삼지창 등의 창술이다. 궁술과 마상술도 잘했다. 그러나 검술 쪽이 약했다. 창과 검의 길이에 따른 결의 차이를 아직 극복하지 못했다. 승품 시험이 동짓달 이십일이므로 닷새 뒤다. 다루의 검술을 투철히 살펴 주어야 하는데 오늘 강하는 집중하지 못했다. 보현정사로 갈 것인가, 말 것인가. 오직 그 생각만 하는 스스로를 깨쳤다. 아니, 가기로 작정한 자신을 인정한 것이었다. 다루에게 쌍검을 내어 주며 일천 번의 결을 지어 보라는 숙제를 내놓고는 집을 나왔다. 그리고 여기, 보현정사 앞이다.

사실 그제 밤 온과 헤어진 길로 보현정사에 올라와 봤다. 쇠락한 건물이 눈에 덮여가는 중이었다. 현판이 낡아 금세라도 떨어져 내릴 듯한 건물의 대문에는 자물쇠가 걸려 있었다. 담을 넘었다. 절 건물도 열쇠가 없긴 마찬가지였으므로 자물쇠를 통째로 뽑아 문을 열어 보았다. 뜻밖에도 삼존불상이 아직 있었다. 촛대나 향로 따위의 작은 물건들은 사라졌지만, 누구도 불상을 훔쳐다 팔아먹을 엄두는 못 냈는지 불상은 손을 타지 않은 채였다. 평생 불단을 모시고 사는 반야 덕에 강하도 불상 앞에만 서면 절을 올리는 습성이 있었다. 촛불도, 향도 피우지 못한 채 하릴없이 반야심경을 외며 백팔배를 올렸다. 절을 하는 동안 내내 다짐했다.

'이곳에 다시 오지 않겠습니다, 나무관세음보살.'

'온에게 상처 입히지 않겠습니다, 나무관세음보살.'

'떳떳한 사내로 살겠습니다, 나무관세음보살.'

그렇게 기도하며 다짐한 보람도 없이 오고 말았다. 강하는 동쪽 담장을 넘어 보현정사 안으로 내려선다. 담장 아래는 화단이다. 강하가 스치자 측백나무가 사흘째 얹고 있던 눈을 와스스 쏟아낸다. 몸에 묻은 눈을 털며 마당으로 나서는데 휙, 뭔가가 공기를 가르며 날아든다. 표창이다. 몸을 슬쩍 틀어 피하는 순간 또 하나가 가슴을 향해 날아든다. 물러나 피하니 다리 쪽으로 날아오고, 뛰어올라 피하니 머리를 겨냥하고 달려든다. 표창 한 집을 다 쓰려는 모양이다. 옷에 맞으면 옷이 찢기고 맨살에 맞으면 피가 날 것이고 급소에 맞으면 중상을 입거나 심할 경우 사망할 수도 있다.

연달아 날아오는 표창들을 피하면서 보니 법당 문 앞에 검은 형체가 서서 표창을 날리고 있다. 호리한 몸피에 검은 옷을 입고 검은 두건을 썼다. 복면은 하지 않았다. 강하는 표창들을 피하며 기단 아래로 다가들었다. 표창 한 집을 다 썼는가. 강하가 기단의 계단을 밟는 순간 온이 등에 지고 있던 쌍검을 빼어 겨누며 뛰어내린다. 어이없게도 진검이다. 강하는 빈손이다. 보통 손에 무기를 지니고 다니지 않거니와 온을 상대하며 행전 속의 단검을 뺄들 수도 없다.

"나를 죽이려, 오라 한 게요?"

두 개의 진검을 맨손으로 쳐낼 수 없어 뒷걸음질 치며 문건만 온은 검을 휘두를 뿐이다. 지난 삼월 보름 밤 만단사 회합 때 보았던 온의 쌍검무는 아름다웠으나 지금은 춤이 아니라 진검을 휘두르는 실전이다. 예전 깨금네 마당에서 온의 칼솜씨를 이미 목도하기도 했다. 당시 온은 제가 누구인지도 모르던 보리아기였으나 막대 두 개를 쥐어 주자마자 쌍검 무술의 온갖 품새를 눈부시게 펼쳐냈다. 지금 온은 스스로를 시험하고 있는 것 같다. 강하가 제 칼날을 피할 수 있는지 없는지, 피하며 어찌 나오는지, 우선 제 힘이 다할 때까지 덤비려는 것이다. 그러다 강하가 그 칼날을 이기지 못하여 죽는다면 그걸 다행으로 여기며, 하지 않아야 할 짓을 하고 싶은 스스로의 욕망을 베어 넘기려는 것이다.

그제 밤 강하도 백팔 번의 절을 통해 다스리고자 했던 욕망이다. 하지 않아야 할 일과 하고 싶은 일, 해야 하는 일과 하고 싶지 않은 일들을 분별할 수 없어 아예 피하겠노라고 다짐했다. 피하기만 하면 되는 것이므로 몹시 간단할 일이건만 백팔 번이나 다짐하고도 그걸 지키지 못했다. 하여 강하는 지금 온을 이해한다. 이해하므로 가엽다. 가여우므로 제가 원하는 대로 응수해 나간다. 쌍검을 휘두르는 온의 검술이 가벼이 상대할 수준을 훨씬 넘으므로 맨손으로 응수하는 강하도 전력을 다한다. 쫓아올 수 없게 달아나고 싶지 않고, 검을 빼앗아 멈추게 하고 싶지도 않으므로 스스로 멈출 때까지는 피하는 도리밖에 없다. 건물을 몇 바퀴나 돌고 담장을 수십 번 오르내리고 지붕을 그만큼 오르내리는 사이 온의 쌍검 결이 늘어간다. 고집이 세다 못해 질기다. 한번 세운 뜻을 기어이 이루고야 말 사람이다. 스승 혜원께서 명하신 바 이온을 사신계로 이끌어 보라는 건 어림도 없는 것임을 알겠다. 합이 이루어지지 않은 채 홀로 휘두르는 결이 삼백여 차례를 넘어섰을 때에야 온이 지친 게 느껴진다.

이경 초에 시작한 일방적인 대련이 삼경에 이를 때까지 계속되고 있으니 기진할 만하다. 동짓달 보름 밤. 달빛은 밝아도 공기는 칼날만큼 날카롭다. 두툼한 옷 속에서 난 땀이 마르는 게 아니라 얼었다가 녹기를 반복하고 공기 속에 드러난 얼굴은 내 살이 아닌 양 얼었다. 온이 언제 멈춰야 할지 모르므로 강하가 끝내기로 한다. 강하는 발밑에서 딱딱하게 굳은 눈 한 덩이를 왼발로 걷어올려 온을 향해 날린다. 온이 얼음조각들을 쳐내느라 한 눈을 파는 사이 강하는 온의 뒤로 돌아가 그의 두 팔을 쳐 칼을 떨어뜨린다. 동시에 두 팔을 그러잡아 온을 안는다. 몸부림치는 온을 옴쭉 못하게 끌어안고 넘어뜨린다. 마당의 눈밭에 큰대자로 잡힌 온이 씩씩거린다.

"보리아기씨, 기어이 나를 죽이고 싶지 않다면 충분하지 않아?"

"기어이 죽일 셈이었어."

"오라 하여 왔고, 오고 싶어 왔는데 그게 죽을 만큼 큰 죄인가?"

"아닌 줄 알아? 오지 말았어야지. 오지 않는다 하였으니 안 왔어야지. 지금만 해도!"

"지금? 지금이야 그대가 날 죽이려 하니, 살고 싶어 붙들고 있는 거잖소. 나를 살려 주겠다면 놓아주리다."

"내가 그대를 죽이지 못하게 되었으니 이제 그대가 나를 죽여. 그게 낫겠어."

"죽거나 죽이는 것 외에 달리 도리가 없어?"

"백방으로 생각해도 둘 중 하나가 죽거나 둘 다 죽는 외에 달리 방법이 없어."

"그럼 둘 다 죽읍시다. 죽기 전에 하고 싶은 일 한 가지만 하고."

"뭐, 뭘."

이거라고 중얼거린 강하가 몸을 굽혀 온의 이마에 입술을 댄다. 이마에 댄 입술을 들어 양 눈썹 사이를 찍고 콧등에 입을 맞춘 뒤 입술에 다가든다. 온의 아랫입술을 살짝 물다가 놓고 윗입술에 혀를 댄 순간 두 입술이 맞부딪친다. 동시에 강하는 자신의 손이 붙들고 있던 온의 손을 놓아 버리고 온의 옷섶 속으로 파고드는 것을 느낀다. 이대로 죽을지도 모른다 싶지만 멈출 수도 없다. 제 몸을 내어 주며 깊이 안겨오는 온으로 하여 당장 죽지 않으리라는 생각도 한다. 소임이거나 아니거나, 죽거나 살거나. 온을 안는 이외의 아무것도 보이지 않게 된 순간 강하의 몸이 뒤집힌다. 온이 강하를 타고 앉아 양어깨를 누른 채 말했다.

"여긴 가마골이 아니고 난 보리아기가 아니야. 그대는 강수가 아니지."

"지금 그대는 누구고 나는 누구지?"

"나는 이온이고 그대는 김강하지. 그대가 김강하인 한 이온을 그대 곁을 지나가는 한 계집으로 안을 수는 없어. 이온은 그걸 용납할 수 없거든."

"허면 보리아기 이온, 나와 혼인하려오?"

"뭐요?"

"서로에게 그냥 지나가는 사람이 아니게 하려면 그 수밖에는 없지 않아? 나는 미가未家한 몸이고 그대도 아직 홑몸일 터. 합칠 수 있지 않겠어?"

"우리 둘이 혼인한다고 나서는 순간 그대와 나는 내 아버님께 죽게 돼."

"내 선조들이 대대로 중인의 역관이며 장사치로 살아왔으나 그 덕에 한 재산 이루시었고, 나는 그런 집의 셋째아들로서 미관말직이나마 품계를 얻었는데, 아니 될까?"

"어림도 없어. 내가 미혼과부이긴 해도 외양으로는 어엿한 처녀일제, 이 나이까지 혼인치 못한 이유가 뭔데. 내 아버님은 내가 처녀 귀신으로 죽더라도 아래로는 혼인시키지 않을 분이야. 헌데, 그대의 가문이 어딘데?"

강하는 어이없어 웃고 나서 대답한다.

"평양의 유릉원이라고 아시는지 모르겠소. 유릉원은 유상의 본원이고, 게가 내 본가요."

"보제원거리에 있는 금강약방의 주인이 유상 아니오?"

"왜 아니겠소."

"헌데 어찌 가마골에서 지내고 있었소?"

"내 모친께서 가마골 웃실에 있던 소경 무녀한테 반하시어 소경 무녀의 집 아래에다 집 한 채를 지어 놓으신 덕이었소. 땅값이 워낙 헐해 사셨다고 합디다만 기실은, 아무도 돌보지 않은 그 집터가 우리 가문을 흥성케 할 운세를 지녔다는 말에 그곳을 마련하셨답디다. 와중에 늦둥이로 태어난 아우들 몸이 원체 약해 게서 몸을 보했던 것이고. 그 때문에 나는 지금도 게 살고 있소. 내 모친께서 그 집터 덕에 아들이 벼슬하게 되었다고 그냥 살라 하시어서. 어찌되었든 내 그대를 굶기지는 않을 자신이 있으니 나와 혼인하여 함께 살려오?"

"어림도 없다 하지 않았소."

"그대 아버님이 찾으실 수 없는 곳으로 달아나리까? 설마 우리 둘이 숨어 살 곳이 없을라고요?"

"어떤 이유로도 나는 숨어서 못 사오."

"허면 어쩌자는 것이오?"

"하여 방법이 없다지 않소."

"방법 없다고, 방법 없으므로 서로 모른 체하자고 내 사흘 전 밤에 분명히 말했건만, 그대가 오늘 밤 나를 이곳으로 오게 했어. 방법 없다는 그 말 되풀이하려고 몇 시간이나 죽기 살기로 나를 떠본 것이야?"

온이 강하의 몸 위에서 내려와 옆으로 구르더니 눈밭에 큰대자로 눕는다. 자정이 넘었는지 얼음으로 빚어 매달아 놓은 듯한 만월이 바로 위에 떠 있다. 이만하면 충분하다. 강하는 얼음장을 떠다 붙여 놓은 것 같은 달을 보며 생각한다. 온을 위해서도, 스스로를 위해서도 오늘 밤 할 수 있는 건 다했다. 할 만큼 한 두 사람이 지금 각자의 욕망을 따르지 못하는 이유는 스스로를 내놓을 수 없기 때문이다. '나는 만단사다. 네가 나를 따르지 않으련? 그리하겠다면 나를 내어주마.' 이온은 그리 나서야 하고 김강하도 마찬가지다. '나는 사신계다. 네가 만단사를 등지고 나를 따르지 않으려니?' 그렇게 물어야 마땅하다.

하지만 둘 다 자신의 본색을 내놓기에는 정신이 너무 말짱하다. 더하여 온은 신분을 버릴 수도 없을 것이다. 어쩌면 영영 해결할 수 없고 해결할 필요도 없는 고심일 수도 있다. 서로 한걸음씩 비켜선 채 각기 할 바 하면서 살면 되는 것 아닌가. 강하는 후, 한숨 쉬고 일어나 온을 향해 손을 내민다.

"일어나요. 그대 아버님께 죽기 앞서 얼어죽겠소."

강하가 온에게 내민 손은 잠시 일으켜 주려는 손일 뿐이다. 아무 사내가 아무 계집에게나 베풀 수 있을 만한 배려. 강수인 김강하는 보리인 이온을 포기한 것이다. 온도 포기해야 맞다. 쌍검을 휘두르며 덤비는 이온에게 한 번도 맞대응하지 않은 채, 달아나지도 않고, 피해 주기만 하는 그일지라도. 오라 하여 오고, 오고 싶어 온 그일지라도. 지금 눈앞에 달처럼 떠서 몸을 들들 끓게 하는 그일지라도 포기해야 마땅하다. 그가 지금 내민 손을 잡아 일어나면 포기하는 것이다. 그러므로 그의 손을 잡는 게 옳다. 일어나야 맞다.

'영보천존께서 몸을 편안하게 하시고 제자의 혼백과 오장을 편안케 하시며 청룡과 백호가 무리를 지어 일어나고 주작과 현무가 이 몸을 호위케 하소서.'

온은 속으로 「정신신주淨身神呪」를 외어 몸을 맑게 하고 내밀어진 강하의 손을 잡는다. 몇 시간 동안이나 한기 속에 있었던 그의 손이 뜻밖에도 따뜻하다. 그의 손의 따뜻함으로 인해 온은 자신의 찬 손을 느낀다. 따뜻한 손이 찬 손을 일으키려 잡아당긴다. 찬 손이 이끌려가는 대신 따뜻한 손을 와락 끌어당긴다. 급작스런 힘의 역전에 강하가 균형을 잃고 온 위로 엎어진다. 엎어지면서도 온을 다치지 않으려 양팔을 땅으로 짚는다.

"어쩌자는 거지? 정말 같이 죽기라도 하자는 거야?"

온은 대답 대신 강하 목에 팔을 둘러 그의 상체를 끌어당긴다. 천둥과 번개로서 요귀와 정령을 물리치는 서른여섯 신神의 이름을 부르며 나를, 우리를 보호해 달라 간청한다. '제발경울 기히린왈 홈파 결리 허튼운필 기리치오 루진회불 연존억역 수호살흘 도라박리.' 함부로 부르면 안 되는 신들이었다. 일만 번을 독송한 연후부터 효력을 볼 수 있는바 지금 간청해도 소용없었다. 그럼에도 스스로를 보호하기 위해「금광신주金光神呪」를 왼다. 내일 죽을지도 모르지만 지금은 아니다. 지금 한 번만 그를 안고 다시 만나지 않는다면 죽지 않아도 될 것이다. 아무도 모르지 않는가. 서른여섯 뇌신雷神들 외에는. 한 번만. 지금 한 번만 그를 안고 그를 누리다 다시 안 보면 된다. 지금 한 번만.

한 번만이라 중얼거리며 그의 얼굴을 당기는 순간 온의 몸이 또다시 뒤집힌다. 뒤집혀 강하한테 안긴 채 일어서 있다. 강하가 온을 안은 채 등을 털어 주고는 한 걸음 물러서더니 말했다.

"그대가 오늘 한 번으로 끝내려 작심한 거 알아. 우리 둘의 목숨이 걸렸으니 현재로서는 그게 마땅하겠지. 하지만, 조금 전 그대 말처럼 나도, 한 번 지나가는 사람으로서 그대를 안을 수는 없어. 당장 그대와 살을 부딪고 이 자리에서 죽는다 할지라도 그대를 안고 싶지만, 기를 쓰고 참는 이유야. 그런 의미에서 한 번 더 여지를 둡시다. 오는 섣달 초사흘 밤 이경에 여기서 다시 봐요. 서로, 와도 좋고 오지 않아도 좋겠지. 만나지 못해도 서운해하지 말고 각자 수련이나 하다가 돌아가는 게요. 그런 식으로 매달 초사흘 밤 약속을 몇 번 거듭해 보자는 말입니다. 혹여 만나지는지. 그러다 보면 우리가 기어이 만나야 할 사람들인지 아닌지 알게 되겠지요. 오늘은 배웅치 않고 그냥 가리다."

제 할 말을 끝낸 강하가 휙 돌아서더니 처음에 들어왔던 동쪽 담장을 넘어 날듯이 사라졌다. 엄동의 밤 추위와 비로소 맞닥뜨린 몸이 사정없이 떨린다. 온은 주변을 두리번거려 눈 위에 나뒹구는 검 두 개를 찾아낸다. 김강하를 죽였어야 했다. 이 밤으로 끝을 보았어야 했던 것을 그에게 혹하여 힘을 쓰지 못했다. 그리하여 내달 초사흘 날까지 지옥이 연장되었다. 한 번의 초사흘로 끝나지 않을 게 뻔한 기다림의 지옥이. 온은 건물 기단 위로 올라가 팽개쳐 두었던 검집에다 두 개의 칼을 꽂아 넣는다. 사흘 전 밤에 입었던 김강하의 도포 뭉치가 문 앞에 그대로 있다. 기어이 그를 죽였어야 했다.

마음이 비롯되는 곳

　녹은당은 유곤을 끼고 돌면서도 유원을 몸종과 다름없이 대했다. 이른 아침 요강과 타구 비우기부터 밤 자리끼 수발까지 유원에게 하게 했다. 금오당이나 온은 유원을 집안에 있어야 할 집물이거나, 녹은당의 성화를 받아내는 그릇쯤으로 여겼다. 이따금 함양에서 상경하는 태감은 유원 남매가 집안에 있다는 사실 자체를 잊어버린 듯 무심했다. 지난 한가위 무렵 상경했을 때의 태감은 달랐다. 집에 돌아온 첫날 안채에서 인사 한 번 받고 만 그가 떠나기 전날 밤 유원을 녹은당의 처소로 불렀다.

　"오는 섣달 초닷새에 너를 입궐시키기로 하였다. 우선 집상전의 나인으로 들어갈 것이되 네 운수가 좋으면 대전이나 소전의 눈에 띄어 승은을 입을 수도 있겠지. 네가 궐로 들어가매, 네 아우는 걱정하지 않아도 된다. 네 아우는 우리 핏줄이 분명할 제 내가 키울 것이다. 입궐이 두 달 남았으니 그간에 궁중 법도 등을 익히며 지내다가 입궐 날짜 정해지면 들어가거라."

태감이 그리 선언하고 나자 녹은당이, 집상전은 왕대비전이라 하면서 그날 자신이 유원을 데리고 입궐할 것이라 했다. 유원에게 집상전에 들어가서는 지난 역질에 부모를 잃은 녹은당의 이질녀 박병희로 행세하라 했다. 종첩의 자식은 나인들 사이에서도 하시당하기 일쑤이므로 아예 박병희가 되라는 것이었다. 유원으로서는 그들이 죽어라 하면 죽을 수밖에 없는 처지이므로 고개만 숙였다.

입궐 날짜가 사흘 앞으로 닥쳤다. 금오당을 무서워하는 유곤은 온양댁을 사뭇 따랐다. 온양댁이 먹여 주면 잘 먹고 씻겨 주면 잘 씻었고 재워 주면 잘 잤다. 유원은 그게 다행이다 싶으면서도 서운하고 한편으로는 불안했다. 온양댁은 허원정에 매인 사람이 아닌 고로 언제든 일을 그만두겠다고 나서면 그만인 사람이다. 온양댁은 아들이 둘이라 했다. 팔자 사나워 한 번도 스스로 키워 보지는 못했다고도 했다. 자신이 어디 태생인지, 아들 둘이 어디서 살고 있는지에 대해서는 입도 벙긋하지 않았지만 아들 둘이 유곤 또래라는 말은 했다. 그 아이들 때문인지 온양댁이 유곤을 돌보는 손길이 따사로웠다. 유곤과 엽전의 앞뒤 면처럼 붙어 있는 늠름이도 더불어 챙겼다.

그동안 허원정에서 유원이 의지해온 유일한 사람이 온양댁이었다. 유원의 첫 달거리도 온양댁이 챙겨 주었다. 으뜸부끄럼가리개 속에 갖춰 입을 서답을 지어 주었고, 서답 짓는 방법을 가르쳐 주었다. 유곤과 늠름을 잠자리에 들게 한 온양댁이 아이들 가운데 앉아 양쪽으로 손을 뻗어 아기도 아닌 두 아이를 동시에 다독이다 입을 연다.

"아가씨도 그만 건너가 쉬시구려."

"마님께서 아직 아니 주무시는걸요."

"이미 취하셨으니 곧 주무시겠지요. 금오당께서 알아 하실 테니 아씨는 불안해 마시고 쉬세요."

"제가 불안해하는 걸로 보이시어요?"

"밤마다 무슨 호령이 떨어지나, 제가 불안하니 아가씨도 불안하겠거니 싶어 해본 소립니다. 쇤네는 한 달에 한두 번이라도 이 집을 나가 쉬는데, 아가씨는 그리도 못하시니 고단하시겠다 싶기도 하고. 이제 곧 궁으로 들어가신다고는 하나 예서나 게서나 뼈 빠지게 일하면서 눈치보고 사실 건 똑같을 테니."

유원은 대문 밖에 나가는 것도 금지되어 있었다. 녹은당의 독설에 따르면 유원은 사내들을 죄 홀릴 정도로 요망하게 생겨 집안 망칠 상이므로 바깥에 얼굴 내밀면 안 되는 계집이었다. 집안 망치기 전에 치우기로 한 곳이 궐 안의 왕대비전인 모양이었다. 불만을 가질 수도 없지만 유원은 요즘 아우 유곤이 걱정스러워 잠을 제대로 못 잤다.

"부디 여기 오래 계셔 주시어요, 아주머니."

"그야 노마님이나 금오당마님, 아씨한테 달렸지, 쇤네 뜻이겠습니까."

그렇기는 했다. 녹은당의 변덕이 죽 끓듯 하고 아랫것들을 잡아대는 성화가 날로 심해지니 언제 누가 내쳐질지는 아무도 몰랐다. 온은 바깥일들이 워낙 바빠 얼굴 보기조차 어려웠다. 밤에만 집에 있는 사람인데 밤에 찾아오는 사람들은 또 어찌 그리 많은지. 오늘 밤만 해도 바깥사랑에서 온을 만나고 있는 사람이 수십 명이었다. 오늘 저녁 온이 펼치는 자리를 위해 며칠 전부터 부산했던 금오당에 따르면 사랑채에 든 손님들은 전부 먼 데서 온 이들이라 했다.

허원정 큰사랑도 먼 곳인 유원은 먼 데에 대한 감각이 없었다. 어
릴 때 살던 정선방 집 이화헌梨花軒은 태묘太廟와 이웃해 있었다. 정
선방과 안국방은 지척이라는데 지척이 얼마나한 거리를 뜻하는지
도 유원은 모른다. 이화헌에서 부모님이 한꺼번에 돌아가신 뒤 허원
정으로 들어와 대문 밖으로 나가 본 적이 거의 없었다. 부러 나가 볼
용기가 없었고 유곤 때문에 그런 생각할 겨를도 없었다. 그래서 지
척이라는 궁궐조차 까마득하게만 느껴졌다. 왕대비께서 사신다는
집상전이 이역의 어느 궁궐처럼 멀게 생각되는 까닭이었다.

"아가씨, 아우님은 어찌됐거나 이 댁 아드님이시오. 태감께서도
그리 말씀하셨다면서요? 이 댁 자손으로 키우신다고. 그게 무슨 뜻
이시겠어요? 태감께서 언젠가 아드님을 낳게 되실지 모르지만 현재
로서는 천지사방, 아무리 둘러보아도 아드님이 없는 댁 아니오? 어
쨌든, 도련님은 너무 걱정 마시오. 걱정한들 아가씨한테 뾰족한 수
가 있는 것도 아니니, 다 타고난 대로 사는 것이겠거니 여기고, 궐에
들어가 귀애 받고 사시구려. 아가씨는 안팎이 다 그지없이 고우시니
웃전들께서 틀림없이 어여뻐하시리다."

유원의 눈자위가 발개진다. 내 딸자식이라면 얼마나 가여울지. 온
양댁은 도리질을 하며 잠든 유곤과 유곤의 종자로 자라는 늠름의 이
마를 쓰다듬는다. 유원도 그렇지만 유곤과 늠름은 온양댁한테 특별
히 안쓰러운 아이들이다. 유곤은 천치가 아니다. 제 네 살 적에 돌
림병에 걸렸다가 간신히 목숨을 건진 뒤 두어해 동안 천치처럼 비쳤
던 탓에 집안사람들이 그리 아는 것뿐이다. 유곤을 천치처럼 보이도
록 종용하고 있는 사람이 누이인 유원이다. 아이가 멀쩡하다는 사실
이 알려진 순간 남매가 녹은당으로부터 내쳐질 것이라 염려하여 한

사코 천치 노릇을 시켰다. 온양댁도 유곤이 바보가 아니라는 사실을 굳이 밝히지 않았다.

본명이 박새임인 온양댁은 한본이라는 아이를 낳은 적이 있었다. 제 아비한테 성씨가 없었으므로 그저 한본일 뿐인 그 아이한테 어미 노릇을 한번도 못해 주었다. 만약 한본이 살아 있다면 유곤처럼 자라고 있지 않을까 싶었다. 세상의 온갖 눈치를 다 봐가며, 하루하루 목숨을 부지하느라 조마조마하게. 미타원이 불타며 아이들이 모두 타 죽고 어른들은 도고 관아로 끌려가 죽었다고 들었다. 한 시절 지아비였던 동마로도 그리되었다는 소문을 들었을 때 온양댁 박새임의 한세상이 무너졌다.

늘 발을 헛딛는 것처럼 지내던 두 해 전, 시전 비단포 앞에서 강수 닮은 젊은이를 발견했다. 그가 정말 강수라면 한본도 살아 있을 것 같았다. 한번 그리 생각하기 시작하니 한본이 살아 있는 게 사실이 되었다. 둘째 아이 김국빈은 본가에서 조부모와 제 생모로 알고 있는 구경당 안씨 밑에서 반듯하게 커가고 있었다. 그 아이한테는 새임이 다가들지 않는 게 위하는 일이었다. 국빈은 잊고 살 수도 있었다.

겨우 한 시진 전에, 강수 닮은 젊은이를 다시 만났다. 청계변에 사는 동무네에 갔다 나오던 중이었다. 삼내미로 들어서는 혜정교 어름에서 그와 부딪쳐 붙들었다. 온양 도고 땅 은새미의 미타원에 살던 강수가 아니냐 물었더니 그는 자신이 평양 사람이라 했다. 온양은 한번 가 본 적도 없노라고 덧붙였다. 그는 완강히 부인했지만 틀림없이 강수였다. 돌을 갓 넘겼던 한본이 어찌 생겼던지는 기억나지 않고 살아 있대도 알아볼 수 없을 것이나, 마지막 볼 때 열 살 남짓했던 강수는 또렷이 기억했다. 너도 크면 계집들깨나 울리겠구나, 했을 때 지아비였던 동마로를 빗댄 분풀이였으나 아이의 남다른 용모 때문이기도 했다.

그 무렵의 강수는 천상에서 뚝 떨어져 내린 신선의 아이인 양 예뻤다. 쌍꺼풀 없이도 큼직한 눈매와 우뚝한 콧날과 하얀 낯빛과 오려붙인 것 같던 입술까지. 어둑한 불빛 속에서도 헌칠해 보일 정도로 잘 자란 아까의 강수는 박새임을 기억하고 몹시 경계하는 눈치였다. 그 주변에 한본이 있기 때문 아니겠는가. 그 잘난 여인 별님이 죽었다는 말은 듣지 못했으니 그이가 아이들을 키웠을 것이다. 귀공자처럼 보이던 강수의 번듯한 입성이 한 증거였다. 그 옛날 하루에도 한 단지씩의 돈을 벌던 별님이니 강수나 한본을 좀 잘 거두겠는가. 그리 생각하고 싶은 것이었다. 별님이 근방에, 도성 안에 있다면 그에 대한 소문을 듣지 못했을 리 없지 않은가. 별님은 가만히 있어도 소문이 나는 사람인데.

"도련님 주무시니 아가씨도 좀 쉬세요. 쇤네는 다시 나가 집에 좀 갔다가 새벽에 돌아오려오."

원래 쉬는 날이라 나갔다가 되돌아온 온양댁이 다소곳이 일어나는 것에 맞춰 유원도 일어난다. 유원 남매의 거처는 내원의 뒤채였다. 마루를 가운데 두고 양쪽으로 달린 방을 남매가 쓰고 있었다. 온양댁은 안채 행랑에서 기거했다. 한 달에 한두 번 자신의 집이 있다는 애오개로 나갈 뿐 나머지 날들을 허원정에서 사는 온양댁의 방은 임시 거소 같았다. 그이한테는 허원정이 집이 아니라 밥 벌어 먹는 일터인 것이다. 이미 밤이 시작되었는데 온양댁은 자신의 집으로 가겠다고 한다. 쉬는 날이므로 집에 가서 쉬겠다는 것이다.

온양댁이 대문채 쪽으로 사라진다. 유원도 냉엄한 동짓달 밤 추위에 쫓겨 자신의 거소로 들어선다. 내 집, 내 방이라는 생각을 한 번도 해본 적 없는 그늘진 방. 아무도 관심 두지 않아 들여다보지도 않는 터라 유원의 방에 꽤 많은 책이 있다는 사실을 아무도 모른다. 유원이 이화헌에서 살 때 정음은 물론 천자문 정도를 익혔다는 것이나, 허원정으로 들어온 뒤 온의 처소에서 이따금 책과 종이를 가져다가 필사하고 책을 엮어 유곤을 가르치고 있다는 사실도 알지 못한다. 유곤도 저와 누이가 이 집에서 어떤 지경으로 살고 있는지 모르지 않았다.

"네가 커간다는 사실을 마님께서 아시면 우리는 이집에서 쫓겨나게 될 것이야. 크지 마라. 어떤 것도 아는 척하지 마. 금오당 마님 앞에서는 특히 조심해야 해."

그렇게 말하는 누이의 뜻을 유곤은 이해했다. 금오당은 반족가문의 과부로 온의 이모이면서도 온을 아가씨라 부른다. 집안 살림을 운영하면서도 자신이 부실임을 잊지 않는 금오당은 예의와 범절에 어긋나는 하속들을 가차없이 징치했다. 유곤이 바보가 아니라는 사실이 알려지는 즉시 허원정 종으로 자라게 할 터였다. 해서 유원은 유곤에게 도둑 공부를 시켰다. 한글을 익혀준 지는 오래되었다. 『소학』이며 『시경』을 읽게 한 지도 이태는 되었다. 요즘은 『논어』를 읽고 있었다. 새벽마다 유원은 아이들을 깨워 자신의 방으로 데려온 뒤 한 구절씩 읽어 주고 외게 하였다. 유곤이 한 구절을 익히고 외는 데 사나흘쯤 걸렸다. 늠름이도 유곤이 공부할 때면 졸지 않고 조용히 곁을 지켰다. 내일 새벽에 읽을 대목은 『논어』, 「안연」 편의 시작 부분이다.

'안연이 인仁에 대해 여쭈자 스승께서 말씀하셨다. 자기를 극복하여 예禮로 돌아가는 것이 인이니라. 어느 날이건 자기를 극복하고 예로 돌아가면 천하가 인으로 돌아가느니라. 인은 오직 자기에게서 말미암을 것이오, 남에게서 비롯하는 것이 아니니라.'

아우를 가르치기 위해 유원이 먼저 읽고 쓰고 외웠다. 종일토록 집안일을 하고도 시간이 너무 많은 탓에 세월을 죽이느라 해온 짓이었다. 그렇게 죽일 세월도 이제 없을 터이다. 유원은 아이들의 공부거리를 챙겨 놓고 바느질 보퉁이를 꺼내 앉는다. 유곤과 늠름의 몸이 자꾸 자라므로 철마다 옷을 늘리거나 새로 지어야 했다. 어느새 겨울이 깊었으니 금세 또 봄이 올 것이다. 봄은 또 올 것이되 병희가 된 유원에게도 봄이 올지 알 수 없다. 선일이라 하던가. 온의 호위. 그에게 옷 한 벌 지어 주고 싶은 소망을 가졌으나 그의 커다란 옷을 지을 옷감을 마련할 방도가 유원에게는 없었다.

선일은 내원과 중사랑 격인 온의 처소를 드나드는 몇 안 되는 사내 중 한 명이다. 지난봄 온을 따라 허원정에 들어온 그를 처음 봤을 때 어쩐지 설렜다. 두 번째 마주쳤을 때는 가슴이 마구 뛰고 다리가 떨렸다. 그의 처소는 바깥사랑과 중사랑 사이에 있는 별원의 수직청이었다. 밤에 몇 번 내담 너머로 그의 방 불빛을 엿보곤 했다. 온의 처소를 중심으로 사는 선일은 온이 잠든 밤이면 제 처소 마당에서 홀로 칼춤을 추었다. 보이지 않는 누군가와 대적하듯 검은 짐승처럼 맨손으로 움직이기도 했다. 어둠 속에서 그림자로 이뤄지는 그의 몸놀림이 몹시도 고독해 보여 유원은 눈물 흘리곤 했다. 윤선일. 그가 온을 따라 집을 나가 있는 시간과 온을 따라 들어와 집안 어딘가에 있을 때의 차이가 확연했다. 보이지 않는 공기에 빛깔과 맛이 생겼다. 한 사람이 여기 있음에 세상이 그득해지고 그 한 사람이 나가 있음에 세상이 비어 보였다. 그는 유원이라는 계집아이가 한 집안에 들어 있는 사실조차 모르는 것 같았다. 그랬어도 유원의 열다섯 살은 그로 하여 시작되었고 그를 두고 가야 하므로 열다섯 살이 저물었다.

　강하는 박새임이 오가다 부딪칠 수 있는 곳에서 살고 있을 줄 몰랐다. 미타원 시절 이후 그에 대해 떠올려 본 적도 없었다. 한본은 제가 반야의 아들이라는 것에 대해 의심하지 않고 자라왔으므로 주변의 모든 사람들도 그러했다. 박새임을 떠올릴 필요조차 없었다. 박새임과 부딪치고 나니 한본과 심경을 온양과 평양으로 떠나보낸 어른들의 뜻을 알 듯 싶었다.

　"스승님."

　강하의 부름에 방산은 장부에서 눈을 떼지 않은 채 "응?" 대답한다.

　"경이는 평양에서 계속 살게 됩니까?"

　"유상의 한 인재로 키워지고 있으니 평양을 중심으로 살게 될 가능성이 크지 않겠니? 왜, 보고프냐?"

　"아이가 한양으로 오고 싶어 안달하던 게 생각나서요."

　경이의 감정의 등락차가 너무 높은 게 아닐까 싶었다. 향료며 약재에 대해 읊을 때와 큰언니하고 혼인하겠다고 말할 때의 아이가 너무 일관성이 없지 않는가, 걱정스러웠다.

　"그리 궁금하면 짬을 내어 다녀와. 수유 날을 맞출 수만 있다면 명일이를 데리고 다녀와도 좋겠지."

"경이를 잠시 데려오면 어떨까요. 얼마간, 이 겨울만 예서 데리고 있다가 돌려보내는 것이요."

혜정교에서 박새임과 부딪쳤다고, 다루에게 뒤를 밟으라 했다고 아뢸 때도 장부에서 눈길을 떼지 않던 방산이 비로소 고개를 든다.

"그건 아니 될 말이다. 오면 돌아가지 않으려 할 아이인 걸 너도 알지 않아? 내가 세상에서 제일 어려워하는 사람이 그 아이다. 스승님, 가기 싫사와요. 애가 그 한 마디만 하면 나는 돌아가라 못할 테니 그 아이 몇 년 공부가 헛것 되기 십상이야. 한두 해쯤 더 공부하고 수련하며 심신을 더 키운 뒤 제 원하는 대로 하게 해줄 것이다. 이건 별님의 뜻이시기도 해. 그리고, 작금에는 그 무슬이란 녀석이 경에게 의지하고 있는 고로 심경이 한 소임을 맡고 있지 않니?"

무슬은 만단사에서 도망쳐 나온 선해다. 장 의원의 셋째 아들로 입적된 그는 이미 사신계에 입계하여 현무부원으로서 의술을 익히기 시작했다고 들었다. 그런 무슬의 의지 노릇을 심경이 하고 있다니. 어른들의 정신이 멀쩡하신가. 무슬은 평생 만단사의 표적으로 살아야 할 사람인데 그 곁에 경을 두시다니. 늙지도 않고 망령들이 나셨나 싶다. 강수의 표정을 읽은 방산이 안석의 장침을 손가락으로 두드린다.

"애야, 강하야. 심경이 다 컸다 할 수는 없으나 어린아이는 아니야. 해가 바뀌면 열네 살이 되지 않니? 우리 세상에 들어 있는 그 나이의 처자들은 모두 각기의 소임에 임하고 있거니와 경이 스스로도 이미 사품에 이른 어엿한 계원이야. 현실 세상에서도 그 또래들은 벌써 혼인하거나 제 식구들 봉양하느라 손가락 문드러지게 일들도 해."

"제가 그걸 몰라 드리는 말씀이리까. 둘 다 아이가 아니니 문제 아닙니까? 조금 전 만난 여인은 십여 년 전에 저를 마지막 보고서도 제 얼굴을 알아보았습니다. 다리 난간 석등의 그 흐린 불빛 속에서도요. 무슬은 이미 자랄 만큼 자라 얼굴이 거의 변하지 않을 터이고 언제, 어디서 그들에게 발견될지 모르잖아요. 그런데 심경을 그 곁에 둡니까?"

"곁에 둔다는 게 한집에 산다는 뜻이 아니지 않아? 무슬이 우리 세상에 뿌리를 내림에 마음으로 의지가 되어 주는 것인데 무얼 걱정하는 것이야. 그리 따지면 우리 누군들 한날한시 위험하지 않을 때가 있어?"

내가 무얼 걱정하는 것일까. 강하는 자신의 마음을 가늠하기가 어렵다. 평생 위태로이 살아야 할 무슬의 주변에 경이 있음을 걱정하는 것은 물론이다. 그뿐만이 아닌 마음이 따로 또 있는 것 같은 게 문제였다. 경을 어린 누이 이외의 다른 존재로 생각해 본 적이 없었다. 그리 여겼음에도 무슬이 경과 더불어 자라리라는 사실이 싫은 까닭이 뭔가.

"알겠습니다. 조만간 짬을 내어 가서 얼굴이나 보고 오렵니다. 명일이와 함께요."

"그건 그렇고 화완 옹주가 널 귀찮게 한다면서?"

소전의 친누이인 화완 옹주는 열아홉 살이다. 대전의 자애가 깊고 소전의 우애도 깊다. 그 덕에 화완은 열두 살에 혼인하여 자신의 궁이 따로 있음에도 열아홉 살인 현재까지 태반의 시간을 궐에서 산다. 제가 열 살쯤의 계집아이인 줄로 아는지 온 궐 안을 활보하며 간섭하고 다녔다. 소전궁에는 특히 자주 찾아들어 오라버니인 소전과 무람하게 지냈다. 그나마 다행은 이따금 부왕과 오라버니 사이에서 중재를 해준다는 점이다.

"아이, 아바마마!"

화완이 그렇게 콧소리 내며 부왕 앞에서 아양 부리면 아드님을 향한 대전의 노여움이 수그러들기도 하는 것이다. 와중에 소전 곁에 있던 김강하를 발견하고는 수시로 농을 걸어왔다. 농담도 질색인데 소전에게 청하여 김강하를 제 궐 밖 나들이 수위로 내달라 청한 게 세 번이나 되었다. 두 번은 제 집인 원동의 옹주궁에 갔고 한 번은 절에 다녀왔다. 도선사에 간 게 지난 구월 보름이었다. 절에 간 핑계는 환후에 드신 중전마마의 치병기도였는데 기도는 시늉만하고 계곡에서 시녀들과 단풍놀이를 즐겼다. 밤에는 달빛 속에서 숲을 걷겠노라 떼를 썼다. 내려올 때는 결국 강하가 업어야 했다. 발이 아프다기에 업었더니 등짝에 붙은 채 혼인했느냐 물었다. 아니 했노라 대꾸하니 까르르 웃으며 혼인치 말라고 농담했다.

"별일 아닙니다. 별일이 있을 리 없잖습니까."

"그 계집이 속없기로 호가 났으므로 걱정하는 것이다. 화평 옹주가 죽은 뒤로 부왕의 편애가 화완에게 쏟아지고 있어 그 덕에 궐 안을 휘젓고 다니지 않느냐. 더하여 소원 문녀와 짝짜꿍이 되어 놀아나는 형세로 보자면 큰일을 치고도 남을 계집이다. 하니 네가 몸가짐을 조심하라 이르는 말이다."

왕녀가 다가들어 농을 걸어오매 조심은 어찌해야 하는 것인지 물으려는데 밖에서 기척하는 소리가 난다. 방산을 수발하는 남희다. 박새임의 뒤를 밟아 오라 했던 다루가 어느새 돌아왔는지 따라 들어온다. 명일도 붙어 있다. 열일곱 살에 사역원 통문관이 된 명일이 언니, 하며 달려들어 강수를 자빠뜨린다. 두 달쯤 만에 보는 것인데도 뭐 해나 지난 양 수선이다.

"스승님께 인사부터 올려야지."

강하의 말에 명일이 히죽 웃으며 일어난다. 남희가 지미방에서 들고 온 두레상 위의 만둣국과 찐만두에서 김이 모락모락 핀다. 명일과 함께 방산에게 절한 다루가 다녀온 일을 보고하기 전에 상을 흘깃거린다. 방산이 다루와 명일에게 젓가락을 밀어주었다. 사신계 품계로는 명일이 두 품 높지만 나이는 다루가 한 살 많은데 같은 한양 현무부 선원 출신이라 동무다. 오늘 밤 둘은 잠을 안 자고 놀 것이다.

"다루, 따라가 본 아주머니가 어디로 가더냐? 돈의문을 빠져나가더냐?"

"아니오, 스승님. 제가 말씀드리면 깜짝 놀라실걸요."

명일이 뭔데 그러냐고 채근하며 만두 한 개를 통째로 제 입에 집어넣고 우물거리며 말한다.

"스승님과 나를 깜짝 놀라게 해봐. 또 승품 시험에 떨어졌어?"

명일이 지난 식년시 잡과의 역관시험에 통과한 덕에 사신계 품계도 한품 오른 데 반해 다루는 얼마 전 승품 시험에서 떨어졌다. 열 번의 대련에서 일곱 번을 이기거나 비겨야 하는데 다루는 다섯 번째 대련을 끝으로 탈락했다. 다루가 명일을 흘기며 강하에게 말했다.

"그 아주머니가 들어간 집이 어디냐면요, 안국방의 허원정이에요. 이온의 집이요."

"뭐?"

강하도 방산 못지않게 놀랐다.

"거 보세요, 놀라실 거라고 했잖아요."

"틀림없이 허원정으로 들어갔어?"

"예. 해서 저는 허원정 대문 앞에서 저승사자에 쫓기는 양 도망쳐 왔지요. 덕분에 이리 빨리 왔고요."

명일이, 누구 얘기냐고 되묻고 방산은 고개를 끄덕인다.

"천 행수에 따르면 온이 허원정에 주정실을 차려 향료에 쓰일 증류주를 생산하는 것 같은데 허원정 주정실을 책임지고 있는 이가 온양댁이라 불리는 여인이라 했어. 그가 온에게 증류주 빚는 법을 가르친다고. 그이인 게지. 미타원이 온양 땅에 있었으니 그이가 온양댁인 것이야. 공교롭게 됐구나."

명일이 물었다.

"스승님, 미타원이 뭐고 온양댁이 누군데요?"

강하보다 네 살 아래인 명일은 심경, 한본과 마찬가지로 미타원을 기억하지 못한다. 소소원 이전에 살던 산 속 집을 어렴풋이 떠올리기는 해도 그 집이 미타원이라는 것을 몰랐다. 그곳에 계시던 어머니와 동마로, 나무며 끝애며 꽃님 등도 까맣게 잊은 것 같았다. 그들에 대해 입 밖에 내는 사람이 없었기 때문일 것이다. 그들을 잃을 때 반야의 통한과 슬픔과 자책이 스스로의 눈을 쳤다. 이후 반야 앞에서 그들에 대해 말하는 사람이 없었다. 방산이 명일에게 말했다.

"어떤 일꾼 아주머니 얘기를 하는 중이다. 너는 몰라도 되는 아주머니고. 음식 식는다. 어서들 먹어라."

미타원에서는 미타주라는 술을 빚어 신단에 올리곤 했다. 반야는 스스로는 한 잔도 마시지 않지만 옛날 동매할머님의 신단 받드는 방식을 따랐고 그 때문에 유을해는 한 달에 한 번씩 물처럼 맑은 술인 미타주를 빚었다. 미타원의 며느리로 들어왔던 박새임은 미타주 빚는 걸 배웠을 것이다. 강하는 어머나 형수인 새임이 술밥을 쪄서 바람 잘 드는 그늘에서 고실고실 말릴 때 그 주변을 서성이며 술밥을 얻어먹은 기억이 있었다. 그런 기억들에 따르면 그 시절 동마로와 새임은 내외지간 같지 못했다. 동마로는 새임의 방에 들어가는 일이 없었다. 밤이면 내외의 방에 들어가서 자는 대신 강수 방으로 들어와 자곤 했다. 샘골 주막으로 내려가 자는 일도 흔했다. 당시 새임은 자주 술에 취해 살았다. 취하면 바락바락 소리를 질렀고 꺽꺽 소리 내어 울곤 했다.

"남희야, 비연재泌硏齋에 불 들였더냐?"

방산의 질문에 남희가 이미 뜨뜻해졌노라 대답했다. 삼내미 서쪽 동령동 방향으로 대문을 따로 내어 놓은 비연재는 혜정원에 속했다가 분리된 집이다. 소소원 시절 반야가 혜정원에 오면 묵던 곳이다. 지금은 유릉원의 한양 별저로 되어 있어 강하가 이따금 썼다. 방산이 말했다.

"다 먹었으면 강하만 남고 비연재로 넘어가거라."

명일이 젓가락을 내려놓으며 묻는다.

"스승님, 어찌 언니만 남기시고 저희는 나가라 하시는데요? 그리 편애하시면 아니 되십니다."

다루가 주먹으로 명일의 옆구리를 지르더니 끌고 나갔다. 남희가 빈 상을 들고 따라 나간다. 방안에 정적이 깃들었다. 방산은 장부에 눈을 둔 채 생각에 잠겨 있다.

"왜요, 스승님?"

"오래 전에 아씨 명으로 한본의 생모가 사는 곳을 수소문한 적이 있다. 그때 그이 집은 애오개에 있었다. 군자감 직장으로 있던 김근휘와 살던 집이었어. 김근휘가 죽은 이후 박새임 그이가 허원정에서 살고 있다는 건 나도 몰랐다. 그렇지만 이 근방에서 너와 두 번이나 마주쳤다면 내내 문 안에서 살아왔다는 뜻이고 앞으로도 그렇기 십상일 터. 그이가 본이 생모인바 아주 모른 척할 수도 없으니 그이 문제를 해결해야겠다. 지금 다리거리로 한번 나가 보거라. 혜정교에 그이가 있는지. 없다면 잠깐 기다려 보도록 하고. 자식을 그리는 그이 맘이 얼마나 큰지 보자꾸나."

"있으면 어찌합니까?"

"데리고 들어와야지."

"데리고 와서는요?"

"허원정에 산다는 그이가 만단사자인지 확인해야지. 만약 그렇다면 방법을 찾아야 하고, 아니라면 또 방법을 찾아야지. 혹여 그이가 있다면 데려오되 그이 앞에서의 너는 내 양자로 처신하면 될 터이다."

강하가 밖으로 나서는데 인경이 울린다. 사대문이 닫히고 도성 주변의 성문들이 일제히 닫히는 시각. 인경이 되면 통행이 금지된다. 내일이 온과 약속한 초사흘 밤이다. 온이 과연 보현정사로 올 것인가. 강하는 며칠 전부터 온통 그 생각에 매달려 있었다. 만나게 되면 어찌할 것인가. 엄동 혹한에 또 둘이 칼춤이나 출 것인가. 그를 데리고 소소원으로 가는 게 나을까. 혜정원으로 데려올까. 비연재로 데려올까. 무슨 수로 아무도 모르는 정분을 나눌 수 있으리. 온만 해도 노상 제게 붙어 다니는 호위들의 눈을 어떻게 피해 나온단 말인가. 특히 선일이라는 자는 만단사 비휴였다. 눈이 밤의 올빼미처럼 밝을 것이다.

무슬이 된 선해에 따르면 비휴는 정효맹이 주도하여 왔고, 정효맹은 양주 화도사의 표회스님의 제자로서 관선무도觀禪武道의 고수였다. 비휴들이 익힌 무술이 관선무도를 기본으로 이십사반을 펼치는 것이라 열네 살인 선해의 무술이 이미 사신계 무사의 오품급에 버금갈 것이라고 분석되었을 정도였다. 선해가 그럴진대 그들의 맏형 격인 선일은 말해 무엇하랴. 내일 밤 강수는 당연히 보현정사로 갈 것이되 온과 만나 어찌할 것인지에 대해서는 아무 마련이 없었다. 앞날이 어찌 펼쳐질지 가늠할 수 없는 상태에서 느닷없이 박새임까지 얽히고 들었다. 스승께서는 온과의 연사가 어찌 되어가는지에 대해서는 묻지도 않으신다. 네 일이니 네 알아서 하라는 뜻인 것이다.

혜정원 일꾼들이 해 질 녘에 혜정교 난간의 석등들에 불을 켜고 인경 무렵에 불을 끈다. 혜정원으로 손님을 이끌기 위한 장삿속이자 행인들을 위한 배려였다. 칠요를 모시며 사는 동안 방산 무진은 정말 반 무당이 된 듯하다. 혜정교 위, 혹한의 밤바람 속을 서성이는 그림자가 있지 않은가. 초저녁 퇴청 길에 부딪쳤던 박새임이다.

"강수 도령!"

박새임이 네가 다시 올 줄 알았다는 듯 외치며 다가들었다. 두 사람은 한 시절 형수와 어린 시동생으로 지냈다. 특별히 다정했던 기억은 없었다. 그는 갓 돌을 지난 아들을 두고 외간 남정을 따라 집을 나갔다. 그가 그때 미타원을 나가지 않았더라면 끝애 언니나 어머니같이, 혹은 동마로 언니와 함께 도고 관아에서 죽었을지도 몰랐다. 또는 가마골에서 깨금 내외, 삼덕과 더불어 살게 되었을 수도 있다.

그랬더라면 한본은 이극영이 되지 않고 다른 어떤 이름으로 자랐을 것이다.

"예, 저, 강수입니다. 아까 아주머니와 부딪치고 나서 모른 척한 게 마음에 걸려 다시 나와 보았습니다."

"그래서 나도 다시 와 보았소. 이 어름에 사오?"

"예, 날이 추우니 일단 저희 집으로 가시지요. 저는 혜정원에서 삽니다."

"혜정원의 종자로 사는 게요?"

"혜정원에는 종이 없습니다. 더불어 사는 일꾼들만 있지요. 저는 혜정원주의 양자 격으로 살고 있고요."

강수가 자신을 만나러 다시 나와 몹시 기뻤던 새임의 마음이 우그러든다. 오래전 미타원에서 별님이 같은 말을 했다. 미타원에는 종이 없다고. 식구들만 있다고. 그때 새임은 별님을 향해 이 집에서 나만 종이라고 소리소리 외대었다. 그때의 기억이 가뜩이나 몸이 얼어 있는 새임의 마음을 사정없이 떨게 한다.

강수는 긴 다리로 성큼성큼 걸어가더니 혜정원 담장에 붙은 작은 문 안으로 쑥 들어선다. 들어와 보니 혜정원은 담이 두 겹이다. 겹담 사이에 길이 나 있고 안담에 드문드문 됫박만 한 네모난 구멍이 뚫려 안쪽의 불빛이 새어나왔다. 구멍 사이로 지나온 전각만 해도 십수 채나 되는 거대한 객점이다. 청계변 모동帽洞쪽에 아는 아낙이 살아 가끔 근방을 지나다니면서도 새임은 혜정원이 이토록 큰 객점인 줄 알지 못했다. 집안 깊숙이 들어와 중문을 나서자 큰 마당이 나타난다. 원주가 사는 집인지 몸채 서쪽으로 아래채가 있고 마당 끝에 육모정이 있으며 그 곁에 작은 연못도 있는 성싶다. 강수가 함월당舍

月堂이라는 편액이 붙은 몸채 앞에서 소리쳤다.

"어머니, 접니다. 모시고 왔습니다."

강수가 대청 아래서 어머니를 부르자 오른쪽의 방문이 열렸다. 똑같은 일꾼 옷을 입어 똑같아 보이는 젊은 처자 둘이 나와 강수와 새임을 맞이했다. 새임이 들어서자 뒤에서 방문이 닫힌다. 천정에 수박등 세 개가 매달렸고 네 구석에서 사등이 밝고 경상 양쪽에는 서안등이 켜졌다. 강수의 양모임 직한 여인은 마흔 중반은 돼 보인다. 도성 안에서 제일 큰 객점을 운영할 만한 단단한 인상인데 미소를 지으니 평범한 아낙처럼 부드러워진다.

"저는 혜정원주 함월당이라 합니다. 강수가 부인과 마주쳐 외면하고 왔다는 말을 좀 전에 하기에, 그럴 일이 아니었노라고 나무랐습니다. 혹시 모르니 다시 한 번 나가 보라 하였고요. 반갑습니다, 부인. 이리 앉으세요."

함월당이 권하는 자리는 뜻밖에도 아랫목의 보료이다. 보료 뒤쪽으로 열두 폭 병풍이 섰는데 흔히 보는 풍경화나 수복화가 아니라 지도 같다. 조선 팔도가 옆으로 길게 누워 있는 형상이다. 새임은 아니라고 사래치고 서둘러 윗목의 방석에 앉는다. 함월당이 하는 수 없다는 듯 안석에 좌정했다. 강수가 두 사람의 옆자리에 앉았다. 함월당이 먼저 입을 열었다.

"부인께서 오래 전 한 시절, 우리 강수의 형수이셨다고 들었습니다. 별님 무녀의 손아래 올케이시자, 한본의 생모이셨고요. 제가 강수를 키우면서 그의 어린 날에 대해 소상하게 들었습니다. 한본의 생모께서는 혹 미타원이 어찌되었는지 아십니까?"

"어찌어찌 들은 적이 있습니다."

"소식 들으셨는데도 그 식구가 다 죽었다고 생각지 않으시고 강수 닮은 사람을 보고, 또 보셨습니까?"

"그들이 세상에 없는 걸 믿지 못해서, 믿고 싶지 않아서 그런 것이겠지요. 오늘 강수 도령을 다시 보니 한본도 어디엔가 살아 있을 것 같았습니다. 오늘이 지나면 강수 도령을 다시는 못 만날 것 같은 조바심에 집으로 갔다가 다시 나왔고요. 원주님! 우리 한본이 살아 있습니까? 부디 그것만이라도 알려 주세요."

자식을 비롯한 식구들을 버리고 떠날 때의 마음과 그들이 죽었다고 듣고서도 그 닮은 사람을 발견해 내는 마음 사이에는 무엇이 있을까. 그 옛날 박새임이 따라갔던 김근휘는 소소원 시절의 반야를 도적 떼의 한패로 몰아 죽이려 했다. 반야가 자신의 치부를 알고 있으므로 반야를 없애 제 치부를 숨기려 했다. 김근휘는 한때 미타원을 제집처럼 드나들며 반야에게 사랑을 구했던 사람이었다. 한 여인을 열병 앓듯 사랑한 마음과 그 여인을 기어이 죽이고자 했던 마음 사이에는 또 무엇이 있을까. 박새임은 그 사이에 든 것을 알게 된 것일까. 혹은 김근휘는 그것을 알고 죽었을까. 방산은 김근휘가 죽을 때의 일을 사신총령을 받들어 지휘했다. 그날 밤 방산 휘하 무절들이 저세상으로 넘긴 목숨이 서른세 명이었다. 당시 김근휘가 주동하여 관군을 끌어들이지 않았더라면 일이 그처럼 커지지는 않았을 것이다. 아니, 아무도 죽지 않고 넘어갔을 수도 있었다.

"한본은 물론 살아 있고, 아주 잘 자라고 있습니다."

설움이 치받치는지 새임이 흑, 느껴 운다. 방산은 새임이 울게 내버려둔다. 방산은 지난 중양절에 화개에 가서 반야를 만났다. 놀랍게도 반야의 눈이 뜨여가고 있다고 했다. 홀로 걷거나 글자를 읽을 정도는 못되어도 색깔을 구분하고 형체의 움직임을 볼 수 있다고도 했다. 그러면서 반야가 농담처럼 말했다.

"아무래도 많이 울어 눈이 밝아지는 것 같습니다."

방산은 반야 스스로의 진단이 맞다고 생각했다. 방산이 알기에 반야는 칠요가 될 때까지 울지 않았다. 어머니와 동마로의 죽음 앞에서도 운 게 아니라 분노했다. 눈을 잃은 까닭이었다. 그런데 눈물이 시작되고 헤퍼지자 명암이 구별되는 일이 생기더라고 했다. 그 말을 하면서도 또 눈자위가 벌게졌다. 그때 방산은 사람이 우는 게 몸에 이로운 걸 깨달았다. 기쁨과 슬픔과 다정과 설움과 연민의 마음은 한 켜에 뒤섞여 있는 것이라서 그중 하나만 알게 되어도 눈물이 나는 것이고 그로 하여 몸의 피들이 순환하는 모양이라고.

"한본의 생모께서는 어디서 어떻게 살고 계십니까?"

방산의 질문에 새임이 치맛자락으로 눈물을 훔친다.

"오래 전 미타원을 나선 뒤 김 선비의 본가로 들어가 자식 하나를 낳아 주고 지아비를 따라 도성으로 왔습니다. 지아비가 급제하여 벼슬살이를 했던 덕에 그럭저럭 아낙 노릇을 하며 살았는데 어느 날 지아비 종적이 사라졌습니다. 도적 떼들을 쫓다가 죽었을 것이라 하는데 그의 주검을 끝끝내 발견치 못하였지요. 이후 지아비와 살던 집에서 홀로 지내다 밥벌이를 위해 어느 대가 댁에서 찬모 노릇을 하게 되었고 지금도 하고 있습니다."

"어느 댁에서 일을 하고, 일하시며 살 만합니까?"

"안국방의 이대감 댁입니다. 허원정이라 불리는 댁인데 빈궁마마의 친가인 익익재에 이웃해 있습니다. 주인댁 식구가 그리 많지 않아 일이 고되지는 않고, 주인아씨께서 배포가 크시어 새경도 넉넉히 받는 편입니다."

"안국방 이대감 댁이라면, 그 댁의 노마님이 녹은당이시지요? 보제원거리에서 약방을 꾸리고 계시고?"

"그걸 아십니까?"

"약방거리에 아는 사람이 있거니와 제가 장사치라 가끔 반족 부인들의 모임에 얼굴을 들이밀고 제 장사를 모색하는 까닭에, 몇 년 전까지 녹은당 마님을 몇 차례 뵌 적이 있습니다. 녹은당 마님께 금지옥엽의 외동손녀가 계시지요. 온인가. 호가 근정이시던가. 근정이 요즘 보원약방을 운영하고 있다 들었습니다. 녹은당 마님께서는 잘 지내시지요?"

"마님은 그럭저럭 지내시는데, 근정 아씨는 미혼과부로 시집을 못 가셨답니다. 하여 지난봄부터 녹은당 마님을 대신하여 약방을 운영하고 있지요. 아씨 배포가 크시고 맘씀도 다사로우셔서 그 그늘에 깃든 하속들이 좋이 살고들 있습니다. 그 덕에 저도 약간 여축을 했는데 살 만해진 때문인지 한본이 자꾸 눈에 밟히더이다. 허원정에서 제가 돌보는 도령이 작고하신 이대감의 서출인데, 본이와 나이가 비슷합니다. 해서 본을 날마다 생각하게 되었고요. 아이는 어디에서 어찌 지냅니까? 제가 이제 와서 어미 노릇을 하겠다는 게 아니라 어찌 자라는지, 몰래 조금이라도 도울 수 있는지를 여쭙는 것입니다."

방산이 강수를 쳐다보았다.

"강수야, 나가서 간소한 주안상 들이라고 하고, 아주머님이 오늘 밤 묵어가실 방을 준비하라고 일러라. 너는 네 방으로 가고."

석불처럼 앉아 있던 강수가 반절하고 일어나더니 나갔다. 문이 닫히자 새임의 마음이 허우룩해진다.

"강수는 이미 장성하였습니다만 제게는 아직 어린 아들처럼 보이는바, 자리를 비키게 하였습니다. 강수가 미타원 시절을 아주 소상히 기억하고 있기에, 이런 저런 이야기들이 그 아이 맘을 아프게 할까 싶어서요."

자신의 삶이 떳떳하지 못한 사람들은 남의 마음에 깃든 그늘과 설움도 잘 읽지 못하는 것인지도 몰랐다. 새임은 오직 하나 한본의 안위만 걱정했을 뿐 강수의 마음까지 돌아보지 못한 터였다. 하다못해 별님의 생사여부도 묻지 않고 있었다. 함월당이 이어 말했다.

"미타원이 도고 현령을 지냈던 자로부터 도적 떼의 소굴이라는 황당한 누명을 쓰고 불에 타던 날, 강수는 그 모든 걸 지켜봤다 합니다. 형제들이 죽고 어머니와 식구들이 관아로 끌려가던 모습도요. 그날 밤 동마로라는 이가 어머니와 식구들을 구하려 관아로 뛰어들었는데, 그는 식구들을 구하지 못하고, 그곳에서 식구들과 더불어 스러졌다고 했습니다. 무녀 별님은 식구들을 잃은 충격에 소경이 되었다고 했고요."

"소, 소경이 되셨다고요? 별님이?"

"그 말은 듣지 못하셨던가 봅니다. 예. 별님 무녀는 소경이 되어 살고 있습니다. 소경이 되었으나 살아남은 아우들을 거두어 자식으로 삼아 사셨지요. 헌데, 천격인 무녀인 데다 소경이기까지 하니 자식들을 어찌 멀쩡히 키우겠습니까. 하여 이전부터 알고 지내던 제게 자식들을 의탁하셨고, 제가 더불어 키웠습니다. 다들 잘 컸습니다. 이건 한본의 생모께서 한사코 지켜주셔야 할 비밀인데, 강수는 별님 무녀와 제 아들이면서 어느 중인 집안의 아들로 입적되어 자랐습니다. 명일도 중인의 자식으로 컸고, 한본은 어느 양반 댁의 막내아드님으로 자라고 있지요. 글 읽기를 좋아하는 글방도령으로요. 태생을 바꾸었으므로 이름도 물론 바꾸었습니다. 한본은, 제 스스로는 모르는 생부생모의 외양을 맞춤하게 섞어 놓은 듯하고, 성정은 밝고 활달합니다. 몹시 총명하여 글공부에 탁월한 재능을 보이고 있고요. 아이의 사는 형편은 걱정하지 않으셔도 됩니다."

"심경은요?"

"그 아이와 명일이도 어느 중인 집안에 입적되어 잘 자라고 있습니다."

"아이들이 모두 도성 안에 있습니까?"

함월당이 숨을 고르는 양 시치름한 얼굴을 한다.

"강수를 제외한 세 아이는, 미타원에 대해서 모릅니다. 말씀드렸다시피 심경과 한본은 무녀 별님을 생모로 알고 있고요. 해서 저는 한본이 어디에서 자라고 있는지, 부인께 말씀드릴 수 없습니다. 혹시라도 아이들의 태생이 알려지면 네 아이의 전도는 물론 아이들을 보호하며 키워온 여러 집안과 그 집안사람들의 삶이 속속들이 무너질 것이기 때문입니다. 세상 법도가 그렇지 않습니까."

"입도 벙긋하지 않겠습니다. 한본을 아예 모르는 사람으로 치며 살겠습니다."

"그리해 주실 거라 믿고 이나마 말씀드린 겁니다. 강수한테, 한본의 생모가 와 계시면 모셔 오라 한 것도 그리해 주실 거라 믿었기 때문이고요. 이제 생사를 확인하셨고, 강수를 보시어 아셨을 것이듯, 한본도 잘 자라고 있음을 확인하셨으니 맘 편히 사십시오."

"입도 벙긋하지 않겠다고 말씀드렸지 않습니까. 한본을 멀리서 한번 보게만 해주시어요."

"한본이 제 생모로 알고 있는 별님조차도 아이를 만나지 못하고 삽니다. 아이가 수시로 엄마가 그립다며 눈물 흘리는데도요. 까닭이 무엇이리까. 아이가 아직 어리기 때문이고 세상 법도가 무섭기 때문입니다. 아이들을 더불어 키우고 있는 제 입장에서는, 솔직히 말씀드립니다. 저는 부인을 믿기 어렵습니다. 먹고 살 게 없는 어미아비들이 밥값 못하게 생긴 어린 아들을 버리는 이유는 군역이 무섭기 때문이지요. 아예 입적조차 해놓지 않고 살다가 제 밥값이나 하겠다 싶으면 밥값을 하라고 아이가 태어났다는 것을 관에 알립니다. 알려야 밥값을 하고 살 수 있기 때문에요. 딸자식을 버리는 이유도 비슷하지요. 예닐곱 살만 돼도 밥을 짓고 나물을 캐고 바느질을 하는데 그리 못하게 생긴 아이들은 내버립니다. 부모가 다 죽어 어쩔 수 없이 한데에 나앉은 경우를 제외 하더라도요. 부인은 어떤 경우이셨습니까? 제가 지금, 부인이 한번 자식을 버린 적 있는바 그걸 탓하는 게 아니라 자식을 그리는 어미로서의 마음을 못 믿겠다는 것입니다. 여인들이 모정을 빙자하여 저지르는 해악이 만만찮음을 알기 때문이고요."

모정을 빙자한 해악! 한번 자식 버린 어미를 탓하는 게 아니라면서 질타한다. 어떤 경우였기에 자식을 버렸냐고 물으며 그런 어미를 못 믿겠노라 대못을 쾅쾅 박는다. 새임은 입이 열 개라도 할 말이 없다. 상민 집안의 딸이었던 새임은 미타원 시절에 손위 시뉘 격인 별님을 몹시 싫어하고 미워했다. 네가 아무리 해봐야 천한 무격일 뿐인데 손끝에 물 한 방울 묻히지 않은 채 차려 주는 밥 먹고 빨아 주는 옷 입고 방안에 한들한들 앉아 몇 마디 말로 사람들 주머니나 후려내는 게 아니냐. 그 재주를 비아냥대고 그 얼굴을 사내들 후리는

데나 쓰리라고 흠잡았다. 지아비 동마로가 단 하나 마음에 들인 여인이 별님이라고 여겼기 때문이었다. 그 무렵에 자식인 한본은 거의 시어머니가 키웠고 새임은 마지못해 젖이나 물렸다. 집을 나오던 그 밤에도 한본에 대해서는 일말의 생각조차 없었다. 이제 와서 너는 어미도 아니라는 말을 들어도 할 말이 없는 처지였다.

"어찌해야 저를 믿으시고 차후에라도 아이를 보게 해주시렵니까?"

"어떤 모정은 자식을 위해 죽음을 택하기도 하지만, 어떤 모정은 몇 끼니의 배고픔, 몇 번의 욕정으로도 쉽사리 스러지는 것임을, 저도 압니다. 전자는 모를까 후자는 짐승의 몸을 타고난 사람한테 아주 자연스러운 것이겠지요. 그런데도 세태는 어미들에게 한사코 모정이라는 이름의 족쇄를 채워 천륜을 강요하고, 대다수 여인들은 제 몸에 모정을 타고난 양 죄스러워하면서도 제 할 바 할 일은 하며 살고 있지요. 저는 강수를 비롯하여 자식이 여럿입니다만 제 배로 낳은 자식은 없습니다. 그래서인지 세태가 강요한 족쇄를 넘어선 모정이 어떤 모습인지 솔직히 모르겠습니다. 세상사람 절반이 여인이고 그중의 절반이 어미들이지만, 모정이라는 게, 어미 자신의 삶이나 목숨보다 앞서는 경우를 저는 많이 알지 못한다는 것입니다. 그 때문에 부인의 모정을 믿지 못한다는 것이고요."

어미 마음이라는 게 함월당의 입에서 샅샅이 분해되고 보니 짐승과 다를 것이 하나 없다. 짐승들은 제 삶이 궁핍할 때 새끼를 돌보지 않지 않은가. 알이 담긴 둥지를 뱀한테 침범 당하면 어미 새들은 몇 번 깍깍 울다가 알을 포기하고 새 둥지를 짓기 위해 다른 나뭇가지로 날아간다. 뱀을 향해 부리를 꽂으며 달려드는 새는 없다. 그게 짐승들의 삶의 이치다. 사람 또한 다르지 않거니와 박새임은 특히 그러했다. 함월당은 어미 마음에 대못을 치다 모자라 칼로 썩썩 저민다. 새임은 속수무책 쿨럭쿨럭 울 도리밖에 없다. 우는 새임을 한동안 내버려두던 함월당이 입을 열었다.

"부인께서 한본을 그리워하시는 마음을 폄훼하는 게 아닙니다. 별님도 자신이 살기 위해서 아우들을 자식 삼아 한 시절을 간신히 버텨내던걸요. 하지만 이후의 별님은 자신의 고독을 달래느라 아이를 그리워하는 게 아니라 순연하게 아이를 위하는 맘으로, 아이 향한 그리움을 참으며 살고 있습니다. 부인께서도 그리하여 달라는 뜻으로 모질게 말씀드렸습니다. 그리고 아이 앞에 당당하실 수 있도록, 스스로를 자랑스러운 어머니로 만드시라고요."

새임은 나이 들어 고독해진 뒤에 이따금 별님을 떠올렸다. 별님은 비린 것과 누린 것을 일체 먹지 않았다. 별님의 밥상은 순 풀밭이었고 그나마 하루 두 끼니만 먹었다. 주전부리도 하지 않았다. 옷도 어머니가 지어 입히는 대로 입었을 뿐이다. 점쟁이 노릇으로 단지에 쓸어 담듯 돈을 벌었지만 그 자신을 위해서는 돈 쓰는 일이 없었다. 그 많던 식구들이 모두 별님에게 달라붙어 살았다. 천한 무격 집안의, 피도 섞이지 않은 식구들의 입성은 하나같이 반듯했고 하루 세 끼니를 먹었으며 여름이면 덥지 않게, 겨울이면 춥지 않게 지냈다. 심지어는 글공부도 했다. 별님 덕이었다. 그때는 그걸 몰랐다. 너무 젊었던 탓이다. 이제는 젊지 않고 지아비로 섬겼던 남정들은 세상에 없었다. 더 이상 사내도 눈에 들어오지 않았다. 별님처럼 못 살 것도 없었다.

"어찌해야 자랑스러운 어미가 되는 것이리까?"

"우리와 더불어 한본을 키우실 방법을 찾으시고, 함께 아이를 키우시면서 묵묵히, 아이가 잘 크는 모습을 지켜보셔야지요. 조급해하시지 말고요."

"아이가 크는 모습을 멀리서라도 지켜볼 수 있다면 무슨 일이든 하겠습니다. 길을 일러만 주세요."

방산이 보기에 박새임은 만단사자가 아니거니와 만단사에 대해서도 알지 못하는 게 분명하다. 늙어가며 자식을 버렸던 어미로서의 회한을 느끼고 사는 사람일 뿐이다. 그 스스로에게나 한본에게 다행한 일이다. 그를 사신계로 이끌어도 무방할 듯하다. 젊은 날의 그의 실수는 이미 지나갔지 않은가. 미쳐 보지 않고, 방황하지 않고 젊은 시절을 지나온 사람이 어디 있으랴. 방산 자신에게도 그런 시절이 있었다.

세상의 법도에서는 어떤 인간도 동등하지 않았다. 자식은 부모한테 맞설 수 없었다. 천민이나 상민은 양반한테 대설 수 없었다. 계집은 사내한테 덤빌 수 없었다. 상민의 어린 딸이 아버지의 명을 받아 아들 없는 양반의 씨받이 첩실로 시집을 가니 그 세상이 열네 살의 양희, 방산에게는 지옥이었다. 두 해 만에 못살고 도망쳐서 절집으로 들어갔더니 운 좋게도 그곳이 사신계와 닿아 있었다. 의주 대원사였다. 그곳에서 머리를 깎고 수계 받고 입계하여 행자 노릇을 하고 있는데 도망쳐 나왔던 시집 사람들이 어떻게 알았는지 그곳까지 쳐들어왔다. 대원사의 주지스님으로부터 한양으로 가서 살라는 명을 받고 의주를 떠나오던 밤에 방산은 시집으로 되돌아갔다. 겨우 두 해 수련했을 뿐인 어설픈 무술로 서방이었던 늙은이와 그의 늙은 처를 베어 버리고 의주를 탈출했다. 열아홉 살 때였다. 미쳤기 때문이었다. 그때 미쳤던 것을 일순간도 후회해 본 적이 없었다. 그때 미쳤기에 이후 내내 미치지 않고 살 수 있었다.

선신과 선해가 사라지고 난 지난 팔월 하순, 한강방의 위쪽 목멱산 아래에 비휴들의 집이 마련되었다. 정효맹은 열째 선신과 열셋째 선해가 사라진 사실을 사령에게 고하지 않을 수 없었고, 비휴 둘을 잃어버린 책임은 정효맹이 져야 했다. 그에 대한 문책으로 사령은 비휴를 선일에게 맡게 했다. 동시에 선일에게 명했다.

"목멱산 아래 한강방에 양연무亮然廡라 불리던 집이 있느니. 게가 우리 봉황부 일봉사자였던 윤경책의 집이다. 윤경책 집안은 원래 반족이되 몇 대 동안 벼슬을 못해 기울어 가던 차였다. 그러다 돌림병 때문에 집이 비게 된 것이다. 양연무에다 비휴들의 숙소를 마련하여라. 앞으로 비휴는 윤선일 네가 맡되 매월 한 차례씩은 양연무에 모여서 수련해라. 내가 한양에 머물 때는 한번씩 들러 볼 것이다."

윤경책의 식구는 지난 경오년에 돌림병 벼락을 맞았다. 윤경책의 노모가 살아남았으나 식구를 죄 잃은 집에서 일 년여간을, 이미 죽은 듯이 살다 돌아갔다. 그때부터 비어 있었다는 양연무는 낡았으되 사십여 칸이나 되었다. 비휴들이 어지간히 뛰며 나대도 될 만큼 집이 외졌다. 집안에 우물이 있고 산에서 흘러내리는 도랑도 있었다. 무엇보다 집 뒤가 목멱산이었다. 선일은 환하고 큰집이라는 뜻의 양연무라는 이름이 마음에 들어 그대로 쓰기로 했고 매월 초이레 저녁에 비휴들을 양연무에 모이게 하였다.

막내들인 선유와 술선은 도선사에서 수련하며 살고, 관청에 속해 있는 넷은 각자 하숙을 하며 지냈다. 가운데 네 명인 선진과 사선과 선오와 미선이 관례를 치른 성년이 되었음에도 특별한 소임이 주어지지 않아 애매히 지내므로 선일은 그들을 약방 거리로 끌어들였다. 보원약방을 제외한 어느 약방에라도 들어가 일자리를 찾으라 했다. 일자리를 잡은 뒤에는 그 안에서 평생하고 살 길을 찾으라고 명했다. 지난 추령시 직전이었다.

넷은 각기 약방에서 일자리를 찾았고 양연무에 모여 살았다. 아우들이 모여 살게 되면서 선일은 난생처음 집이 생긴 것 같았다. 허원정에서 다달이 받는 한 냥 반의 새경이 거의 양연무 살림에 들어갔다. 양곡을 듬뿍 들여 놓고 가끔 고기도 먹일 수 있어 재미났다. 식구를 부양하는 가장의 기분이 이럴 것이라 짐작했다. 찌그러진 문짝을 바로잡고 허물어진 벽을 땜질하고 밥 짓고 빨래하는 등의 살림은 아우들 스스로 했다. 어릴 때부터 노상 해오던 일들이라 온 집안이 반짝거렸다.

섣달 초이레 밤. 도선사의 아이들과 관청에 임하는 아우들이 들어와 목멱 숲에서 한바탕 부대고 내려왔다. 양연무에서의 세 번째 밤을 함께 맞은 오늘까지 선일은 아우들에게 밤 시간을 자유로이 보내게 했다. 자든, 먹든, 놀든 맘대로 하라. 그럼에도 아우들은 중들처럼 살아왔고 살고 있기 때문인지 노는 방법을 잘 몰랐다. 마당에서 수박을 겨루거나 촉 없는 화살을 과녁에 쏘거나 누가 높이 뛰는지 시합하는 게 고작이었다. 노는 것도 수련이 되어 버리기 일쑤였다.

아우들이 큰방에 모여 노는 것을 본 선일은 잠깐 사랑채로 건너왔다. 사랑채의 두 방 중 한 칸을 이따금 들리는 선일이 쓰기로 했다. 섣달의 엄혹한 바람이 문풍지를 사정없이 흔들어대 웃풍이 세다. 방바닥은 아우들이 불을 잔뜩 지펴 놓아 절절 끓는다.

선신과 선해가 어디로 갔을까. 그 생각이 떠오르면 선일은 착잡했다. 만약 그들이 살아있는데도 돌아오지 않은 것이라면 까닭이 무엇일까. 그들이 귀환치 않은 사태가 일어나기 전까지 선일은 만단사자로서의 자신에 대해 의혹을 가지거나 회의해 본 적이 없다. 스승 정효맹을 만난 곳은 함경도 회령의 저자에서였다. 여덟 살 초겨울. 북녘의 초겨울은 도성의 엄동보다 추웠다. 오줌을 누면 그대로 얼어붙었다. 선일은 저자거리에 가까운 어느 집의 종자였다. 주인의 심부름을 하던 참에 말과 부딪쳤고 그 말에 탄 사람이 정효맹이었다. 그 길로 그에게 안겨 말에 올랐고 현재였다. 일생이 만단사에서 이루어진 셈이었다. 아우들도 다 비슷했다. 그런데 열다섯, 열네 살의 두 아이는 어느 사이에 어떤 생각을 하고 귀환을 거부한 것인가.

"형님 주무셔?"

셋째 선축의 목소리다. 들어온 그의 손에 술병과 술잔이 들렸다. 오늘 초저녁에 그가 사온 술이다. 아우들 마시라고 한 잔 하고 말았더니 기어이 가져와 따라 준다. 이럴 줄 알았으면 허원정에서 빚어내는 증류주라도 두어 병 챙겨 올걸 그랬다. 온이 향료 생산에 실패하면서 허원정 주정실이며 창고에 증류주 수십 말이 쌓여 있었다.

"술을 어디서 구한 거야?"

"임금께서는 백성들에게 술 마시지 말라고 수시로 불호령이시지만, 객점마다 주막마다 다 술을 숨겨 놓고 팔아요. 이건 내가 들어사는 집의 인근 주막에서 사온 것이고. 한 병에 칠 전이나 줘야 하니 임금께서 백성들의 양식이 술로 없어지는 것을 막겠노라 하시는 까닭을 알 것 같기는 해요. 문제는 마시지 말라 하시니 술값만 비싸진다는 것이지. 나이든 나군들에 따르면 이런 정도의 술은 사오 전이면 제값이라 하더라니까."

품계도 없는 좌포청의 한 나군일 뿐이지만 일 년 넘게 도성 안에서 산 덕에 선축의 말투가 어느 사이 도성 사람 같아졌다. 선일은 선축이 따라 준 술 한잔을 비운다.

"지난달에 만났을 때 말하려다 말았던 일인데요."

"음, 뭐?"

"형님의 아씨의 용모를 내가 알잖아?"

선축은 선일과 함께 보제원거리를 오가던 온을 본 적이 있었다. 순라군 복색으로 지나가다 선일에게 씩 웃어 보였다.

"그런데?"

"지난 동짓달 보름밤에 내가 안국방 쪽을 돌았거든. 자정이 넘었을 때였어. 그 전전날 쏟아진 폭설로 거리에는 아직 잔설이 많았고. 그런데 익익재 근방에 이르렀을 때 한 검은 옷의 여인이 이대감 댁과 익익재 사이의 고샅으로 들어가더라고. 그러더니 이대감 댁, 허원정 담장을 사뿐히 뛰어넘어 들어가는 거예요. 형님이 거하는 댁이라서 놀랐지. 도둑인가 싶어 나도 살짝 뒤따라 넘어가 봤지 않겠소. 몇 년 전부터 이따금 도성 안 고관대작들의 집을 넘나든다는 회영이란 도둑놈이 있잖아. 그믐밤의 그림자처럼 종적을 찾을 수 없는 놈. 혹시 그놈인가 싶었던 거지. 놈을 잡아 상이나 받아 볼까 하고 따랐는데 글쎄, 검은 옷이 아주 익숙하게 집 한가운데로 쑥 들어가더니 마당에 켜진 석등을 훅 불어 끄더라고. 그때 얼굴을 봤는데, 형님의 아씨더라니까."

비휴들은 이대감 댁 허원정이 사령의 본가인 걸 몰랐고 이온이 부사령이며 칠성부령인 것도 알지 못했다. 선축은 온이 보원약방 주인이라는 것과 그 얼굴만 알았다.

"틀림없이 내 상전이더라?"

"그렇더라고. 움직임이 예사롭지 않기에, 비로소 형님이 예사롭지 않은 분을 모시고 있구나 싶었지. 그날 밤에 형님은 왜 아씨를 따르지 않았던 거야?"

그 사흘 전에 선일과 사비는 온으로부터 칠성부 일성사자들에게 통문을 돌리라는 명을 받았다. 선축이 온을 보았다는 밤에 선일은 경상도 문경에 있었고 그 사흘 뒤에야 도성으로 돌아왔다. 그러므로 온은 호위들 없이 밤나들이를 한 것이다. 온이 무사복색으로 갑작스런 홍련야회에 갔을 리 없다. 보현정사에 가서 달빛 아래 홀로 칼춤을 추며 자신을 다스렸는지도 모른다. 다른 목적의 외출을 위해 일부러 호위들을 떼어 냈을지도 모르지만 선일은 그 가정은 하고 싶지 않다.

"그럴 일이 있었어. 그 아씨는 수련 때문에 밤마실이 잦은 편이시고. 앞으로도 혹시 밤에 그분을 뵙게 되면 나서지는 말고 뒤를 봐드려."

"그러니까 한 가지 더 생각나는데, 그 사흘 전 열이틀 밤에 문밖골 주막 앞에서 홍지문 번을 서던 도총부의 군관이 죽었거든. 머리에 흰 전립을 쓰고 발끝까지 하얀 옷을 입은 자와 잠깐 시비가 붙은 군관이 쓰러졌대. 함께 저녁 먹던 사람들이 시비 붙는 걸 보면서 쫓아 나가는 참에 어느새 죽었더라는 거야. 첨엔 회영인가 했던가 봐. 한편으로는 살인자의 몸피가 아무래도 여인이었던 것 같아 회영은 아닌 것 같다고. 물론 여인이 무슨 수로 군관을 즉살시켰겠나 하여 살인자는 여인도 아니고, 회영도 아닌바 흰옷 입은 사내만 줄창 찾아대다 말았다지만. 헌데 형님의 아씨 같은 여인들이 존재하는 게 실상이니 군관을 죽인 자도 여인이 맞을지도 모르지."

"그 흰옷 입은 자가 어느 쪽으로 사라졌는데?"

"홍지문을 나가 어느 쪽으로 가 버렸는지, 종적이 없어서 모르지. 그날 밤 도총부 사람들만 혼이 났다고 하고. 결국 혼자 급사한 것으로 처결된 모양이더라고."

불길하다. 눈 내리는 밤에 흰 전립을 쓰고 나설 여인이 도성 안에 몇이나 되랴. 그것도 홀로. 선일은 아직 본 적 없지만 온에게 흰 전립이 있을지도 모른다. 눈비가 스며들지 않도록 잘 무두질 된 흰 가죽을 씌운 전립은 남녀를 불문하고 보통 사람이 쓸 수 있는 물건이 아니다. 게다가 단숨에 군관을 쓰러뜨린 솜씨도 예사치 않다. 온일 수도 있다. 흰옷 입은 살인자가 온이었다면 눈 내린 밤에 어딜 가고자 한 것일까. 호위들을 떼어 낸 바로 그 밤에 그리 차려입고. 온은 수련을 위해 보현정사에 갈 때는 검은 무복武服만 입는다.

"다들 잠잘 생각이 없나 보네. 술을 더 사올걸 그랬나 봐."

선축이 말하며 술 한 잔을 마신다. 씨름이라도 하는가, 내담 너머 큰방의 웃음소리가 크다. 선일도 또 술 한 잔을 마신다. 온 곁에서 지낸 지 일 년째. 사령과 부사령이 만단사의 중심이매 일 년 동안 어렴풋이나마 보게 된 중심과 그 주변에는 문제가 있었다. 사령께서 따님을 부사령과 칠성부령을 겸하여 앉히신 게 그렇고, 사령 보위부의 수장인 정효맹이 미래의 사령 자리를 넘보는 게 그러했다.

"아이들은 죽었겠지? 그래서 아니 돌아온 것이겠지, 형님?"

그동안 비휴들은 선신과 선해에 대해 거론하지 않았다. 아이들이 돌아오지 않은 이유에 대해 생각해 보기가 두려운지도 몰랐다. 그 아이들은 대체 어디로 사라졌을까. 둘 다 살아 있으면서 동시에 돌아오지 않을 리는 없다. 동시에 죽었을 리도 만무다. 치명적인 사고가 생겨 하나가 죽었다고 해도 하나는 살아 있을 텐데, 어떻게 돌아오지 않을 수가 있는지 선일은 아직 어리둥절했다. 다만 아이들이 발견되지 않기를 빌었다. 비휴들에게는 선신과 선해를 발견하는 즉시 죽이라는 사령의 명이 내려져 있었다.

"그렇겠지. 그럴 거야."

"형님은 이제 진짜 보제원거리에서 자리잡게 돼요? 아우들도?"

가라면 가고, 멈추라면 멈추고, 오라면 올 뿐인 처지. 불복은 생각해 보지 못했다. 사흘 전 아침, 유원이 왕대비전으로 들어가느라 시집가는 새색시처럼 곱게 차려입고 사인교에 들어앉는 장면을 보았다. 서녀라고는 해도 녹은당을 어머니로 부르는지라 집안사람들은 모두 아가씨로 부르는 유원이었다. 그가 가마에 들앉기 전에 망연한 얼굴로 허원정의 대문을 바라보았다. 잠시 눈이 마주쳤던가. 몹시도 처연하던 유원의 그 눈빛을 보며 선일은 선신과 선해를 생각했다. 아이들이 살아 있으면서도 돌아오지 않는다면 그 이유는 슬픔 때문일 것이라고.

"나도 모르지."

유원이 궁궐을 향해 떠난 뒤 처소로 들어가던 선일은 수직청 내담 기왓장 위에 놓인 종이꾸러미 하나를 발견했다. 종이를 펼쳐 보니 검은색과 갈색의 조각 천들을 이어 만든 두건 한 장이 들어 있는데 두건 안쪽에 선일佾―이라는 글자가 은색 실로 선명하게 수놓여 있었다. 조각 천들을 공들여 이어붙이고 수를 놓은 솜씨가 몹시도 세련된 것이었다. 지난 일 년 동안 몇 차례인가 유원이 담장 너머로 지켜보는 것을 느꼈기에 그 두건이 유원이 남긴 것임을 즉각 깨달았다. 그 마음과 그 마음을 담았을 손길이 서글프고 아팠다. 궁궐로 들어간들 그 삶이 어떠할지, 바늘 한 땀 한 땀을 뜨면서 유원이 삼켰을 한숨이 눈앞인 듯 선연했다.

"형님의 아씨 곁을 떠나서 우리처럼 나군으로라도 사는 건, 불가합니까?"

"왜, 내 일이 갑갑해 보여?"

"평생 그 댁에서 살 수는 없잖아요. 형님이 갑갑해 보이는 게 아니라 내가 갑갑해. 그 댁 하속도 아니고 그렇다고 약방 일꾼도 아니고."

"그렇기는 하지."

선축의 말을 수긍하고 나니 할 말이 없다. 선축의 갑갑하다는 말은 선일의 일에 미래가 보이지 않는다는 뜻이다. 다른 말로 하자면 관가에 속해 있는 아우들은 미래가 보이기 시작한다는 의미이리라. 그들에게는 선일이 사노와 다름없이 보이는 것이다. 문서만 없을 뿐 실제 그럴지도 몰랐다. 정효맹이 선일을 온에게 붙여 놓은 까닭은 감시하라는 의도였다. 정효맹은 장차 온에게 장가들 계획이라 했다. 온을 연모한 지 몇 년이나 되었다고도 했다. 연모한다는 말이 그처럼 부당하게 들릴 수 있었다. 어떻든 제자에게 할 말이 아님에도 털어놓은 까닭은 온이 다른 누군가와 혼인하는 것을 막기 위함이다. 온은 정혼한 적이 있다고 했다. 정혼하고 납폐단자를 주고받고 가례 날짜까지 받았던 도령이 죽는 바람에 미혼과부가 된 것이었다.

반족 가문의 여인은 정혼만 해도 시집간 걸로 치는 세상이라 분명히 미혼임에도 온은 시집을 못 가고 있었다. 온은 곧 스물두 살이 된다. 미혼과부가 아니라 보통 규수였어도 혼인하기 쉽지 않을 나이다. 그러할 제 정효맹은 온에게 혼담이 생기게 되면 그 상대를 죽여 혼인을 막으려는 것이다. 온이 연사라도 벌이게 된다면, 그 상대도 당연히 죽게 될 것이고 그 일은 선일의 몫이 되었다. 그리하여 정효맹은 온이 아무와도 혼인하지 못할 처지가 되었을 때 그와 혼인하여 만단사와 함화루와 허원정을 다 차지하겠다는 계획을 세운 게 분명했다. 선일에게는 몹시 무모한 계획으로 보이나 사령이 용인만 하면 일시에 성사될지도 몰랐다.

꽃 한 송이의 긴 쓰임새

　유수화려의 사시 예불이 끝났는지 방안이 소란스러워지더니 문이 열리고 사람들이 나온다. 열 명은 됨직한 사람들 중 남정은 한 명뿐이고 나머지가 다 여인인데 두 젊은 아낙이 아기를 안고 있다. 왁자지껄 나오다가 마당 끝에 선 조엄을 발견하고는 일시에 말소리를 잦춘다. 조엄이 작년 여름에 왔을 때 만났던 할멈이나 처자는 섞여 있지 않다. 한 여인이 신당 쪽에 대고 바깥에 손님이 드셨다고 기별하니 그 안에서 누런 호박색 저고리에 오이 빛깔 치마를 입은 아낙이 나와 다가왔다. 서른 살 남짓이나 됐을 법한 호리호리한 아낙인데 배가 제법 부른 몸피로는 움직임이 날렵하다.

　"댁네가 중석이신가?"

　"아니옵고, 중석은 안에 계십니다. 하온데, 점사를 보시러 오셨나이까?"

　"무녀집이야 점사 보러 오는 것 아닌가?"

　"소인의 주인이 사시 전에 하루치의 점사를 끝내옵니다. 하와 점사를 보시려면 내일 아침에 다시 오셔 주십사, 간청 드리나이다."

터무니없는 말이지만 놀랍지 않다. 대대로 학인을 자처해 온 집안의 딸아이가 뭇기에 들려 온갖 소란을 벌인 끝에 사라져 버렸고 그 아비 된 자가 아이의 행방을 물으러 무녀의 집에 온 처지에 더 놀랄 일이 무엇이랴.

"내 그대의 주인을 보고자 파루 무렵에 집을 나서 지금 당도했느니. 점사를 보는 방법 이외에 그대의 주인을 당장 만나자면 어찌해야 하는가?"

"혹 산청에서 오시었는지요? 문정헌의 나리?"

"그렇네."

"하오면 안으로 드소서. 소인의 주인께서 기다리셨습니다."

기다렸다는 말은 올 줄 알았다는 것이기에 더 기가 막힌다. 아이가 사라진 것도 이미 안다는 뜻 아닌가. 조엄은 여인들의 호기심어린 시선을 받으며 배불뚝이를 따라 신당으로 들어선다. 배불뚝이가 방문을 닫고는 조엄에게 방석을 내어 주며 앉을 곳을 마련해 주더니 저는 신단을 등지고 앉아 있는 여인의 뒤쪽으로 가 바투 다가앉는다. 연회색 무명저고리에 연홍빛 무명치마를 입은 여인이 중석일 터. 중석은 미색이라 형용하기가 어렵게 생겼다. 일체의 잡기가 소거되어 처연히 고운 사람이다. 작년 여름 방문 때 아이를 이곳에 주저앉혔어야 했던 것이다. 중석을 주인이라 칭하던 배불뚝이가 낮은 목소리로 말하고 있었다.

"아씨께서 말씀하신 문정헌의 그분이십니다. 보통 몸피시고, 피부는 밝은 폭이시고 눈빛이 맑으시고, 수염이 짧으시고 넓은 갓을 쓰시었고 겨울 소나무 이파리 빛깔의 도포를 입으셨나이다."

눈앞에 앉은 사람을 왜 설명하나 싶던 조엄은 중석이 소경이라는 사실에 소스라친다. 놀라고 보니 시선이 어긋난다. 천생 소경은 아닌지 눈매가 일그러지거나 눈동자가 디룽디룽 구르지는 않아도 시선이 허공을 향한 듯이 막연하다. 조엄은 조바심이 난다. 사라진 딸아이의 행방을 찾는 중에 어떠한 묘수도 없어 물으러 왔는데 답할 사람이 장님이라니.

"알았습니다, 혜원. 손님께 차 좀 내어 드리세요. 봄추위 속을 지나오신 듯하니 화로도 손님 가까이 옮겨 노시구요. 그리고 문정헌께서는 잠시 제게 등을 내어 주시겠나이까?"

이월 스무하루다. 봄이 왔고 꽃들이 피기 시작했으나 조엄은 추위 속을 떨며 지나왔다. 중석의 말을 혜원이 받아 읊었다.

"소인의 주인 가까이 다가앉으시어 등을 대어 주신 뒤 사주를 말씀하시고 눈을 감으십시오."

사주를 말하며 중석 앞에 등을 대고 앉으니 속삭이는 듯한 주문 소리와 함께 두 손이 살포시 와 얹힌다. 기운이나 온기도 느껴지지 않을 정도로 살포시 두 손이 등에 닿은 순간 조엄은 눈을 감는다. 한숨을 쉬는데 코끝이 시큰해지면서 눈물이 솟는다. 민망하지는 않다. 체면 잃는다는 생각따위도 없다. 꽤 긴 중석의 주문이 「신묘장구대다라니」라 불리는 경문임을 깨달으며 듣는 동안 몇 번 눈물을 훔쳤을 뿐이다. 중석의 손이 떨어져 나갔을 때는 정말 모처럼 한숨 푹 자고 일어난 듯하다.

"나리, 이쪽으로 앉으시지요."

혜원이 불단 옆에 있던 화로를 옮겨 놓은 옆자리를 가리켰다. 그새 화로에다 삼발이를 올리고 주전자를 올려놓았다. 한쪽으로 물러나 찻상을 준비한다. 조엄이 방안 공기가 덥지도 차지도 않게 적당하다 생각하는데 중석이 미소를 지었다.

"작년 오월, 문정헌께서 따님과 함께 제 집에 다녀가셨다는 말을 식구들한테 들었습니다. 한 식경도 머물지 못하시고, 차 한 잔도 못 하신 채 떠나셨노라고 들었지요."

"그랬습니다. 그때 우리 아이가, 보는 사람마다 상대가 가진 비밀을 들춰 버리는바 사람들이 놀라 달아나고 내 집을 귀신이 사는 집으로 보기 시작했지요. 하여 그대를 찾아왔던 게고요. 우리 아이의 그 증세가 무격들에게 생긴다는 그 뭇기입니까?"

"아마 그럴 것이옵니다."

"아마? 아마 그렇다는 건 아닐 수도 있다는 뜻입니까?"

조엄의 다그침에 중석이 미소한다. 아마 그럴 것이라 한 말이 정말 그렇다는 말일진대, 그 말뜻을 알아듣지 못한 양 되묻는 이쪽을 이해한다는 듯이 보인다.

"어느 성현의 말씀에, 받을 만하거나 받지 않을 만하기도 할 때는 받지 않는 것이 좋고, 줄 만하거나 주지 않을 만할 때는 주지 않는 것이 좋다 하셨습니다."

조엄은『맹자』의 한 문구를 빌어 딸아이의 뭇기가 이대로 지나갈 만한지 묻는다. 아이가 사라진 지 달포째, 조엄은 딸아이가 이곳에 와 있을 것만 같아 찾아왔다. 아이가 이곳에 있을 것을 믿으며 온 셈이로되 뭇기를 떨쳐낼 수 있다면, 아이 앞에 다가온 운명을 모른 체 하고 싶은 것이다. 저를 떠보는 걸 느꼈는지 중석이 답한다.

"그 성현께서 이어 말씀하시길, 죽을 만하기도 하고 죽지 않을 만하기도 한 때에는 죽지 않는 것이 좋다고도 하셨지요. 죽으면 용기가 손상되기 때문이라고요."

눈면 무녀가 『맹자』를 읽었다. 한 줄 글로 무녀를 떠보고자 한 조엄을 향해 엷게 미소 지은 중석이 한 발 더 나간다.

"그분, 맹자께서 말씀하시기를, 천하 사람의 본성을 논할 때는 원리에 의거해야 하는바 원리는 지혜를 꺼리지 않음에서 비롯된다고도 하신 듯합니다. 만일 지혜로운 사람이 지혜로 그 원리를 구한다면 천 년 전의 동짓날이라도 앉아서 알아낼 수가 있다고요. 문정헌께서는 참으로 어려운 일을 당하신바 지혜로서 모종의 길에 들어서신 게 아닐는지요."

딸자식의 목숨을 논하러 와서 무녀나 떠보고 있는 아비를 책망하는 기색은 아니다. 그럼에도 조엄은 당장 할 말이 생각나지 않는다. 유구무언인 자를 배려하려는 것처럼 혜원이 찻상 하나를 제 주인 앞에 놓고, 또 하나를 조엄 앞에다 놓아 준다. 찻잔을 자주 채워야 하는 부산함을 감안했는지 차 사발이 놓여 있다. 조엄은 사발을 두 손으로 감싸고 차를 식히듯 후우, 한숨을 쉰다. 문득 작년 내방 때 차 사발 속에 들어앉았던 연꽃의 행방이 궁금하다. 차 한 사발을 다 마시는 동안 두 사람 사이에 아무 말도 오가지 않는다. 조엄이 사발을 비우고 내려놓자 혜원이 다가와 사발을 채워 놓고 물러앉는다.

"중석, 현 시점, 내 처지에서의 지혜란 어떤 것이겠습니까?"

"소인이 감히 지혜를 논할 수는 없사와 소인이 겪은 이야기를 하겠나이다. 소인이 오래 전에 상당한 양반댁의 아가씨를 본 일이 있사옵니다. 소인이 우연히 그 아가씨의 뭇기를 느끼고 그 댁을 찾아갔었지요. 그 아가씨가 뭇기로 인해 골방에 갇힌 지 몇 달이나 지난 때였습니다. 그 댁의 어른들이 방자히 찾아든 무녀를 내쫓지 않고 아가씨를 만나게 해준 까닭은 그 아가씨의 뭇기를 씻어낼 수 있는지 묻기 위함이었지요. 어떤 이들의 뭇기는 가벼운 굿 한번으로 다스려지기도 합니다. 그럴 때는 뭇기를 누르는 누름굿을 하기 마련입니다. 그러면 예사 사람보다는 약간 더 예민할지 몰라도 거의 보통 사람처럼 살아갈 수 있습니다. 하지만 그 아가씨 경우는 누를 수 있는 뭇기가 아니었습니다. 그 아가씨의 뭇기에는 그 스스로도 모르는 전생의 원한이 들어 있었기 때문입니다. 그 아가씨는 전생에, 고관대작의 집에서 태어나 열두 살에 세자빈에 간택됐고, 열다섯 살에 중궁전의 주인이 되었습니다. 스무 살에는 대비전으로 옮겨졌고요. 그리고 대비전에서 굶어 죽었습니다."

말을 멈춘 중석이 더듬더듬 찻잔을 들더니 차를 마신다. 대비가 굶어 죽을 수는 없는 법이다. 궁중의 법도로는 그랬다. 외양으로는 그러하지만 내막으로는 스스로 아사를 택한 것으로 소문난 대비가 있긴 했다. 선왕 경종의 왕비였던 선의왕후가 경종 사후 역모를 사주했다는 죄명으로 어조당에 연금되었다. 몇 년 뒤에는 금상을 독살하려 했다는 혐의로 어조당 안에서조차 유폐되었고 그 안에서 굶어 죽었다. 이십오륙 년 전 일이었다. 중석이 말을 이었다.

"그런 전생을 지니고 무녀로 태어났으니 그 아가씨의 뭇기가 어떠했겠습니까. 몹시 드셌지요. 게다가 그 아가씨의 뭇기의 증세는 춤추고 노래하는 것으로 드러나는바 소란하기가 이를 데 없는지라 체면을 중시하는 집안의 그 아가씨는 재갈을 물리고 손발이 묶인 채 골방에 갇혀 있었습니다. 정식으로 내림굿을 받아야만 스스로의 기를 다스리면서 무격으로 살 수 있을 강력한 뭇기를 지닌 아가씨였습니다. 하여 소인이 그 댁의 어른들한테 정황을 말씀드리면서 어차피 댁에서 감당하실 수 없을 것이므로, 아가씨가 죽은 것으로 가장하고 내치시면 소인이 데려다가 고요히 살리겠노라 청원하였습니다. 물론 그 댁에서는 소인의 말을 천것의 천한 소리로 여기셨고요. 소인은 두 번 더 그 댁에 갔지요."

"어찌되었습니까?"

"마지막엔, 그 아가씨가 이미 이 세상 사람이 아닌 걸 알고 갔습니다. 그 아가씨의 넋이라도 위로하고 천도하러 간 것입니다."

"집안에서 결국 아이의 끝을 보고 말았다는 말입니까?"

"집안에서 그 아가씨의 끝을 보았지요. 그리고 그 아가씨의 혼령은 그 집안에서 떠나자는 소인의 청을 듣지 않았습니다. 자신을 말려 죽인 집안 어른들, 자식의 목숨보다 체면과 명예를 중시하는 작금의 세태가 어찌되는지 지켜보겠노라 고집을 부렸습니다."

"현재 그 혼령이 어찌되었는데요? 그 집은 어찌되었고요?"

중석이 대답 없이, 마주쳐지지 않는 눈으로 이쪽을 건너다본다. 그가 말이 없으므로 조엄은 소리 없는 중석의 말들을 한꺼번에 알아들었다. 온몸에 한기가 끼쳐들면서 몸이 떨린다. 그 집안이 멸문 되었을 것이란 말, 제 부모와 이 세상에 한을 품고 악귀가 되었던 그 혼령이 조엄의 딸 조이현으로 태어났다는 말이기 때문이다.

조엄이 자신의 말을 모조리 알아들었다는 걸 반야도 느낀다. 그는 흑록색 도포를 입었고 검은 갓을 썼다. 흑록색과 검은 색의 차이를 느낄 만큼은 시야가 트였으나 상대의 생김새나 표정까지 볼 수는 없다. 그의 가슴에 쌓인 절망과 눈물은 느낀다. 딸아이를 잃어버렸을 그였다. 이현이 어디쯤에 있을지 반야도 감이 잡히지 않았다. 아이가 죽었다면 혼령을 느낄 터라 살아 있는 게 분명한데 아이의 생기도 느껴지지 않았다.

"아기씨가 사라지신 게 지난 정월 초이옵니까?"

"그대가 그걸 아시는 까닭은 우리 아이가 여기 와 있기 때문이겠지요?"

중석의 도리질에 조엄의 가슴이 철렁 내려앉는다. 사라진 아이를 백방으로 수소문 하면서도 내심으로는 이 집으로 향했으려니, 제 갈 길 따라갔거니 했다. 애를 끓였으되 유수화려로 갔을 것이라 여겨 확인 차 와 본 것이었다.

"그즈음부터 이현 아기씨의 기운이 느껴지지 않아 그리 짐작했을 뿐 아기씨는 소인한테 오시지 않았습니다. 제게로 오셨다면 벌써 댁으로 연락을 드렸겠지요."

반야로서는 아이에게 어떤 일도 해보기 전에 이록에게 빼앗겨 버린 셈이다. 이 소박한 신당에서 한 식경도 지내지 못할 정도로 근기가 허약한 이현일지라도 다시 찾아올 것이라 믿었다. 제 발로 찾아와야 하므로 인내하며 기다리던 차에 발생한 사태였다. 아이가 제 발로 걸어갔을 것이므로 반야로서도 어찌할 수 있는 일이 아니었다. 하지만 만약 이현이 그곳에서 되돌아 나오고 싶으면 어찌되는가. 되나오고 싶은데 나올 수 없을 때 신기만 높고 근기는 약한 이현이 그 상황을 어찌 견딜까. 견딜 수 있기는 할까. 그런저런 생각에 요즘 반야는 앉은자리가 몹시 불편했다.

"우리 아이가 어디 있을 것 같습니까? 살아 있기는 합니까?"

"아직은 살아 계시는 게 분명합니다. 어디 계실지를 가늠해 보기 전에, 문정헌께 먼저 여쭙습니다. 혹여 그간에 아기씨를 욕심낸 자가 있었나이까?"

"이제 겨우 열 살이 됐을 뿐인 아이라 계집도 못되는데. 아이를 욕심낸다 함은 무슨 의미이지요?"

"연전에 소인이 아기씨의 신기를 느끼고 문수암으로 갔사옵고, 소인의 신기를 아기씨가 느끼시고 스스로 문수암으로 오셨습니다. 저와 아기씨 사이에 깊은 인연이 있었던 것이지요. 하여 그때 소인은 아기씨를 받아 키울 소임이 소인한테 생겼다 여겼습니다. 뭇기를 타고난 자들 사이에서 통하는 책임감이지요. 그렇게 책임을 느끼는 자들이 있는가 하면, 누군가의 신기를 이용하려는 삿된 자도 간혹 있기 마련입니다. 아기씨의 신기를 알아보고, 어떤 목적을 위한 방편으로 삼으려는 자가 나리 주변에 있었는지, 그자가 아기씨를 만난 적이 있는지 여쭙는 것입니다."

조엄은 이록을 떠올린다. 그가 사리내로 찾아와 아이를 본 게 작년 이맘때다. 조엄은 그때 이록을 피하듯 이현을 데리고 이 유수화려에 왔다가 헛걸음하고 집으로 돌아간 뒤 오히려 그자를 잊었다. 이곳을 다녀간 뒤 아이의 무병이 잦아든 듯했기 때문이다. 나날이 얇은 빙판을 걷는 듯 조마조마했으나 아이가 제 처소에만 머무르며 사람을 피했으므로 겉으로는 고요했다. 조엄은 아이의 고요함을 무병이 잦아든 걸로 착각했다. 스스로를 착각 상태에 놓아뒀다는 게 맞을 터이다.

"말씀하시니 떠오르는 사람이 있습니다. 내 알고 지내는 사람으로 그가 우리 집에 찾아와 아이를 본 적이 있는데, 그때 아이의 신기를 알아보는 성싶었어요. 혹여 아이가 그에게 이끌려 갔을 것 같습니까?"

"말씀하시는 그가 상림의 주인이옵니까?"

"그렇습니다. 어찌 아십니까?"

"그분이 저를 찾아오신 적이 있습니다. 작년 이즘이었지요. 그분이 소인에게 자신의 여식의 스승 되기를 청하여 왔삽고, 소인은 거절했습니다. 하온데, 문정헌께서는 상림에 가 보신 적이 있으십니까?"

"상림이, 그 주인의 호가 상림이기도 합니다. 그가 내 집에 몇 차례 다녀갔지, 나는 상림에 못 가 봤습니다. 어찌 묻는 겝니까?"

"상림에 무녀가 있습니다. 소실로서 은거하듯 살고 있는 듯한데 작년 백중 무렵에 그 무녀도 소인을 찾아왔더군요. 뭇기가 다 떨어진 무녀이더이다. 뭇기 떨어진 무녀는 사술邪術을 익혀 뭇기를 가장하기 마련이지요. 그이가 그런 상태인 듯하였습니다. 무녀로서는 최악의 상태라고나 할까요."

"상림과 그 소실이 뭇기 지닌 소생의 여식을 탐내는 까닭이 무엇이라 보시는 겝니까?"

"소인이, 상림 내외의 점을 쳤습니다. 정식으로 점을 치게 되면 소인과 손님 사이에는 그 점사에 나타난 바를 타인에게 발설치 않는다는 묵계가 생깁니다. 무격들은 누구를 막론하고 그 묵계를 지켜야 합니다. 하여 소인이 지금 문정헌께 그분들에 대하여 말씀드릴 수는 없사오나, 나리 댁의 아기씨가 상림으로 가 있지 않을까 짐작한다는 말씀을 드리고 있습니다. 그 내외가 각기의 필요에 의해 아기씨를 데려가지 않았을까 싶은 것이지요."

이록이 무녀를 데리고 산다는 건 몰랐으되 이현의 뭇기를 탐낸다는 것은 조엄 스스로 이미 짐작했다. 그럼에도 물은 것은 어쩌면 중석을 떠보고 싶은 것인지도 몰랐다. 신기니 뭇기니 하는 것이 버젓이 사실의 세계와 뒤섞여 있는 작금의 현실이 실감나지 않기 때문이다. 아직도 악몽 속 같거니와 차라리 악몽이기를 바라는 마음이 간절했다.

"우리 아이가 뭇기를 타고나 무녀가 되고 싶어 했는데, 이미 만난 적이 있는 중석 품이 아닌 상림으로 간 까닭은 무엇이리까?"

"제가 만난 상림 그분은 약하나마 스스로 뭇기를 타고 난 사람인데다 무격들이 사용하는 주문을 익혀 귀신들을 부릴 수 있는 힘을 갖춘 듯했습니다."

"무격이 아닌데도 그런 일이 가능합니까?"

"뭇기를 타고난 자는 가능합니다. 아기씨의 뭇기의 속성이 소인보다 상림 그와 더 부합하기 때문에 그쪽으로 갔을 것이라 생각합니다. 방금 말씀드린 상림의 소실이 무슨 작용이든 했을 것이고요."

"뭇기의 속성이 부합한다는 건 무슨 뜻이지요?"

"무슨 뜻이겠나이까."

작년 여름 내방했을 때, 갓난아이만 한 불상 한 기 든 방에서 오돌오돌 떠는 아이를 안으며 이미 느꼈다. 아이는 무녀로 태어났으되 기가 삿되어 중석의 신당이 지닌 맑은 기운을 감당하지 못하는 것임을. 조엄은 다시금 눈앞이 캄캄해지며 할 말을 잃는다.

"소인은 아기씨가 결국 소인을 찾아오리라 믿었습니다. 아기씨가 아직 어린 사람임을 간과한 것이지요. 그 책임을 통감합니다. 그래서 나리께 여쭙니다. 따님을 어찌하리까. 상림에서 자라시게 하오리까, 소인이 데려다 키우리까?"

"그 두 경우가 어떻게 다릅니까?"

"상림에서는 어떤 모양으로 살며 자라게 되실지, 소인이 짐작하기 어렵습니다. 수양딸 삼으려 데려가지는 않았을 것이기 때문입니다.

아기씨 신기가 높으므로 상림을 섬기면서 동시에 그의 눈이 되어 자라게 되리라는 것만 알겠습니다. 아기씨가 소인한테서 자라려면, 날을 받아 정식으로 내림굿을 치러야 합니다. 그것을 통상 꽃맞이굿이라 칭하옵고, 꽃맞이굿은 보통, 꽃이 가장 향기로이 피는 삼월 보름에 치릅니다. 그 굿은 소인이 아기씨를 소인의 신딸이며 제자로 맞이하는 절차이기도 하지요. 꽃맞이굿을 치른 다음에는 무녀로서의 수련을 시작하게 되는데, 무녀의 삶이란 타인을 위한 것이므로 스스로를 낮추는 게 수련의 첫 단계입니다. 타인을 위한 삶이 무녀의 본분이며 소임이라는 것. 무녀란 타인의 목숨과 미래를 살펴 주기 위한 이타적인 존재임을 알아가는 그 여정이 사뭇 길고도 험난하지요. 자신을 낮추는 게 가장 힘들지 않습니까. 그러하나 무녀라면 누구나 반드시 거쳐야 하는 수련이고요."

"아이가 이미 상림으로 갔다면, 갈 제 어미도 아비도 내버리고 갔는데 이제 그 아이를 어찌 찾아옵니까? 찾아온다손 그 아이가 내 자식일 것이며 중석의 제자가 되겠습니까?"

"문정헌께서 선택하셔야 합니다. 따님을 그대로 상림에 두실지, 찾아와 소인의 신딸이며 제자로 살게 하실지."

"내가 데려오기를 원한다고 가정하면 무슨 수로 데려오지요?"

"문정헌께서 상림으로 가시어 아기씨를 만나 설득하셔야지요."

"설득이 되리까?"

"소인도 알 수 없나이다. 다만 문정헌께서는 부모로서 할 수 있는 최선을 다하셔야 하고, 문정헌께서 따님을 제게 맡기겠노라 결정하시면 소인도 최대한 할 바를 할 것입니다."

"나는 내 할 바 최선을 다하리다. 중석께서 하실 일이란 어떤 것입니까?”

　묻고 나서야 조엄은 중석을 대하는 자신의 말투가 내내 존대였음을 깨친다. 처음 소경 무녀라 가벼이 여기고 실망하기조차 했던 맘이 그의 손길에 등을 내맡긴 순간 간데없었던 것이다. 이제 중석은 이현의 스승이자 신모이고 조엄에게는 자식의 목숨을 논하는 동기 같은 존재가 되었다.

　“그건 소인 나름대로 궁리하는 바가 있사오나 문정헌께서 어찌 움직이실지에 따라 결정될 것입니다.”

　“하면 시생은 이 길로 함화루로 가겠습니다. 이미 내 품을 떠난 아이이나 내가 부모이매, 죽든 살든 아이의 장래를 중석께 맡기리다.”

　“고맙습니다. 그렇지만 예서 점심이나 드시고, 소인의 눈이 되어 줄 사람을 나리께 붙여 드릴 것이니 시자인 양 데리고 가소서. 문정헌께서 한 사람을 데리고 가시면, 아기씨를 데려오게 될 것을 대비하여 소인의 식구 몇이 멀찍이서 뒤따를 것입니다. 혜원, 부엌에 손님 점심 내라 하고, 안도님한테 여기 와서 문정헌께 인사드리라 이르세요.”

　방 한켠에 붙박이인 양 앉아 있던 혜원이 읍하고 일어나 나간다. 조엄은 차를 한 모금 마시고 사발을 내려놓다가 또 작년 차 사발 속에 떠 있던 연꽃을 떠올린다.

　“작년 여름에 시생이 아이를 데리고 예 왔을 적에, 건너 채 마루에서 연꽃 띄운 차 한 사발을 대접받았어요. 갓 피어난 꽃이 하도 애잔하여 차마 그 차를 마시지 못했지요. 차에 핀 연꽃을 들여다보고만 있는데 아이가 소동을 일으켰어요. 해서 그냥 떠났고요. 지금 문득 그 연꽃이 어찌되었을까 궁금하구려.”

"제가 절에 가 있던 그때 그 연꽃은 처음 제 식구들 눈에 띈 순간 그들을 몹시 기쁘게 하였을 텝니다. 그 꽃 몇 송이를 딸 때 어멈과 계집아이는 이 신당에 계신 부처님께 올릴 염에 기쁘고, 눈먼 저에게 만져 보며 향을 맡게 해줄 생각에 기쁘고, 그 무렵 갓 출산한 뒷집의 아낙에게, 끓여 식힌 연차에 꽃 한 송이 띄워 주려는 맘에 하냥 기뻤을 겝니다. 그로 하여 어멈과 아이는 행복했지요. 그중 한 송이가 마침 내방하신 나리의 찻잔에 어여삐 담겨 나갔던 것이고요. 나리께서 애잔하여 보기만 하고 드시지 못한 그 꽃차는 이 신당으로 다시 건너와 부처님 전에 반나절 바쳐졌다가 저녁 밥할 때 찻물은 밥물이 되고 꽃은 보리쌀과 함께 향기로운 밥이 되었고 식구들이 감사히 먹었다고 하더이다."

꽃 한 송이의 긴 쓰임새를 듣는 조엄의 가슴이 미어지면서 눈물이 차오른다. 열일곱 살에 혼인한 뒤 내리 아들 넷을 낳고 막내로 외동딸이 태어나 처음 안았을 때 극렬한 환희를 느꼈다. 그 기쁨을 내내 누리게 했던 아이가 기막힌 지경에 처했다. 일 년 전부터였다. 겨우 일 년간에 수시로 저 아이가 왜 태어났을까, 한탄했다. 쓸모는커녕 부모 가슴을 칼로 저미며 집안을 구렁텅이로 이끌고 가는 아이가 차라리 저절로 죽기를 바랐는지도 몰랐다. 아이가 아비의 그 잔혹한 마음을 느낀 게 아닐까. 하여 집을 나간 게 아닐까. 조금 전 중석이 아이가 아직은, 살아 있다 하였다. 아직은 살아 있으나 미구에 제 쓸모를 다한 한 송이 연꽃처럼 스러질 수도 있으리라는 말이었다. 그리되기 전에 찾아와야 하는 것이다.

"아씨, 소인 안도입니다."

수더분한 인상의 사내인데 눈빛에 어린 기상은 남다르다. 중석이 부리는 사람들은 하나 같이 예사롭지 않다. 중석을 섬김에 지극하고 각각 절도가 있으며 서로 간에 긴밀하다. 점쟁이 노릇만으로 이와 같은 사람들을 주변에 두르고 살 수는 없다. 중석이 예사로운 무녀가 아닌 것이다.

"표 의원께서는 올라오신 길에 지나치셨을 화개약방의 의원입니다. 표 의원께서는 내의원 취재에 입격하였으나 입시하시는 대신 따로 약방을 내고 계시지요. 현재는 몸이 부실한 소인을 보살펴 주시고요. 표 의원께서는 어떤 험한 곳에서도 먹을거리와 약을 찾아낼 수 있는 지식과 식견과 솜씨를 지니고 있습니다. 문정헌께서 상림에 도착하시면 이미 날이 저물 것이고 아기씨를 찾지 못한 채로 나오셔야 할 수도 있을 터. 표 의원과 함께 가시면 상림의 이모저모를 금세 파악할 것입니다. 그는 돌아와 저에게 상림을 보여줄 것이고요."

중석의 설명에 조엄은 표 의원을 향해 인사했다.

"신세를 지겠소이다."

읍한 표 의원이 길 나설 채비를 하겠다며 돌아선다. 내의원 취재 시험에 입격한 의원인 그가 무녀 중석을 섬기는 게 더 이상 기이하지도 않다. 중석은 그럴 만한 사람이고 중석이 그럴 만한 사람이라는 게 조엄에게는 다행일 뿐이다. 건너 채에는 아까의 여인들이 아직 모두 들어 있는 듯 자잘한 소리들이 나고 있었다. 아기들을 어르며 웃는 소리들이다. 그들 모두가 식구는 아닐 것이나 점심을 함께 하는 듯했다. 여낙낙한 풍경이다. 무녀의 집도 사람 사는 집이었던 것이다. 작년 여름에 이현을 설득하여 이곳에 주저앉혀야 마땅했다. 집으로 가자는 아이 말에 혹여 운명을 비켜갈 수가 있을지도 모른다 여기며 돌아설 일이 아니었던 것이다. 조엄의 눈시울이 다시 젖어든다.

산 자들 안에 귀신이 있어

"무슨 수를 쓰든지 기어이 이현을 찾아오세요."

칠요가 호위들에게 그렇게 단호한 명을 내리기는 처음이다. 그런 명령은 이전에 없었을 뿐더러 앞으로도 없을 터이다. 없어야 했다. 조엄이 유수화려로 올 것이라 예시한 사흘 전이었다. 칠요가 예시한 대로 오늘 조엄이 유수화려에 들어선 순간 화산은 해돌, 천우, 자인과 함께 상림을 향해 먼저 나섰다.

평지에 자리한 이록의 집은 왼쪽에 산을 두고 오른쪽에 상림이라 부르는 숲을 둔 채 남향으로 앉아 있다. 집 앞에 개천이 있고 개천 건너에 마을과 드넓은 들판이 펼쳐지고 들판 너머 멀리 지리산이 건너다보이는 집이다. 수십 채의 전각들이 각기 독립되어 있을 만치 집이 넓고도 깊었다. 함화루는 드넓은 마당을 거느린 누각樓閣으로 집 바깥의 숲, 상림 안에 들어 있었다.

무슨 수를 쓰든지 이현을 찾아오라는 명을 받은 그젯밤에 안도까지 아울러 다섯이 이록의 집에 잠입했다. 드문드문 불이 켜진 집안 곳곳을 샅샅이 살폈지만 아이의 기척은 전혀 느낄 수 없었다. 유수화려로 돌아가 함화루의 구조며 상황을 상세히 고했다. 다 듣고 난 칠요가 자인만 남게 하고 모두를 물러나게 했다. 두 사람이 몇 시간에 걸쳐 경문과 주문을 외며 기도하는 소리가 들린 뒤 고요해졌다. 그 고요 속에서 칠요는 자인으로 하여금 조이현의 영기를 느낄 수 있는 부적을 그리게 했고 몸에 지니게 했다. 그 부적을 품에 지니고 온 자인이 오늘 밤 이현을 찾아낼 것이었다.

이미 어두워진 술시 시작 참에 조엄과 안도가 이록의 집 앞 개천에 놓인 다리에 나타났다. 다리를 건넌 그들이 집 앞 나무에 말을 매어두고 대문 안으로 들어간 지 벌써 한 시진가량이 지났다. 화산 일행이 다리 아래에 잠복한 지는 그보다 더 지났다. 다리를 건너다니는 사람이 거의 없어졌다. 집안으로 들어간 안도가 말들을 살피려는 듯이 한번 나와 이록과 그의 호위들이 집에 없노라 알려주었다. 그들이 출타한 지 닷새째이며 하마 오늘 밤 돌아올지 모른다고 하여 조엄은 사랑채에서 기다리고 있다고 했다. 또 임집사라 불리는 자가 집안일을 관장하고 있으나 정작 주목해야 할 인물은 이록의 소실인 화씨인 것 같다고도 했다. 화씨가 무슨 눈치라도 챈 듯 사랑채에 두 번이나 직접 나왔고 나올 때마다 하속들을 단속하므로 조심하라는 것이었다. 그 말을 듣고 한 사람씩 나가서 주변을 살피고 돌아오기를 반복했다.

일각 전에 나간 자인이 돌아오지 않아 화산이 찾아 나서려는데 천변 저쪽 풀숲 사이에서 그림자가 움직인다. 자인이다. 자인이 다리 아래로 들어서자 천우가 망을 보러 나섰다. 자인이 속삭여 말했다.

"함화루까지 가 보았습니다. 함화루 마당 건너편에 곳집이 있지 않습니까."

함화루 마당 곳집은 작년 삼월 보름에 화산과 강수가 만단사의 회합을 지켜보기 위해 지붕에 엎드렸던 건물이다. 그날 밤 그 곳집 안에서는 술과 고기가 대기하고 있다가 만단사자들에게 그릇그릇 베풀어졌다. 팔작지붕에 간살이 넓은, 정면 네 칸 측면 세 칸으로 단순하게 지어진 곳집은 함화루가 큰 행사를 벌일 때 사용하는 차일, 단상 등의 도구며 목기木器들을 두는 창고였다.

"엊그제 우리가 살필 때 곳집에는 아무 기척도 없지 않았어?"

"엊그제 밤에는 제게 부적이 없었지요. 조금 전 그 쪽에서 이현의 기운이 아른거리는 걸 느꼈습니다. 그 기운에 제가 이끌려 간 것이지요. 아이의 영기가 땅속에서 느껴지는 걸로 미루어 곳집 안 마루 아래에 숨은 방이 따로 있지 않나 싶습니다. 헌데 오늘 밤에는 지키는 사람이 여섯이나 붙었더이다. 눈에 보이는 숫자만요."

조엄이 아이를 찾으러 오자 그리된 것이다. 주인이 있었더라면 그리 티를 냈을 리 없다. 어쨌든 아이를 찾아 돌아가야 하는 화산으로서는 다행이다.

"하면 일단 그쪽으로 옮겨 상황을 보자고."

화산의 결정에 자인이 그의 소맷부리를 잡았다.

"아이의 생기가 극히 희박합니다. 경각지경이 아닐까 싶습니다."

"아이를 키워 써먹으려 데려왔을 텐데 그 지경으로 만들어 놓았겠나."

"아이를 길들이느라 부러 외진 곳에 두었다면 그 과정에 무슨 일이 벌어졌을지 모르지요. 더구나 이록이 직접 살피지 않고 말단 수하들에게 내맡겼다면……. 그러니 한시라도 바삐 아이를 구해 목숨을 돌보자는 것입니다."

칠요가 무슨 수를 쓰든지 아이를 찾아오라 했을 때 어쩌면 아이의 주검이라도 데려오라는 뜻이었는가. 화산은 십 년째 칠요를 모시면서도 그의 말뜻을 한꺼번에 다 알아듣지 못한다. 상전의 말씀과 그 저변까지 들을 수 있는 사람은 혜원뿐이다.

"그럼 당장 움직이지."

해돌이 나가 천우와 사라지는 기척을 듣고 화산과 자인은 천변을 통해 숲속 함화루로 향한다. 함화루 뒤 숲에 도착하니 해돌과 천우는 누정의 마루 밑으로 들어가 마당 건너편의 곳집을 주시하고 있다. 누정과 곳집과의 거리가 제법 될 만치 마당이 넓고 마당은 숲에 감싸여 있었다. 들리느니 바람에 흔들리는 나뭇가지 소리와 마당 건너에서 횃불 두 점 밝혀 놓은 채 건들거리고 있는 사내 여섯의 소란 뿐이다. 짝지어서 수박을 겨루는 것 같은데 지켜보노라니 이도저도 아니다. 놈들은 술에 취해가며 놀고 있을 뿐이다. 금세 노래라도 불러댈 기세다.

"혹시 우리가 온 걸 알고 부러 함정을 파놓은 것이리까? 매복이라도 하고 있다면 모를까, 사령의 본원이 이리 허술할 수 없는 거 아닙니까?"

천우가 의문을 가질 법하다. 어떤 조직이든 수령이 직접 관리하지 않아도 저절로 움직이는 체계가 있어 자체로 굴러가기 마련이다. 보위나 호위나 수위나 속하나 하속이나! 무엇으로 불리든 상전을 모신 자들은 상전을 지킴에 빈틈이 없도록 일상을 산다. 끊임없이 훈련하고 스스로를 점검하며 만약의 사태를 대비하여 갖가지 계책을 세운다. 그래야 조직이고 그래서 조직이다. 상림이 만단사 수령의 본원이므로 집안의 체계는 훨씬 치밀하게 짜여 운영될 것이라 여겼다. 그런데 그젯밤 자그마치 다섯 명이 상림에 잠입해 집안 곳곳을 뒤지고 다닐 때 아무도 눈치채는 기색이 없었다. 침입자들을 눈치채기는커녕 이록의 첩실 거처인 증심당繪心堂에서는 술주정하는 소리까지 났다. 처첩을 막론하고 한 사람뿐인 이록의 첩실 방에서 술주정 소리가 날 제 함정이라 예상해야 할지도 몰랐다.

오늘 밤도 함정인가 싶을 만큼 상림 안팎은 태평하다. 분명히 함정은 아니므로 이건 만단사령 본원에 커다란 문제가 있다는 뜻이다. 이록 본인이 눈치채지 못하는 사이에 그의 내부가 치명적으로 곪고 있는 것이다. 그건 사신계에 이롭지 못한 조짐이다. 큰 조직의 수령은 제 내부가 썩은 것을 깨달으면 그것들을 도려내기 위한 방법으로 칼날을 외부로 돌리기 십상이다. 바깥에다 적을 만들어 내부의 적을 바깥으로 몰아붙이는 것이다. 그게 모든 전쟁 발발의 원인이다. 화산의 머릿속이 바삐 움직이는 와중에 곳집 안에서 또 한 사내가 나온다. 안에 몇 명이 더 있는가 싶은데 밖에서 건들거리던 놈 하나가 안으로 들어간다.

"저자들이 번갈아 드나들며 뭘 하는 게지요?"

자인의 읊조림이 나기 전에 화산도 가슴이 철렁해진 참이다. 아무리 어리다 해도 계집을 가둬둔 상황에서 사내들이 번갈아 드나든다면, 그게 무슨 뜻이랴. 천우가 뒤늦게 상황을 깨달았는지 내뱉었다.

"저 찢어죽일 놈들이!"

천우의 말대로 찢어죽일 놈들이되 찢어죽일 대상이 놈들만이 아닌 게 문제다. 놈들이 저리 행동할 수 있을 때에는 암묵적인 허락이 있기 때문일 터. 만단사가 사자를 만들기 위한 과정에서 치르게 한다는 고신의 방법으로 아이를 능욕하게 한 것일지도 모른다. 이현이 무녀로 자라나야 하는바 고행의 수단으로 극악한 방법을 택했을 수도 있다. 이록은 제 친딸 온에게 무녀 수행을 시키기 위해 천치를 만들어 가마골로 밀어넣었던 자였다. 당시 소소원 입구에서 보리를 발견한 사람이 화산이었다. 죽지 않았으나 넝마처럼 널브러져 죽기 직전이었다. 무슨 약엔가 중독된 듯했고 심하게 얻어맞은 상태였다. 그건 단순히 당한 폭행일 수 없었다. 모종의 목적에 의해 가해진 폭행이었다. 그때 온이 소소원이 아니라 삼덕네서 살게 된 까닭이었다. 천우가 제 주먹을 부딪친 뒤 속삭인다.

"당장 나가지요, 대장?"

대장인 화산은 다른 문제들까지 아울러 결정해야 한다. 놈들을 살려둔 채 아이만 구해 나올 것인지, 놈들을 다 죽이고 아이를 구해낸 뒤 불을 질러 흔적을 없앨 것인지. 놈들을 살려 두자면 이쪽의 얼굴이 드러나지 않아야 하고, 불을 지르자면 뼛골 하나도 추릴 수 없을 만큼, 곳집 건물이 완전히 타서 무너질 정도가 되어야 한다. 어찌하여 불이 났는지에 대한 단서도 남기지 않아야 하는 것이다.

"해돌, 자네 바랑 속의 화약이 얼마나 되나?"

이현에게 참혹한 짓을 하고 있는 놈들이 상전의 명을 어쩔 수 없이 따르고 있다고, 그러니 죽일 것까지는 없다고, 생각할 계제가 아니다. 천만 번을 생각해도 열 살짜리 계집아이를 번갈아 겁탈하는 놈들을 살려 둘 이유를 떠올릴 수 있을 것 같지 않다.

"불을 지르자고요?"

"사람 일곱을 기절시켜 놓고 아이를 빼간 걸 저들이 발견하면 당장 우리 아씨께 혐의를 두게 될 게 아닌가."

"그렇겠군요. 한 근을 가져왔으니 집 한 채 태워 무너뜨리기에는 충분할 겁니다."

"그럼 해돌, 천우, 가서 일단 보이는 저들을 넘기게. 곳집 안은 나와 자인이 들어가지."

"다 죽입니까?"

"어차피 태울 것이니, 죽이게."

나가려는 해돌과 천우를 자인이 황급히 붙들었다.

"저들을 넘긴 뒤에 머리털을 세 올 이상 뽑아 간직해 두세요."

"그건 또 왜?"

천우의 물음에 자인이 답했다.

"저들이 구천을 떠돌지 않게 살생 부정풀이를 해야지요."

"그런 것 안 하고도 여태 잘만 살았거든! 이제 와 새삼 무녀가 되려는 것이야?"

"그런 것, 안 한 게 아닙니다. 우리들이 저지르는 모든 살생, 특히 사람을 해했을 때의 살생풀이를 아씨께서 다 해오셨어요. 죽인 자들의 머리털을 뽑아 놓으면 살생풀이가 쉽습니다. 아씨께서 덜 힘드시죠."

칠요 호위들로서 사람을 죽인 건 소소원을 떠나기 전이었다. 포도청의 나졸들과 명화당 패거리 몇 등, 수십 명을 총령에 따라 집합한 계원들과 함께 제거했다. 또 칠요가 중궁전을 다녀 나와 문밖골에 들어섰을 때 피습해 온 자들을 죽였다. 그때 강수, 혜원까지 아울러 다섯 호위가 죽인 자가 열한 명이었다. 자인은 칠요가 소소원을 떠나온 뒤 합류한 사람이므로 그때 일들을 몰랐다. 칠요가 수하들이 행사하는 살생에 대해 홀로 살풀이를 하며 사는 줄 세 사람은 몰랐다.

"그렇게들 하지. 어려운 일도 아니지 않아? 자, 진입."

네 사람이 두 패로 갈려 마당 양쪽의 숲을 통해 곳집으로 다가든다. 곳집 인근에 다가든 해돌과 천우가 횃불 쪽에서 놀고 있는 사내들한테 뛰어들었다. 놈들의 노는 품새로 보자니 무술이라는 게 하품나게 생겼거니와 죽일 것이라 해돌과 천우는 조심하지도 않는다. 놈들은 저희들이 죽는 줄도 모를 만큼 순식간에 죽을 것이므로 화산은 자인을 데리고 처마 아래로 스며든다.

곳집의 당판문은 닫히지도 않았다. 바깥 기둥에 매달린 횃불이 출입문 양쪽의 살창을 통해 약하게 비쳐들 뿐인 곳집 안은 어스름하다. 세 벽면에 기대어 층층이 짜인 선반들에 수천 점은 될 법한 물건들이 정연하게 정리되어 있다. 정리되지 않은 건 단 하나, 문 안쪽에 놓인 술독뿐이다. 한 말 들이 술독에 남은 술이 한 되쯤이나 되어 보인다. 오늘 다 마신 술이 아니라 시나브로 드나들며 줄여가던 술이다. 실내를 샅샅이 살폈으나 벽으로는 따로 통할 곳이 없다. 자인이 곳집 가운데 빈 마루를 디뎌보다 손가락 찍는 시늉을 한다.

자인을 세워 놓은 채 화산은 마루에 엎드려 숨은 방의 입구를 찾았다. 마루의 서쪽에 음각된 손잡이가 있다. 손잡이에 손을 넣어 들어 올리려는데 꿈쩍도 하지 않는다. 자인이 반대편으로 밀어보라 손짓한다. 과연 그렇겠다 하고 미니 자인이 올라 있는 마루판이 서서히 밀려 나가며 여린 불빛이 올라온다. 열리는 만큼 환해지며 계단이 나타난다. 계단 아래, 돌기둥으로 곳집을 떠받치고 있는 숨은 방은 넓다. 기둥과 기둥 사이마다 마늘등이 매달렸고 지금은 네 개의 등이 켜졌다. 장롱이며 책궤, 책상 등의 온갖 집기가 갖춰졌다. 원

통화로가 보이고 침상도 나타난다. 침상에서 한 놈이 침입자에 놀라 몸을 일으키며 묻는다. 하체만 알몸이다.

"뭐야? 무슨 일 있어?"

그 성화에 침상 저편 밑에서 담배부리를 문 노파가 고개 들고 일어나다 낯선 자들을 보고는 자라목인 양 쑥 가라앉는다.

"악!"

비명을 내지른 자인이 비호처럼 내닫는다. 제 목숨이 경각인지도 모르는 채 하초 먼저 추스르려 바지를 집어 드는 놈에게 엉겨붙은 자인이 놈의 목을 와락 비틀어 버린다. 두둑 둑, 소리와 함께 놈의 몸이 침상 아래로 떨어져 내리자 침상 저편에 웅크렸던 노파가 단검을 들고 일어섰다. 이미 살기가 뻗쳐오른 자인이 제 단검을 빼 노파에게 내쏘아 버린다. 목 아래 비중점秘中點을 찍힌 노파가 신음도 못 내고 눈을 치뜨다가 검을 빼려는 듯 손을 뻗은 채 무너진다. 노파의 손에서 떨어진 담배부리가 바닥에서 불꽃을 흘리며 사위어 든다.

비로소 아이의 모양이 눈에 들어온다. 사내의 목을 비틀어 숨을 끊고 노파의 목에 단검을 박아 넣은 자인이 아이로부터는 고개를 돌리고 숨을 씩씩 몰아쉰다. 발가벗겨진 아이의 몸은 곳곳에 마른 피가 묻었고 방금 쏟은 사출액으로 번들거린다. 거미처럼 웅크린 아이 몸이 함부로 깎아 놓은 목각인형 같다. 화산은 이불깃으로 아이 몸의 사출액을 닦은 뒤 안아 숨결을 맡아 본다. 미약하나마 숨을 쉬고는 있다.

"이현 아기씨, 아기씨. 애야, 아가."

화산이 불러도 이현은 눈을 뜨지 않는다. 이미 반쯤은 저세상에 걸쳐 있다.

"자인, 구심환求心丸을 아이 입에 넣어 줘라. 정신 차리고!"

화산의 호통을 듣고서야 자인이 품에서 알약을 꺼내 제 입에 넣고 씹는다. 화산이 아이를 내려놓자 자인이 아이 입을 벌리고는 제 입 안에 든 약을 흘려 넣어 준다. 약을 먹이고는 아이의 웅크린 몸을 가만가만 펴 준다.

"아기, 널 어떡하니. 어떡하면 좋니. 대장, 이 아기를 어떡해요."

자인이 연신 중얼거리며 눈물을 흘린다. 화산은 장롱 근방에 떨어져 있는 아이 옷가지들을 죄 주워 침상에 놓아 주고 돌아서 노파를 살핀다. 노파는 이미 숨이 끊겼다. 화산이 자인의 단검을 빼내는데 혈점을 얼마나 정확하게 파고들었는지 피도 거의 묻어 나오지 않는다. 단검을 자인의 행전 속으로 꽂아 넣은 화산은 노파의 주검을 들어다 계단에 걸쳐 놓고 흰 머리털 몇 올을 뽑아 주머니에 넣는다. 사내 주검에서도 머리털 몇 올을 뽑아 주머니에 넣고 위로 올라왔다.

천우와 해돌이 여섯 구의 사체를 곳집 안으로 옮겨 오기 시작했다. 화산은 문 가까운 목기 장 하나를 넘어뜨리고 두 구의 사체를 술 마시고 뻗은 형상으로 뉘게 했다. 다른 두 구는 잠든 모양새로, 다른 두 구는 자인에게 숨이 끊긴 한 구까지 아울러 서로 다투던 형상으로 만든다. 책궤와 책들을 그 주변에다 쌓는다. 노파는 계단에서 구른 형상으로 만들었다. 그 사이 자인이 아이 옷을 다 입혀 신까지 신겨 놓았다. 흰 가죽에 분홍 제비꽃이 수놓인 꽃신이다. 신을 일조차 없었던지 꽃신은 얼룩 한 점 없이 곱다. 화산이 아이의 신발을 벗겨 침상 아래에 내려놓고 말했다.

"해돌, 자인과 함께 아이를 데리고 먼저 출발하게. 아이 지경이 서둘러도 아니 될 것 같으니 조심해서 움직여. 안도님은 문정헌과 함께 있어야 하니 당장은 어찌할 수 없잖아. 아이 상태가 계속 움직일 수 없겠다 싶으면 어딘가에 자리를 잡아주고, 자네 홀로 집으로 가서 연덕을 데리고 오는 방향으로 하자고."

말들을 두 마장 밖의 숲 속에다 세워 놓고 왔다. 해돌이 자인으로부터 아이를 받아 안더니 계단을 올라간다. 자인이 뒤따라간다.

화산과 천우는 곳집 안 곳곳에 화약을 놓는다. 바람이 거의 불지 않으므로 불은 자체로 거세져야 했다. 한번 시작되면 단숨에 온 건물이 불길에 휩싸이도록, 지하방과 마루방과 지붕 속 대들보와 중보와 종보 위까지 화약가루를 뿌리고 화약 종이를 놓았다. 여덟 구의 시체에다 남은 화약을 다 뿌린 뒤 두 사람은 지하방의 등 두 개를 떨어뜨렸다. 불길이 치솟기 전에 위로 올라와 바닥 문을 닫았다. 닫는 순간 종이화약들이 마른 콩깍지 튀듯이 타닥타닥 튀는 소리가 들린다. 아직은 두 사람만 들을 수 있는 소리다. 폭약을 쓰지 않았으므로 더 큰 소리가 날 일이 없기도 했다.

"아래 있던 노파는 자인이 한 것 같고, 다른 한 놈은 목을 돌려놨던데, 대장이 그러셨어요?"

"아니, 자인이."

"무지하게 화났나 보네. 애기 꼴을 보니 그럴 법하지만 그 주검들이 덜 탄 채 발견되면 문제 아닙니까?"

"말끔히 다비되기를 바라야지. 어떻게 타서 무너지는지 지켜보자고."

"지켜봅니까?"

"불길이 치솟아 집에 있는 사람들과 마을 사람들이 알아채고 달려오는 걸 봐야지. 그리 오래야 걸릴라고. 바깥에 있는 횃불 떼어 오게. 아, 머리털들은 뽑아 뒀나?"

"그 말 안 듣다가 저놈들 꼴 날까 봐 챙겼습니다. 내 참. 별나라 사람들은 어찌 그리 무서운지 모르겠어요. 놈들을 죽일 때는 당연해서 아무 느낌 없었는데 주검의 머리털 뽑으려니까 손이 막 떨리더라고요."

별나라라는 애칭으로 불리는 칠성부의 무술은 결 마디가 짧은 대신 훨씬 빠르다. 여인들의 무술이매 긴 합을 겨루지 못할 것을 대비하여 살기도 훨씬 깊다. 정말 죽여야 할 상대와 맞설 때는 무기에 독도 바른다. 처음부터 아예 독을 써서 상대를 제압하기도 한다. 혜원 무진을 비롯한 칠성부의 독술가毒術家들이 만들어 내는 독이 그렇게 쓰인다.

천우가 나가 횃불을 들고 와 왼쪽 구석 목기장 아래 놓인 화약에다 슬쩍 댄 뒤 정면 목기장과 오른쪽 구석까지 불을 대고는 돌아 나온다. 천우가 횃불을 든 채 밖으로 나간 뒤 화산은 지하방에서 들끓기 시작한 불길 소리와 들썩이는 마루를 확인하고 밖으로 나와 문을 닫는다. 들어간 자들이 있으나 나올 자들이 없으므로 문을 잠그지는 않는다. 두 사람은 마당 오른쪽 숲을 통해 함화루 쪽으로 건너온 뒤 지붕으로 올라와 눕는다. 말은 나누지 않는다. 왼쪽에서 커 올라 지붕을 반나마 덮으며 드리운 느티나무 가지 밑에 누워 나뭇가지 새로 보이는 하늘을 올려다볼 뿐이다. 어쨌든 일각一角도 못 걸려 여덟 목숨을 거둬 버렸지 않은가.

칠요께서 무슨 수를 쓰든지 아이를 찾아오라 하셨을 때, 그 말씀에 살생을 해도 무방하다는 속뜻이 있었던가. 화산은 뒤늦게 그 생각을 한다. 칠요의 속뜻을 혜원에게 물어보고 올걸 그랬나 싶다. 그래봐야 혜원은 똑같이 말했을 것이다.

"무슨 수를 쓰든지 아씨의 명을 수행하세요."

혜원은 혼전이나 만삭이 가까워 가는 요즘이나 여일하다. 십년 전이나 지금이나 똑같다. 화산이 칠요 호위로 소소원에 배속되어 갔더니 스무 살의 소예, 혜원이 있었다. 스무 살인데 이미 칠품에 이르렀고 칠요의 글 선생이라 했다. 독술毒術도 한 경지에 올라 있다고 했다. 칠요의 글 선생이건 독술의 대가이건 화산에게는 혜원이 대번에 여인으로 느껴졌다. 말을 시켜 보고 싶고 눈을 마주치고 싶고 손을 잡아 보고 싶었다. 화산의 맘이 어떻건 혜원은 눈길 한 번 주지 않았다. 혜원의 눈길은 칠요와 책과 제자들에게만 머물고 제 홀로 됐을 때의 몸은 연구 방에 즐비한 단지들이나 솥 앞에 있었다. 식물들의 독성을 추출해 독약을 만들어 내는 것이었다. 그렇게 만든 독약을 제 몸에 지니고 다니는 여인을 어찌 그토록 사모했는지. 칠요께서 혼인하라 명하지 않으셨으면 몽달귀신으로 죽게 되었을지도 몰랐다. 최소한 몽달귀신을 면하게 되자 비로소 사내가 된 듯했다.

화산은 누대로 사신계에 속해 온 대구 남상 집안에서 태어나 자연스레 계원이 되었다. 사내로 태어남과 같이 사신계원으로 태어났다고 여겼다. 다른 무엇보다 무술이 재미있었으므로 어린 나이에 품급이 높아졌다. 각부에서 한 명씩의 무사를 뽑아 칠요 호위대를 만든다는 것을 부친께 들었을 때 자원했던 것은 무술로 업을 삼기 위함이었지 사신계에 대한 특별한 사명감 때문은 아니었다.

그러다 만난 혜원에게 사신계는 달랐다. 역모에 휩쓸려 집안이 거덜 난 뒤 모친에게 안겨 관비로 끌려가던 아기 소예를 사신계가 구했다. 소예 혜원에게는 사신계가 우주였다. 칠요가 제 몸이었다. 혜원은 제 몸에다 독약을 상비했다. 칠요를 지키기 위함이고 칠요를 지키기 못했을 때 제가 즉시 죽기 위한 것이었다. 화산은 혜원이 제 몸의 독약을 스스로에게 쓸 일 같은 건 막아야 했다. 한 사람이 내 몸보다 귀하니 그 한 사람이 아끼는 세상의 사람들이 다 귀했다. 그 오랜 세월 사신계가 존속되어 온 까닭을 비로소 깨달았다. 서로서로 빈틈없이 연결된 까닭에 계원마다 내 몸보다 계를 귀하게 여기기 때문이었던 것이다.

"대장, 아씨께서는 정말 우리가 하는 살생들의 업을 다 닦아오셨을까요?"

천우의 나지막한 말은 질문이 아니라 한숨 같다. 찢어 죽여 마땅한 자들이라 여겨 살생했지만 오늘 밤 그들은 자신들이 왜, 누구에게 죽는지도 모른 채 죽었다. 그들을 사지로 몬 자는 이록이나 정효맹과 같은 자들이다. 정작 죽어야 할 자들은 그들이다. 그 같은 자들을 죽이고 만단사를 해체해야 마땅했다. 칠요는 오늘 밤을 기점으로 만단사에 선전포고를 한 격이다. 정효맹 등의 이록 보위들은 무슨 수를 쓰든지 오늘 밤 화재의 원인을 알아낼 터이다. 조이현의 사라짐과 조엄의 함화루 내방 사이의 관련성을 찾아낼 것이며 결국 유수화려가 진원지임을 파악할 것이다. 이 밤을 시작으로 그동안 팔도를 유람하며 유유자적 지냈던 유수화려 식구들의 평화가 끝났는지도 모른다.

몇 년간 떠돌다가 화개에 자리한 지 일 년여 만에 해돌과 복분이 미사를 낳고, 천우와 연덕이 동읍을 낳았다. 혜원에게 태기가 생겼을 때 칠요는 아들 쌍둥이가 태어나리라 예시하였다. 그러므로 혜원은 다음달이면 아들 둘을 낳게 되는 것이다. 아기들의 젖 뗄 때까지만 유수화려에서 키운 뒤 본가로 보내는 건 어떨까. 혜원은 물론 반대할 테지만 만약 동의한다면 복분과 연덕도 그리하려 나설지 모른다.

복분의 지아비인 해돌은 백호부로 함경도 단천이 본원이며 딸 미사가 태어난 지 아홉 달째다. 해돌의 부친이 단천 백호선원의 무진이므로 미사를 보내려 한다면 단천까지 보내야 한다. 의녀 연덕과 혼인한 주작부의 천우는 부모가 없다. 연덕의 모친 모올이 칠성부 양평선원의 무진이다. 하므로 갓 백일 넘은 동읍을 떠나보내고자 한다면 경기도 양평의 흔훤사일 수밖에 없다. 대구든, 단천이든, 양평이든 아기들을 떼어 보내기에는 너무 먼 곳들이다. 그나마 네 아이가 젖을 떼고 부모와 떨어져 안전한 곳으로 옮겨질 때까지라도 잠잠할 수 있을지. 아니 아이들을 옮겨 놓은 자리인들 안전할 수 있을 것인가.

그렇게 따지면 또 계 밖의 세상인들 안전한가. 칠 년 전 겨울, 육 년 전 여름 돌림병이 돌 거라 예시하여 전국 사신계에 돌림병 주의보를 발령했던 칠요가, 올여름에 또 돌림병이 돌 것이라 예고했다. 올여름 돌아칠 돌림병에 대한 예시가 전국 사신계 선원에 통문으로 돌고 있는 즈음이었다. 한 여름일지라도 물은 반드시 끓여 마실 것이며 사람 많은 곳을 피할 것이며 주변을 청결히 할 것이며 주변에도 그렇게 권하라. 어쨌든 돌림병이 돈다면 아이들에게 가장 안전한 곳은 칠요 주변이다. 아이들을 그냥 데리고 사는 게 나을지도 모른다. 화산의 근심어린 사념이 피어오르는데 건너편 곳집에서는 불길이 치솟는다. 곳집 전체가 한 덩어리의 거대한 불길로 솟구쳐 오른다. 팔베개를 하고 누워 있던 천우가 후우, 깊은 한숨을 내쉬며 일어나 앉는다. 화산도 한숨을 쉰다.

간밤 이경 즈음부터 눈물이 나기 시작했다. 연신 흐르는 눈물을 훔쳐내 가며 『금강경』을 읊었다. 그렇게 한 시진쯤 지나 이현이 숨을 거둔 걸 느꼈다. 새로운 인연의 시작이 서러워 또 한바탕 울었다. 반야와 이현의 짧은 인연과 이현의 짧은 금생은 아이의 내생을 위한 징검다리였던 것이다. 울며 그걸 깨친 반야는 밖에 대고 상을 차리라 이른 뒤 초혼을 시작했다. 수십 번의 부름에도 이현의 혼백이 응해오지 않았다. 아이는 제 전생인 방희처럼 고집이 드셌다. 아이 혼백을 놓아둔 채 반야는 「육모적살경」을 읊었다. 호위들이 살생함으로서 빚어진 갖가지 살煞부터 풀기로 한 건 집안에 핏덩이 같은 아기들이 있기 때문이다.

'천지지인 소기인 생상무궁 고금동 인명생시 범음살 사주팔자 정길흉 길신흉신 본무정 길변위성 흉변길 천라지망 연년살 삼재팔난 삼형살 오귀육해 괴사살……. 심중소구 만여의 종차제살 영소멸 무량중생 역여시 세세생생 불범살 무진복락 괴태평 마하반야 바라밀.'

길고도 긴 「육모적살경」을 세 번 읊고, 그보다 긴 「관살풀이경」을 세 번 외웠다. 그보다 더 긴 「상문풀이경」을 세 번 불렀다. 떡과 생선과 고기로 군침 도는 초혼상을 차린 뒤 다시 이현의 혼령을 불렀지만 아이는 여전히 답하지 않았다. 아이의 혼백은 꿈쩍도 않건만 초혼 소리에 제들을 부른 줄 아는 화개 인근의 굶주린 귀신들이 대거 몰려들었다. 그동안 반야의 신당을 두려워하여 반반골에 범접치 못하던 뜬것들이 반야의 초혼에 맘놓고 날아든 것이다. 하는 수 없이 반야는 아이 초혼상을 집 밖으로 들어내게 하여 귀신들을 먹이고 사자死者풀이를 했다. 귀신들은 이름 불러 주는 이가 없고, 넋을 달래 주는 사람이 없어 도솔천으로 가지 못한 채 구천을 떠돌고 있는 것이었다. '호사귀 직사귀 수살귀 광대귀 원혼귀 창녀귀 말명귀 결항귀 승사귀 열녀귀 호걸귀 목신귀 기사귀 남사귀……. 칼에 맞은 검사귀 어린애기 동자귀 십오륙세 소년귀 이십세 청춘귀 삼사십 중년귀 오륙십 노년귀.'

귀신들을 모조리 천도하고 나니 이현의 주검을 안은 해돌과 자인이 들어온다. 아이의 혼령이 제 몸에 얹힌 채 집으로 들어오다 신당 앞에서 떨어지더니 조르르 마당 끝으로 가서 그네에 앉는다. 아이의 주검이 신당 안에 눕혀지는 동안 반야가 툇마루에 나앉아 이현의 혼령을 부른다. 어디론가 달아나면 불러오는 데 또 진을 빼게 될 터이라 반야는 살살 달랜다.

"이현아, 어서 들어오너라."

'싫어요. 저는 스승님 신당이 무섭습니다.'

"그래도 참고 들어와. 어서."

'싫어요, 스승님.'

"회초리를 맞아야 들어오겠느냐?"

회초리 맞기는 싫은지 그네에서 내려와 슬금슬금 건너오더니 신당 문 밖에서 뚝 멈춰 선다. 신당 가운데 뉘인 제 몸을 들여다보며 울부짖는다. 주변의 공기가 서늘해지며 음침하게 파동한다. 반야가 정주와 칠성방울을 동시에 흔들다 턱 엎어놓고 아이를 향해 벼락처럼 소리친다.

"그만 그치지 못하느냐?"

이현의 혼령이 울음을 뚝 그치고 눈치를 본다.

"네 아무리 철이 없기로 그곳이 갈 곳이라 여겨 갔단 말이냐? 네 육신의 정황이 어떠하냐? 네 몸을 네 어머님과 아버님이 보시면 어떠실 듯해? 눈을 크게 뜨고 보면서 답을 해보아!"

이현의 혼령이 제 몸을 이제야 발견한 양 눈을 크게 뜨더니 또 운다. 또다시 공기가 흔들리고 집 안팎을 감싼 안개가 흔들린다. 신당 앞에 수직한 식구들이 혼령을 느끼고는 움칠거린다.

"답을 해보라지 않아?"

아이가 울음꼬리를 사리더니 슬금슬금 신당 안으로 들어선다. 불상을 향해 마지못한 삼배를 하고 일어나려 한다.

"칠배하거라."

아이가 칠배를 채우고 일어나 반야를 향해 삼배한다. 이제 정신이 든 것이다.

"이제 말해 보아라. 어찌하여 그곳으로 갔는지. 내가, 그리고 이 신당이 그리 무섭더냐? 그곳에 가니 산해진미에 비단이불 내어 주었어? 해서 이 꼴이야?"

'소녀가 그곳으로 간 것은 기억하여요. 하온데 소녀 홀로 불쑥 그곳을 생각해 낸 것은 아닌 듯합니다.'

"하면?"

'어느 밤에, 눈이 내리기에 창문을 열었더니 누군가 부르는 소리가 나더이다. 신을 신고 마당으로 나섰지요. 부르는 소리가 대문 밖에서 나는 듯했거든요.'

"네 방이 네 집 가장 깊은 곳에 들어 있을 것인데, 네가 듣는 소리를 다른 사람은 못 들었단 말이냐?"

'그건 모르겠사와요. 소녀는 들었기에 나갔지요. 할멈이 있고 가마와 가마꾼들이 있더이다. 할멈이 아기씨를 모시러 왔소, 그러더이다. 소녀는 그때, 스승님께서 보내신 가마인 줄로 알았사와요. 제가 작년 여름에 이곳에 왔다가 그냥 가 버렸으므로 스승님께서 기다리시지 못하고 가마를 보내신 줄로요. 소녀는, 이 길로 스승님께 가자 작심하고 가마에 올랐고요. 가마 안에서 잠이 들었지요.'

아이가 들은 소리가 사실의 소리가 아니므로 무녀가 개입한 일임이 분명했다. 이록 첩실의 소행인 것이다.

'깨어나니 어느 방이었어요. 저를 데리러 왔던 할멈이 있었고요. 어떤 남정이 있었는데 절더러 무녀가 되길 원하느냐 묻더이다. 소녀는 그렇다하였지요. 그 밖에 원하는 게 없다고도 했고요. 근자의 소녀가 어머님 아버님 가여워 제 맘을 애써 다스리며 살고는 있으나 실상이 그러했지 않나이까. 그가, 이 안에서 수련을 하겠느냐 물었사옵고, 소녀는 그리하겠노라 답했지요. 그가 나갔고 할멈도 나가더이다. 얼마나 지난 뒤 다시 돌아온 그 남정이 소녀한테 무녀가 되기 전에 우선 만단사의 사자가 되어야 한다고 하였어요. 소녀가 만단사가 뭐냐고 물었더니 그가, 자신이 원하는 대로 살아갈 수 있는, 피안처럼 아름다운 세상이라 했고요. 그리 아름다운 세상이라면 마다할 까닭이 없잖겠어요? 그리하마고 했지요. 그가, 그처럼 아름다운 만단사에 대해 이런 저런 것을 가르쳐주고 『옥추보경』을 내어 주곤 읽고 있으라 하더니 나가더이다. 할멈이 드나들며 소녀를 수발해 주었구요. 『옥추보경』은 소녀가 처음 접한 책이었는데 굉장한 경지의 도경道經인 듯하더이다. 며칠이 지났는지 모르게 될 때까지 책을 탐독

하며 지냈지요. 책을 몇 번 읽고 났더니 흡사 소녀가 이미 무녀인 양 뿌듯하였고요. 그리하고 있는 참에 그 남정이 들어와 묻더이다. 만 단사에 대해 무얼 알지? 소녀는 그 며칠 전엔가 들은바, 만단사에 대해 알지 못한다고 답해야 한다는 걸 잊고 생각나는 대로 답했사와요. 인자유기원人自有其願 수활여기상須活如其相 유권획기생有權獲其 生. 모든 인간은 스스로 간절히 원하는바 그 모습으로 살아야 하며 그런 삶을 얻을 권리가 있다. 원호願乎. 유여재有汝在. 거지去之! 그 대 원하는가. 거기 그대가 있느니. 그곳으로 가라! 소녀가 나름 총명 하다는 소리를 듣고 자란 까닭은 들은 걸 거의 기억하기 때문 아니 었겠어요? 아는 대로 답했더니 그가 소녀의 뺨을 치더이다. 소녀가 그대로 혼절을 했던가요. 그리고 깨어났을 때부터 연이어, 반복하 여 그와 같은 일이 되풀이 되었사와요. 더하여 흉측한 자들이 번갈 아 드나들며 무녀가 되려면 고행을 해야 한다면서 소녀의 몸을 가혹 히 다루었고요. 흉측한 자들이 제 몸을 가지고 하는 짓이 겁탈이라 는 것을 언제쯤 느끼기는 했사온데 그쯤에는 소녀가 이미 제정신이 아니었던지라 그들이 시키는 대로 다 했사와요. 발가벗고 춤추고 노 래하고 엎드리라면 엎드리고 누우라면 눕고 경문을 외라면 외고요. 문장을 외라면 외웠지요. 술 마셨지요. 연초도 피웠고요. 어느 결부 터는 전혀 기억이 없사와요. 제가 죽은 것을 깨닫고야 그곳에서 벗 어난 것을 깨쳤고요. 소녀는 그곳이 어딘지도 모르와요. 스승님, 그 곳이 어디였나이까?'

반야는 밤새 흘린 눈물이 또 난다. 통곡이 난다. 이제 보니 이록이 시킨 일도 아니다. 그는 알지도 못했을 터. 하지만 아닌 것도 아니 다. 그가 사악하므로 그의 수하들도 사악하여 이런 우매한 짓을 했다. 사악한 자들이 우매하기조차 할 때 이런 일들이 생기는 것이다. 못지않게 반야 스스로도 어리석었다. 이록의 첩실이 무녀라고 알고 있었음에도 그를 유의하지 않았다. 그 여인을 신기 떨어졌다 무시하고 하는 짓이 천박하다고 하시했다. 또 한 번 교만했던 것이다. 교만한 눈으로 사물과 현상을 보는 자들은 실상을 깨닫지 못한다. 반야도 실상을 보지 못했다. 하여 화산에게 무슨 수를 쓰든지 아이를 찾아오라 했다. 그 말에는 필요하다면 살생도 하라는 저의가 담겨 있었다. 그걸 알아들은 화산이 이미 죽은 아이 하나를 건지기 위해 몇을 죽였는지.

반야는 통곡을 그치고 자인이 앉았을 법한 곳을 바라본다. 자인이 보인다. 형체만이 아니라 모습이 보인다. 아주 뚜렷하지는 않아도 해 저물어 캄캄해지기 직전에 보이는 사물처럼 어슴푸레 보인다.

"자인."

"예, 아씨."

"이 아이가 지금 궁금해해. 그곳이 어디였는지 답해 줘. 그리고 저를 데려오기 위해 몇을 넘겼는지도 말해 주어라."

자인이 방 가운데 누운 아이의 육신을 향해 무릎을 꿇고 앉아 말했다.

"그곳은 함양 상림 숲속에 든 이록의 집 바깥 누정인 함화루였습니다. 함화루 마당 건너편에 곳집이 있는 바, 곳집 마루 아래 밀실이 있었지요. 이현 아기씨는 그 안에서 발가벗겨진 채 유린되는 참이었습니다. 제가 분기를 이기지 못하여 아기씨를 능욕하던 놈과 그 아래서 태연히 연초 피우며 일어나는 노파를 죽였습니다. 그 앞서 그 곳집으로 들어가기 위해 바깥에 섰던 여섯 놈을 제 동료들이 죽였고요. 밀실에서 이현 아기씨에게 제 손으로 옷을 입혔고, 아기씨를 안고 그곳을 나왔습니다. 여기 우리 두 사람이 아기씨를 안고 먼저 출발해 이곳에 도착한 것입니다. 그곳에 남은 제 동료들은 곳집과 곳집 속의 주검 여덟 구가 불타서 주저앉은 걸 보고 따라오고 있을 터입니다."

"이현, 똑똑히 들었느냐?"

'예, 스승님. 여러 선생님들께 저로 인한 죄를 짓게 하였나이다. 죄송하고, 황송하여 어찌할 바를 모르겠어요.'

"네 부친께서도 널 찾기 위해 아직 그곳에 계신다. 하마 이제쯤 출발하시어 이곳으로 향하실 터이다. 네 어머님도 이리 모셔 오라고 사람을 이미 보냈으니 날 밝은 뒤에는 오실 터이고. 또 눈물이 나려하느냐?"

'예, 스승님. 아버님을 어찌 뵈어요. 어머님은 또 어찌 뵙고요.'

"그래도 그건 네가 지켜보아야 한다. 그분들이 너로 하여 겪은 통한과 너로 인해 흘리실 피눈물을 똑똑히 지켜보라는 게다. 연후 너를 장사지내어 줄 것이로되 네게 묻겠다. 다시 태어나려느냐, 속세를 잊고 도솔천으로 올라가려느냐?"

'소녀, 죽어서야, 여기 오면서야 소녀의 전생을 알아보았나이다. 천안 새터말 최씨 가의 딸 방희였던 것을요. 미쳐 길길이 날뛰다가 결국 굶어 죽었던 것을요. 그 앞 생도 보았사와요. 열두 살에 궁에 들어가 살았지요. 그 안에서 굶어 죽었고요. 왕후가 되면 뭐해요. 사대부가의 딸이면 또 뭘하고요. 소녀, 이대로 가기 싫사와요. 못 가요. 보내지 마시어요, 스승님. 다시 태어나게 해주시어요. 다시 태어나면 궁궐이고 양반집이고 쳐다보지 않고 스승님의 고운 제자로, 스승님

과 같은 무녀로 살겠사와요. 하오니 부디 이대로 보내지 마시어요.'

"내가 보내거나 보내지 않는 게 아니다. 네가 선택하는 것이야. 네 부모님이 당도하시는 대로 네 육신을 장사지내고 모래 새벽에 너를 천도할 터이니, 그때까지 깊이 생각하며 간절히 염원하거라. 부처님 앞에서, 불상처럼 꼼짝 말고. 알겠느냐?"

'예, 스승님.'

반야는 방문 쪽을 향해 돌아앉아 신당 밖을 내다본다. 신당 처마며 마당 건너채 처마에 달린 등롱이 확연히 느껴진다. 아니 보인다. 오각 등롱이다. 오각 등롱 아래 툇마루에 앉아 있는 늙은 여인은 그 옛날의 혜정원주 삼로 무진이다. 이곳에 거하면서부터 어머니라 부르게 된 그이. 목소리만 들을 때는 몰랐더니 사뭇 나이가 드셨다. 그 곁에 앉은 배불뚝이 여인은 나이든 소예, 혜원 무진이다. 그 뒤에 선 처자가 단아일 것이고 그 곁에 나이든 미리내 계수어미가 있고 그 곁에 연덕과 복분일 법한 여인 둘이 섰다. 마당 저쪽 건너채 등롱 밑에는 지석과 나이든 여인과 나이든 남정이 있다. 숙수 외순도 알아보겠다. 외순은 십여 년 전과 비슷이 보인다, 그 곁의 연만한 남정이 외순의 지아비 한돌일 것이다. 두레가 보이지 않는다. 외순의 방에 뉘어 놓은 아기들을 어르고 있나 보다. 보이던 이들이 다시 부예진다. 눈물이 나는 탓이다. 반야는 옷고름을 들어 눈물과 콧물을 훔치고는 다시 그들을 바라보다 연순객주를 불러본다.

"어머님."

연순객주가 화들짝 놀라는 게 보인다.

"응? 나? 아, 예, 아씨."

"모녀지연 맺자 하신지가 언젠데 아직도 아씨라 하십니까?"

"그야 우리 둘이 있을 때고, 시방은 이리 많은 식구들이 모여 있는데 격식을 따져야지요. 예, 말씀하세요."

"조금 전까지 보고 들으셨다시피 이현의 장사 채비를 해야겠습니다. 요란하지 않되 격식은 다 갖추려 합니다. 어머님께서 장례를 주관해 주시어요. 이현의 부모님이 도착하시는 대로 다시 의논하여 보시되 다비하는 방향으로 이끌어 주시고요. 아이 육신은, 차마 이대로야 그 부모께 보여드릴 수 있겠사와요? 연덕과 더불어 고이 수습해 주시고 다비는, 오는 밤 자시에 강물 가에서 치르도록 준비해 주세요. 아침에는 점사객들이 들 것이니 아이 상청을 건너채 마루에다 어여삐 만들어 주시고요."

"예, 아씨."

"혜원."

"예, 아씨."

"우리 세상 손님이 밝은 날 들어올 듯합니다. 집안이 아무래도 소란하니 그를 맞을 채비는 약방에다 해주세요. 그리고 복분."

"예, 아씨."

"나간 사람들이 금세 돌아올 듯해요. 그들이 오는 대로 살생부정 풀이를 하고 해원굿을 하렵니다. 두레님과 단아한테 아기들을 복분의 처소로 데려가서 신묘장구대다라니를 불러 주며 재우게 하세요. 날이 다 밝을 때까지 아기들이 이쪽으로 오지 않게 하고요, 혜원도 우선은 처소로 가세요. 태아들이 놀라지 않게 잠깐이라도 쉬세요. 나머지 분들은 모두 맡은 일들 하시고요. 오늘 새벽 예불은 나 혼자, 이현만 데리고 올리렵니다."

이현의 육신 옆에 있던 해돌과 자인이 일어나 불상에 합장 삼배하고 신당을 나간다. 문이 닫힌다. 잠시 눈을 감았다 뜬다. 일어나 불상 앞까지의 몇 걸음을 눈을 뜬 채 걸어 본다. 보이는 거리가 가까운데도 허공에 발을 디딘듯하다. 눈이 제법 밝아졌으나 걸음걸이는 예전보다 못하다. 어둠 속을 걷던 습관과 밝은 데서 걸으려는 욕심이 충돌하여 발밑이 매양 허방이 되어 버리는 탓이다. 균형을 잃고 기우뚱하다 푹 넘어진다. 균형 감각이 없으려니와 기진한 탓이다. 간밤부터 내내 경문과 주문을 읊고 수백의 귀신들을 상대했지 않은가. 주저앉아 웃노라니 이현의 혼령이 바투 다가들어 묻는다.

'스승님, 소경이시었어요?'

반야가 나무관세음보살, 하고는 웃음을 터트린다.

"그래, 내가 소경이다. 이제 조금 보이기 시작한다. 머지않아 두 팔을 활개치며 걷게 될지도 모른다."

'소녀도 보이시어요?'

"음, 보인다. 혼령인 너도 보이고, 저리 누운 네 육신도 보이고."

'하온데 스승님. 저와 같이 죽은 자들이 무수히 많을 터인데 어찌 귀신들이 아니 보이옵니까?'

"귀신은 많고도 많으나 네 눈에 아니 보일 뿐이다. 귀신들은 하나같이, 이생에 대한 미련 때문에 산 사람만 볼 뿐 다른 귀신은 못 본다. 때문에 모두 고독해하고, 사람이 제 이름을 불러 주어야 원을 풀고 도솔천으로 간다. 그래서 사람은 다른 사람이 죽으면 장사지내며 그 이름을 불러 주고 원을 풀어 주면서 떠나보내는 것이다. 귀신으로 떠돌지 말라고."

'하오면 스승님은 저와 같은 귀신이시어요?'

반야는 나무관세음보살 하며 또 웃는다.

"그래 나도 귀신이다. 또 아니기도 하다. 나는 무녀이며 부처님의 제자다. 내가 비밀 하나 알려 주랴?"

'말씀해 주시어요. 발설치 않을 게요.'

"죽어 된 귀신만 귀신이 아니라 산 사람도 다 귀신이란다."

'귀신과 사람이 똑같다는 말씀이시어요?'

"똑같지. 산 사람에게 생기가 있다는 게 다를 뿐이고. 산 사람도 생기가 약하면 산송장이라 부르고 귀신형용이라고도 말하는 까닭이다. 진짜 비밀은 말이지, 귀신은 스스로가 귀신인 걸 아는데, 사람은 제가 귀신인 걸 모른다는 것이야. 무녀는 산 사람 속의 귀신을 알아보는 사람인 것이다."

'그렇사와요?'

"그렇다. 너도 다시 태어나 무녀가 되고 싶다 했지?"

아이가 고개를 끄덕인다.

"또다시 곤욕을 치러야 할지도 모르는데? 그 곤욕을 두 번이나 겪고도 무녀로 태어나고 싶어?"

'곤욕을 겪다가 죽어 아무것도 아니게 되었잖아요. 곤욕을 겪고도, 그걸 이기고 나면 무녀가 되는 것이지요? 스승님도 그러셨고요?'

"그런 셈이지. 나도 아직 가당하지 않아. 겪어야 할 곤욕이 얼마나 더 남았는지 모르고, 그걸 다 이길 수 있을지도 알 수 없다."

'스승님이신데요?'

"나는 무수한 스승들의 제자이기도 해. 사람은 저마다 스승이면서 제자거든. 그 이치는 간신히 깨쳤다만 실행은 다 못하는 게 나란다."

'스승님도요?'

"그래 나도. 해서 끊임없이 수련하고 기도해야 해. 또 이렇게 날마다 예불을 올리면서 스스로를 맑혀야 하고. 너도 일어나 나를 따라 하거라. 예불하매 맨 먼저 할 것은 입이 쌓은 업부터 씻어내는 거란 다. 늘「정구업진언」부터 시작하는 까닭이지.”

‘수리수리 마하수리 수수리 사바하.’

아이가 따라 절하며 진언을 읊조린다. 세 번 다 따라 한다. 「정삼 업진언」을 외고「오방내외안위제신진언」을 읊고 개경게를 펼치는 것 도 잘 따라온다. 이렇게 당분간 데리고 있어 봄직하다. 데리고 있다 가 보낼 만해지면 보낼 만한 곳으로 보내는 것이다. 다시 태어나 겪 어야 할 삶은 제 몫이니 하는 수 없는 거고.

– 반야 2부 4권에 계속

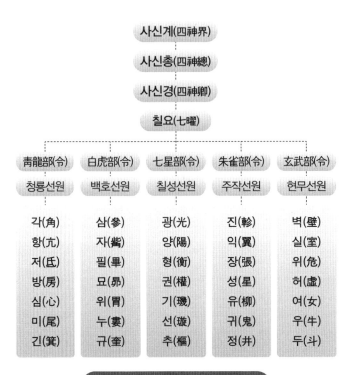

사신계(四神界)

사신총(四神總)

사신경(四神卿)

칠요(七曜)

靑龍部(令)	白虎部(令)	七星部(令)	朱雀部(令)	玄武部(令)
청룡선원	백호선원	칠성선원	주작선원	현무선원
각(角)	삼(參)	광(光)	진(軫)	벽(壁)
항(亢)	자(觜)	양(陽)	익(翼)	실(室)
저(氐)	필(畢)	형(衡)	장(張)	위(危)
방(房)	묘(昴)	권(權)	성(星)	허(虛)
심(心)	위(胃)	기(璣)	유(柳)	여(女)
미(尾)	누(婁)	선(璇)	귀(鬼)	우(牛)
긴(箕)	규(奎)	추(樞)	정(井)	두(斗)

사신계 강령(四神界 綱領)

凡人은 有同等自由而以己志로 享生底權利라.
모든 인간은 동등하고 자유로우며 스스로의 의지로
자신의 삶을 가꿀 권리가 있다.

誓願語

不問如何境遇 當絕對沈默於四神界 不問如何境遇 當絕對順從於 四神總令.
어떠한 경우에도 사신계에 대해 침묵하고, 어떠한 경우에도 사신총령을 따른다.

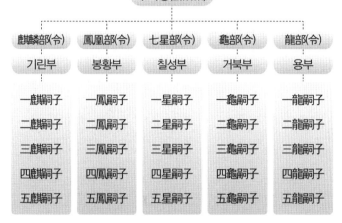

만단사(萬旦嗣)

만단사령(萬旦嗣領)

부사령(副嗣領)

麒麟部(令)	鳳凰部(令)	七星部(令)	龜部(令)	龍部(令)
기린부	봉황부	칠성부	거북부	용부
一麒嗣子	一鳳嗣子	一星嗣子	一龜嗣子	一龍嗣子
二麒嗣子	二鳳嗣子	二星嗣子	二龜嗣子	二龍嗣子
三麒嗣子	三鳳嗣子	三星嗣子	三龜嗣子	三龍嗣子
四麒嗣子	四鳳嗣子	四星嗣子	四龜嗣子	四龍嗣子
五麒嗣子	五鳳嗣子	五星嗣子	五龜嗣子	五龍嗣子

만단사 강령(萬旦嗣 綱領)

人自有其願 須活如其相 有權獲其生.
모든 인간은 스스로 간절히 원하는 바 그 모습으로 살아야 하며
그런 삶을 얻을 권리가 있다.

願乎? 有汝在. 去之!
그대 원하는가. 거기 그대가 있느니. 그곳으로 가라.

誓願語

不問如何境愚 當絶對沈默於萬旦嗣. 不問如何境遇 當絶對順從於 萬旦嗣領令.
어떠한 경우에도 만단사에 대해 침묵하고, 어떠한 경우에도 만단사령의 명을 따른다.

반야 3

초판 1쇄 인쇄일 • 2017년 11월 25일
초판 1쇄 발행일 • 2017년 11월 30일

지은이 • 송은일
펴낸이 • 임성규
펴낸곳 • 문이당

등록 • 1988. 11. 5. 제 1-832호
주소 • 서울시 성북구 동소문로 65-2 삼송빌딩 5층
전화 • 928-8741~3(영) 927-4990~2(편)
팩스 • 925-5406
ⓒ송은일, 2017

전자우편 munidang88@naver.com

ISBN 978-89-7456-501-5 04810
978-89-7456-509-1 04810 (전10권)

한국출판문화산업진흥원의 출판콘텐츠 창작자금을 지원받아 제작되었습니다.